DAS WATT UND DER TOD

Markus Rahaus, Jahrgang 1970, lebt mit seiner Familie im Cuxland. Der promovierte Virologe beschäftigt sich in seiner Freizeit mit Fotografie, veröffentlicht regelmäßig Artikel in Fachzeitschriften und zeigt seine Bilder im Rahmen von Ausstellungen und Vorträgen. Darüber hinaus ist er begeisterter Motorbootfahrer und immer wieder auf der Elbe unterwegs.

MARKUS RAHAUS

DAS WATT UND DER TOD

Küsten Krimi

emons:

Bibliografische Information der Deutschen Nationalbibliothek
Die Deutsche Nationalbibliothek verzeichnet diese Publikation in der Deutschen Nationalbibliografie; detaillierte bibliografische Daten sind im Internet über http://dnb.d-nb.de abrufbar.

FSC
www.fsc.org
MIX
Papier aus verantwortungsvollen Quellen
FSC® C083411

Umschlagmotiv: mauritius images/Movementway/imageBROKER
Umschlaggestaltung: Nina Schäfer, nach einem Konzept von Leonardo Magrelli und Nina Schäfer
Umsetzung: Tobias Doetsch
Gestaltung Innenteil: DÜDE Satz und Grafik, Odenthal
Lektorat: Lothar Strüh
Druck und Bindung: CPI – Clausen & Bosse, Leck
Printed in Germany 2021
ISBN 978-3-7408-1143-3
Küsten Krimi
Originalausgabe

Für Eva.
Phantasie verleiht Flügel.

Prolog

Der Raum lag in ein trübes Zwielicht gehüllt. Vor dem offenen Fenster hing ein dünner Vorhang aus verblichenem orangegelben Stoff und filterte das einfallende Sonnenlicht. Ein paar schmale, gleißend helle Lichtstrahlen fielen dennoch hindurch und machten die in der Luft tanzenden Staubkörnchen sichtbar. Es war drückend warm.

In einem Sessel neben dem Fenster schlief ein Mann. Sein Mund war geöffnet, er schnarchte leise. Auf seinen Oberschenkeln lag ein aufgeklappter Laptop, den er auch im Schlaf mit sicherer Hand festhielt.

Gegenüber dem Fenster stand ein großer Schreibtisch. Das alte Holzmöbel wirkte viel zu wuchtig für den kleinen Raum. Auf der zerkratzten Tischplatte fand sich ein übervoller Aschenbecher, aus dem der Rauch einer schlecht ausgedrückten Zigarette aufstieg. Daneben drängten sich mehrere Laptops, ein Satellitentelefon, eine externe Festplatte, die mit einem der Laptops verbunden war, und zwei leere Wasserflaschen. Hinter einem der tragbaren Computer lugten zwei Aktivboxen hervor, eingeschaltet und verkabelt. Plötzlich ertönte ein Knall aus den Lautsprechern, als ob eine Tür zugeschlagen worden wäre.

Die beiden anderen Männer, die vor dem Schreibtisch saßen, zuckten zusammen und waren augenblicklich hoch konzentriert. Auch der Schläfer im Sessel war durch das Geräusch aufgewacht. Sofort war sein Gesicht ebenso konzentriert wie die seiner Mitstreiter. Mit einem schnellen Griff zog er den Laptop auf seinem Schoß höher und setzte die Kopfhörer auf, die vorher seitlich am Sessel heruntergehangen hatten.

»Konzentration jetzt. Jedes Wort ist wichtig«, schnarrte eine heisere Stimme hinter den beiden Männern am Schreibtisch. Die Stimme sprach Englisch mit einem starken türkischen Akzent.

Einer der Männer am Schreibtisch drehte sich um. »Beruhige

dich, Oberst. Wir haben alles unter Kontrolle. Jedes Wort, das gleich gesprochen wird, zeichnen wir auf.«

»Und senden es in Echtzeit über die gesicherte Leitung direkt an das Rechenzentrum«, ergänzte der andere gelangweilt.

Der als Oberst titulierte Mann sprang mit ungeahnter Geschmeidigkeit von seinem Stuhl auf. Seine dunklen Augen funkelten böse. Mit einer schnellen Bewegung zog er eine schwarz glänzende Pistole aus dem Hosenbund und richtete sie auf die beiden Männer vor ihm. »Macht euren Job. Und macht ihn gut«, zischte er. »Ich bin erst dann beruhigt, wenn wir alles wissen, was wir wissen müssen.«

Der Mann, der sich so gelangweilt gegeben hatte, hob abwehrend die Hände. »Schon gut, schon gut.«

Sein Kollege neben ihm hatte mittlerweile auch Kopfhörer aufgesetzt und tippte mit flinken Fingern auf der Tastatur des Laptops vor ihm. Aus den Lautsprechern waren nun mehrere Stimmen zu hören. Abermals tippte der Mann auf einige Tasten, danach verschob er auf dem Bildschirm mehrere Regler mit der Maus, worauf die Stimmen lauter und klarer wurden. Es waren mindestens drei Männer, sie sprachen schnelles Arabisch.

Erneutes Türknallen. Kurzzeitig drangen keine weiteren Geräusche aus den Lautsprechern, dann ließ sich eine weitere Stimme vernehmen. Diese sprach Englisch, sauber und ohne jeden Akzent. Die Vokale klangen weich und lang gezogen, fast gesungen, vielleicht ein Engländer.

»Das muss er sein«, sagte der Mann im Sessel. Er saß kerzengrade, auf seiner Stirn hatten sich vor Anspannung kleine Falten gebildet.

»Datentransfer läuft«, sagte ein Mann am Schreibtisch.

»Ruhe!«, befahl der Oberst barsch. Er setzte sich wieder auf seinen Stuhl und lauschte auf jedes Wort, das über die Lautsprechermembranen an seine Ohren drang. »Wer jetzt einen Fehler macht, wird für den Rest seines erbärmlichen Lebens kein Tageslicht mehr sehen. Dafür werde ich sorgen.«

Von draußen erklang das Donnern eines Helikopters, der

über das Gebäude hinwegflog. Der Oberst sprang geschmeidig wie eine Katze ans Fenster, riss den Vorhang zur Seite und schlug das Fenster zu. Durch das plötzliche helle Licht schienen alle anderen Männer im Raum wie erstarrt. Erst nachdem auch der Vorhang erneut zugezogen war, kehrte Leben in sie zurück.

»Wir haben nicht viel Zeit.« Es war die Stimme des Engländers. »Ich muss leider noch eine Reihe anderer dringender Angelegenheiten regeln. Mein Mitarbeiter hier wird sich um die Details kümmern.«

Die als Mitarbeiter bezeichnete Person hatte noch kein Wort gesprochen.

»Selbstverständlich.« Diese Stimme mit arabischem Akzent klang gleichzeitig zustimmend und unterwürfig. »Bei einer Organisation wie der Ihren ist immer zu tun. Es ist uns eine Ehre, mit Mr. van –«

»Keine Namen«, zischte jemand.

Der Mann, der bis dato geschwiegen hatte, übernahm nun das Gespräch. Er sprach Englisch mit einem leichten Akzent, der auf eine Herkunft im Mittleren Osten verwies. »Die Startphase ist abgeschlossen. Wir haben alle Lieferanten identifiziert, die Aufträge können jederzeit erteilt werden. Mein Team steht in Bereitschaft.«

»Alles ist perfekt organisiert«, singsangte der Engländer.

»Die neue Route scheint zuverlässig zu sein. Unser Kontaktmann auf der anderen Seite wird die Ware in Kürze erhalten und testen.«

»Neue Route?«, fragte der Mann mit dem arabischen Akzent. Er klang überrascht.

»Wir hatten darüber gesprochen«, antwortete die erste Stimme. »Abseits der üblichen Wege und damit deutlich sicherer.«

»Wann erfahren wir die Details?«, wollte die zweite Stimme wissen.

»Die Route führt über eine kleine Hafenstadt in Norddeutschland. Unauffällig, an der Elbe. Einfach perfekt. Mehr brauchen Sie nicht zu wissen.« Der Engländer hüstelte leise. »Steht das Geld zur Verfügung?«

»Die komplette Summe. Nennen Sie uns die Konten, dann führen wir die Transfers umgehend durch.«

Der Oberst schlug mit der Faust in die offene andere Hand. »Verflucht. Das reicht nicht. Nichts ist konkret«, fauchte er. »Warum haben wir kein Videobild?«

Der Mann im Sessel blickte auf. »Weil uns deine Leute zu spät informiert haben, in welchem Zimmer das Treffen stattfindet. Wir hatten nur noch Zeit, ein paar Wanzen anzubringen.«

Der Oberst fluchte erneut vor sich hin.

»Jetzt beruhige dich und lass uns unsere Arbeit machen.« Der Mann am Schreibtisch fuhr zur Untermalung seiner Worte mit dem Mauszeiger über ein paar der auf dem Bildschirm angezeigten Regler.

Die Miene des Obersts zeigte unzweifelhaft, dass er nicht zufrieden war.

Noch immer waren die Stimmen aus den Lautsprechern zu hören. Der Engländer sprach wieder: »… werden bald die genauen Pläne der Anlage erhalten. Dann werden wir in die Feinplanung einsteigen. Wir werden den Zeitplan einhalten, da brauchen Sie sich keine Sorgen zu machen. Die Aktionen werden langsam in ihrer Intensität gesteigert, zuerst eine Kleinigkeit, zum Beispiel ein Generator, dann – Sie wissen schon. Es wird keine sichtbaren Zusammenhänge geben.«

»Allah ist groß und erfüllt von unendlicher Weisheit. Dennoch müssen wir von nun an sehr vorsichtig sein. Die staatlichen Schnüffler müssen blind und taub bleiben.«

Der Engländer lachte. »Diese kiffenden Schafhirten werden nicht einmal den Untergang der Welt mitbekommen. Die sind viel zu sehr mit sich selbst und den Wünschen ihrer obersten Bosse beschäftigt. Außerdem geschehen in China gerade Dinge, die bald die weltweite Aufmerksamkeit auf sich ziehen werden. Das ist gut für unsere Sache.«

Die anderen im Raum lachten gequält. »Möge Allah unserer Sache gewogen sein.«

»Ist er«, stellte der Engländer klar. »Genauso wie andere, fast ebenso mächtige Leute.«

Ein scharfes Einatmen war zu hören.

Plötzlich ertönte ein leises, entferntes Klopfen.

»Ja?«, fragte eine Stimme, nun wieder auf Arabisch. Besorgnis schwang mit.

»Zimmerservice«, drang die gedämpfte Antwort durch die Lautsprecher.

»Herein!«, rief der Brite. »Ich habe mir die Freiheit genommen, uns trotz der knappen Zeit einige bekömmliche Snacks zu ordern. Nur mit vollem Magen lässt sich wohlüberlegt entscheiden.«

Noch während er sprach, wurde die Stimme leiser, dann ertönte Klappern von Porzellan.

»Einen Moment noch«, sagte der Brite. Seine Stimme war kaum noch zu hören. »Ich habe noch eine Überraschung für die Schafhirten vorbereitet.«

Es knallte und ziepte laut in den Lautsprechern auf dem Schreibtisch. Die Männer rissen die Kopfhörer herunter und hielten sich die Ohren zu. Ein weiteres Mal zischte es, danach war nur noch ein Rauschen zu hören.

Der Oberst schloss die Augen und presste sich zwei Finger an die Schläfen. Wie von der Tarantel gestochen sprang er auf.

»Mist«, fluchte der Mann im Sessel. »Die müssen etwas gewusst haben. Wir –«

Weiter kam er nicht.

Mit einem krachenden Knall flog die Zimmertür auf, Holzsplitter flogen in den Raum. Der Oberst, der dicht an der Tür stand, riss seine Pistole hoch. Aber er war zu langsam. Die Türkante traf ihn hart am Kopf, sodass er benommen nach hinten taumelte.

In rasender Folge ploppte es, die beiden Männer am Schreibtisch brachen augenblicklich zusammen, die Bildschirme der Laptops explodierten, das Satellitentelefon barst in tausend Stücke, der Datentransfer brach zusammen. Geschosse schlugen in die Wand hinter dem Schreibtisch ein und ließen Putz durch die Luft fliegen. Unter den zu Boden gegangenen Männern breiteten sich rote Lachen aus.

Der Mann im Sessel fiel nach hinten und zuckte. Sein Laptop schlug zunächst auf den Boden, dann wurde er von Geschossen durchsiebt.

Zwei maskierte Männer in dunklen Kampfanzügen betraten das Zimmer, auf dem Flur stand ein weiterer Mann. Alle hielten sie kurzläufige, vollautomatische Waffen mit aufgesetzten Schalldämpfern und Laserzielgeräten in den Händen. Die feinen roten Strahlen huschten auf der Suche nach neuen Zielen durch das Zimmer.

Der Oberst versuchte, sich aufzurappeln und seine Waffe auf einen der Eindringlinge zu richten. Abermals war er zu langsam. Der erste Maskierte trat ihm mit Wucht in den Unterleib. Der Oberst flog nach hinten, verlor seine Waffe und blieb stöhnend auf dem Rücken liegen. Der zweite Maskierte drehte sich zu ihm, hob die Waffe ein Stückchen an und drückte ab. Mehrere Geschosse trafen den Oberst in Kopf und Brust. Er war sofort tot.

Weitere Geschosssalven stellten sicher, dass auch das letzte Teil der im Raum vorhandenen technischen Ausrüstung unbrauchbar wurde. Von den Laptops blieben nur Plastik- und Metallsplitter in unterschiedlicher Größe und Form übrig.

Die beiden Maskierten wandten sich der Tür zu und verließen den Raum.

Auf der Türschwelle drehte sich der hintere von ihnen noch einmal um. »Erbärmliche Schafhirten«, flüsterte er leise und spuckte aus.

***

Zwei Männer stiegen in Hamburg aus dem Zug. In einem Hotel in der Nähe des Hauptbahnhofs wollte sich ihr Kunde mit ihnen treffen, um die Details des gewünschten Geschäfts zu besprechen.

»Treffen wir nun den Typen mit dem komischen holländischen Namen oder wieder nur das mittlere Management, mit dem wir bislang zu tun hatten?«, fragte Gunnar Kachens. Normalerweise kümmerte er sich um die geschäftlichen Angelegenheiten, in diesem Fall war es jedoch anders gelaufen.

Thore Blohmquist zuckte mit den Schultern. »Er heißt Jan Jacobs May van Schellinkhout. Hämmere dir das endlich in den Kopf. Natürlich wird er dabei sein. Nachdem bisher alle online getroffenen Arragements einwandfrei funktioniert haben, ebenso wie der erste Probelauf mit dem Material, will er uns persönlich kennenlernen.«

Kachens war erfreut. »Das klingt doch gut.«

»Ja«, sagte Blohmquist bemüht gleichmütig. »Bei diesem Deal geht es um richtig viel Kohle und für uns um die Eintrittskarte in die Liga, in der es noch viel mehr Kohle zu holen gibt. Genau das willst du doch.«

Gunnar grinste über das ganze Gesicht. »Klar will ich das.«

»Wir sind da«, sagte Thore. Er deutete auf eine große Glastür.

Kaum hatten die beiden die Lobby des Hotels betreten, wurden sie von einem diensteifrigen Angestellten in bunter Livree angesprochen. Thore erklärte ihm, dass sie mit einem Gast des Hauses verabredet seien und in der Lobby auf ihn warten würden. Um welchen Gast es sich denn handele, wollte der Mann wissen. Er könne ihn über ihre Ankunft informieren. Ob sie in der Zwischenzeit vielleicht einen Kaffee zu sich nehmen wollten oder einen Tee?

Nachdem Thore in harschem Ton alle Angebote abgelehnt hatte, zog sich der Angestellte verschnupft zurück. Die beiden setzten sich auf ein bequemes Ledersofa im hinteren Teil der Lobby, schlugen die Beine übereinander und warteten. Es dauerte nur wenige Minuten, bis sie erneut angesprochen wurden.

»Mr. Kachens? Mr. Blohmquist?«, fragte ein großer, sehr kräftiger Mann im schwarzen Anzug, der eindeutig nicht zum Hotelpersonal gehörte.

Gunnar und Thore sahen auf und nickten gleichzeitig.

»Mr. van Schellinkhout is awaiting you.«

»Wonderful. Let's go.« Gunnar war sofort in seinem Element. Big Business, da wollte er immer hin. Jetzt war es zum Greifen nahe.

Der Mann deutete auf den Fahrstuhl, dessen Tür noch offen stand. Sie fuhren zur Penthouse-Suite, die fast das ganze oberste Stockwerk einnahm. Als sich die Tür öffnete, wurden sie im Vorraum zur eigentlichen Suite von einem weiteren muskulösen Mann im schwarzen Anzug erwartet. Er nahm die Sonnenbrille ab und blickte Thore und Gunnar abschätzig an.

»One after the other«, knurrte er mit tiefer Bassstimme. »Einär nak den andern«, versuchte er sich auf Deutsch.

Gunnar trat als Erster vor. Der Mann mit der tiefen Stimme bedeutete ihm schroff, stehen zu bleiben und die Arme zu heben. Mit einem Fragezeichen im Gesicht leistete Gunnar der Anordnung Folge. Mit geübten Handgriffen wurde er nach Waffen oder Ähnlichem abgetastet. Dabei verrutschte das Jackett seines Gegenübers, und Gunnar konnte einen Blick auf eine silbrig glänzende Waffe in einem Schulterholster erhaschen. Seine Knie wurden ein wenig weich.

»Okay. Next.« Der Mann zeigte auf Thore. »Du.«

»Das kann ja lustig werden«, murmelte Gunnar leise vor sich hin. »In welche Scheiße hast du uns da reingeritten?«

Als klar war, dass keiner der beiden eine Waffe trug, geleitete der erste Mann in Schwarz sie zum Eingang der Suite. Er klopfte, öffnete die Tür und ließ Gunnar und Thore eintreten.

Vor ihnen erhob sich ein untersetzter, elegant gekleideter Mann aus einem Sessel. Er trug einen perfekt sitzenden grauen Anzug sowie ein weißes Hemd und strich sich beim Aufstehen die dunkelrote Krawatte glatt. Mit seinem leicht dunklen Teint, der erahnen ließ, dass Nordeuropa nicht seine Heimat war, und den schwarzen, streng nach hinten frisierten Haaren sah er aus wie aus einem Managermagazin entsprungen.

»Mr. Kachens, Mr. Blohmquist. What a pleasure!«, begann er auf Englisch, wechselte dann aber unvermittelt ins Deutsche, das er fehlerfrei und nur mit einem leichten Akzent sprach. »Schön, dass Sie es einrichten konnten.«

Thore sah sich vorsichtig um. Edle Möbel, teure Teppiche, Ölgemälde mit klassischen Szenen an den Wänden. Alles vom Feinsten. Die beiden Gorillas waren draußen geblieben und ruinierten die Atmosphäre des Raumes nicht durch ihre Anwesenheit. Es stank förmlich nach Geld und Macht. Noch etwas anderes lag in der Luft, nur konnte Thore nicht sagen, was.

»Es ist uns eine Ehre, Mr. van Schellinkhout«, sagte Gunnar. »Wir freuen uns darauf, mit Ihnen Geschäfte zu machen.«

»That's just great«, sagte der Mann mit einem Haifischlächeln. »Setzen wir uns doch.«

Die drei traten durch eine weit geöffnete Tür in eine Art Wintergarten. Sie setzten sich an einen runden Tisch, auf dem Mineralwasser und ein Teller mit frischem Obst standen.

»Wie laufen die Geschäfte?«, fragte Thore, um ein wenig Konversation zu machen.

Mr. van Schellinkhout strahlte ihn an. »Hervorragend. Und dank Ihrer Hilfe bald noch viel besser. Trotz oder vielleicht wegen aller Konflikte und Krisen birgt der Mittlere Osten ein beeindruckendes Potenzial für Profit. Man muss den Hebel nur an der richtigen Stelle ansetzen.«

»Das freut mich«, antwortete Thore. Mehr fiel ihm gerade nicht ein.

»Zur Sache«, sagte Mr. van Schellinkhout, und alle Freundlichkeit wich aus seinem Gesicht. »Ich benötige verschiedene Produkte. Soweit ich verstanden habe, können Sie mir zwei davon liefern.«

Gunnar straffte sich. »Das ist richtig. Eines der beiden Produkte hat mein Partner«, er zeigte auf Thore, »bereits zu Testzwecken übergeben.«

Van Schellinkhout nickte. »Es wird am Zielort eintreffen. Dort werden wir es ausführlich erproben. Wenn es unseren Erwartungen entspricht, benötigen wir mehr. Sie kennen bereits die gewünschte Menge und die Termine für die Teilchargen.«

»Dafür benötige ich mehr Zeit«, sagte Thore.

»Nein«, wurde er von van Schellinkhout brüsk unterbrochen. »Der Zeitplan ist unumstößlich. Passen Sie sich an. Abweichungen sind inakzeptabel.«

Thore hatte das Gefühl, dass die Temperatur im Raum schlagartig um einige Grad gefallen war.

»Selbstverständlich halten wir den Zeitplan ein«, versicherte Gunnar schnell.

»Was das zweite Produkt angeht«, fuhr van Schellinkhout fort, »so reichen mir die vorhandenen Informationen nicht. Ich möchte mir Ihre Anlagen ansehen und benötige eine Demonstration der Wirksamkeit.«

»Das wird schwierig«, warf vorsichtig Gunnar ein.

»Nein«, sagte van Schellinkhout abermals. »Es ist die Voraussetzung, sonst ist der Deal geplatzt.«

Gunnar breitete die Hände aus. »Wir machen es möglich.«

»Da ist noch eine andere Sache«, sagte van Schellinkhout. »Ich plane, unsere grundsätzliche Lieferroute zu verändern. Cuxhaven ist ideal für unsere Zwecke. Können Sie Lagerkapazitäten bereitstellen?«

»Das können wir besprechen«, sagte Gunnar und rieb Daumen und Zeigefinger aneinander.

***

Ian Parker lehnte sich an den Tresen. Ein bärtiger Mann schräg gegenüber prostete ihm zu, setzte sein Glas an den Mund und leerte es in einem Zug. Parker liebte diesen Pub, die Atmosphäre aus trübem Licht, mitreißender irischer Musik und fröhlichen

Gästen. Fehlte eigentlich nur der Zigarettenrauch, aber Rauchen war hier in den Pubs, Bars, Cafés und Restaurants schon lange nicht mehr erlaubt. Jeden Freitag, sofern er in London war, kehrte er nach Feierabend hier ein, um sich bei ein paar Gläsern Frischgezapftem auf ein freies Wochenende einzustellen. So war es auch heute. Derweil war das dritte Glas fast leer. Der Barkeeper warf ihm einen fragenden Blick zu, doch Parker winkte ab. Es war zehn Uhr abends, und die Kombination aus Bier und einer anstrengenden Woche forderte ihren Tribut. Er zog ein paar Pfundnoten aus der Tasche, die ausreichten, seine Getränke zu zahlen und dem Barkeeper ein anständiges Trinkgeld zukommen zu lassen, legte das Geld auf den Tresen und erhob sich.

Draußen auf der Straße blieb Parker zunächst stehen und sog die frische Nachtluft tief in seine verräucherten Lungen. Der Mond stand hoch am wolkenlosen Himmel und ließ ein kühles Licht auf die Straße und die umstehenden Häuser fallen. Für eine Nacht im Januar war es überraschend mild.

Hinter ihm öffnete sich die Tür des Pubs, und ein stark angetrunkener Mann stolperte Arm in Arm mit einer vollbusigen, für die Jahreszeit leicht bekleideten Frau heraus. »Lass uns Spaß haben, Baby«, grölte er und grabschte ihr ungeniert an den Hintern. Sie gluckste nur und ließ ihn machen.

Parker schüttelte angewidert den Kopf. »Ab nach Hause und ins Bett«, murmelte er vor sich hin. Ihm näherte sich eine Gruppe junger Männer. Wild gestikulierend und laut lachend steuerten sie zielstrebig auf die Tür des Pubs zu. Ein Nachzügler lief hinter der Gruppe her. Parker machte einen Schritt zur Seite, um den Mann vorbeizulassen, doch auf einmal stolperte dieser und fiel ihm fast in die Arme. Parker trat einen Schritt nach hinten, um nicht umgerissen zu werden, rutschte jedoch selbst am Bordstein ab und spürte plötzlich einen kurzen stechenden Schmerz an der Wade.

»Oh je, entschuldigen Sie«, stammelte der junge Mann und reichte Parker die Hand. »Das wollte ich nicht. Haben Sie sich verletzt?«

Parker betastete sein Bein. »Alles in Ordnung«, sagte er. »Nichts passiert. Viel Spaß beim Feiern.«

Ein breites Lächeln zog sich über das Gesicht des anderen. »Garantiert.«

Als Parker am folgenden Morgen aufwachte, hämmerte es in seinem Schädel, als hätte er am Vorabend nicht drei Gläser Bier, sondern drei Flaschen Whiskey geleert. Er presste die Hände gegen die Schläfen, doch der Schmerz ließ sich dadurch nicht vertreiben. Bei dem Versuch, sich aufzusetzen, wurde ihm schwarz vor Augen. Nur mühsam kam er auf die Beine. Nachdem er ein leichtes Frühstück zu sich genommen und eine Tasse starken, schwarzen Kaffee getrunken hatte, fühlte er sich ein wenig besser. Eigentlich hatte er vorgehabt, im Supermarkt um die Ecke seine Lebensmittelvorräte aufzufüllen, aber er entschied sich dagegen und legte sich neuerlich ins Bett. Es dauerte nicht lange, bis er in einen unruhigen Schlaf fiel.

Nach seinem erneuten Erwachen ein paar Stunden später hämmerte es in seinem Kopf heftiger als zuvor, um ihn herum herrschte undurchdringliche Schwärze. Der Versuch, die Augen zu öffnen, scheiterte. Langsam bewegte er eine Hand, dann die andere. Nachdem das geklappt hatte, wiederholte er die Prozedur mit jedem einzelnen Finger. Mit einem Schwung rollte er sich auf den Rücken. Die plötzliche Bewegung führte jedoch nur zu einer Verlagerung der Schmerzen aus dem Kopf in den Bauch. Parker krampfte sich zusammen und stöhnte.

Er versuchte, sich aufzumuntern, sagte sich, dass bald alles besser werden würde, dass er wahrscheinlich nur etwas Falsches gegessen oder getrunken hatte, aber statt der beabsichtigten Worte quollen nur unverständliche Grunzlaute aus seinem Mund. Er nahm erneut Anlauf, die Augen zu öffnen, und plötzlich wechselte die Schwärze in gleißendes, blendendes Weiß. Einen Schmerzenslaut von sich gebend, kniff er die Augen zusammen. Um sie besser vor dem plötzlichen Licht zu schützen, riss er die Hände hoch, und eine Schmerzenswelle fuhr durch seinen Körper. Langsam ebbte die Intensität des Weiß ab, seine Augenlider entspannten sich. Um ihn herum war alles verschwommen. Es benötigte weitere schier endlose Sekunden, bis sich Strukturen und Farben herausbildeten. Sein Magen fühlte sich nach wie vor an, als wolle er jeglichen Inhalt hinauspressen.

Irgendwie kam Parker aus dem Bett und schleppte sich ins Badezimmer. In einem Schränkchen fand er Aspirin und etwas, das seinen Magen beruhigen sollte. Anschließend stolperte er in seine kleine Küche und holte eine Flasche Wasser.

Wenn es nicht bald besser wird, sollte ich zum Arzt gehen, schoss es ihm durch den Kopf. Oder 999 anrufen und den Notarzt kommen lassen.

Plötzlich fuhr erneut eine Welle des Schmerzes durch seinen Körper. Parker begann zu zittern. Die Wasserflasche fiel ihm aus der Hand und zerbrach auf dem gefliesten Fußboden in tausend Stücke. Nach wenigen Augenblicken glitt er zurück in unendliche, konturlose Schwärze.

EINS

Montag, 20. Januar, irgendwann nach Mitternacht bis mittags

Die Nacht war dunkel, die tief hängende, dichte Wolkendecke ließ kein Mondlicht auf die Erde fallen. Kräftige Windböen peitschten die dicken Regentropfen fast waagerecht durch die Luft. Nur die Laternen entlang des übermannshohen und mit Stacheldraht bewehrten Zaunes, der an der Neufelder Schanze das Gelände um Ports-of-Cux umspannte, spendeten diffuses Licht, das jedoch jeweils nur einen geringen Radius um die Laterne ausleuchtete. Alles, was hinter, neben oder vor diesem kleinen Kreis lag, verschwand in geisterhaftem Zwielicht.

Eine Gestalt stemmte sich gehüllt in eine lange schwarze Regenjacke gegen den Wind und trat in einem dunklen Abschnitt zwischen zwei der Laternen an den Zaun. Vielleicht fünfzig Meter entfernt vor der Gestalt waren die Umrisse abgestellter Lkws zu erahnen, ebenso die hinter dem Zaun dicht an dicht aufgereihten Autos, die auf ihre Verladung auf eines der am Pier festgemachten Autotransportschiffe nach England warteten.

Trotz des immer stärker werdenden Regens schob die Gestalt die Kapuze nach hinten, um besser in die Dunkelheit spähen zu können. Immer wieder schaute sie sich um und tänzelte von einem Bein auf das andere. Mit einer barschen Bewegung hob sie den Arm und warf einen schnellen Blick auf die Uhr am Handgelenk.

»Ganz ruhig. Immer entspannt bleiben«, sagte plötzlich eine tiefe, aber leise Stimme hinter dem Zaun.

Der Mann zuckte erschrocken zusammen. Ruckartig drehte er sich der Stimme zu und suchte den Sprecher in der nebeligen Dunkelheit. »Komm raus«, knurrte er, Selbstsicherheit vortäuschend. »Ich habe nicht ewig Zeit.«

Ein heiseres Lachen erklang, dann trat eine weitere Gestalt

aus dem Regendunst. Von dem dunklen Overall aus wasserabweisendem Material perlten die Regentropfen ab, nur die schwarze Schirmmütze war vor Nässe durchweicht. Der Neuankömmling stellte sich breitbeinig vor den Zaun und wartete.

Der andere bekam seine Nervosität langsam unter Kontrolle. »Wo ist das Geld?« Er mühte sich, einen geschäftsmäßigen Ton anklingen zu lassen.

Der Mann im Overall lachte erneut. »Hast du das Produkt?«

»Selbstverständlich habe ich die neue Charge. Erst die Kohle.«

Der andere zog einen Briefumschlag aus einer Tasche des Overalls hervor. Sofort begannen die unaufhörlich niedergehenden Regentropfen das Papier zu durchnässen.

Der Mann in der Regenjacke kramte ebenfalls in seiner Jackentasche und hielt eine kleine, durchsichtige Plastiktüte in der Hand, in der sich ein rundes Plastikgefäß befand. Langsam trat er an den Zaun und streckte die Tüte zwischen zweien der Gitterstäbe hindurch auf die andere Seite.

Der Mann im Overall tat das Gleiche mit dem Briefumschlag. Gleichzeitig griffen die beiden Männer nach der Ware des jeweils anderen.

»Halt. Was ist hier los?« Eine neue Stimme durchbrach plötzlich die Dunkelheit und ließ beide Männer zusammenfahren. Ein Hund bellte.

»Scheiße, ein Wachmann«, jammerte der in der Regenjacke. Er wandte sich ab und lief mit schnellen Schritten die Straße hinunter.

»Stehen bleiben!«, rief die neue Stimme hinter ihm. »Raptor, fass!«

Ein Knurren war zu hören. Mit einem weiten Sprung setzte sich ein großer Hund in Bewegung und schoss wie eine Rakete dem Mann in der Regenjacke hinterher. In demselben Moment, in dem der Hund zum nächsten Sprung ansetzte, krachte ein Schuss. Der Knall ging durch Mark und Bein. Die Kugel traf den Hund auf dem Scheitel seiner Flugbahn in den Bauch. Anstatt den Mann in der Regenjacke anzufallen, stürzte das Tier wie ein Stein zu Boden.

Keuchend kam der Wachmann angelaufen. Er war völlig aus der Puste und verfluchte innerlich die zwölf Kilo Übergewicht, die er tagein, tagaus mit sich herumschleppte. Seine Augen weiteten sich vor Entsetzen, als er den schwer verletzten, wimmernden Hund sah.

»Was zum Teufel ist hier los?«, fragte er.

Der Mann in der Regenjacke löste sich langsam aus der Starre, in die er gefallen war, als er den Schuss gehört hatte.

»He, Sie da!«, rief der Wachmann. »Hiergeblieben, Freundchen.«

Doch bevor er noch ein weiteres Wort aussprechen konnte, knallte es erneut, und der Wachmann brach zusammen.

»Ach du Kacke«, stöhnte der Kapuzenmann entsetzt, als er im trüben Licht einer dicht am Wachmann stehenden Laterne die Blutlache entdeckte, die sich um dessen Kopf ausbreitete. Der Anblick ließ ihn auf die Knie sinken. Er begann zu würgen und erbrach sich.

Hinter dem Zaun ertönte erneut das heisere Lachen. »Mensch, was bist du für ein Jammerlappen? Reiß dich zusammen.«

Die harschen Worte verfehlten ihre Wirkung nicht. Der andere erhob sich, wischte sich mit dem Handrücken Reste des Erbrochenen vom Mund und entfernte sich mit immer schneller werdenden Schritten in Richtung Baudirektor-Hahn-Straße.

»Vergiss unsere Abmachung nicht. In der nächsten Woche erwarten wir die nächste Charge«, rief ihm der Typ im Overall hinterher.

***

Am folgenden Morgen hatten sich die dicken, grauen Wolken, aus denen es in den vergangenen drei Tagen ununterbrochen geregnet hatte, endlich aufgelöst. Nur einige kleine Exemplare wurden von einem frischen Wind über den langsam heller werdenden Himmel geschoben. Mit jeder Minute, in der die Nacht in den Tag überging, veränderten sich die dunklen Konturen zu Hafenanlagen mit Gebäuden, Lagerhallen und Kaimauern. Für Januar waren die Temperaturen sehr mild. Die Wasseroberfläche des neuen Fischereihafens kräuselte sich im Wind. Kleine Wellen schlugen gegen die Bordwände der Fischkutter, die an den Fischhallen festgemacht hatten. Im Schwimmdock von Empting lag die »Jan Cux II« und wurde für die nächste Saison fit gemacht. Von den Dächern der Gebäude stoben ein paar Lachmöwen auf und zogen kreischend ihre Bahnen.

Im vorderen Bereich des Hafenbeckens, dort, wo gewöhnlich die Schiffe der Bundespolizei anlegten, herrschte trotz der frühen Morgenstunde hektische Betriebsamkeit. Bereits am Tag zuvor war dem Wetter zum Trotz ein Schwimmkran hierher verbracht worden. Der Ausleger ragte über das Wasser hinaus, und schwere Gurte, befestigt an einem riesigen Haken, senkten sich langsam bis auf die Wasseroberfläche hinab.

Noch bevor die Gurte ins Wasser eintauchten, öffnete sich das innere Tor der Seeschleuse, und der Schlepper »Wulf 4« schob sich langsam in das Hafenbecken. Das bullige Schiff hielt auf den Schwimmkran zu und machte kurze Zeit später direkt dahinter fest.

Auf der gegenüberliegenden Seite, wo der Lotsenversetzer »Döse« lag, drängte sich eine kleine Gruppe Schaulustiger, die, mit Kameras und langen Objektiven bewaffnet, auf die anstehenden Aktivitäten warteten.

Vor zwei Tagen war der hier schon seit Jahren liegende und langsam verrottende Krabbenkutter »Emma V« gesunken. Der alte Eigner des Kutters war lange tot, es gab keine Erben, und auch sonst hatte sich niemand für den einstmals stolzen Kutter interessiert. Nun lag das Wrack auf dem Grund des Hafenbeckens und blockierte gleich mehrere Liegeplätze. Da außerdem die Gefahr bestand, dass das Schiff auseinanderbrach, hatte die

Hafenbehörde beschlossen, es schnellstmöglich zu heben und abwracken zu lassen.

Vom Schlepper ließen sich mehrere Taucher in das trübe, kalte Wasser gleiten und versanken unter der Oberfläche. Sie hatten die Aufgabe, zuerst die Hebesäcke am Rumpf anzubringen – lange Würste, die man später mit Pressluft aufblasen würde –, um dem Wrack Auftrieb und Stabilität zu geben. Anschließend würden sie die Gurte befestigen, an denen der Kutter aus dem Wasser gehoben werden sollte. Die Konzentration der Männer im Wasser und an Land war fast mit Händen zu spüren. Auch wenn Schiffsbergungen für alle Beteiligten nicht unbedingt etwas Neues waren, so war doch jeder Einsatz eine neue Herausforderung.

Hinter dem Schlepper war noch ein Schlauchboot der DLRG aus dem Schleusenbecken in den Hafen eingelaufen. Die Wasserretter waren zur Sicherheit da, sie würden eingreifen, sollte einem der Taucher etwas zustoßen.

Ein Mann mit leuchtend gelber Warnweste dirigierte auf dem Pier einige Mitarbeiter des Schwimmkrans zur Seite, um einem soeben eintreffenden Feuerwehrfahrzeug Platz zu machen. Dahinter rollten ein Krankenwagen und ein Fahrzeug der Polizei vor.

Die Wagen hielten, Männer und Frauen stiegen aus und sahen sich neugierig um.

»Moin«, begrüßte sie der Polizist in Zivil, kaum dass er selbst aus dem Polizeiwagen gestiegen war. Sein Kollege Martin Greiner saß noch im Auto und telefonierte.

Arne Olofsen war eigentlich Hauptkommissar im Fachkommissariat 1 der Polizeiinspektion Cuxhaven, und somit fiel die Aufklärung von Kapitalverbrechen wie Mord in seinen Aufgabenbereich, aber nicht unbedingt die Absicherung von Schiffsbergungen. Allerdings begeisterte ihn das maritime Leben der Stadt. Er hatte sich nahezu aufgedrängt, heute Morgen dabei sein zu können. Zusammen mit Martin Greiner bildete er ein eingeschworenes Team.

Olofsen schüttelte ein paar Hände, wechselte das eine oder andere Wort und machte sich dann eiligst auf die Suche nach dem technischen Einsatzleiter für die Bergung. Er fand ihn an Bord des Schwimmkrans. Der Mann saß gerade am Fahrstand des Krans und hielt eine Thermoskanne mit Kaffee in der Hand, als Olofsen eintrat. Fragend sah der Einsatzleiter seinen Besucher an.

»Mächtig was los hier am frühen Morgen«, sagte Olofsen gut gelaunt und streckte die Hand aus. »Olofsen, Polizei Cuxhaven.«

Der andere entspannte sich.

»Ah, ich dachte schon, einer der Zaungäste hätte einen Weg hinter die Absperrungen gefunden.« Er lachte. »Ingo Carstens. Tasse Kaffee?«

Olofsen nickte und schaute nach draußen. »Wann geht es los?«

Carstens warf einen Blick auf die Uhr. »Ein paar Minuten wird es noch dauern. Die Taucher sind im Wasser und bringen die Hebesäcke und Gurte an. Danach wird es spannend.«

Dampfender Kaffee gluckerte aus der Kanne in eine Tasse.

»Ich lass mich überraschen«, sagte Olofsen und nahm einen Schluck. Erstaunt verzog er das Gesicht. »Wow, das Zeug ist aber stark.«

Carstens zeigte schmunzelnd auf ein Päckchen Würfelzucker und eine kleine Kanne Kaffeesahne. »Das sollte helfen, den Geschmack zu verbessern. Ich hab's aufgegeben, meinen Jungs das richtige Verhältnis von Kaffeepulver und Wasser beizubringen.«

»Was passiert eigentlich mit dem Kahn, wenn er erst mal aus dem Wasser ist?«, erkundigte sich Olofsen.

»Wenn alles so klappt, wie wir es uns vorstellen, setzen wir ihn auf die freie Heckfläche des Schwimmkrans. Später geht es auf den Schrottplatz«, beantwortete Carstens die Frage.

Die Tür zu dem kleinen Steuerhaus ging quietschend auf, und ein Mitglied der Bergungsmannschaft steckte den Kopf hindurch. »Die Taucher sind so weit. Die Säcke sind platziert, wir können die Gurte anbringen.«

Carstens streckte den Daumen nach oben.

Olofsen verstand die Geste als Hinweis, dass seine Besuchszeit abgelaufen war. Er bedankte sich für den Kaffee und verließ den Schwimmkran. Zurück auf dem Pier gesellte er sich zu Greiner, der mit ein paar Kollegen von der Feuerwehr die Arbeiten beobachtete.

An zwei verschiedenen Stellen blubberten Luftblasen an die Oberfläche. Die Taucher selbst waren in dem trüben Wasser nicht zu sehen.

Dicke, graue Wolken hatten in der Zwischenzeit erneut die Herrschaft am Himmel übernommen. Die ersten Regentropfen fielen.

»Schietwetter«, beschwerte sich Olofsen und schlug den Kragen seiner Jacke hoch.

»Es ist Januar. Sei froh, dass es nicht schneit«, sagte Greiner. Die Besatzung des Feuerwehrfahrzeugs zog sich in ihr Gefährt zurück.

Plötzlich begann an einer der beiden Stellen, an der vorher Luftblasen aufgestiegen waren, das Wasser zu brodeln. Olofsen straffte sich und beobachtete aufmerksam die Stelle. Mit einem schwungvollen Satz durchbrach einer der Taucher die Wasseroberfläche. Er riss sich die Maske vom Gesicht. »Verdammte Scheiße!«, schrie er. »Da unten steckt eine Leiche in dem Wrack.«

Nur Augenblicke später war das Schlauchboot der Wasserrettung neben ihm. Kräftige Hände packten den Taucher und zogen ihn über den Gummiwulst in das Boot.

Olofsen rannte auf die Stelle zu, an der das DLRG-Boot anlegen würde. Greiner folgte ihm und gab im Laufen den Kollegen im Krankenwagen einen Wink.

Kurz darauf saß der Taucher mit weichen Knien und zittrigen Beinen zwischen den offenen Hecktüren des Krankenwagens. Die Wasserretter hatten ihm schon die schwere Tauchausrüstung abgenommen, ein Rettungssanitäter beugte sich gerade über ihn und maß seinen Blutdruck.

Olofsen stand vor dem Mann und sah ihn an. »Was ist passiert?«

Der Taucher schüttelte sich, dann blickte er zu Olofsen auf. Mittlerweile regnete es in Strömen, der Wind hatte aufgefrischt, Wassertropfen liefen dem Polizisten aus den Haaren und dann über das Gesicht, aber das schien ihn nicht zu stören.

»Als ich die Hebesäcke in Position gebracht habe, bin ich auf ein Loch mittschiffs in der Bordwand gestoßen«, sagte der Taucher, um Festigkeit in der Stimme bemüht.

Olofsen wartete.

»Als ich prüfen wollte, wie groß dieses Loch war, hatte ich plötzlich einen Arm in der Hand.« Der Mann schüttelte sich erneut, als versuche er, die Erinnerung daran loszuwerden. »Vor Überraschung und Schreck habe ich gezogen – da kam ein Kopf hinterher. Der Horror. Schlimmer als im Film, sag ich dir.« Er holte tief Luft. »Kaum Sicht in der Brühe da unten, und plötzlich hast du ein blasses, totes Gesicht vor der Nase.« Er sackte nach vorne, sodass der Sanitäter ihn stützen musste.

Olofsen blickte sich zu Greiner um, der hinter ihn getreten war. »Rufst du an?«

Greiner nickte, zückte sein Handy aus der Jackentasche und machte ein paar Schritte vom Krankenwagen weg.

Carstens kletterte vom Schwimmkran auf den Pier und lief auf Olofsen zu. Er war gleichzeitig weiß um die Nase und aufgedreht. Jemand hatte ihm bereits erzählt, was geschehen war. »So ein Mist«, rief er aufgebracht. »Eine Wasserleiche. Das hat gerade noch gefehlt. Und jetzt?«

Die Frage war an niemanden Spezielles gerichtet, aber Olofsen antwortete dennoch sofort. »Wir müssen die Leiche bergen. Das hat jetzt Vorrang vor dem Schiff.«

»Scheiße«, fluchte Carstens lautstark. Er wandte sich an den Taucher. »Thomas, ist der Körper vollständig aus dem Wrack herausgekommen?«

Der Angesprochene sah Carstens an, als hätte er es mit einem Schwachsinnigen zu tun. Dann fasste er sich wieder. »Nein, der hing irgendwo fest. Ist ein Stück aus dem Loch gerutscht, und das war's.«

»Noch mal Scheiße«, fluchte Carstens erneut.

»Das vereinfacht die Sache«, warf Olofsen ein. »In diesem Fall müssen wir eben Schiff und Leiche gleichzeitig aus dem Wasser heben.«

Die Miene des Einsatzleiters hellte sich auf.

In diesem Moment kehrte Greiner zurück. »Ein Notarzt ist unterwegs, die Feuerwehrtaucher werden auch in Kürze hier sein.«

»Sehr gut.« Olofsen schnaubte einmal kurz und blickte in den grauen Himmel. Der Regen war noch stärker geworden, die Wolken noch grauer. Er war bereits nass bis auf die Haut. »Jetzt kommt Leben in die Bude.«

Von fern war ein Martinshorn zu hören. Olofsen wandte sich wieder an Carstens. »Wir brauchen eine Sichtblockade, wenn wir das Wrack heben und davon ausgehen müssen, dass ein Leichnam zur Hälfte aus dem Rumpf hängt. Wie können wir das machen?«

Der Einsatzleiter legte nachdenklich die Stirn in Falten und warf einen Blick auf die Gruppe der Schaulustigen auf der anderen Seite des Hafenbeckens. Seit dem Zwischenfall mit dem Taucher schien sie gewachsen zu sein. Kameras waren auf die Stelle ausgerichtet, an der der gesunkene Kutter in Kürze die Wasseroberfläche durchstoßen würde. »Wir sollten hier den ganzen Pier absperren. Das ist euer Job.« Bei diesen Worten blickte er nacheinander Olofsen und Greiner an und stemmte in Entscheiderpose die Arme in die Hüften.

Die beiden nickten zustimmend.

»Außerdem können wir als Sichtsperre den Schlepper zwischen die Schaulustigen und die Untergangsstelle verlegen. Das ist besser als nichts.«

»Gute Idee«, bestätigte Olofsen.

»Gibt es Planen oder etwas Ähnliches, das wir am Rumpf des Kutters anbringen können, sobald er an die Oberfläche kommt?«, fragte Greiner. »Damit könnten wir den Körper verdecken und uns pietätlose Bilder auf Facebook ersparen.«

Carstens schnippte mit den Fingern. »Werde ich besorgen lassen. In spätestens zwanzig Minuten werden die Planen hier sein.« Er wandte sich ab und winkte einem seiner Mitarbeiter zu.

Olofsen sah seinen Kollegen nachdenklich an. »Eine Leiche in einem untergegangenen Krabbenkutter. Das schmeckt für mich schon jetzt komisch.«

Greiner blickte auf das Wasser des Hafenbeckens. Auch er hatte die Stirn in Falten gelegt. »Ich kann mir auch kaum vorstellen«, sagte er, »dass jemand, der tot im Rumpf eines seit Jahren vor sich hin gammelnden Kahns liegt, eines natürlichen Todes gestorben ist.«

»Wir brauchen Verstärkung. Frank muss rauskommen und den Kutter untersuchen.«

Frank Pall war der Leiter der Tatortgruppe der Cuxhavener Polizei und damit Herr über die Spurensuche und Tatortanalyse. Er war ein exzellenter Analytiker – aber, ähnlich wie Olofsen, ein leicht aufbrausendes Alphamännchen, das Schwierigkeiten hatte, mit konträren Meinungen umzugehen. Die Wortgefechte, die sich Olofsen und Pall regelmäßig lieferten, waren bei der Polizei im ganzen Landkreis Cuxhaven legendär.

Greiner telefonierte abermals. Nur wenige Augenblicke später war das Gespräch beendet. »Frank ist unterwegs.«

»Und ich hatte gehofft, einen ruhigen Vormittag verbringen zu können.« Olofsen schüttelte den Kopf. »Aus der Traum.«

Tatsächlich vergingen nur wenige Minuten, bis ein grauer Kombi mit quietschenden Reifen über die Brücke des bereits wieder geschlossenen inneren Schleusentores raste und an dem kleinen Parkplatz in der Schleusenstraße vor dem Verwaltungsgebäude von Royal Greenland Seafood zum Stehen kam.

Die Tür flog auf, und ein stämmiger Mann, unrasiert und mit einer verwaschenen Baseballkappe auf dem Kopf, kämpfte sich aus dem Wagen. Seine wachen Augen scannten die Umgebung, bis er Olofsen und Greiner entdeckt hatte. Mit forschen Schritten lief er auf seine Kollegen zu. Ohne auch nur einen Finger in den Mund stecken zu müssen, stieß er einen schrillen Pfiff aus, sein Zeigefinger vollführte wilde Gesten in der Luft.

»Arne!«, rief er so laut über den Pier, dass sich alle Köpfe zu ihm umdrehten. »Was habt ihr beiden angestellt? Schiffe versenken gespielt?«

Olofsen verdrehte die Augen. »Moin, Frank. Schön, dich zu sehen.«

»Ha«, lachte Pall und schlug Olofsen mit seiner Pranke auf die Schulter, sodass dieser husten musste. »Immer gelassen, egal wie laut dich dein Gegenüber angeht. Da hast du aber im Seminar für Krisenmanagement verdammt gut aufgepasst.«

»Ich war wenigstens da«, ätzte Olofsen. »Im Gegensatz zu dir.«

Pall winkte ab. »Ich hatte Wichtigeres zu tun. Die Justierung der neuen Lampe am Mikroskop hatte absoluten Vorrang. Dumm quatschen kann ich auch ohne Workshop.«

Olofsen holte Luft, doch Greiner schob sich schnell zwischen die beiden. »Wir sind nicht zum Spaß hier.«

Olofsen und Pall schwenkten synchron die Köpfe und blickten Greiner an. Dann begannen beide gleichzeitig herzhaft zu lachen.

Olofsen sammelte sich als Erster. »Warum bist du eigentlich so schnell hier?«, fragte er seinen Kollegen.

Pall wurde ebenfalls wieder ernst. »Unschöne Sache«, sagte er. »Drüben in der Neufelder Schanze ist ein Wachmann von Ports-of-Cux erschossen wurden. Zusammen mit seinem Hund.«

Olofsen machte große Augen. »Warum weiß ich davon nichts?«

Pall zuckte mit den Schultern. »Hellmann hat den Fall.«

»Der Trottel?«, fragte Olofsen. »Der findet nicht einmal den Schützen, nachdem der sich selbst in den Fuß geschossen hat und mit der Waffe in der Hand im Kreis humpelt.«

Pall lachte erneut. »Zum Glück gibt's ja mich. Ich werde ihm schon den rechten Weg weisen.«

»Was ist bei Ports-of-Cux passiert?«, erkundigte sich Greiner.

»Der Wachmann macht immer zusammen mit seinem Hund eine Kontrollrunde außen um den Zaun des Geländes. Dort ist er niedergeschossen worden, wahrscheinlich im Laufe der Nacht. Gefunden haben sie ihn erst Stunden später. Wie es scheint, wurden die Schüsse vom Gelände aus abgegeben.«

»Flüchtlinge?«, fragte Olofsen. Er wusste, dass es immer wieder vorkam, dass Flüchtlinge, meist aus Osteuropa, versuchten, auf das Ports-of-Cux-Gelände zu gelangen und sich in den dort abgestellten Autos oder Lkws zu verstecken. Auf diese Weise hofften sie, es auf eine der Roll-on-roll-off-Fähren nach England zu schaffen.

Pall wiegte den Kopf hin und her. »Nein, glaube ich nicht. Es gab keine Hinweise darauf, dass der Zaun überstiegen wurde. Und wie gesagt, die Schüsse wurden von innerhalb abgegeben. Da wird Hellmann noch Gehirnschmalz reinstecken müssen.«

Olofsen musste husten.

»Aber warum bin ich eigentlich hier?«, fragte Pall und warf einen neugierigen Blick auf die Szenerie vor ihm.

»Du wirst einen Krabbenkutter untersuchen müssen«, erklärte Olofsen.

Pall sah ihn fragend an. »Was für einen Krabbenkutter?«

Olofsen deutete mit dem Kopf auf das Hafenbecken. »Der ist untergegangen. Aber in Kürze soll er gehoben werden. Deshalb haben wir auch den Schwimmkran hier. Einer der Taucher, die das Wrack vorbereitet haben, hat eine Leiche im Rumpf des Kutters entdeckt.«

»Verstehe«, murmelte Pall. »Dann werde ich mal meine Ausrüstung aus dem Wagen holen. Wie lange wird es noch dauern?«

Olofsen sah auf die Uhr und dann zum Himmel. Die Regenwolken hatten sich zwischenzeitlich verzogen, sogar die Sonne lugte zwischen den grauen Wolkenbergen hervor. In der Ferne entdeckte er jedoch erneut eine dunkle Wolkenwand, die nichts Gutes verhieß. »Ich hoffe, es geht bald los. Bevor wir noch einmal nass werden.«

Die Arbeiten unter Wasser wurden wieder aufgenommen. Der Notarzt war eingetroffen, ebenso ein kleiner Transporter, aus dem zwei von Carstens' Mitarbeitern mehrere lange Rollen mit einer leichten schwarzen Folie ausluden.

Carstens saß wie gehabt in dem kleinen Steuerhaus des Schwimmkrans, Olofsen, Greiner und Pall standen im Heck und beobachteten die Arbeiten. Nacheinander tauchten drei Taucher aus dem Wasser auf und deuteten mit Handzeichen an, dass ihre Arbeit erfolgreich beendet war. Wie geplant hatten sie die Stahlseile angebracht, um den Kutter aus dem Wasser heben zu können.

Mit einem Brummen sprangen die Kompressoren an, die die Schwimmkörper aufblasen und ihnen Auftrieb verleihen sollten. Die Winden liefen an, die Seile strafften sich.

Der Schlepper legte ab und schob sich mit langsamer Fahrt – sehr zum Missfallen der Fotografen an der Baudirektor-Hahn-Straße – dicht an die Untergangsstelle heran.

Das Wasser begann sich zu kräuseln, kurz darauf durchbrach eine Mastspitze die Oberfläche. Die alte Funkantenne daran war abgeknickt und hing voller Seegras. Der Mast hob sich Stück für Stück aus dem Hafenbecken heraus, braunes, schlammiges Wasser lief herunter.

»Vorsichtig jetzt!«, brüllte Carstens aus dem offenen Fenster an seinem Steuerstand.

Der Mast begann zu schwanken. Es wirkte, als müsse er sich zunächst entscheiden, ob er sein nasses Grab verlassen wollte oder nicht. Carstens fuchtelte aufgeregt mit den Armen und brüllte weitere Anweisungen. Nachdem sich die Bewegung der

Seile und des Wassers beruhigt hatte, gab Carstens dem Windenführer ein Zeichen. Mit entschlossener Miene zog dieser an verschiedenen Hebeln, worauf die Seiltrommeln sich langsam zu drehen begannen.

Der Mast hob sich weiter, dann wurde die Wasseroberfläche immer unruhiger, und die ersten auf dem Peildeck installierten Gerätschaften wurden sichtbar.

Nach und nach tauchte der Kutter auf, das Ruderhaus erschien. Der ehemals weiße Anstrich der Kabine war schon vor dem Untergang stark verwittert gewesen, die Zeit unter Wasser hatte einen schlammigen braungrünen Farbton hinzugefügt. Wasser strömte gurgelnd aus den zerbrochenen Fenstern und der Tür nach draußen.

Nachdem sich auch die Reling ein Stück weit aus dem Wasser gehoben hatte, ließ Carstens die Winden stoppen. Zwei Schlauchboote näherten sich dem Krabbenkutter, wenige Augenblicke später machten sich deren Insassen daran, die schwarze Kunststoffplane an der Reling zu befestigen, die den aus dem Rumpf herausragenden Leichnam endgültig vor neugierigen Blicken verdecken sollte.

Es dauerte eine weitere Stunde, bis es gelungen war, den gesamten Kutter aus dem Wasser zu heben, die Schwimmer zu entfernen und das Wrack auf die freie Arbeitsfläche im Heck des Schwimmkrans abzusetzen.

Sich die Schweißperlen von der Stirn wischend, ließ Carstens die Winden abstellen. Er hatte gar nicht mitbekommen, dass es abermals zu regnen begonnen hatte.

»Geschafft«, sagte er leise und gab Olofsen und Greiner ein Zeichen.

Zielstrebig marschierten die beiden Polizisten auf das Wrack zu. Pall folgte ihnen. Vor dem Kutter schoben die drei die Schutzplane ein Stückchen zur Seite und traten dahinter. Auf Augenhöhe lagen die alten, rissigen Planken des Rumpfes, überzogen mit einer dicken Schicht Seepocken und Schleim, unter der der ehemals rote Anstrich des Unterwasserschiffs kaum noch zu sehen war. Mittschiffs klaffte im Rumpf ein Loch von der Größe einer Autotür.

Pall drängelte sich an seinen Kollegen vorbei und stand als Erster direkt vor dem Loch. Nachdenklich strich er mit der Hand über die Bruchstellen des Holzes.

»Sprich zu uns«, sagte Olofsen, der den ersten Eindruck seines Kollegen hören wollte.

Pall reagierte nicht sofort, sondern betrachtete fasziniert und angewidert zugleich den toten Körper, der bis zur Brust aus dem Loch herausragte. Ein Arm hing schlaff am Schiffsrumpf herunter, der andere war im Inneren des Kutters verborgen. Das Gesicht war dem Holz zugewandt, weshalb man von außen nur einen kahlen, von Schlamm überzogenen Hinterkopf sehen konnte. Am rechten Ohr baumelte eine kleine Strandkrabbe, bei deren Anblick Pall bleich wurde. Sekunden später ließ sich das Tier fallen und lief davon. Pall fegte es mit einer schnellen Fußbewegung zurück ins Wasser.

»Sprich zu uns«, wiederholte Olofsen.

»Irgendetwas stimmt nicht«, begann Pall bedächtig. »Die eine oder andere Wasserleiche habe ich ja schon gesehen. Aber das Wenige, das ich hier erkennen kann, sagt mir, dass dieser Tote noch nicht lange im Wasser gelegen hat.«

Olofsen nickte. »Ich denke, du hast recht. Schließlich ist der Kahn vor weniger als achtundvierzig Stunden abgesoffen. Die Details muss die Rechtsmedizin ans Licht bringen. Dass wir es hier nicht mit einem natürlichen Todesfall zu tun haben, steht für mich aber schon jetzt außer Zweifel.«

Pall deutete auf die Bruchstellen der Rumpfplanken. »Seht euch die Splitter an. Sie ragen nach außen, vom Rumpf weg. Das bedeutet, dass der Druck, der das Holz zum Zersplittern gebracht hat, aus dem Schiffsinneren gekommen sein muss.«

Um seine Worte zu unterstreichen, entfernte er vorsichtig einen gut fünf Zentimeter langen Holzsplitter, der sich ihm von der Bordwand des Kutters entgegenstreckte.

»Das Holz ist nass, das ist selbstverständlich. Aber es ist nicht morsch, aufgeweicht oder zersetzt.« Dann deutete er auf das Loch in der Bordwand. »Ohne dieses ziemlich große Leck hätte der Kutter wahrscheinlich noch ein Weilchen weiterschwimmen können.«

»Bist du dir sicher?«, erkundigte sich Olofsen. Seine Stimme klang zweifelnd.

Pall warf ihm einen finsteren Blick zu, machte jedoch einen Schritt zurück. Im Angesicht eines Toten mochte er nicht auf Konfrontationskurs gehen und signalisierte so sein Nachgeben. »Nein«, sagte er. »Ich muss mir natürlich erst den ganzen Kahn anschauen, um mit Sicherheit den Grund für das Sinken benennen zu können. Aber der erste Eindruck spricht Bände.«

Greiner sah Pall aufmerksam an. »Was könnte diesen punktuellen Druck auf die Bordwand ausgelöst haben?«, fragte er.

»Das kann ich jetzt noch nicht sagen. Wie eben schon betont, müssen meine Jungs und ich das Ganze in Ruhe untersuchen.«

Olofsen kratzte sich an der Nase. »Ich gehe mal davon aus, dass du mit deinem ersten Eindruck richtigliegst. Für mich folgt daraus, dass es einen Zusammenhang zwischen dem Tod dieses Menschen und dem Untergang des Kutters gibt. Diese Verbindung müssen wir finden.«

Olofsen, Greiner und Pall standen wieder auf den Kaianlagen und beobachteten die nächsten Aktivitäten am Krabbenkutter. Der Notarzt stand bereit, um den Leichnam zu begutachten und den Totenschein auszustellen. Anschließend würde man die Leiche aus dem Wrack bergen. Die meisten der Schaulustigen waren mittlerweile abgewandert. Es hatte sich eingeregnet, der Himmel war ein einziges Grau. Ohnehin gab es nichts zu sehen, denn die schwarze Plane verdeckte alles, was hätte interessant sein können.

Olofsen hatte bereits ein Telefonat mit der zuständigen Staatsanwaltschaft Stade geführt. Wie erwartet hatte Staatsanwalt Fred Tanner die gerichtsmedizinische Untersuchung der Leiche – die Todesursachenklärung, wie es im Fachjargon hieß – angeordnet. Zu diesem Zweck würde man den Leichnam noch heute in das Institut für Rechtsmedizin nach Hamburg bringen, denn in Cuxhaven oder der direkten Umgebung gab es keine derartige Einrichtung.

ZWEI

Montag, 20. Januar, nachmittags

Licht erhellte den kleinen, fensterlosen Raum, eine Lüftung surrte leise und monoton. Mitten im Raum stand ein großes Metallregal, auf jeder der drei Stellflächen befanden sich mehrere Käfige von der Größe einer typischen Klappbox. Der untere Teil eines jeden Käfigs war aus dunkelblauem Kunststoff gefertigt, das Plastik des oberen Teils war durchsichtig. Aus den Käfigdeckeln gingen zwei dicke, flexible Schläuche ab und verschwanden in der Decke des Raumes. Durch jeweils einen Schlauch strömte frische Luft in den Käfig, durch den anderen wurde die Luft abgesaugt. In jeder Ecke des Raumes waren an der Decke Halogenstrahler montiert, die gleißend helles Licht emittierten.

Dr. Finn Berger beugte sich vor und betrachtete konzentriert die an den unteren rechten Ecken der Käfige angebrachten weißen Kärtchen. »Box 1, Testreihe A17-2, Beginn 02. Januar« war auf der ersten Karte zu lesen, »Box 2, Testreihe A17-6, Beginn 04. Januar« auf der folgenden. Alle anderen Käfige trugen ähnliche Beschriftungen. Bei dem fünften Käfig stutzte Berger. »Box 5, Testreihe B19-1, Beginn 15. Januar« verkündete die zugehörige Karte. Berger kratzte sich das unrasierte Kinn, dann beugte er sich vor, um besser in den Käfig blicken zu können. Wie auch in allen anderen Plastikboxen befanden sich hier fünf kleine Mäuse. Außer einer Handvoll Einstreu, einem Napf mit Trockenfutter und einer Trinkflasche gab es nichts in dem Käfig, keine Verstecke oder Rückzugsmöglichkeiten für die Tiere oder irgendeine Art von Spielzeug.

Im Gegensatz zu den Tieren in den anderen Käfigen lagen die Mäuse in dieser Box apathisch in der Einstreu und regten sich kaum. Ihre kleinen Knopfaugen wirkten glasig, das sonst glänzende Fell war stumpf. Den Tieren ging es nicht gut. Berger ballte die Fäuste und prüfte ein zweites Mal die Informationen auf dem Kärtchen an der rechten unteren Ecke.

»Ist alles in Ordnung?«, fragte eine Stimme hinter ihm.

Berger war so in Gedanken vertieft gewesen, dass ihm das Öffnen und Schließen der Tür gar nicht aufgefallen war. Erschrocken fuhr er hoch. »Mensch, Gunnar, warum musst du dich immer so anschleichen? Irgendwann bekomme ich wegen dir noch einen Herzinfarkt.«

Gunnar Kachens verzog keine Miene und trat neben seinen Freund und Kollegen. Er steckte die Hände lässig in die Hosentaschen und betrachtete die Käfige mit den Mäusen. »Ist alles in Ordnung?«, fragte er nochmals.

Finn blickte zu ihm hinüber. »Ich bin mir nicht sicher«, sagte er nachdenklich. »Den Tieren in diesem Käfig dürfte es eigentlich nicht schlecht gehen.«

»Warum nicht?«

Finn klopfte mit dem Zeigefinger an das Plastik des Käfigs. Keines der Tiere zeigte eine Reaktion. »Das ist doch die neue Versuchsreihe. Die Weiterentwicklung von Reihe A19-1. Die Tiere müssten putzmunter sein. Verdammt, eigentlich müssten sie immer putzmunter sein, ganz unabhängig von der Versuchsreihe. So etwas ist noch nie vorgekommen.«

Kopfschüttelnd wandte er sich einem kleinen Schreibtisch in einer Ecke des Raumes zu, auf dem ein Laptop stand. »Das kann nicht sein. Das ist doch nicht richtig«, murmelte er leise vor sich hin und tippte im Stehen auf der Tastatur. Der Bildschirm erwachte zum Leben, zeigte Listen und Tabellen. Finn scrollte durch eine der Tabellen, bis er eine bestimmte Eintragung gefunden hatte. »Das kann nicht sein«, wiederholte er leise. »Reihe B19-1. Alles richtig. Zweihundert Mikroliter pro Tier.«

Abrupt richtete er sich auf und drehte sich zu Gunnar um. »Das kann einfach nicht sein.« Er klappte den Laptop zu und lief aufgeregt durch den Raum.

»Jetzt beruhige dich doch«, sagte Gunnar. »Lass uns ins Büro gehen. Ich besorge uns einen Kaffee, du erklärst mir, was eigentlich los ist, und dann lösen wir das Problem.«

Finn saß auf einem einfachen Holzstuhl und goss sich Mineralwasser in ein Glas. Gunnar wollte noch schnell zur Getränkerückgabe, wie er die Toilette gerne nannte, und danach eine Kanne mit frischem Kaffee aus der Küche holen.

Den Kopf hin und her wiegend, gab sich Finn seinen Gedanken hin. Für Gunnar ist immer alles ganz einfach, dachte er. Probleme sind Chancen, man braucht nur ein paar Anweisungen zu geben, mit dem Finger zu schnippen, und schon ist alles im Lot. Als wenn die Wirklichkeit so einfach wäre.

Sein Blick wanderte durch das Büro. »Büro« war ein starker Euphemismus für das fensterlose Kabuff mit den vergilbten Wänden. »Verschlag« wäre die treffendere Beschreibung gewesen, oder »Kerker«, ging es Finn einmal mehr durch den Kopf. Warum er statt eines normalen Lebens mit Familie fast jede Minute seiner Freizeit hier verbrachte, wusste er manchmal selbst nicht mehr.

Auf einer Grundfläche von etwas mehr als neun Quadratmetern stand ein alter Schreibtisch mit zerkratzter Tischplatte und fehlenden Schubladen. Davor beanspruchte ein ebenso alter Bürostuhl einen Teil des wenigen Platzes. Die kunstlederne Sitzfläche war mehrfach eingerissen und ließ die grünlich gelbe Schaumstofffüllung herausquellen. Der hochmoderne Laptop, der auf dem Schreibtisch stand, bildete einen deutlichen Kontrast zu dem traurigen Erscheinungsbild des Arbeitsplatzes. Komplettiert wurde die Ausstattung durch ein winziges Sideboard, auf dem sich Fachbücher über Biologie und Gentechnik stapelten sowie einige Kopien von Publikationen aus biotechnologischen Fachmagazinen.

Finn stellte die Mineralwasserflasche auf das Sideboard, schlug die Beine übereinander und schloss die Augen. An die bedrückende Atmosphäre des Raumes hatte er sich längst gewöhnt. Auch während seiner Promotion an der Universität Münster hatte er viel zu oft in ähnlich schäbigen, winzigen Räumchen gesessen und seine Versuchsergebnisse ausgewertet. Immerhin hatten seine Mitdoktoranden und er selbst den Raum als »Suite of dreams« tituliert und die Wände mit Bildern karibischer Strände tapeziert.

Mit einem Quietschen öffnete sich die Tür, im nächsten Moment zwängte sich Gunnar herein. Er schlängelte sich an Finn vorbei und ließ sich auf den Bürostuhl mit der kaputten Sitzfläche fallen. Auch Gunnar hatte promoviert, allerdings nicht als Naturwissenschaftler wie Finn, sondern im Fach Medizin. Zusätzlich hatte er noch einen Masterabschluss in »Business and Administration« gemacht und bezeichnete sich selbst gerne als »kaufmännischen Mediziner«. Finn und er waren dicke Freunde aus Kindertagen, die sich mehr oder weniger zufällig nach Studium und Promotion in der gleichen Firma in Bremerhaven wiedergefunden hatten. Keiner der beiden hatte vorgehabt, eine akademische Laufbahn einzuschlagen, obwohl Finn sicherlich das Zeug dazu gehabt hätte.

Beide waren in die biotechnologisch-pharmazeutische Industrie gewechselt, allerdings aus unterschiedlichen Motiven. Gunnar wollte ganz einfach Geld verdienen. Viel Geld. Er hatte klare Ziele definiert, wie viel er bis wann auf dem Konto haben wollte. Bisher lief alles nach Plan. Für Finn dagegen war Geld nicht der Antreiber. Er hatte es sattgehabt, in schlecht ausgestatteten Instituten zu forschen und Publikationen über Fragestellungen zu schreiben, die außer einer Handvoll Fachkollegen niemanden interessierten. Angewandte Forschung war für ihn ausschlaggebend. Seine Resultate sollten in neue Produkte einfließen, die Ärzte später in Händen halten konnten, um ihren Patienten zu helfen oder sie zu retten.

Gunnar stemmte beide Füße fest auf den Boden, so weit auseinander, dass Füße und Schultern eine Linie bildeten. »Erdung« nannte er das. Er stützte die Ellbogen auf den Knien ab und blickte Finn aufmerksam an. »Raus mit der Sprache.«

Finns Augenlider zuckten auf und ab, er war nervös. »Du weißt doch selbst, dass die Mäuse eigentlich überhaupt keine Symptome zeigen dürften.«

»Warum nicht?«, bohrte Gunnar nach.

»Weil das nicht geht. Es steht in jedem Lehrbuch und in jeder Veröffentlichung zum Thema. Common knowledge, wie du es hochtrabend nennen würdest.«

Gunnar lachte gekünstelt und legte den Kopf schief. »Na und? Jeder Satz in einem Lehrbuch ist bloß Hypothese. Er gilt nur so lange, bis etwas anderes, vielleicht sogar das Gegenteil gezeigt wurde.«

»Ich fasse es nicht.« Finn klang genervt. »Musst du jetzt mit diesem wissenschaftsphilosophischen Managerblödsinn anfangen?«

Gunnar hob beschwichtigend die Hände. »Reg dich nicht auf. Manche Tests laufen eben anders, als man sich es vorgestellt hat. Selbst den genialsten Forschern passiert das gelegentlich. Wir müssen nur herausfinden, was schiefgegangen ist, dann –«

»Nichts ist schiefgegangen«, unterbrach ihn Finn schroff. »Ich bin kein Trottel. Ich habe die Ansätze x-mal durchgerechnet und überprüft. Die Computermodelle sind fehlerfrei. Ohne Wenn und Aber.«

Gunnar schaute auf den Fußboden. »Ohne Wenn und Aber?«, fragte er leise. »Wenn alles richtig gelaufen wäre, wären die Mäuse nicht lethargisch. Aber sie sind es. Das ist der einzige Teil, den wir ›ohne Wenn und Aber‹ stehen lassen können.«

Finn lief rot an. Plötzlich sprang er auf und riss die Tür auf.

»Wo willst du hin?«, fragte Gunnar.

»Ins Labor«, entgegnete Finn. »Ich werde die Tiere töten und untersuchen. Ich muss herausfinden, was geschehen ist.«

»Jetzt sofort?« Nun war Gunnar unüberhörbar aufgeregt. »Warte, bis die geplante Zeit für diese Versuchsreihe abgelaufen ist. Vielleicht sehen wir jetzt gerade nur Nebeneffekte, und morgen ist alles wieder, wie es sein sollte. Lass nicht wegen einer kleinen Ungereimtheit die ganze Versuchsreihe platzen.«

Finn zögerte. »Meinst du?«

»Ja«, sagte Gunnar entschieden. Er stand auf und machte einen Schritt auf seinen Freund zu. »Setz dich. Wir müssen auch noch über ein anderes Thema reden.«

Kaum hatte sich Finn gesetzt und tief durchgeatmet, flog die Tür erneut auf. Ein weiterer Mann stürzte in den Raum.

»Thore«, riefen Finn und Gunnar erschrocken, als sie ihren dritten Mitstreiter erkannten. Der groß gewachsene Mann hatte tief eingefallene, dafür aber weit aufgerissene Augen, die panisch in den Raum starrten. Er war sauber und adrett gekleidet, wirkte jedoch trotzdem wie jemand, der die ganze Nacht ohne Taschenlampe durch einen dunklen Wald gerannt war.

»Hier seid ihr«, sagte Thore. Seine Stimme klang heiser und krächzend.

Finn und Gunnar warfen sich fragende Blicke zu. »Natürlich sind wir hier«, sagte Gunnar langsam, als wolle er sicherstellen, dass sein Gegenüber die Worte auch verstand. »Wo sollten wir denn sonst sein?«

Ohne ein Wort zu sagen, griff Thore nach Finns Wasserglas, setzte es an die Lippen und trank es in einem Zug aus. Anschließend schlug er die Tür zu und lehnte sich dagegen.

»Was ist mit dir los?«, fragte Gunnar. »Hast du Ärger mit deiner Frau? Oder hat deine Versuchsreihe auch nicht funktioniert?«

Thore blickte ihn verwirrt an. »Was?«

»Na ja, bei Finns neuer Testreihe stimmt etwas nicht. Die Tiere scheinen krank zu sein. Wir wissen noch nicht, was es bedeutet, ob es unseren Zeitplan zurückwirft.«

Kopfschüttelnd öffnete Thore die Tür und verließ den Raum.

Abermals warfen sich Finn und Gunnar fragende Blicke zu. »Ich glaube, das wollte er gerade nicht hören«, sagte Finn leise. Er stand auf, verließ ebenfalls den Raum und ging in den Raum mit den Mäusekäfigen. Dort angekommen setzte er sich an den kleinen Arbeitstisch. Mit fliegenden Fingern bearbeitete Finn die Tastatur seines Laptops, bis sich der Bildschirm abermals mit diversen Listen und Grafiken gefüllt hatte. Dann lehnte er sich zurück und dachte nach. Er verstand es nicht, einen Fehler konnte er einfach nicht finden.

Ratlos trat er vor die Käfige. Nichts hatte sich verändert, die fünf Tiere der Versuchsreihe B19-1 waren noch genauso apathisch wie zuvor. Mehrere Minuten stand Finn regungslos vor dem Käfig und beobachtete die Tiere. Deren Apathie ließ seine Gedanken abschweifen. Er sah sich noch einmal bei Gunnar im Büro sitzen. Wenn er ehrlich zu sich war, hatte ihn die Reaktion seines Freundes überrascht. Der, der alles bierernst nahm und weder beim Versuchsdesign noch in kaufmännischen Dingen etwas anbrennen ließ, wirkte, als ob ihn die Reihe B19-1 nichts anginge. Eigentlich hätte Gunnar durch die Decke gehen und ihm in einem minutenlangen Monolog druckreifer Bandwurmsätze erklären müssen, wie nachlässig es sei, bei solchen komplexen und vor allem teuren Versuchen einen Fehlschlag zu riskieren. Auf der anderen Seite stand es aber auch noch gar nicht fest, dass der Versuch ein Fehlschlag war. Vielleicht hatte Gunnar recht, und er sollte den Tieren einfach noch etwas Zeit geben. Es könnte ja schließlich sein, dass sie in ein paar Stunden oder morgen wieder wohlauf sein würden.

Und überhaupt: Was war eigentlich mit Thore los?

Thore Blohmquist war die Nummer drei in ihrer kleinen nebenberuflichen Unternehmung. Er hatte wie Finn Biologie studiert, nach dem Master aber nicht promoviert, sondern noch ein Chemiestudium angehängt. Da in diesem Fach seine tatsächliche Begabung lag, hatte er das Studium in Windeseile und mit Bestnoten absolviert und, ohne groß darüber nachzudenken, eine Doktorarbeit angehängt, die er ebenfalls in einer rekordverdächtigen Zeit und mit summa cum laude abgeschlossen hatte.

In ihrem Team war er der Dreh- und Angelpunkt für jede Art chemischer und biochemischer Analytik. Sein Labor lag direkt neben Finns Arbeitsbereich mit den Mäusekäfigen und wirkte wie aus der Zeit gefallen. Auf einem klobigen Tisch in der

Mitte des Raumes türmten sich diverse kompliziert wirkende Apparaturen, Destillen, Kolben, Pipetten und Schläuche. Hätte man die LED-Lampen an der Decke gegen ein paar rußende Ölfunzeln ausgetauscht und das ganze Labor mittels Zeitmaschine ein paar Jahrhunderte in die Vergangenheit verfrachtet, hätten sich die Alchemisten um diesen Arbeitsplatz geprügelt. Zumindest war dies Finns Vorstellung, als er die Tür öffnete und Thores Reich betrat.

»Thore?«, fragte er in den Raum. »Bist du hier?«

Statt einer Antwort hörte er Glasklirren gefolgt von einem Aufschrei.

»Thore?«

»Alles gut«, kam die Antwort aus der hinteren Ecke. »Mir ist ein Kolben runtergefallen.«

Mit einem schiefen Grinsen im Gesicht tauchte der Chemiker hinter dem Tisch auf. Er warf einige Glasstücke in eine kleine Plastikwanne und setzte sich auf einen Hocker.

Finn musterte ihn über den Tisch hinweg. »Du siehst aus, als wärst du im Traum von einem Traktor überrollt worden.«

Thores Miene erstarrte. Dann blickte er an sich herunter. »Halb so wild«, sagte er. »Hab schlecht geschlafen. Gestern Abend hat mich fast so eine blöde, nicht angeleinte Töle angefallen. Ich glaube, das steckt mir noch in den Knochen.«

Finn war überrascht. »War der Hund allein unterwegs?«

»Nein«, antwortete Thore gereizt. »Sein Herrchen kam angerannt, hat aber nicht ein Wort zu mir gesagt.«

»So sind die Leute heute.«

»Wenn ich es mir recht überlege, hätte ich dem Typen eine reinhauen sollen.« Thore ging zu dem kleinen Waschbecken an der rückwärtigen Seite des Raumes. Mit dem Ellbogen öffnete er den Wasserhahn und wusch sich die Hände.

»Du hättest mit ihm reden sollen«, sagte Finn.

Thore schüttelte den Kopf. Zuweilen ging ihm Finn mit seiner Friedfertigkeit und ewigen Bereitschaft zum ausgleichenden Dialog mächtig auf den Wecker. »Ihm eine reinzuhauen hätte sich aber besser angefühlt. Zumal solche Pfeifen sowieso keinen Fehler eingestehen, das kenn ich doch.«

Finn sagte nichts.

Thore sah ihn an. »Was willst du eigentlich?«

»Nur wissen, ob alles in Ordnung ist. Und das weiß ich ja nun.« Finn wandte sich zum Gehen.

»Das ist doch nur die halbe Geschichte«, gab Thore zur Antwort. »Was ist wirklich los?«

Finn drehte sich um. »Die Mäuse der neuen Versuchsreihe. Die Tiere sind nicht fit. Das ergibt keinen Sinn, es kann nicht sein. Du hast den Versuchsplan gesehen.«

Thore machte ein nachdenkliches Gesicht. »Da fragst du den Falschen. Ich bin Chemiker. Wenn es aus den Kolben qualmt und stinkt, bin ich in meinem Element, mit allem, was kreucht und fleucht, habe ich es nicht so.«

Er warf noch ein paar weitere Scherben in einen Mülleimer. »Es ist doch eigentlich typisch für die Biologie, dass es anders kommt, als man es sich vorgestellt hat, oder? Werde Chemiker, dann hast du solche Probleme nicht.«

DREI

Montag, 20. Januar, nachmittags, bis Dienstag, 21. Januar, nachmittags

Olofsen saß zusammen mit Greiner in Nils Niklas Nunks Büro im Gebäude der Polizeiinspektion Cuxhaven. Der Leiter des Zentralen Kriminaldienstes, kurz ZKD, rührte gedankenverloren in einer Tasse Kaffee. Olofsen tat es ihm nach, Greiner goss sich Mineralwasser in ein Glas.

»Was für ein Mist«, brummte Nunk, im Dienststellenjargon auch »N-Kubik« genannt. »Wochenlang haben wir kaum zu tun und nun gleich zwei Leichen an einem Tag. Das hätte ich mir anders gewünscht.«

Olofsen rührte noch immer in seinem Kaffee.

»Und zu allem Überfluss auch noch recht spektakuläre Fälle«, fuhr der ZKD-Leiter fort. »Ein auf offener Straße erschossener Wachmann und eine Leiche in einem abgesoffenen Kutter. Das schreit förmlich nach einer Schlagzeile in den Cuxhavener Nachrichten.«

Olofsen verscheuchte eine imaginäre Fliege, trank einen Schluck Kaffee, verzog das Gesicht und sah seinen Chef an. »Wenigstens ist die langweilige Zeit vorbei. Wir kriegen das hin. Hellmann ist zwar, obwohl sein Name anderes vermuten lässt, keine Leuchte, aber notfalls werden wir ihn unterstützen. Frank ist noch draußen auf dem Kutter. Wenn es etwas zu finden gibt, findet er es auch.«

»Gibt es schon einen Termin für die Obduktionen?«, erkundigte sich Greiner.

Nunk nickte. »Beide kommen morgen Vormittag an die Reihe. Ich habe vorhin mit Dr. Osamente telefoniert. Sie haben zwar auch einige Hamburger Fälle in den Kühlschränken liegen, aber Osamente scheint eine Faszination für Leichen aus

Cuxhaven entwickelt zu haben und die Obduktionen entsprechend vorgezogen.«

»Sehr nett von ihr«, stellte Olofsen fest.

Er war der Rechtsmedizinerin Dr. Dolores Osamente im vergangenen Jahr zum ersten Mal begegnet, als in Cuxhaven der sogenannte Sandbankkiller umgegangen war. Damals war Osamente zusammen mit ihrem Vorgänger Klaus Walberg nach Cuxhaven gekommen, um die Obduktionen vor Ort durchzuführen. Walberg hatte sich aus dem aktiven Dienst zurückgezogen und sich mit mäßigem Erfolg als Krimiautor versucht. Osamente war in ihrem Fach mindestens genauso gut wie Walberg, aber deutlich weniger zynisch. Sie hatte genau die Art von Humor, die Olofsen gefiel – entsprechend gut kamen die beiden miteinander aus.

»Die Obduktionen finden in Hamburg statt«, sagte Nunk. »Wer von euch fährt hin?«

Greiner und Olofsen blickten synchron aus dem Fenster. Mit einer plötzlichen Handbewegung zeigte jeweils der eine mit dem Zeigefinger auf den anderen.

»Hm, ich verstehe«, fasste Nunk die Begeisterung über einen Dienstgang nach Hamburg zusammen.

»Ich habe morgen einen freien Tag«, sagte Olofsen. Normalerweise veranlasste ihn das Pflichtgefühl, bei einer Obduktion dabei zu sein, dem Opfer jeden erdenklichen Respekt zu zollen, um den Täter zu fassen. Im Moment verspürte er jedoch nicht die geringste Lust, nach Hamburg zu fahren.

»Davon weiß ich gar nichts.« Nunk war skeptisch.

»Der Urlaubsschein liegt noch auf meinem Schreibtisch«, erklärte Olofsen.

Greiner schüttelte den Kopf. »Schon klar, ich fahre nach Hamburg.«

Olofsen klatschte in die Hände. »Das ist klasse. Dann werde ich in der Zwischenzeit mit Frank die Spuren durchgehen.«

»Ich dachte, du wolltest morgen einen Tag freinehmen«, sagte Greiner.

Olofsen sah ihn mit großen Augen an. »Hast du einen an der Murmel? Ich gehe doch nicht mitten in den laufenden Ermittlungen zu zwei Mordfällen in den Urlaub.«

Am folgenden Morgen stand Olofsen neben Frank Pall vor dem Bug der »Emma V«. Man hatte den Schwimmkran samt Wrack in den hinteren Teil des neuen Fischereihafens verbracht, denn dort gab es ausreichend abgeschirmte Liegeplätze.

»Das war mal ein stolzes Schiff«, sinnierte Pall.

»Bevor es zum Sarg umfunktioniert wurde.« Olofsen fühlte sich nicht in der richtigen Stimmung für tiefschürfende Unterhaltungen. Er wollte wissen, was sich an Bord zugetragen hatte.

»Bloß keine Sentimentalitäten«, beeilte sich Pall zu sagen. »ZDF ist angesagt – Zahlen, Daten, Fakten, alles andere ist Humbug.«

Olofsens Handy meldete sich mit einem durchdringenden Tuten. Es war Nunk. »Was gibt's, Chef?«

»Schlechte Nachrichten für dich«, antwortete Nunk. »Hellmann hat sich krankgemeldet. Du musst dich auch um die Schießerei bei Ports-of-Cux kümmern.«

Olofsen schoss einen derben Fluch in das Telefon.

Selbst wenn Nunk die Ohren geklingelt haben sollten, ließ er sich nichts anmerken, sondern sprach ruhig weiter: »Ich sehe die ganze Sache gar nicht so problematisch. Frank untersucht beide Tatorte, Martin ist bei der Obduktion beider Leichen dabei. Du musst nur die Fakten kombinieren und jemanden verhaften. Das sollte doch nicht so schwer sein.«

»Hast ja recht«, lenkte Olofsen ein. »Was die Schießerei angeht, kann Frank mich gleich auf den aktuellen Stand bringen.«

»Was ist passiert?«, fragte Pall, als Olofsen das Handy in die Tasche steckte.

Der zuckte einmal kurz mit den Schultern. »Hellmann hat sich krankgemeldet. Ich soll mich jetzt auch um den toten Wachmann von Ports-of-Cux kümmern.«

Pall lachte kurz auf. »Wahrscheinlich ist es besser, wenn du dich der Sache annimmst. Ich glaube nicht an die Flüchtlingsgeschichte, auch wenn Hellmann das gerne so hätte. Die Fakten deuten in eine andere Richtung.«

»In welche Richtung?«, fragte Olofsen. »Eine Übergabe von Schmuggelware für den Export aus Deutschland hinaus?«

»Du wirst es herausfinden«, sagte Pall. »Jetzt lass uns hier anfangen.«

Pall untersuchte schweigend den Rumpf der »Emma V«. Olofsen hatte sich an die Reling des Schwimmkrans gelehnt und hing seinen Gedanken nach. Über ihnen zogen sich wieder dichte, graue Wolken zusammen und verdrängten die Sonne, die noch keine Wärme spendete. Ein paar Lachmöwen drehten über den beiden Polizisten ihre Runden.

Gerade als Olofsen sich seinem Kollegen zuwenden wollte, sah er einen hohen Bug in den neuen Fischereihafen einschwenken. Der Bug wuchs heran zu einem großen Schiff, weiß und dunkelrot. »Cuxhaven«, prangte in schwarzen Lettern als Name an den weißen Aufbauten des Schiffes. Olofsen erinnerte sich, von den beiden hochmodernen Fangschiffen gelesen zu haben, die seit 2017 Cuxhaven als Basis hatten. »Berlin« und »Cuxhaven« hießen sie. Beide Schiffe konnten riesige Mengen Fisch direkt nach dem Fang an Bord verarbeiten und bis zur Heimkehr einfrieren.

»Willst du auch auf dem Pott als Entgräter anheuern?«, hörte er Pall hinter sich rufen. »Falls nicht, hätte ich hier etwas für dich.«

Olofsen stieß sich von der Reling ab. Pall stand direkt vor dem Loch in der Bordwand, durch das der tote Körper gehangen hatte.

»Ich lag mit meiner ersten Einschätzung richtig«, sagte Pall im Brustton der Überzeugung. »Der Kahn ist vor drei Tagen nicht vor Altersschwäche untergegangen, sondern weil jemand nachgeholfen hat.«

»Wenn du das sagst.«

Pall nickte. »Schau dir das hier an.« Er zeigte auf eine Bruchkante an der Bordwand. »Hier ist die Leiche beim Heben außenbords gerutscht. Wie ich schon gestern nach einem schnellen Blick angemerkt habe, zeigen Splitter und Bruchspuren nach außen.« Er zeigte auf einige weitere Stellen, die der ersten zum Verwechseln ähnlich sahen. »Hier auch. Und hier.«

Olofsen kratzte sich am Kinn. »Okay, da wollte jemand, dass der Kutter untergeht. Nicht auf hoher See, sondern im Hafen. Mal angenommen, man hat noch alle Latten am Zaun – macht das dann Sinn?«

Olofsens Geste imitierend kratzte sich Pall ebenfalls am Kinn. »Nur wenn man trotz vollständiger Anzahl der Latten nicht die hellste Kerze auf der Torte ist. Ansonsten ist das ziemlich bescheuert.«

»Trotzdem ist es geschehen.«

»Viele Leute werden von Tag zu Tag blöder. Kannst du in den Kommentaren bei Facebook nachlesen.«

»Das stimmt zwar«, sagte Olofsen leise, »reicht mir aber nicht.« Er ging ganz nah an die Bruchstelle heran und fuhr mit dem Finger langsam über das gesplitterte Holz.

»Trotzdem, das könnte so gewesen sein«, sagte er schließlich. »Selbst eine kurze Zeit im Wasser, ein paar Tage, reicht doch aus, um einen Großteil der Spuren zu zerstören oder mindestens unlesbar zu machen.«

»Wir müssen herausfinden, was sich im Inneren des Kutters ereignet hat«, sagte Pall zustimmend.

»Kommen wir da rein?«, fragte Olofsen.

Pall zeigte ihm den Vogel. »Du selbstverständlich nicht. Ich, Frank Pall, Forensikus der Erste, Herr über alle Spuren und Versprüher des Luminols – ich darf da rein.«

Olofsen blieb skeptisch. »Okay, du darfst da rein. Aber *kannst* du es auch?«

»Selbstverständlich.« Pall schaute ihn entgeistert an. »Mit einer Leiter aufs Deck, dann durch die Laderaumluke hinein in den Bauch des Kahns. Ist keine große Sache.«

Den schrägen Blick, den Olofsen ihm zuwarf, ignorierend, machte Pall ein paar Schritte auf eine lange Aluleiter zu, die achtern an den Rumpf des Kutters gelehnt war. Mit flinken Schritten kletterte er die Sprossen nach oben und schwang sich behände über die rostige Reling. Er zeigte Olofsen kurz den nach oben gereckten Daumen, dann verschwand er aus dessen Sichtfeld. Kurz darauf ertönte ein Knarzen, dann ein Geräusch, als würde etwas auseinanderbrechen, begleitet von lautem Fluchen und schließlich ein Knallen.

»Buh!« Pall blickte Olofsen aus dem Leib des Kutters durch das Leck entgegen und grinste.

»Du hast echt 'ne Macke«, sagte Olofsen. »Also, oh Herr aller Spuren, was hat sich da drinnen zugetragen?«

»Keine Ahnung«, kam Palls gedämpfte Stimme aus dem Schiff. »Auf den ersten Blick gibt es nichts zu entdecken.«

»Dann spendiere der Sache noch einen zweiten und dritten Blick. Ich gehe derweil eine Kleinigkeit essen.«

Mittlerweile war es Mittag. Nachdem Olofsen den Schwimmkran verlassen hatte und in seinen Wagen gestiegen war, hatte es ihn zur Cuxhavener Kaffeerösterei im Lotsenviertel gezogen. Dort saß er nun an einem Tisch am Fenster, genoss mit geschlossenen Augen den Duft des frisch gerösteten Kaffees und wartete auf einen Cappuccino und ein Panini mit Parmaschinken und Rucola. Aus den Lautsprechern an der Decke erklang leise Musik, eine Kaffeemühle surrte vernehmlich, ohne jedoch zu stören.

Die Atmosphäre im Raum half ihm, sich zu entspannen. Langsam begann Olofsen, seine Gedanken zu sortieren. Warum bringt jemand einen alten Kutter, in dessen Laderaum sich eine Leiche befindet, zum Sinken? Warum wird am Ports-of-Cux-Gelände ein Wachmann erschossen? Kurz bevor die Antwort auf sämtliche Fragen in seinen Hirnwindungen aufblitzen konnte, wurde ihm eine große Tasse mit dem gewünschten schaumigen Heißgetränk vor die Nase gestellt. Er blickte auf, aber die Bedienung hatte ihm schon den Rücken zugekehrt.

Sein Handy summte. Es war Greiner.

»Was gibt's?« Wie so häufig übersprang Olofsen die Begrüßungsfloskel und kam direkt zur Sache.

»Auch dir einen guten Morgen.« Greiner ließ sich nicht überrumpeln.

»Ist doch schon Mittag.« Olofsen ließ braunen Zucker in seine Tasse rieseln.

»Die beiden Obduktionen sind durch. Ich soll dich von Dr. Osamente grüßen«, sagte Greiner.

Olofsen brummte. »Hat sie etwas Hilfreiches entdecken können?«

»Es könnte sein«, sagte Greiner dann. »Muss aber noch durch die Ballistik bestätigt werden.«

»Rück endlich mit der Sprache raus«, drängte Olofsen. »Was muss bestätigt werden?«

Die Bedienung brachte das Panini. Es duftete herrlich nach frisch aufgebackenem Brot, Gewürzen und Parmaschinken. Olofsen lief so intensiv das Wasser im Mund zusammen, dass er sich nur schwer auf Greiners Worte konzentrieren konnte.

»Der Wachmann wurde erschossen«, fuhr Greiner mit seinem Bericht fort. »Das wussten wir. Zwei Schüsse, beide Projektile liegen vor und werden nun weiter untersucht. Wie es scheint, ist aber auch das Opfer aus dem Kutter erschossen worden. Osamente hat zwei Eintrittswunden gefunden, eine im Brustbereich, knapp unterhalb des Herzens, eine weitere im Bauch. Es gab keine Austrittsverletzung, die Kugeln steckten also im Körper.«

»Komm zur Sache«, nörgelte Olofsen.

»Osamente hat auch bei diesem Opfer beide Projektile finden können. Nach ihrer ersten mikroskopischen Auswertung wurden sämtliche Geschosse aus derselben Waffe abgefeuert.«

Mit einem Mal saß Olofsen kerzengrade auf seinem Stuhl. Kaffee und Panini waren zur Nebensache geworden.

»Dir ist klar, was das bedeutet?«, fragte Greiner.

»Selbstverständlich«, schoss Olofsen zurück. »Wenn alle

Projektile aus einer Waffe stammen, handelt es sich in beiden Mordfällen wohl um denselben Schützen.«

»Ganz genau«, bestätigte Greiner.

»Wie sicher ist das?«

»Noch nicht zu hundert Prozent«, sagte Greiner. »Es war eine erste, schnelle Untersuchung. Aber du weißt ja, Osamente ist verdammt gut. Sie hat ihrem Team bereits Beine gemacht, um ihr Ergebnis mit genaueren Methoden zu bestätigen.«

»Wie lange wird es dauern?«, wollte Olofsen wissen.

»Sobald ich etwas Neues erfahre, melde ich mich wieder«, antwortete Greiner.

Olofsen nahm einen großen Schluck des nur noch lauwarmen Cappuccinos. Und einen großen Bissen Panini.

»Nur *ein* Mörder«, murmelte er vor sich hin. »Beide Fälle hängen zusammen.«

Nach seiner kleinen Mahlzeit verließ Olofsen das Lokal. Er brauchte nicht lange zu überlegen, was als Nächstes zu tun war. Zurück im Wagen fuhr er zum Ports-of-Cux-Gelände. Erneut regnete es, die wenigen Fußgänger hatten sich eilig in Hauseingänge zurückgezogen, um nicht nass zu werden.

Die beiden Scheibenwischer quietschten fürchterlich, und Olofsen ärgerte sich, dass er bei der letzten Inspektion nicht darauf geachtet hatte, die Wischblätter tauschen zu lassen.

Er parkte den Wagen vor dem Eingangsbereich. Es regnete zwar nicht mehr so stark wie zuvor, dennoch blies ihm ein scharfer Wind feine Tropfen ins Gesicht. Grummelnd betrat Olofsen das Pförtnergebäude.

Der Mann hinter dem Tresen sah ihn fragend an.

»Olofsen. Kripo Cuxhaven«, sagte Olofsen und hielt dem Mann seinen Dienstausweis hin.

»Sind Sie wegen des Mordfalls hier?«, fragte der Pförtner.

Olofsen nickte. »Ja. Ich möchte mit dem Sicherheitschef sprechen.«

»Selbstverständlich.«

Kurz darauf trat ein vierschrötiger Mann hinter Olofsen. »Moin«, sagte er mit tiefer Stimme. »Mein Name ist Janssen. Was kann ich für Sie tun?«

Olofsen drehte sich um und betrachtete den Mann. Ein Kleiderschrank in dunkelblauer Uniform, mit Sonnenbrille, Glatze und sauber gestutztem Vollbart. Das Klischee eines Wachmanns und Nachtclubrausschmeißers, ging es ihm durch den Kopf.

Er stellte sich ebenfalls vor und kam schnell zur Sache. »Was können Sie mir über den Wachmann – Reimann, wenn ich mich richtig an den Namen aus dem Bericht erinnere – erzählen, der hier erschossen wurde?«

»Das habe ich doch schon alles Ihrem Kollegen erzählt.« Der Sicherheitschef nahm lässig die Sonnenbrille ab und sah Olofsen mit tadelndem Blick an.

Olofsen machte einen kleinen Schritt vorwärts und erwiderte den Blick. »Das kann wohl sein. Aber mein Kollege ist jetzt nicht hier. Also wiederholen Sie es bitte für mich. Kurz, knapp, verständlich und präzise.«

Janssen grinste. »Sie gefallen mir. Kommen Sie mit.«

Er führte Olofsen durch eine Tür in ein hinter dem Pförtnerplatz gelegenes Büro. Janssen setzte sich an den Schreibtisch und bot Olofsen den Besucherstuhl an.

»Kaffee?«

Olofsen winkte ab. »Infos reichen mir.«

»Verfluchte Geschichte«, sagte Janssen. »Jürgen Reimann hat hier seit fast fünf Jahren gearbeitet. Immer zuverlässig. Und irgendein Pisser ballert ihn ab. Ich kann es noch immer nicht glauben.«

Bei den letzten Worten donnerte er mit der geballten Faust auf den Schreibtisch, dass es nur so krachte.

Olofsen verzog keine Miene. »Die Indizien lassen vermuten, dass die Schüsse vom Geländeinneren abgegeben wurden.«

Janssens Faust krachte ein weiteres Mal auf den Schreibtisch. »Verfluchte Scheiße, ja.«

»Könnte es sich um eine Meinungsverschiedenheit unter Kollegen gehandelt haben?«, fragte Olofsen in sachlichem Tonfall.

»Nein«, sagte Janssen. Sein Ton schloss jeden Zweifel kategorisch aus. »Unsere Leute tragen keine Schusswaffen, es ist ein handverlesenes Team. Wir achten sehr genau auf das Klima zwischen den Mitarbeitern, um Konflikte schon im Keim ersticken zu können.«

Olofsen nickte. »Ich hatte nichts anderes erwartet. Gibt es Videoaufzeichnungen von dem Vorfall?«

»Leider nicht. Wenn dem so wäre, hätten Sie die schon erhalten. Wir arbeiten transparent und halten keine Informationen zurück.«

Olofsen begann sich zu fragen, ob er es wirklich mit dem Sicherheitschef zu tun hatte oder mit einem PR-Kasper, der per Arbeitsvertrag dazu verpflichtet war, über Transparenz und glückliche Mitarbeiter zu schwadronieren. »Was ist hier Ihre Aufgabe?«, fragte er, um sicherzugehen.

Janssen setzte seine Sonnenbrille wieder auf, sodass Olofsen dessen Augen nicht mehr sehen konnte. »Ich bin für die Sicherheit am Standort verantwortlich. Ich teile die Wachleute in die Schichten ein, koordiniere alle anfallenden Arbeiten, betreue das Sicherheitssystem, die Kameras und solche Dinge.«

»Die Kameras?«, fragte Olofsen sarkastisch.

»Ja«, schnaubte Janssen. »Und bevor Sie den Finger in die Wunde legen: Ja, wir haben eine Menge Kameras, und nein, genau die Stelle der Schießerei ist ein blinder Fleck. Vielleicht wussten die Typen das sogar. Aber das werden wir in Kürze ändern. Ich habe bereits weitere Systeme geordert.«

»Gibt es andere Kameras, an denen der Täter vorbeigekommen sein müsste?«

Janssen überlegte. »Das ist schwer zu sagen. Theoretisch ja. Aber das ist wie die Nadel im Heuhaufen zu suchen. Und natürlich bewegen sich nachts auch andere Menschen auf dem Gelände. Hier wird im Mehrschichtsystem gearbeitet.«

»Okay, Sackgasse«, sagte Olofsen. »Ich möchte mir mal die Stelle ansehen, von der aus aller Wahrscheinlichkeit nach geschossen worden ist.«

Janssen stand auf. »Folgen Sie mir.«

Die beiden verließen das Büro. Es hatte aufgehört zu regnen, am Himmel zeigten sich sogar die ersten blauen Flecken zwischen den weiß-grauen Wolken.

Während sie gingen, schaute Olofsen sich um. »Wie viele Autos stehen hier?«

Der Sicherheitschef machte eine unbestimmte Handbewegung. »Das können schon mal zehntausend Wagen sein. Verschiedenste Fabrikate. Die Wagen stehen aber nicht lange hier. Im Laufe von zwei bis drei Tagen nach Ankunft sind sie alle auf die Fähren verladen.«

»Beeindruckend«, stellte Olofsen fest.

»Hier«, sagte Janssen plötzlich und machte eine ausladende Bewegung mit den Armen. »Irgendwo hier muss sich der Schütze aufgehalten haben.«

Olofsen blickte sich um. Er stand in einem Meer von Fahrzeugen, der Zaun des Geländes war nur wenige Meter von ihm entfernt. Langsam lief er zwischen den Wagen durch bis dicht an den Zaun heran. »Könnte der Mörder rübergeklettert sein?«

»Nein, keine Chance, das hinzukriegen, ohne dass es uns auffällt.« Janssen wackelte mit dem Kopf.

Olofsen trat bis an den Zaun heran, streckte die Hand hindurch und formte mit den Fingern eine Pistole. Er zielte auf ein imaginäres Ziel und drückte ab.

Zurück in der Polizeiinspektion saß Olofsen wieder in seinem Büro. Bei Ports-of-Cux hatte er keine nennenswerten Erkenntnisse mehr gewonnen.

Seine Kaffeetasse war halb leer, als das Telefon klingelte. Wie zu erwarten, war es erneut Greiner.

»Und?«, fragte Olofsen, knapp wie immer.

»Ich bin auf dem Rückweg«, antwortete Greiner. »Die Ballistik hat Osamentes Vermutung bestätigt. Beide Opfer wurden mit derselben Waffe erschossen.«

»Schöne Scheiße«, folgerte Olofsen.

»Hast du schon eine Idee?«

»Absolut keine. Vielleicht bringt uns die Auswertung von Frank einen Schritt weiter. Aber ich habe seit heute Vormittag nichts mehr vom ihm gehört. Wahrscheinlich vermisst er auch noch den allerletzten Holzsplitter, bevor er den Mund aufmacht.«

Greiner lachte am Telefon. »So ist er eben, der gute Frank Pall.«

»Habt ihr das zweite Opfer identifizieren können?«, erkundigte sich Olofsen.

»Nein«, sagte Greiner. »Da tappen wir noch im Dunklen.«

»Mist. Sobald du zurück bist, setzen wir uns mit dem ganzen Team zusammen. Die Sache scheint etwas komplizierter zu werden.«

Am späten Nachmittag kam die neu gegründete Sonderkommission im großen Konferenzraum der Polizeiinspektion zusammen. Neben Olofsen und Greiner war Nunk dabei, Pall schrieb eifrig seine Notizen. Frauke Nilsson, die Pressesprecherin, betrat den Raum und suchte sich einen freien Stuhl. Darüber hinaus waren noch drei weitere Beamte anwesend und warteten darauf, dass es endlich losging.

Olofsen räusperte sich lautstark, und sofort kehrte Ruhe ein.

»Willkommen in der Soko Krabbenkutter«, begann Olofsen zunächst mit leichtem Sarkasmus in der Stimme. »Wir haben es mit zwei Mordfällen zu tun, wie es scheint aber nur mit einem Täter.«

In der Folge berichtete Greiner über die Befunde der Obduktion, die zu diesem Schluss geführt hatten.

»Was die Presse angeht«, fuhr Olofsen fort, »werden wir beide Fälle zunächst als getrennt voneinander darstellen. Alles andere würde zu viel Aufmerksamkeit erzeugen, unter Umständen sogar bei der überregionalen Presse. Das möchten wir vermeiden.«

Frauke machte sich ein paar Notizen auf dem Block vor ihr.

»Frank«, wandte sich Olofsen an den Leiter der Tatortgruppe, »was erzählen die Spuren auf dem Kutter?«

Pall wirkte unglücklich. »Bislang ist die Geschichte nicht eindeutig.«

»Wie das?«, bohrte Olofsen nach.

»Um das besser verständlich machen zu können, benötige ich etwas mehr technische Unterstützung.« Mit diesen Worten startete er den unter der Decke installierten Beamer und schloss das zugehörige Kabel an seinen Laptop an.

Als nach wenigen Sekunden ein Bild auf der Leinwand zu sehen war, sprach er weiter: »Zunächst einmal muss ich sagen, dass die Rumpfplanken des Kutters tatsächlich marode waren, aber eine kurzfristige Gefahr des Sinkens hat nicht bestanden.«

»Fremdeinwirkung?«, fragte Olofsen gespannt. »Erzähl uns mehr.«

»Die Splitterspuren am Leck des Kutters sind nicht so eindeutig, wie ich mir das erhofft hatte«, sagte Pall und deutete mit dem Laserpointer auf eine bestimmte Stelle des Bildes. »Hier ist es ganz eindeutig zu sehen. Es wurde starker Druck von innen nach außen ausgeübt, dadurch ist dieser Teil des Loches entstanden.«

Pall drückte eine Taste auf dem Laptop, augenblicklich erschien ein neues Bild auf der Leinwand. Es zeigte einen gewaltigen Vorschlaghammer, eine Seite abgeflacht, die andere spitz zulaufend. »Ich werde meinen Job aufgeben, wenn das nicht das Werkzeug ist, mit dem die Bordwand zertrümmert wurde.«

»Wo hast du den Hammer gefunden?«, wollte Greiner wissen.

»Im vorderen Bereich des Laderaums«, sagte Pall. Er wechselte abermals das Bild. »Diese Stelle liegt nur gut achtzig Zentimeter von der Splitterstelle entfernt, die ich gerade gezeigt hatte. Sie ist ebenfalls durch den Hammer verursacht worden. Es gibt noch zwei weitere solcher Stellen.«

»Was sagt uns das?«, fragte Olofsen.

»Unter der Annahme«, sagte Pall, »dass derjenige, der den Hammer geschwungen hat, eine durchschnittliche Körpergröße hat, sagen wir eins fünfundsiebzig, und auf dem unteren Deck stand, passt die Schwungkurve des Hammers genau auf die Bruchstellen der Bordwand. Ich habe das simuliert.«

Olofsen holte scharf Luft. »Schwungkurven? Ich dachte, du kannst mit etwas Vernünftigem aufwarten.«

»Es bedeutet, dass Mörder und Opfer im Laderaum waren. Das Opfer wurde nicht nur hineingeworfen«, sagte Greiner. »Die Körpergröße des Opfers passt auf Palls Analyse. Der könnte also den Hammer geschwungen haben. Vielleicht, um sich zu verteidigen.«

Pall zeigte mit dem Finger auf Greiner. »Ganz genau. Von wegen Zeitverschwendung. Sherlock Holmes zwei Punkt null.«

»Der unbekannte Täter könnte aber auch den Hammer geschwungen haben«, bemerkte Olofsen. »Die von Frank ermittelte Körpergröße passt auf weite Teile der Cuxland-Bevölkerung.«

Pall fuchtelte mit dem Finger durch die Luft.

»Was hast du noch gefunden?«, drängte Olofsen.

Das Bild wechselte. Es war eine andere Bruchstelle zu sehen. »Diese Stelle beginnt eigentlich direkt oberhalb der ersten Schlagstelle des Hammers, aber hier zeigen die Splitter nach innen. Da der Kutter zu diesem Zeitpunkt noch geschwommen ist und es sich hier um die dem Pier abgewandte Seite handelt, konnte der nötige Druck nicht von außen kommen.«

»Jemand hat von innen an der Bruchstelle gezerrt, Plankenteile herausgerissen und das Loch vergrößert. Wenn es das Opfer war, wollte es auf diese Weise möglicherweise eine Fluchtmöglichkeit schaffen.« Olofsen klang fast gelangweilt.

»Diese Holzstücke habe ich im Inneren aber nicht gefunden«, patzte Pall zurück. »Durch das einströmende Wasser hätten sie auch nicht außenbords gelangen können.«

»Hm«, machte Olofsen.
»Als der Kutter gehoben wurde, könnte das ausströmende Wasser das Holz mit nach außen getragen haben«, sagte Greiner. Er spürte, dass die Diskussion in die falsche Richtung zu laufen drohte. »Frank, hast du bitte noch die Zusammenfassung der Spuren bei Ports-of-Cux?«
Pall räusperte sich. »Der Wachmann und sein Hund sind erschossen worden. Wie es aussieht, wurden die Schüsse vom Geländeinneren abgegeben – an einer Stelle des Grünstreifens zwischen den dort auf ihre Verladung wartenden Wagen gab es eine Reihe von Hinweisen und Abdrücken, die darauf schließen lassen, dass dort jemand längere Zeit gestanden hat. Vielleicht – oder wahrscheinlich – der Schütze. Es muss jedoch auch noch eine weitere Person außerhalb des Geländes gegeben haben.«
»Wie das?«, fragte Olofsen.
»Nur wenige Schritte vom Kadaver des Hundes entfernt haben wir Erbrochenes gefunden«, sagte Pall.
Olofsen rümpfte angewidert die Nase.
»Da es die ganze Nacht fast ununterbrochen geregnet hat«, fuhr Pall fort, »war es nicht mehr möglich, eine verwertbare Probe zu nehmen, mit der DNA-Tests hätten durchgeführt werden können.«
Bevor das Thema weiter vertieft werden konnte, öffnete sich die Tür, und Joachim Tinsch, ein schlaksiger Mittfünfziger in perfekt sitzender Uniform und seines Zeichens Leiter der Polizeiinspektion, trat ein. Ihm folgte ein weiterer Mann. Er war kahlköpfig, was seinen Stiernacken und die ausnehmend breiten Schultern noch betonte, und trug Jeans und Sakko.
»Lassen Sie sich von uns nicht stören«, sagte Tinsch. Die beiden setzten sich.
Olofsen wartete, ob ihm jemand erklären würde, was der Unbekannte in seiner Soko zu suchen hatte.
Nunk schien die Frage zu spüren und schüttelte unmerklich den Kopf, obwohl er die Antwort selbst gerne gewusst hätte.
Olofsen schluckte den aufkeimenden Ärger herunter und

wandte sich an Greiner. »Gibt es etwas Wissenswertes von der Obduktion?«

»Opfer Nummer eins sowie der Hund wurden erschossen. Bei dem Opfer aus dem Kutter ist es verzwickter.«

»Jetzt fang du nicht auch so an«, blaffte Olofsen schroff.

Greiner hob abwehrend die Hände. »Keine Sorge. Also, Nummer zwei wurde auch erschossen. Vorher gab es eine handgreifliche Auseinandersetzung. Osamente hat diverse Hämatome gefunden, die trotz der Zeit im Wasser noch sichtbar waren. Sie sagt, sie gingen auf Schläge unterschiedlicher Intensität mit unterschiedlichen stumpfen Gegenständen zurück. Mehrere gebrochene Rippen und verletzte innere Organe legen nahe, dass einer dieser Gegenstände wiederum der Hammer gewesen sein könnte, den Frank gefunden hat. Außerdem hatte der Mann stark verletzte Fingerknöchel, sowohl an der rechten als auch an der linken Hand, was auf einen Faustkampf hindeutet. Er hatte mehrere kleine Holzsplitter in den Fingern der rechten Hand, die vom Stiel des Vorschlaghammers stammen könnten. Gehen wir davon aus, dass es einen Kampf gab, dann hatten beide Kontrahenten zu unterschiedlichen Zeitpunkten diesen Hammer in Händen. Franks Beobachtungen passen zu den Obduktionsbefunden. Weitere Holzsplitter eines anderen Holzes – genauer gesagt von den Rumpfplanken – in den Handinnenflächen des Toten lassen vermuten, dass er derjenige war, der an den Holzplanken gerissen hat. Arne könnte recht haben, dass er auf diese Weise einen Fluchtweg schaffen wollte.«

»Und um das zu verhindern, hat sein Gegner den Kampf kurzerhand mit einer Pistole beendet. Wir kennen zwar weder den Grund dafür, warum er die Pistole nicht schon vorher benutzt hat, noch das Motiv für diese Auseinandersetzung, aber deren Ausgang.« Olofsen klang schon wieder versöhnlicher. Viele Einzelteile mit zunächst unklarer Bedeutung fügten sich zu einem Bild der Geschehnisse zusammen. »Jetzt müssten wir nur noch wissen, wer das Opfer ist.«

»Ich weiß es«, sagte der glatzköpfige Neuankömmling.

»Dann spucken Sie es aus«, herrschte Olofsen ihn an. »Und Ihren eigenen Namen gleich hinterher. Was wollen Sie hier?«

»Nein«, sagte der andere.

Der Leiter der Polizeiinspektion erhob sich von seinem Stuhl. »Die Besprechung ist zunächst beendet. Olofsen, Nunk, wir reden in meinem Büro weiter.«

VIER

Dienstag, 21. Januar, nachmittags

Olofsen fläzte sich mit versteinerter Miene auf einen Stuhl in Tinschs Büro. Er war stinkwütend.

»Was soll das alles? Wer sind Sie? Was fällt Ihnen ein, in meine Besprechung zu platzen? Wahrscheinlich bilden Sie sich auch noch ein, mir meinen Fall wegnehmen zu können«, zeterte er lautstark.

Der unbekannte Mann starrte angriffslustig zurück. »Für einen Dorfbullen hinterm Deich haben Sie eine mächtig große Klappe.«

Tinsch schaltete sich ein. Ruhig und sachlich, als habe er den aggressiven Tonfall zuvor gar nicht zur Kenntnis genommen, erinnerte er die Kontrahenten an den Umstand, dass sie es mit zwei Mordfällen zu tun hatten.

Olofsen atmete einmal tief durch. »Wer sind Sie, und was wollen Sie?«, fragte er gefasster.

»Der Mann, den Sie tot im Krabbenkutter gefunden haben, heißt Michael Dänker. Wir haben ihn anhand der Daten aus der Rechtsmedizin identifizieren können.«

»Wir?«, fragte nun Nunk, der sich bislang zurückgehalten hatte.

»BKA«, sagte der Mann. »Mein Name ist Thorsten Krüger. Ich leite eine Einheit zur Terrorismusbekämpfung. Michael Dänker gehörte zu meinem Team. Wir übernehmen den Fall von hier an. Sie sind raus.«

»Auf gar keinen Fall«, brauste Olofsen auf. »Ihr Micky ist in meinem Zuständigkeitsbereich erschossen worden. Es ist mein Fall, und es bleibt mein Fall. Sie sind derjenige, der abreisen kann.«

»Sie ignorantes Großmaul«, schimpfte Krüger zurück. »Sie haben ja gar keine Ahnung, worum es hier geht.«

Nunk schlug unvermittelt mit der flachen Hand auf den Tisch. »Es reicht jetzt mit den Hahnenkämpfen. Hauptkommissar Olofsen hat recht, der Fall gehört in unsere Hände. Sie sind befangen, BKA hin oder her.«

»Das sehe ich ähnlich«, sagte Tinsch unaufgeregt. »Ich schlage dennoch vor, unsere Kräfte zu bündeln und zusammenzuarbeiten. Sie kennen die Hintergründe, wir die örtlichen Gegebenheiten. Das ist die ideale Grundlage für eine Kooperation.«

»Kooperation«, schnaufte Krüger. »Mit Amateuren?«

Der Inspektionsleiter griff zum Telefon und tippte eine lange Reihe von Zahlen ein. Dann hielt er Krüger den Hörer hin. »Für Sie«, sagte er leise. »Man wird gutheißen, was ich Ihnen gerade vorgeschlagen habe.«

Krüger griff verächtlich nach dem Hörer und hielt ihn ans Ohr. Plötzlich machte er große Augen, saß kerzengrade und sackte gleichzeitig in seinem Stuhl zusammen. Mehr als »Aha«, »Selbstverständlich« und »Hmm« brachte er nicht zustande. Als das Gespräch zu Ende war, wirkte Krüger wie ein begossener Pudel.

»Informieren Sie nun bitte meine Mitarbeiter, was man Ihnen soeben aus der Führungsebene des Bundeskriminalamtes erklärt hat, Herr Krüger«, forderte ihn der Inspektionsleiter auf.

»Woher haben Sie, ich meine, wieso –«, stammelte Krüger. Dann riss er sich zusammen. »Wir arbeiten zusammen. Volle Kooperation.«

Der BKA-Mann war jetzt sehr kurz angebunden.

»Als ich Ihren Wagen habe vorfahren sehen, war mir von vornherein klar, was passieren würde, auch wenn mir der Hintergrund noch fehlte«, sagte Tinsch und deutete mit dem Kopf zum Fenster, von dem er den Parkplatz der Inspektion einsehen konnte. »Ich habe umgehend Vorkehrungen getroffen. Auch die Dorfbullen hinterm Deich haben ihre Kontakte.«

»Vielleicht wären Sie so nett, uns in die Hintergründe einzuweihen«, sagte Nunk.

Olofsen grinste wie ein Honigkuchenpferd. »Nein, nicht hier«, sagte er. »Wenn, dann für alle Kollegen der Soko.«

Kurz darauf war die gesamte Soko wieder im Besprechungsraum versammelt. Der Flurfunk hatte bereits das gesamte Haus über die Anwesenheit des BKA informiert. Krüger hatte seine Kollegin, die noch im Wagen gewartet hatte, ebenfalls herbeigeordert.

»Wir haben eine besondere Situation«, begann Nunk den zweiten Teil der Besprechung. »Wie es scheint, sind die beiden Mordfälle hier Teil einer weitaus komplexeren Ermittlung, die auch das Bundeskriminalamt beschäftigt. Wir werden in dieser Sache zusammenarbeiten.«

Das Wort »zusammen« betonte er dabei besonders deutlich und blickte nacheinander die beiden BKA-Beamten an.

»Wenn es so sein soll, dann soll es so sein«, sagte Krüger. »Mein Name ist Thorsten Krüger. Zusammen mit meiner Kollegin Karen Krause untersuche ich die Machenschaften einer international agierenden Gruppe von Terroristen, soweit es deren Aktivitäten in Deutschland betrifft. Michael Dänker gehörte ebenfalls zu unserer Einheit. Vor einer knappen Woche haben wir den Kontakt zu ihm verloren, jedoch haben wir die Datenbankanfrage der Hamburger Rechtsmedizin mitgelesen und unseren Kollegen sofort identifiziert. Herauszufinden, dass er hier in Cuxhaven tot aufgefunden worden war, hat nur wenige Minuten gedauert. Anschließend haben wir uns ohne Umschweife auf den Weg hierher gemacht.«

»Terroristen? Organisierte Clans? Was ist das für ein Netzwerk? Worum geht es?«, fragte Greiner. »Welche Motivation treibt diese Leute an?«

Krause warf Krüger einen Blick zu. Als sie dessen kurzes Nicken sah, sagte sie: »Es sind keine politisch oder religiös motivierten Leute. Die Gruppe, deren Anführer uns nur als ›Der Brite‹ bekannt ist, betrachtet sich eher als eine Organisation, die sich der Wirtschaftsförderung verschrieben hat, auch bei uns in Deutschland. Deshalb sind wir involviert.«

»Wirtschaftsförderung? Das verstehe ich jetzt nicht«, sagte Olofsen. »Und wenn es keine religiöse oder politische Ideologie gibt, klingt es für mich einfach nach einer Bande von Kriminellen.«

»Da kann ich grundsätzlich zustimmen«, bestätigte Krause und klang dabei ein wenig oberlehrerhaft. »Der Übergang vom Kriminellen zum Terroristischen ist an dieser Stelle tatsächlich fließend. In unserem Fall macht die Größenordnung den Unterschied. Es geht nicht darum, dem Pizzabäcker von nebenan Schutzgelder abzupressen – wie es wohl hier auf dem Dorf geschehen würde.«

»Wirtschaftsförderung«, übernahm nun Krüger wieder die weiteren Erklärungen, »bedeutet für diese Gruppe, jegliche Art von Widerstand aus dem Weg zu räumen, um industrielle oder wirtschaftliche Großprojekte zu ermöglichen – oder auch zu verhindern, wenn der Status quo für den Auftraggeber vorteilhafter ist. Hätte jemand die Idee gehabt, die Elbvertiefung vor Ihrer Haustür in die Hände dieser Organisation zu legen, so wäre man jetzt nicht nur fertig, die Elbe wäre auch nicht nur einen Meter fünfzig, sondern gleich vier Meter tiefer und fünfzig Meter breiter geworden.«

»Das kann ich mir kaum vorstellen«, warf Greiner ein.

»Machen Sie sich mit dem Gedanken vertraut, dass diese Leute vor nichts zurückschrecken. Vor gar nichts!«, warf Krause ein.

»Geld, Patronen, Gift, Sprengstoff, Unfälle, Erpressung, Bestechung, alles, was geht, auch Mord. Nur das Ziel steht im Fokus, der Weg ist wumpe«, ergänzte Krüger.

»Was suchen solche Leute hier im Cuxland?«, stellte Olofsen die Frage, die alle anderen ebenfalls bewegte.

»Da steckt das Problem«, gestand Krüger. »Wir wissen es nicht.«

»Warum war Ihr Kollege – Dänker – hier?«, fragte Olofsen weiter.

»Auch darüber sind wir uns noch nicht völlig im Klaren«, sagte Krause.

»Aber irgendwas müsst ihr doch wissen. Im BKA sind doch nur schlaue Cops«, frotzelte Olofsen.

Weder Krüger noch Krause gingen auf den Seitenhieb ein.

Nach einigen Augenblicken der Stille sagte Krüger: »Dänker war auf einer Undercover-Mission im Ausland. Dass er hier in Cuxhaven als Leiche aufgetaucht ist, hat uns komplett von hinten erwischt.«

»Undercover-Auslandseinsatz?« Olofsen war skeptisch. »Seid ihr wirklich vom BKA oder eigentlich doch vom BND?«

Krüger lachte gequält. »BKA. Tatsächlich operieren wir gelegentlich auch im Ausland. Ob der Bundesnachrichtendienst auch involviert ist, weiß ich nicht. Die sind noch viel unkooperativer als wir.«

Ein leises Lachen ging durch den Raum. Das Eis schien langsam zu brechen.

»Wo fand der Einsatz statt?«, erkundigte sich Greiner.

»Großbritannien. In London«, sagte Krüger. »Dort ist auch die Verbindung abgerissen.«

»Aber er wird drüben doch eine Kontaktperson gehabt haben«, warf Pall ein.

Krause nickte. »An die versuchen wir heranzukommen. Leider stoßen wir hier an ein paar bürokratische Hürden, denn die britischen Kollegen sind momentan sehr zurückhaltend, um es freundlich auszudrücken. Wir kommen nicht an diese Person heran, sondern können nur abwarten.«

Olofsen zog die Stirn kraus. »Für mich scheint es so, als ob die Aktion ein kompletter Flop war. Euer Kollege ist tot, und ihr habt nicht den geringsten Schimmer, was überhaupt los ist. Habe ich das im Rahmen der totalen Transparenz richtig verstanden?«

Krüger und Krause warfen sich gegenseitig kurze Blicke zu, dann nickten sie synchron.

Olofsen und Greiner brachten die BKA-Kollegen hinsichtlich der beiden Morde in Cuxhaven auf den aktuellen Stand. Pall erklärte daraufhin noch einmal ausführlich seine Untersuchung der »Emma V«.

Als Olofsen auf den wahrscheinlichen Zusammenhang der beiden Morde aufgrund der gleichen Mordwaffe zu sprechen kam, machten die Ermittler aus Wiesbaden große Augen.

»Diese Info ist neu und erscheint mir sehr wichtig«, sagte Krüger, nachdem er einen Moment darüber nachgedacht hatte.

»Das sehe ich auch so«, bestätigte Olofsen. »Euer Mann verschwindet irgendwo in England und taucht in Cuxhaven wieder auf, zwar tot, aber immerhin. Es gibt eine regelmäßige RoRo-Verbindung zwischen Cuxhaven und England.«

»Immingham ist der Zielhafen auf der anderen Seite«, sagte Greiner.

»Verdammt«, sagte Krüger und blickte seine Kollegin aufgebracht an. »Warum wissen wir davon nichts?«

»Weil die Dorfbullen ihr Dorf kennen und die Überflieger nur den Kondensstreifen sehen, hinter dem die Details verschwinden«, beantwortete Olofsen süffisant die gar nicht an ihn gerichtete Frage.

»Jaja«, warf Krüger genervt ein. »Wir haben es verstanden.«

»Wir brauchen viel mehr Informationen«, sagte Nunk. »War zum Zeitpunkt des Mordes an dem Ports-of-Cux-Wachmann ein Schiff aus Immingham hier im Hafen? Wenn ja, welches? Waren Passagiere an Bord? Wenn ja, wer?«

»Wie genau kann der Zeitpunkt von Michael Dänkers Tod eingegrenzt werden? Lag in diesem Zeitraum ebenfalls ein Schiff aus Immingham hier – vielleicht sogar das gleiche?«, setzte Greiner die Liste der offenen, aber dringend zu klärenden Fragen fort.

»Und wir brauchen Zugriff auf die Besatzungslisten«, ergänzte Krause.

Die Besprechung war beendet. Die BKA-Beamten wollten im Hotel einchecken und eine Kleinigkeit essen. Krause wollte sich am kommenden Morgen, sobald es hell genug war, mit Pall den Kutter anschauen.

Greiner versprach, sich mit Ports-of-Cux in Verbindung zu setzen, um die Informationen rund um die Fähren nach und von England zu sammeln.

Olofsen ging in sein Büro und rief beim Institut für Rechtsmedizin in Hamburg an. In der Hoffnung, noch weitere Details zum Tod des BKA-Manns auf dem Krabbenkutter zu erfahren, ließ er sich mit Dr. Osamente verbinden.

»Hallo, Herr Kommissar«, hörte er nach kurzer Wartezeit ihre Stimme im Hörer. »Ich habe dich bei der Obduktion vermisst.«

»Martin ist auch ein netter Kerl«, antwortete Olofsen.

Sie lachte. »Stimmt. Was kann ich für dich tun?«

»Unsere Krabbenkutterleiche«, sagte Olofsen. »Ich brauche mehr Informationen, insbesondere zum Zeitpunkt des Todes.«

»Wir haben hier alle Hände voll zu tun. Es wird noch ein wenig dauern, bis ich hierzu wasserdichte Daten liefern kann. Sicher ist, dass der Mann nicht sonderlich lange im Wasser gelegen hat, achtundvierzig Stunden, höchstens zweiundsiebzig. Die Schüsse waren die Todesursache, die Schläge haben den Mann aber stark verletzt. Vermutlich wäre er diesen Verletzungen auch erlegen, aber das hätte länger gedauert.«

»Achtundvierzig bis zweiundsiebzig Stunden, immerhin ein Anfang, mit dem ich arbeiten kann«, sagte Olofsen. »Das passt mit dem Untergang des Kutters gut zusammen.

Sie redeten noch über ein paar Belanglosigkeiten, dann war das Gespräch beendet. Gerade als er sich eine letzte Tasse Kaffee vor dem Feierabend holen wollte, betrat Greiner das Büro. »Bei Ports-of-Cux habe ich keine brauchbare Auskunft bekommen«, berichtete er. »Der, der Bescheid weiß, hat schon Feierabend gemacht. Sie versuchen, ihn zu Hause zu erreichen.«

»Verdammt«, beschwerte sich Olofsen. »Wir kommen nicht weiter. Und zu allem Überfluss haben wir jetzt auch noch diese BKA-Zauberer an der Backe.«

»Glaubst du, dass sie uns alles erzählt haben?«

Olofsen lachte hämisch. »Natürlich nicht. Nur, was wir gerade eben wissen dürfen, und nur so viel, damit es den Anschein hat, sie würden mit offenen Karten spielen. Das wird noch ein riesengroßer Scheiß.«

»Wie wollen wir damit umgehen?«, fragte Greiner.

»Wir spielen das Spiel mit. Noch haben wir die Nase vorne. Sorgen wir dafür, dass es auch so bleibt.«

FÜNF

Dienstag, 21. Januar, abends, bis Mittwoch, 22. Januar, mittags

»Fast zu Hause«, murmelte Olofsen leise vor sich hin und schaltete das Autoradio aus. Er lenkte den Wagen in die Auffahrt neben dem großen, weißen Haus in Nordleda. Draußen war es bereits dunkel.

Er schloss die Haustür auf. »Ich bin zu Hause«, rief er. Er drückte die nur angelehnte Tür des Flurs auf und trat in den Wohnbereich. Überall herrschte Dunkelheit, keine einzige Lampe brannte. Auf der Suche nach dem Lichtschalter machte er einen Schritt nach vorne – und stolperte augenblicklich über eine Holzkiste, die auf dem Boden stand.

»Verdammt«, fluchte er laut vor sich hin. Sein Schienbein schmerzte, und er hüpfte auf einem Bein auf und ab. Dann fand er den Schalter, sofort erstrahlte der Raum in gemütlichem, warmweißem Licht.

Olofsen sah sich um. »Paula?«

Keine Antwort.

»Bist du da?«, rief er erneut, erhielt abermals keine Antwort. Stattdessen erspähte er das kleine, blinkende rote Licht an der Basisstation des Telefons. Er hüpfte auf das Licht zu und drückte die Wiedergabetaste.

»Eine neue Nachricht«, verkündete eine synthetisch klingende Frauenstimme. Olofsen wartete.

»Hallo, Arne«, erklang nun eine andere Stimme. Es war Paula, sie klang gehetzt. »Du, ich komme heute erst spät nach Hause, hier im Krankenhaus ist die Hölle los. Erzähl ich dir nachher. Kannst du bitte Sam bei den Nachbarn abholen? Küsschen.«

Olofsen verzog enttäuscht das Gesicht.

Vor etwas mehr als einem Monat waren Paula und er hier

eingezogen. Seitdem er im vergangenen Jahr den Sandbankkiller zur Strecke gebracht hatte, waren sie ein Paar. Nach und nach waren ihre beiden Hausstände in einen verschmolzen, bis Olofsen sie eines Abends auf seinem Sofa gefragt hatte, ob sie sich vorstellen könnte, mit ihm zusammenzuziehen. Beim Aussprechen dieser Worte hatte sich sein Magen zu einem Knoten zusammengezogen, und fast wären sie in seinem trockenen Mund zu Staub zerbröselt, den er bestenfalls hätte aushusten können. Schließlich hatte er es als passionierter Stinkstiefel immer geschafft, innerhalb kurzer Zeit Freundschaften zu ruinieren und andere, ihm zugeneigte Menschen zu vergraulen. Allem Anschein nach hatte die Nordsee ihn jedoch verändert, ihn trotz des Stresses, den sein Job unweigerlich mit sich brachte, ruhiger und ausgeglichener werden lassen. Er wollte das Positive im Menschen sehen, er wollte hier sein, und er wollte mit Paula zusammen sein.

Paula war aufgesprungen und vor Begeisterung durch das kleine Wohnzimmer getanzt. Hund Sam hatte sich erschrocken und verängstigt in die Küche verzogen. Ja, sie wollte. Anschließend hatten die beiden Fakten geschaffen. Keine kleine Etagenbutze, sondern ein schönes Haus sollte es sein. Gerne auch ein wenig außerhalb. In Nordleda, einer kleinen Ortschaft zwischen Cuxhaven und Otterndorf, in der es mehr Milchvieh als Menschen gab, waren sie fündig geworden.

Und nun stand er hier allein inmitten ihres gemeinsamen Hauses, in dem er sich eigentlich wohlfühlte, und wäre nach dem anstrengenden Tag gerne gleich in ihre Arme gefallen.

Olofsen ging in die Küche, öffnete den Kühlschrank und nahm sich einen Joghurt. Nicht nur, dass Paula ihn gezähmt hatte, sie hatte es auch irgendwie geschafft, ihn schleichend von ungesunder zu gesunder Ernährung zu führen – was ihm erst bewusst geworden war, nachdem er lauthals verkündet hatte, wie »verdammt lecker das Grünzeug« doch war. Es kam ihm inzwischen völlig normal vor.

So allein in dem ruhigen Haus merkte Olofsen, wie müde

er war. Hund Sam konnte tagsüber bei den Nachbarn bleiben, einem älteren Ehepaar, das Hunde über alles liebte. Sie hatten selbst einen Beagle, der sich mit wilden Sprüngen über den neuen Spielkameraden gefreut hatte. Seitdem war Sam regelmäßiger Gast dort. In ein paar Minuten würde er das Tier abholen.

Sich anschließend vor den Fernseher zu setzen, war keine Option. Seinem Winterhobby – dem Holzwerken – nachzugehen, hatte er keine Lust, und seine neue Leidenschaft – ein kleines Motorboot namens »Sheriff Schlammschuh« – stand im Winterlager.

Ein Buch, ging es ihm durch den Kopf, mit einem guten Buch auf das Sofa, ein ebenso gutes Glas Wein dazu und Sam den Nacken kraulen. Ja, genau so würde er es machen.

Plötzlich spürte er, wie sich eine Hand auf seine Brust legte, und schreckte hoch.

»Was zum –« Dann erkannte er Paula, die neben ihm saß. Olofsen war über seinem Buch eingeschlafen und hatte gar nicht mitbekommen, dass sie nach Hause gekommen war. Sam lag zu seinen Füßen und streckte sich.

Paula gab Olofsen einen Kuss. »Bäh, du schmeckst nach Wein.«

Er richtete sich auf und schielte auf die Uhr auf der Fensterbank. Es war fast elf Uhr abends. »Ich glaube, ich habe schon ein wenig vorgeschlafen.«

»Und dabei von der tollsten Frau der Welt geträumt«, ergänzte Paula den Satz.

Olofsen grinste über beide Ohren und zog sie an sich. »Selbstverständlich«, sagte er. »Erzähl. Was war los im Krankenhaus?«

Paula atmete aus und schloss die Augen. Sie blieb ein paar Augenblicke so in seinen Armen liegen, bevor sie weitersprach. »Ach, so richtig kann ich das gar nicht erklären. Es ist einfach zu viel zu tun, keine Zeit, sich wirklich um die Patienten zu kümmern – du weißt schon, mal ein paar Minuten zu haben, um mit dem einen oder anderen zu reden. Ein paar nette und aufrichtige Worte helfen oft genauso viel wie teure Medikamente.«

»Richtig, mit einer gesunden Psyche lässt sich die Genesung hervorragend unterstützen«, ergänze Olofsen.

Paula blieb still liegen. Olofsen befürchtete schon, sie sei eingeschlafen, als sie weitersprach. »Wir sind einfach hoffnungslos unterbesetzt. Scheißsystem. Da, wo es darum geht, Menschen zu helfen, ist kein Geld vorhanden, dafür werden Leute in den so wichtigen Bullshitjobs mit Geld überschüttet.«

Zwar wusste Olofsen nicht ganz genau, von welchen Jobs sie sprach, nickte aber eifrig. »Bei uns sieht es nicht besser aus. Hellmann ist krank, nun muss ich mich auch um seine Fälle kümmern.«

Paula sah ihn an. »Ist es viel?«

»Nein, eigentlich ist es nicht schlimm«, sagte Olofsen. »Gerade die beiden Mordfälle, von denen ich dir erzählt hatte, hängen zusammen. Da macht es schon Sinn, dass einer – ich – beide Fälle untersucht.«

Paula setzte sich auf. »Lass uns nicht mehr über die Arbeit reden. Was liest du da eigentlich?«

Olofsen betrachtete das Buch. »Das ist Klaus Walbergs erster Krimi. Er hat mir ein signiertes Exemplar geschickt.«

»Und?«

Olofsen dachte einen Moment nach. »Ein Hamburger-Hafen-Krimi. Ein durchgeknallter Irrer bringt Leute mit toxischen Algen um, und so ein blitzgescheiter Jungkommissar durchschaut alles im Handumdrehen. Algen als Mordwaffe – ich weiß nicht. Mit dem Skalpell war Walberg besser als mit der elektronischen Schreibfeder.«

Paula lachte. »Viren im Cuxland sind auch nicht besser. Aber nun ins Bett, Herr Kommissar. Ich bin todmüde. Morgen sieht alles schon wieder anders aus, ob mit oder ohne Algen.«

***

Die grün leuchtenden Ziffern der Digitaluhr an der Wand zeigten ein Uhr in der Nacht an. Der Mann stand in einem kleinen, hell erleuchteten Labor direkt neben dem Raum mit den Mäusekäfigen. Er trug einen staubdichten Schutzanzug mit Kapuze, seine Hände steckten in Latexhandschuhen, die so lang waren, dass sie ihm über die Ärmel des Anzugs fast bis an die Ellbogen reichten. Seine Augen waren durch eine Schutzbrille geschützt, über Mund und Nase saß eine FFP3-Schutzmaske.

Ein aufgeschlagenes Notizbuch lag auf der Arbeitsbank. »B19-1« prangte in sauber geschriebener Druckschrift oben auf der Seite, darunter folgten einige Zeilen mit weiteren Eintragungen. Gerade legte der Mann einige braune Klümpchen, halb so groß wie Kaffeebohnen, auf eine Feinwaage und notierte sich das Gewicht. Danach gab er das Material vorsichtig in eine kleine, aber mit sehr scharfen Messern bestückte Mühle. Das Gerät sah aus wie eine Gewürzmühle aus der Küche, war aber wesentlich leistungsfähiger.

Nachdem er den Deckel aufgesetzt und sorgfältig verschlossen hatte, stellte er den Timer auf dreißig Sekunden Laufzeit bei höchster Messerdrehzahl. Das Gerät begann mit einem hohen Ton zu surren, die Klingen drehten sich unglaublich schnell und zerkleinerten alles, was ihnen in den Weg kam, zu Staub. Nachdem die Zeit abgelaufen war, gab das Gerät zwei Pieptöne von sich, das Surren erstarb, und die rotierenden Messer kamen zum Stillstand.

Ungeduldig drehte der Mann den Deckel ab und stülpte einen vorbereiteten Plastikbeutel über das nun offene Gefäß. Da das ganze Gerät weder sonderlich groß noch schwer war, hob er es mitsamt dem Beutel an und drehte es kurzerhand auf den Kopf. Das fein gemahlene Material fiel in den Beutel, den er schnell luftdicht verschloss. Nur ein wenig des Materials stieg bei dieser Prozedur als kleine, unsichtbare Wolke aus der Öffnung des Beutels auf und begann, sich über dem Tisch zu verteilen.

»Fertig«, sagte der Mann zu sich selbst mit Erleichterung

in der Stimme. Dann schob er einmal kurz seine FFP3-Maske unter das Kinn und nahm einen sorglosen, tiefen Atemzug.

Nachdem er den Beutel in einer aktenordnergroßen Stahlkassette weggeschlossen hatte, in der schon mehr als ein Dutzend ähnlicher Beutel lagen, machte er sich daran, das Labor mit allergrößter Akribie zu reinigen. Alle Oberflächen im Raum, Ecken und Kanten, selbst die Wände reinigte er mit einem scharfen Desinfektionsmittel. Als Letztes wischte er den Boden mit einer nach Essig riechenden Flüssigkeit, anschließend verließ er den Raum. Die Stahlkassette nahm er mit. Er würde sie gleich in einen Kühlschrank stellen.

Es schloss sich ein winzig kleiner Vorraum an, in dem er sich mit geschickten Bewegungen aus seinem Schutzanzug pellte, die Handschuhe und die Atemmaske abnahm und alles in einen Müllsack stopfte, den er ebenfalls zuvor bereitgelegt hatte. Er würde sich noch in dieser Nacht darum kümmern, den Sack zu verbrennen. Die Schutzbrille legte er für ein paar Minuten in ein Desinfektionsbad, das auf einem kleinen Regal stand.

Nachdem die Kassette verstaut war, führte ihn sein letzter Weg in den Raum mit den Mäusekäfigen. Dort hantierte er noch eine ganze Weile, dann ging er endlich hundemüde nach Hause. Die leuchtend grünen Ziffern der Wanduhr zeigten drei Uhr zwanzig.

***

Am nächsten Morgen standen Olofsen und Paula gleichzeitig auf. Nach einem schnellen gemeinsamen Frühstück machten sie sich beide wieder auf den Weg, Sam war bei seinem Freund nebenan. Paula wollte zunächst zurück in die Klinik. Für den frühen Nachmittag plante sie, sich in den Zug zu setzen, um ihre Eltern zu besuchen, die in einer kleinen Ortschaft in der Nähe von Paderborn lebten. Ihrem Vater ging es nicht so gut, er musste für ein paar Tage ins Krankenhaus, um sich einer Operation an der Hüfte zu unterziehen, und sie hatte versprochen, den beiden beizustehen, ihre Mutter zum Krankenhaus zu begleiten und ihr im Haus zu helfen.

»Melde dich, wenn du angekommen bist«, flüsterte ihr Olofsen ins Ohr, als er sie zum Abschied fest in den Arm nahm. »Ich hätte dich gerne begleitet, aber wegen dieser Mordfälle komme ich hier nicht weg.«

Sie lächelte ihn verliebt an und gab ihm einen langen Kuss. »Kein Problem. Wahrscheinlich würdest du dich nach einem halben Tag doch nur langweilen.«

Olofsen blieb noch neben seinem Auto stehen und beobachtete Paula, wie sie rückwärts aus der Ausfahrt setzte und wegfuhr. Er selbst hätte sich vielleicht auch mehr um seine Eltern kümmern sollen, solange er noch die Chance gehabt hatte, ging es ihm durch den Kopf. Aber immer war etwas anderes wichtiger gewesen, die Ausbildung, die Freunde – sofern gerade vorhanden –, der Beruf. Erst in Stuttgart, dann in Berlin, jetzt hier in Cuxhaven. Irgendeine Fortbildung oder einfach keine Lust. Jetzt war es zu spät. Sein Vater war vor drei Jahren an einem Herzinfarkt gestorben, und Olofsen hatte es mit Ach und Krach zur Beerdigung geschafft. Seine Mutter war kurz darauf ebenfalls verstorben – fast fünfzig Jahre war sie mit ihrem geliebten Heinrich verheiratet gewesen. Sein Tod war auch ihr Tod.

Olofsen kaute auf der Unterlippe. Nun blieben ihm nur noch seine Schwester Svea und ihre kleine Tochter Nele. Und auch die beiden sah er viel zu selten.

»Schluss jetzt mit den Sentimentalitäten«, schalt er sich und schluckte die aufkeimende Traurigkeit herunter. »Noch ist es nicht zu spät. Zusammen mit Paula kriege ich das hin. Das werde ich nicht versauen.«

***

Finn stand wieder vor den Mäusekäfigen und betrachtete fasziniert die Tiere der B19-1-Reihe. Sie wuselten quicklebendig durch den Käfig, von der zuvor beobachteten Apathie war keine

Spur mehr zu sehen. Es war kurz vor sechs Uhr morgens. Noch bevor er ins Büro nach Bremerhaven fahren würde, war Finn in ihr kleines Biohacker-Labor gekommen, um sich den Zustand der Mäuse anzusehen.

»Das verstehe, wer will«, sagte er zu sich selbst. Er ging erneut zum Schreibtisch und prüfte seine Aufzeichnungen. Jetzt war alles, wie es von vornherein hätte sein sollen.

Die Tür öffnete sich, und Thore betrat den Raum. Obwohl es noch sehr früh war, sah er aus wie aus dem Ei gepellt. Auch seine Laune war gut. Wie Finn kam er häufig in den frühen Morgenstunden – weil er dann besser denken konnte, wie er immer behauptete, und abends mehr Zeit für seine Freundin Anja hatte.

»Was machen deine Sorgenkinder?«, fragte er und klang tatsächlich interessiert.

Finn drehte sich zu ihm um. »Sie sind topfit.«

»Das ist doch klasse.«

»Aber ich verstehe es nicht«, sagte Finn. »Ich mag es nicht, wenn sich in meinen Versuchsreihen Dinge ereignen, die nicht vorgesehen waren und die ich nicht verstehe.«

»Ach was, zerbrich dir nicht den Kopf.«

Finn machte ein Geräusch, das ebenso Zustimmung wie auch Ablehnung bedeuten konnte.

»Wie geht's jetzt weiter?«, fragte Thore.

»Ich halte mich jetzt einfach an den Versuchsplan«, sagte Finn. »Heute habe ich sowieso keine Zeit. Ich muss den ganzen Tag zum Projekt-Review mit dem Management. Elendig lange und langweilige Angelegenheit.«

»Da müssen wir alle regelmäßig durch.« Thore klopfte ihm auf die Schulter und ging.

Ein wenig Zeit blieb Finn noch, bis er in der Firma sein musste, um seiner offiziellen Arbeit nachzugehen. Zuvor würde er sich jedoch noch ausführlich mit den Tieren der Reihe B19-1 befassen. Auch wenn er es Thore gegenüber nicht zugeben wollte – die Sache ließ ihm keine Ruhe. Er räumte den Laptop vom Schreibtisch und platzierte dort stattdessen eine flache Plastikwanne. Danach verließ er kurz den Raum und kam mit einer Handvoll kleiner steriler Kanülen und einigen Reaktionsgefäßen zurück. Schnell zog er einen Kittel an, setzte sich erst eine Schutzbrille auf, dann eine FFP3-Maske und streifte als Letztes ein paar steril verpackte Latexhandschuhe über seine Finger.

Nachdem alle Vorbereitungen abgeschlossen waren, trat er an den B19-1-Käfig, schob vorsichtig den Deckel nach hinten, griff hinein und schnappte sich die erste Maus, noch bevor sie begriff, was eigentlich passierte. Mit geübten Handgriffen holte Finn eine Kanüle aus der Verpackung, ohne die Maus dabei loszulassen, und nahm dem Tier ein wenig Blut ab. Den Tropfen gab er vorsichtig in eines der Reaktionsgefäße und drückte mit dem Daumen den Deckel zu. Das Tier entließ er zurück in den Käfig. Diese Prozedur führte er nacheinander mit allen anderen Tieren durch, nur dass das Fangen jeweils etwas länger dauerte, weil die Mäuse nun gewarnt waren.

***

In der Polizeiinspektion stand die morgendliche Besprechung an, und Olofsen fürchtete, dass die BKA-Kollegen schlechte Stimmung verbreiten würden. Im Grunde hatten sie ja recht – sie traten alle auf der Stelle, es gab keinen echten Fortschritt. Sie wussten zwar jetzt, dass insgesamt zwei Fähren im Pendelverkehr auf der Strecke von Immingham nach Cuxhaven eingesetzt wurden, dass die Schiffe acht bis zehn Stunden in Cuxhaven zum Be- und Entladen lagen, bevor sie sich wieder auf die knapp zwanzigstündige Reise nach England machten, und dass sich die Crewmitglieder während der Liegezeit in Cuxhaven, sofern sie auf den Schiffen nicht im Dienst waren, frei bewegen konnten und gerne mit den bordeigenen Fahrrädern in die Stadt fuhren. Außerdem hatten sie aus diesen Infos ableiten können, dass jedes Schiff am übernächsten Tag erneut in

Cuxhaven festmachte. Aber das alles half ihnen im Moment nicht weiter. Sie warteten noch immer auf die Besatzungslisten. Bei Ports-of-Cux lagen diese nicht vor, und die englische Seite sah bislang keinen Grund zur Eile.

Als Olofsen den Besprechungsraum im dritten Stockwerk betrat, stellte er fest, dass er nicht der Erste war. Greiner und Pall saßen bereits in einer der beiden hinteren Ecken des Raumes und unterhielten sich leise. Bis vor Kurzem war er selbst auch immer sehr früh am Morgen ins Büro gekommen. Wenn er konzentriert arbeiten wollte, ohne durch Anrufe oder laute Kollegen gestört zu werden, war diese Zeit perfekt gewesen. Doch seit er mit Paula zusammenlebte, hatte er seine Gewohnheiten geändert. Nun genoss er die gemeinsame Zeit am heimischen Küchentisch, in der sie zusammen eine Tasse schwarzen Tee, Toast und etwas Obst frühstückten, bevor sich jeder in den Wahnsinn des Alltags stürzte.

»Moin«, begrüßte er seine beiden Kollegen, erhielt aber keine Antwort. Mit einem Schulterzucken verließ er den Raum wieder, um sich einen Becher Kaffee zu holen. Auf dem Flur traf er Nunk, der auf dem Weg ins Besprechungszimmer war und ihn mit besorgter Miene anblickte.

»Hast du es schon gehört?«, fragte er Olofsen.

Der zog eine Augenbraue hoch. »Was soll ich gehört haben?«

»Wir wissen jetzt endlich, wer in England der Kontaktmann von Dänker war.«

Olofsen war sofort hellwach. »Wer?«

»Ein Kerl namens Ian Parker. Auf ihn wurde ebenfalls ein Anschlag verübt. Er ist tot.«

»Was wissen wir über ihn?«, fragte Olofsen.

Nunk schüttelte den Kopf. »Im Moment noch nichts. Ich hoffe, dass uns Krüger gleich mehr erzählen wird.«

»Dein Wort in Gottes Ohr«, sagte Olofsen. »Da bin ich ja wirklich mal gespannt, wie viel er von der Idee der transparenten Zusammenarbeit schon wieder vergessen hat.«

Wenige Minuten später trafen Krüger und Krause ein. Krüger wirkte ausgeschlafen und zufrieden, während seine Kollegin ein miesepetriges Gesicht zog.

»Moin«, eröffnete Olofsen die morgendliche Besprechung. »Hat es Neuigkeiten gegeben, die uns weiterhelfen, unsere beiden Mordfälle zu klären?« Zunächst schaute er über die versammelten Kollegen hinweg, dann fixierte er Krüger, der mit fliegenden Fingern auf seinem Smartphone tippte.

Der spürte den Blick und lehnte sich zurück. »Die gibt es allerdings«, hob er an. »Ian Parker ist derjenige, mit dem unser Kollege Michael Dänker in England zusammengearbeitet hat.«

Olofsen zog eine Augenbraue hoch. Mit dieser Offenheit hatte er nicht gerechnet.

»Wir wissen noch nichts Genaues«, fuhr Krüger fort, »nur, dass Parker beim britischen MI5 tätig war. Auf ihn wurde ein Anschlag verübt, er hat nicht überlebt.«

»MI5. Geheimdienst«, brummte Olofsen. »Die Angelegenheit zieht unschöne Kreise.«

Der MI5, dessen offizieller Name eigentlich »Security Service« lautete, war der britische Inlandsgeheimdienst und unterstand dem Innenministerium. Die knapp viertausend Mitarbeiter der Organisation hatten sich dem Kampf gegen den Terrorismus verschrieben und konnten bisweilen einige große Erfolge verbuchen.

»Der Brite und seine Organisation sind ja auch keine kleinen Fische aus dem Dorfladen«, entgegnete Krause altklug.

»Meine Güte. Schlecht geschlafen, oder was?«, schnappte Pall. »Und jetzt Butter bei die Fische aus dem Laden, sonst greifen sich die Dörfler ihre Mistgabeln und jagen euch hinfort.«

Krause schnappte nach Luft, doch Krüger hob beschwichtigend die Hände. »Wir verheimlichen nichts. Nur habe ich selbst momentan bis auf einen Namen mehr Fragen als Antworten.« Er schaute auf die Uhr an seinem Handgelenk. »In knapp zwanzig Minuten wird es eine Videokonferenz mit dem Leiter von Parkers Einheit geben. Soweit ich informiert bin, werden auch einige andere Beamte der Abteilung ›International Counter-Terrorism‹ teilnehmen. Ich gehe davon aus, in diesem Gespräch mehr zu erfahren.«

»Da würden wir gerne mithören«, sagte Olofsen.

Krause schüttelte den Kopf.

»Okay«, sagte Krüger und fing sich einen vernichtenden Blick seiner Kollegin ein. »Ich hoffe, dass die Briten sich nicht querstellen. Haben wir hier ein Videokonferenzsystem?«

»Haben wir«, beantwortete Olofsen die Frage.

Die Ermittler saßen um den großen Tisch herum und starrten gebannt auf Krügers Finger, die über die Tastatur seines Laptops wirbelten, um eine gesicherte LAN-Verbindung nach London aufzubauen. Der Laptop wiederum war mit dem Lautsprecher, einer kleinen Webcam und einem Beamer verbunden, der das Videobild von der anderen Seite an die Wand projizierte.

Es knackte, piepte und summte in der Leitung. Dann meldete sich eine weibliche, leicht nasale Stimme und begrüßte Krüger in ausgeprägtem Oxford-Englisch. Ein Bild mit drei Personen erschien auf der Wand.

»Good morning, Mister Kreugör.« Das »ü« brachte die Geheimdienstfrau auf der anderen Seite nicht richtig über die Lippen. »It's good to see you. What a mess.«

Krüger stimmte zu. Die beiden setzten ihren Small Talk noch einen Augenblick fort, dann erklärte Krüger seiner Gesprächspartnerin, wer außer ihm noch dabei war und warum.

Einen Augenblick zögerten die MI5-Leute. Geheimdienstler konnten eben nicht einfach aus ihrer Haut schlüpfen. Sie steckten die Köpfe zusammen und besprachen sich leise. Kurz darauf stimmten sie zu, dass die Cuxhavener Ermittler am Gespräch teilnahmen. Man einigte sich darauf, das Gespräch auf Englisch zu führen, da die Briten des Deutschen nicht mächtig waren. Falls notwendig, würde Krüger für seine Kollegen übersetzen.

Die näselnde Engländerin stellte sich als Joanna Weller vor, neben ihr waren noch ein Kollege von »International Counter-

Terrorism« und eine Mitarbeiterin des JTAC, dem »Joint Terrorism Analysis Centre«, dabei, die sich jedoch beide nicht namentlich vorstellten.

»Well then, let's go for it«, sagte Weller und strich sich eine dunkle Locke aus dem Gesicht.

»Wir fangen an«, übersetzte Krüger.

»Das haben wir verstanden.« Olofsen verdrehte die Augen.

»Wi a not from se Deutsche Bahn«, quäkte Pall und hatte mit diesem Einwurf kurzzeitig die Lacher auf seiner Seite.

»What can you tell us about the assault on Ian Parker?«, fragte Krüger.

»Er fragt, was die Engländer über den Anschlag auf Parker wissen«, übersetzte Greiner schnell für alle im Raum.

»We are still putting the pieces together«, begann Weller. Dann erklärte sie, dass Parker von seiner Schwester in seiner Wohnung gefunden worden war. Sie hatte einen Schlüssel und war vorbeigekommen, um sich bei ihrem Bruder Lektüre für ihren Urlaub auszuleihen. Parker lag auf dem Bett, der herbeigerufene Notarzt konnte nur noch seinen Tod feststellen. Da der kurzfristige und unerwartete Tod eines MI5-Mitarbeiters per Definition verdächtig war, wurde eine Obduktion durchgeführt. Bis sämtliche Ergebnisse vorlagen, hatte man sich in Schweigen gehüllt und die Anfragen des BKA ignoriert.

»Was ist bei der Obduktion herausgekommen?«, fragte Olofsen, doch Krüger machte ihm nur ein Zeichen, den Mund zu halten.

Weller hatte Olofsens Frage nicht mitbekommen, lieferte dennoch prompt die Antwort: »He was poisoned.«

»Vergiftet?«, fragte Olofsen erneut dazwischen. »Poisoned with what?«

Weller blickte zunächst ihre beiden Kollegen an, dann sprach sie weiter. Langsam und bedächtig.

Krüger hörte eine Weile zu, dann wandte er sich dem Team im Besprechungsraum zu. »Parker wurde mit einer extrem hohen Dosis Rizin vergiftet.«

Olofsen schnappte nach Luft. »Echt jetzt? Rizin? Das gibt's doch nur in James-Bond-Filmen.«

»Irgendwelche Hinweise auf den Täter?«, fragte Greiner.

Krüger gab die Frage weiter, als Antwort schüttelte Weller den Kopf.

Olofsen fluchte leise vor sich hin. Das alles gefiel ihm überhaupt nicht. Zwei mysteriöse Mordfälle in Cuxhaven waren an sich schon eine unschöne Angelegenheit, und neben dem BKA auch noch den britischen MI5 samt einem Giftmord an der Hüfte zu haben, machte die Sache noch unschöner. Wo sollte das alles noch hinführen? Solche verwickelten Fälle hatten im Cuxland nichts zu suchen.

Greiner, der ebenfalls einen Laptop mit in die Besprechung gebracht hatte, tippte eifrig auf der Tastatur. »Rizin ist ein hochgiftiges Glykoprotein, das aus dem Samen der Rizinuspflanze gewonnen wird«, las er von der Internetseite des Robert-Koch-Instituts vor. »Jetzt kommt ganz viel Fachchinesisch, das wir erst mal getrost überspringen können. Ah ja, hier: Rizin-Vergiftungen sind seit dem Altertum bekannt, auch über gezielte Giftanschläge ist bereits berichtet worden.«

»Richtig. Soweit ich mich erinnern kann, sind die Russen damit berühmt geworden«, warf Olofsen ein.

»Laut dem Chemiewaffenübereinkommen vom April 1997 ist der Umgang mit Rizin als Reinsubstanz eingeschränkt, außerdem wird es in der Kriegswaffenliste als biologische Waffe geführt«, sprach Greiner weiter. »Sogar der ›Tatort‹ im Ersten hat sich schon mit diesem Thema beschäftigt.«

Im Raum war es totenstill.

»Verfluchte Scheiße«, stellte Olofsen lautstark fest.

»Damned right you are«, sagte Weller über die Videoleitung. Offensichtlich verstand sie doch das eine oder andere deutsche Wort. Dann sprach sie weiter, und zwar so schnell, dass Olofsen nicht mehr folgen konnte.

Als Weller geendet hatte, blickte Olofsen den BKA-Mann an. »Und?«

Krüger räusperte sich. »Wie Kollege Greiner gerade angemerkt hat, zählt Rizin zu den biologischen Waffen. Seit Jahren bemühen sich diverse Sicherheitsbehörden, ein Auge auf den Handel mit Rizinussamen zu haben. Das ist nicht einfach, da die Pflanze nicht selten ist und ein guter Botaniker sie auch außerhalb ihres natürlichen Habitats züchten kann. Beim BKA arbeiten wir zu diesem Zweck auch mit anderen Behörden zusammen, unter anderem dem BND, sind aber auch selbst auf der internationalen Bühne dabei.«

»Okay«, sagte Olofsen und schaute Krüger streng an, »das war aber nicht das, was Weller gerade gesagt hat.«

»Der MI5 ist vor Kurzem auf eine mehrere Kilogramm umfassende Sendung von Rizinussamen aufmerksam geworden. Die Lieferung kam aus Übersee per Schiff in einem Container ins Land und hat es wohl auf gleichem Weg wieder verlassen. Als Ziel deutete alles auf die Niederlande oder einen Hafen in Norddeutschland hin. Leider ging der Transit durch England so schnell, dass die lokalen Behörden zu spät kamen«, sagte Krüger.

»Wo genau ging die Lieferung hin?«, wollte Olofsen wissen.

»Das Schiff mit dem verdächtigen Container ist von Rochester aus in See gestochen. Der erste Zielhafen war Rotterdam, danach sollte es in Bremerhaven festmachen und anschließend durch den Nord-Ostsee-Kanal nach Rostock weiterfahren. In Rotterdam haben die Behörden das Schiff festgehalten und den fraglichen Container genauestens untersucht, konnten aber rein gar nichts finden. Die Reederei hat Zeter und Mordio geschrien. Später hat auch der Zoll in Bremerhaven diesen einen und noch diverse weitere Container unter das Mikroskop gelegt. Ebenfalls ohne Erfolg.«

»Was genau bedeutet das?«, fragte Greiner.

»Entweder war der Tipp falsch, oder die bösen Buben waren einmal mehr schlauer, als die Polizei erlaubt«, beantwortete Olofsen an Krügers statt die Frage.

Der nickte. »Auf den Punkt gebracht. Und jetzt wissen die

bösen Buben außerdem noch, dass man ihnen auf die Schliche gekommen ist.«

»Okay, das ist zunächst euer Problem«, sagte Olofsen. »Aber Rizin und Norddeutschland ist für uns keine gute Kombination. Und schon gar nicht, wenn es sich wirklich um eine große Menge handeln sollte. Hat das Zeug irgendetwas mit den konkreten Ermittlungen von Parker und Dänker zu tun? Gibt es konkrete Hinweise, die die Mordfälle hier in Cuxhaven und den Anschlag in London mit dem gerade beschriebenen Schmuggel von Rizinussamen in Zusammenhang bringen? Hat dieser Brite seine Finger dadrin, oder kreuzen sich hier nur zufällig verschiedene Fälle?«

Krüger übersetzte die Frage und wartete. Auf der anderen Seite herrschte einige Augenblicke nachdenkliches Schweigen. Dann ergriff Weller das Wort.

»Es ist unklar, ob ein Zusammenhang besteht«, lieferte Krüger die Übersetzung. »Sie vermuten jedoch, dass es Zufall ist.«

»Wo liegt denn jetzt der Ermittlungsschwerpunkt? Rizin als biologische Waffe oder die Mordfälle in Verbindung mit dem Briten und seiner Organisation?«, fragte Greiner unverblümt.

Doch bevor Krüger die Frage weiterreichen konnte, meldete sich Weller in gebrochenem, aber dennoch verständlichem Deutsch zu Wort: »Wieso ›Mordfälle‹? Gibt es mehr als einen?«

Olofsens Gesichtszüge entgleisten für einen Moment, dann hatte er sich wieder unter Kontrolle. Du blöde Kuh, schoss es ihm durch den Kopf, kann »Fall« und »Fälle« unterscheiden, gibt aber vor, kein Deutsch zu verstehen.

Krüger überbrückte die Situation, indem er die Frage auf Englisch beantwortete. »Es sind zwei Mordfälle. Der eine an meinem Kollegen, der andere an einem Wachmann hier in Cuxhaven. Von Bedeutung ist, dass beide mit derselben Waffe erschossen wurden.«

Weller wechselte ein paar aufgeregte Blicke mit ihren Mitstreitern. »Was ist über diesen Wachmann bekannt?«

»Er wurde nachts auf seinem Rundgang am Ports-of-Cux-

Gelände erschossen. Der Wachmann bewegte sich außerhalb des Geländes am Zaun entlang, der Schütze muss bei der Tat innen, also auf dem Gelände, gestanden haben.«

»Was ist das Besondere an diesem Hafengelände?«, fragte Weller.

»Bei Ports-of-Cux legen die Fähren aus Immingham an«, sagte Olofsen auf Deutsch und schaute Weller dabei provozierend über die Kamera an.

»Immingham. Mit derselben Waffe«, sagte Weller leise, nun auch auf Deutsch, und drehte gedankenverloren die widerspenstige Locke um ihre Finger, ohne auf Olofsens Provokation einzugehen. »Indeed, that's interesting.«

***

Schon um sieben Uhr dreißig kam Finn bereits in Bremerhaven auf dem Firmenparkplatz an. Er griff sich die Box mit den Blutproben der Mäuse und ging schnurstracks in den Labortrakt. Da die Techniker gewöhnlich nicht vor acht mit ihrer Arbeit begannen, war er noch allein. Dies kam ihm sehr gelegen, denn so bestand kaum ein Risiko, dass jemand Fragen stellte.

Ohne die noch herrschende Ruhe wahrzunehmen, begab er sich in den Bereich für Molekularbiologie. Einige Maschinen waren über Nacht gelaufen und summten nun im Stand-by-Modus leise vor sich hin. Erfreut stellte Finn fest, dass alle Geräte, die er jetzt brauchen würde, verfügbar waren. Einmal mehr wünschte er sich, diese Ausstattung auch in dem anderen Labor in Cuxhaven zur Verfügung zu haben – allerdings lagen zwischen den Anschaffungskosten und dem verfügbaren Geld Universen.

Die nächste halbe Stunde brachte er damit zu, aus den Proben RNA zu isolieren, von der er einen Teil anschließend zusammen mit einigen anderen Chemikalien in eine sehr kompliziert wirkende Maschine einbrachte. Er nahm diverse Einstellungen an dem zugehörigen Computer vor und drückte auf den »Start«-Knopf. Die Maschine würde zwei Stunden arbeiten.

Mit der restlichen RNA wechselte Finn ins benachbarte Labor. Auch hier wurde molekularbiologisch gearbeitet, jedoch mit anderen Geräten. Er schaltete die laminare Luftströmung einer Werkbank ein, holte eine Reihe von Reagenzien und begann abermals mit Vorbereitungen für seinen Test. Als er fertig war, standen fünf winzig kleine Reaktionsgefäße vor ihm, die er vorsichtig in den dafür vorgesehenen Träger der Realtime-PCR-Anlage stellte. Dieser fuhr anschließend ähnlich dem Schlitten eines CD-Spielers in das Gerät hinein. Wieder nahm er Einstellungen vor und startete das Programm. Das Ergebnis würde in zweiundvierzig Minuten vorliegen.

Finn schaute auf die Uhr. Um neun würde das Projekt-Review-Meeting beginnen. Er hatte noch ein paar Minuten Zeit.

Das Meeting lief gut für Finn – und vor allem auch wesentlich schneller, als er gedacht hatte. Die Daten, die er im Vorfeld zusammengestellt hatte, konnten das Management überzeugen, und so bekam er weitere Gelder zur Fortsetzung seines Projektes bewilligt.

Es war nicht einmal elf Uhr, als Finn aus dem Konferenzzimmer herauskam und sich auf den Weg ins Labor machte. Er wollte unbedingt die Ergebnisse seiner Analysen sehen.

Ungeduldig druckte er die Daten aus, griff sich die Papiere und schloss sich in seinem Büro ein. Die fragenden Blicke, die ihm seine Kollegen zuwarfen, ignorierte er. An seinem Schreibtisch rechnete und grübelte er. Er verglich die Zahlen, schüttelte den Kopf, rechnete abermals, verglich die Resultate, sprang auf und setzte sich. Dann fiel es ihm wie Schuppen von den Augen. Rasend vor Zorn schnappte er sich seine Sachen und verließ die Firma. Jetzt hatte er Dringenderes zu erledigen.

SECHS

Mittwoch, 22. Januar, später Mittag

Die nächsten Stunden nach der Videokonferenz verliefen völlig ereignislos. Greiner war wieder in sein Büro gegangen, und Olofsen hatte ausführlich zum neuen Fall recherchiert, war aber auf nichts Hilfreiches gestoßen. Zwischenzeitig hatte sein Handy in seiner Jackentasche gepiept und den Eingang einer Nachricht verkündet. Da Olofsen jedoch just in diesem Moment mit seinem Computer kämpfte, der sich partout weigerte zu tun, was er sollte, ignorierte er das Telefon und hämmerte genervt auf der Tastatur herum.

Irgendwann war er aufgesprungen, hatte sich seine Jacke geschnappt und war in Greiners Büro gestürmt. »Ich kriege gleich den Rappel. Lass uns frische Luft schnappen. Das hilft beim Denken.«

»Es regnet«, wandte Greiner ein. »Frische Luft ja, nasse nicht.«

Olofsen winkte ab. »Dann eben einen Kaffee. Der schmeckt sowieso überall besser als hier.«

***

»Wer von euch beiden war das?«, schnauzte Finn Thore und Gunnar an, die ihm gegenübersaßen. »Was soll der Mist?«

Aufgebracht wedelte er mit einigen Papieren herum. Er zog ein Blatt hervor und knallte es vor die beiden auf die Schreibtischplatte.

Von Bremerhaven aus war Finn auf direktem Weg zu ihrem gemeinsamen Biohacker-Refugium gefahren. Immer noch vor Zorn bebend, war er um kurz nach zwölf Uhr in das kleine Büro gestürmt, hatte es allerdings verlassen vorgefunden. Finn wusste, dass sowohl Gunnar als auch Thore heute einen freien Tag hatten, denn sie wollten sich auf den Besuch irgendeines Kunden vorbereiten. Finn wusste nichts Genaues, es war ihm auch egal. Zwanzig Minuten hatte er ausgeharrt, bis seine beiden Partner vom Mittagessen zurückgekehrt waren. Mit jeder Minute, die verstrich, war sein Zorn gewachsen. Jetzt saßen sie vor ihm und schauten ihn ratlos an.

»Wovon sprichst du eigentlich?«, fragte Thore.

Finn schnaubte. »Von B19-1. Von den apathischen Tieren, die plötzlich nicht mehr apathisch waren.«

»Das ist doch super«, freute sich Gunnar. »Damit kann dieser Versuch ja doch noch zu etwas führen. Ich habe dir doch gesagt –«

»Es sind andere Tiere«, fauchte ihn Finn an.

»Das ist doch Quatsch«, entgegnete Gunnar. »Wieso sollten es andere Tiere sein? Wo sollen die denn herkommen?«

Finn griff wieder nach dem Papier, das er zuvor auf den Schreibtisch geknallt hatte, und wedelte erneut damit herum. »Es sind andere Tiere. Ich habe ihnen heute in der Frühe Blut abgenommen, RNA isoliert und dann drüben in Bremerhaven einen Microarray und ein paar Real-Time-PCRs laufen lassen. Keiner der Marker stimmt. Die Immunreaktion der Mäuse ist in einer viel zu frühen Phase, als sie hätte sein müssen. Folglich ist die Infektion auch noch in der Frühphase. Das kann aber nicht sein. Ihr wisst doch, wie hier die Virusvermehrung abläuft.«

Gunnar zeigte ihm den Vogel. »Du spinnst.«

Thore wand sich auf seinem Stuhl. Ihm war sichtlich unwohl.

Finn zeigte auf Gunnar. »Du warst es, nicht wahr? Thore kennt die Methoden nicht, aber du. Wir haben sie zusammen entwickelt. Was zum Teufel treibst du für ein Spiel?«

Nun war es an Gunnar, wütend aufzuspringen. »Hast du vergessen, dass wir das alles machen, um Geld zu verdienen? Dein endloses Testen und Prüfen und Simulieren führt doch zu nichts. Ich sag's noch einmal: Ich will Geld verdienen, nicht Zeit verschwenden. Nicht die paar Groschen, die wir bei dem Bond bekommen, sondern die Kohle, die uns aus unserer Kompetenz heraus zusteht.«

»Aber doch nicht um jeden Preis«, schrie ihm Finn ins Gesicht.

»Jetzt kommt mal runter«, versuchte Thore, die beiden zu beschwichtigen.

Finn drehte sich aufgebracht zu ihm herum. Drohend zeigte er mit dem Finger auf ihn. »Halt du bloß die Klappe. Aus der Nummer kommst auch du nicht so einfach raus, nur weil du lieber deinen alchemistischen Hokuspokus mit rauchenden Tiegeln veranstaltest und Drogen kochst.«

Finn wollte gerade Luft holen, um eine weitere Woge seiner Wut herauszubrüllen, da traf ihn die Faust völlig unvermittelt. Hart und mitten ins Gesicht. Zunächst spürte er keinen Schmerz, sondern hörte nur das widerliche Knirschen, als seine Nase brach. Tränen schossen ihm in die Augen, er schmeckte Blut auf seiner Zunge, dann überrollte ihn der Schmerz wie ein Vierzigtonner eine Coladose. Es wurde schwarz um ihn herum, er stürzte zu Boden.

Als Finn die Augen öffnete, umfing ihn dämmriges Licht. Seine Nase pochte quälend, in seinem Kopf hämmerte es in einem wilden Stakkato. Er war zwar nur ein paar Minuten ohnmächtig gewesen, hatte jedoch jegliches Zeitgefühl verloren. Um ihn herum war alles verschwommen. Er wollte seinen Mund öffnen, um etwas zu sagen, aber es ging nicht. Etwas steckte darin, ein Lappen. Jede Bewegung seiner Kieferknochen quittierte die gebrochene Nase mit einem Feuerwerk aus Schmerz.

Sein verschwommenes Gesichtsfeld verdunkelte sich. Jemand beugte sich zu ihm herunter und sprach zu ihm: »Da bist du sprachlos, was?«

Es war Gunnar. Seine Stimme triefte vor Sarkasmus. »Ich werde dir gleich zeigen, wie diese Nummer ausgeht. Wie du aus dieser Nummer rauskommst.«

Trotz der Schmerzen wollte Finn antworten, aber der Knebel

in seinem Mund verwandelte jedes Wort in einen unverständlichen Geräuschbrei.

»Ich verstehe dich nicht«, sagte Gunnar. »Das ist aber nicht schlimm, denn ich habe alles unter Kontrolle. Wenn unser Kunde da ist, machen wir diesen Deal. Und danach werde ich als Erstes ein Tütchen Gras in einen Fünfhundert-Euro-Schein rollen und genussvoll den Joint rauchen. Einfach nur, weil es geil ist. Und ja, ich habe die kranken Tiere gegen gesunde ausgetauscht.«

»Warum musstest du dich daran festbeißen, Finn?«, fragte Thore aus dem Hintergrund.

Finn wollte sich bewegen, wollte aufstehen, sich auf Gunnar stürzen oder auf Thore oder auf beide. Wollte sie schlagen, ihnen die gebrochene Nase heimzahlen und den ruinierten Versuch – aber er konnte sich nicht rühren. Er saß auf einem Stuhl, so viel hatte er realisiert. Arme und Beine waren offenbar an Lehne und Stuhlbeinen gefesselt. Mit dem Moment dieser Erkenntnis verwandelte sich der Zorn in Angst. Wieder gab er eine Reihe unverständlicher Laute von sich.

»Keine Ahnung, was du da nuschelst, aber das ist jetzt auch egal«, sagte Gunnar kalt. »Ich hatte echt gedacht, wir wären Freunde und würden noch lange durch dick und dünn gehen. So wie früher, als wir noch Kinder waren – weißt du noch?«

Finn stemmte sich gegen die Fesseln.

»Lass gut sein, Gunnar«, warf Thore ein.

»Wir waren dir wohl nicht gut genug.« Gunnar konnte nicht aufhören. »Thore und ich werden das jetzt durchziehen – ohne deine ewige Bedenkenträgerei.«

Finn spürte, wie sein Hemdsärmel hochgeschoben wurde. Dann kam der Stich.

Gunnar beugte sich noch einmal zu ihm hin. »Wenn unser Kunde heute Nacht da ist, kann er sehen, wie geil unser Zeug funktioniert.«

***

Kaum zehn Minuten nachdem sie die Polizeiinspektion verlassen hatten, fuhren Olofsen und Greiner im Fährhafen auf den Parkplatz. Aus dem dunkelgrau verfärbten Himmel über ihnen klatschten noch immer dicke Regentropfen auf die Scheiben des Wagens. Der Wind wehte heftig und ließ die wenigen Fahnen, die am Anleger der »MS Helgoland« noch an ihren Masten hingen, wie nasse Lappen hin und her schlagen.

»Alles Mist«, fluchte Olofsen. »Ich hasse dieses Schietwetter.«

Greiner deutete auf das Lokal vor ihnen. »›Sturmflut‹. Passt doch hervorragend.«

Gleichzeitig rissen sie die Türen auf und sprangen aus dem Wagen. Mit schnellen Schritten überquerten sie den Parkplatz. In der Eingangshalle des Gebäudes schüttelte Olofsen sich wie ein nasser Hund.

Rechter Hand lagen die Verkaufsschalter der Reederei Cassen-Eils, an denen die Fahrkarten für das Schiff nach Helgoland verkauft wurden. Nur einer der drei Schalter war geöffnet, zu dieser Jahreszeit rechnete man nicht mit viel Kundschaft – zumal das Wetter in den nächsten Tagen sogar noch stürmischer werden sollte.

Direkt vor ihnen lag, zwei Stufen erhöht, der Eingang zum Lokal. Die beiden Polizisten traten ein. Sie waren die einzigen Gäste. Zwei weibliche Bedienungen standen hinter der Theke, wuschen gelangweilt Gläser und sortierten Besteck. Sie lächelten Olofsen und Greiner freundlich an.

Olofsen entschied sich für einen Tisch am Fenster im hinteren Teil des Lokals, dem Wintergarten. Mittlerweile trommelte der Regen gegen die großen Scheiben und übertönte die Musik.

»Was darf ich Ihnen bringen?«, fragte eine der Kellnerinnen, kaum dass sich die beiden gesetzt hatten.

»Einen Pott Kaffee«, sagte Olofsen. »Stark, schwarz.«

»Für mich auch«, ergänzte Greiner.

Plötzlich begann es auf dem Glasdach des Wintergartens zu krachen, als ob jemand Kieselsteine darauf werfen würde. Der

Regen war in Hagel übergegangen, draußen war es fast nachtdunkel.

»Die Welt geht unter«, sagte Greiner. Sein Blick hing an den Scheiben, obwohl er dahinter nichts mehr erkennen konnte.

Olofsens Handy piepte. Eine Nachricht hatte trotz des Unwetters den Weg zu ihm gefunden. Er zog das Gerät aus seiner Jackentasche und rief die Nachricht auf.

»Paula«, sagte er. »Sie macht sich nun auf den Weg und hofft, die Züge werden trotz des schlechten Wetters zuverlässig fahren.« Er tippte mit ungelenken Fingern eine Antwort.

»Das wird ja wirklich etwas mit euch beiden«, sagte Greiner. »Wann läuten denn die Hochzeitsglocken?«

Olofsen blickte auf. »Keine Ahnung. Vorstellen könnte ich es mir schon.«

Greiner schmunzelte.

»Du solltest dein Singleleben auch endlich an den Nagel hängen«, sagte Olofsen.

»Ich weiß nicht.« Greiner fixierte einen Punkt irgendwo am anderen Ende des Lokals.

»Hm«, machte Olofsen und blickte seinen Freund und Kollegen an. »Wie lange ist das jetzt her?«

Greiner schwieg. Dann sagte er: »Fast drei Jahre, dass Sonja mich hat sitzen lassen. Deswegen war es ja so einfach, aus Berlin wegzugehen. Vielleicht war es sogar eine Flucht. Vor Kurzem haben wir telefoniert.«

Olofsen legte den Kopf schief. »Telefoniert? Geht's noch? Lass die Vergangenheit hinter dir, komm in der Gegenwart an und blicke in die Zukunft.«

Greiner war das Thema unangenehm. Er wollte nicht über die unglückliche Trennung von Sonja sprechen. Nicht jetzt, nicht hier und nicht mit Olofsen.

Die Bedienung tat ihm den Gefallen und kehrte mit zwei großen Bechern dampfend heißem Kaffee zurück. »Milch und Zucker stehen auf dem Tisch.«

Olofsen spürte, dass Greiner das Thema meiden wollte, und

kam nicht mehr darauf zurück. Gerade als er sein Handy wieder einstecken und nach seinem Becher greifen wollte, fiel ihm ein, dass er zuvor im Büro ja noch eine Nachricht erhalten hatte.

Er öffnete WhatsApp erneut, fand aber nichts. »Komisch.«

»Hm«, machte Greiner abwesend.

»Als ich vorhin kurz davor war, meinen Computer aus dem Fenster zu werfen, habe ich noch eine Nachricht bekommen, jetzt finde ich sie nicht«, sagte Olofsen.

Greiner öffnete ein Päckchen Kaffeesahne und tropfte den Inhalt in seinen Becher. »SMS?«

Olofsen schnippte mit dem Finger. »Gute Idee.« Er tippte auf dem Gerät herum und öffnete eine andere Applikation.

»Was ist denn das für 'n Scheiß?« Er legte das Handy vor sich auf den Tisch.

»Werbung?«, fragte Greiner. »Kriege ich auch immer. Geht echt gar nicht.«

»Nein«, antwortete Olofsen und schob ihm das Gerät hin.

Greiner nahm es und drehte das Display herum, sodass er die Nachricht lesen konnte. »Was zum Henker passiert denn jetzt?«

Olofsen verengte die Augen zu Schlitzen und starrte seinen Kollegen finster an.

Greiner blickte abermals auf das Display vor ihm. Nur wenige Worte standen dort geschrieben, auf Englisch. »Traitor inside, lay low, contact JW«, las er laut vor.

»In was für eine Nummer sind wir hineingeraten?«, presste Olofsen durch die Zähne hervor. Er war gleichzeitig wütend, verunsichert und hilflos. »Verräter im Innern? Stillhalten? JW? Was soll das?«

Das Trommeln auf dem Dach des Wintergartens wurde noch stärker, Hagelkörner schlugen jetzt auch gegen die seitlichen Fensterscheiben. Das Licht flackerte einmal kurz, dann wurde es dunkel in der »Sturmflut«.

Mit der Hand griff Olofsen nach seinem Telefon und zog es schwungvoll zu sich zurück. Dabei knallte er mit dem Ellbogen an seinen Kaffeebecher. Wie ein Geschoss rutschte der über den Tisch und darüber hinaus, flog ein kleines Stückchen und krachte dann gegen die Kante des Nachbartisches. Der noch verbliebene Kaffee spritzte in einer Fontäne heraus, der Becher zersprang in tausend Stücke. Scherben und Kaffeeflecken verteilten sich auf dem Fußboden und dem Nebentisch. Eine heftige Windböe drückte plötzlich gegen die Fenster, sodass die Scheiben beängstigende Knacklaute von sich gaben. Das Licht ging wieder an.

»Schietbüdelei«, polterte Olofsen. Zur Bekräftigung seines Fluchs schlug er mit der flachen Hand auf den Tisch. Greiner war schnell genug, seinen eigenen Kaffeebecher in Sicherheit zu bringen.

Wie aus dem Nichts waren beide Bedienungen am Tisch aufgetaucht. »Ist Ihnen etwas passiert?«, erkundigte sich die eine aufgeregt. »Haben Sie sich verletzt?«, die andere.

Greiner hob beide Hände. »Nein, alles in Ordnung. Mein Kollege hier ist nur ein wenig schreckhaft und hat Angst vor Hagel und Dunkelheit. Der Kaffeebecher ist dabei leider kaputtgegangen.«

Olofsen warf ihm einen bösen Blick zu. Dann bauten ein paar Neuronen in seinem Hirn eine neue Verbindung auf, es machte Klick, und ein zaghaftes Lächeln pflanzte sich in sein Gesicht.

»Sorry«, sagte er bemüht freundlich und ging in die Hocke, um zwei große Scherben aufzuheben.

»Kein Problem«, versicherte ihm eine der beiden jungen Frauen diensteifrig und nahm ihm die Scherben ab. »Wir wischen das eben auf. Geht ja ganz schnell. Möchten Sie einen neuen Kaffee?«

»Danke. Gerne.« Olofsen fühlte sich einfach nur dummblöde. Er hatte ein Problem – mit Kaffeetassen. In der Dienststelle hatten seine Kollegen ihm im letzten Jahr einen bruchsicheren Becher aus Plastik mit Schraubdeckel und Trinkhalm geschenkt. »Mit Kaffeebechern bin ich manchmal ein wenig ungeschickt.«

»Setz dich, fass nichts an und hilf mir zu verstehen, was diese Nachricht bedeutet«, sagte Greiner. »Und von wem sie kommt.«

Olofsen folgte der Aufforderung. »Ich habe keine Ahnung, was sie bedeutet. Mir ist schleierhaft, wo wir in welchem Zusammenhang einen Verräter haben.«

»Ruf die Nummer zurück, von der die SMS geschickt wurde«, schlug Greiner vor.

Olofsen drückte einige Tasten auf dem Display des Handys. »Nein, das geht nicht. Anonymer Absender.«

Die Bedienung kehrte an den Tisch zurück und brachte neuen Kaffee. Olofsen warf ihr einen dankbaren Blick zu und schob den Becher vorsichtig ein Stückchen von sich weg.

»Okay. Eine unterdrückte Rufnummer«, sinnierte Greiner. »Das ist zunächst einmal nichts Weltbewegendes.«

»Unsere IT-Spezialisten können sicherlich trotzdem einiges herausbekommen«, sagte Olofsen. »Aber das braucht Zeit. Haben wir die?«

Greiner wackelte mit dem Kopf. »Nicht, wenn wir die Nachricht ernst nehmen. Nehmen wir sie ernst? Oder erlaubt sich hier jemand einen Scherz?«

»Ich glaube nicht an Scherze«, stellte Olofsen fest. »Zu wenige Menschen kennen diese Nummer. Was mich verwundert, ist, dass die Nachricht auf Englisch verfasst ist.«

»Gerade heute Vormittag haben wir mit dem MI5 telefoniert. Könnte es da einen Zusammenhang geben?« Greiner legte die Stirn in Falten.

Draußen wurde es ein wenig heller. Der Regen hatte nachgelassen, jedoch lag das Glasdach voll dicker Hagelkörner.

»Könnte sein«, sagte Olofsen.

Greiner nickte zustimmend. »Aber ein Verräter bei uns? Was soll der denn bitte schön verraten haben? Außerdem kennen wir unser Team in Cuxhaven seit Jahren. Da ist kein unbeschriebenes Blatt dabei.«

»Für die Truppe lege ich meine Hand ins Feuer«, bekräftigte

auch Olofsen Greiners These. »Aber seit gestern haben wir diese BKA-Vögel vor den Nasen sitzen.«

»Auch wenn Krüger ganz okay scheint und bislang noch nicht so viel falschgespielt hat, dass wir es mitbekommen hätten, würde ich für ihn und seine miesepetrige Kollegin keine Bürgschaft übernehmen.«

»Das sehe ich ähnlich«, stimmte Olofsen zu.

»Ein Verräter«, murmelte Greiner leise vor sich hin.

»Wir haben in unserem Fall – oder in unseren Fällen, wie ich besser sagen sollte – zu viele lose Enden. Nichts passt zueinander, nichts scheint zusammenzugehören«, stellte Olofsen fest.

Greiner nahm einen Schluck Kaffee. »Okay, nehmen wir die Nachricht ernst. Wir wissen nicht, wer gemeint ist und wen oder was derjenige verraten hat, aber es gibt einen Verräter, vor dem man uns warnt.«

Auch Olofsen nippte an seinem Kaffee.

Greiner sprach weiter: »›Lay low‹. Bleib unten. Bleib in Deckung. Warum? Wer darf was nicht mitbekommen?«

»Da kommen nur Krüger und Co. in Frage. Sie sind die einzigen Neuen in den Ermittlungen vor Ort«, nahm Olofsen den Faden auf.

»Einverstanden. Die beiden ermitteln international.« Greiner trank noch mehr Kaffee.

»Wer oder was ist ›JW‹?«, setzte Olofsen das Brainstorming fort.

Greiner schnalzte mit der Zunge. »Wie hieß doch gleich die Dame vom MI5?«

»Weller«, antwortete Olofsen.

»Joanna Weller«, ergänzte Greiner.

»J und W«, sagte Olofsen und klatschte in die Hände.

»Genau.«

»Toll. Und wie sollen wir die kontaktieren?« Olofsens kurze Freude war schon verflogen. »Im Telefonbuch wird sie wohl kaum stehen, und Krüger zu fragen, erscheint mir auch nicht als die ausgereifteste Idee.«

»Ruf doch einfach in England in der MI5-Zentrale an und lass dich weiterverbinden«, schlug Greiner vor.

»Blödmann.«

Greiner lachte meckernd.

»Wir brauchen mehr Hirn am Tisch«, sagte Olofsen. Er nahm sich sein Handy und suchte eine Nummer aus dem Speicher. Das Gespräch dauerte nicht lange. Nachdem das Handy in der Jackentasche verschwunden war, widmete sich Olofsen wieder seinem Kaffee.

»Was war das jetzt?«, erkundigte sich Greiner.

Olofsen schluckte den Kaffee herunter. »N-Kubik. Er kommt her.«

SIEBEN

Mittwoch, 22. Januar, nachmittags bis nachts

Es dauerte nicht lange, bis der Leiter des Zentralen Kriminaldienstes das Lokal betrat. Er war nass, als wäre er die ganze Strecke von der Dienststelle bis zum Fährhafen durch den Regen gelaufen. Nachdem er seine beiden Kollegen entdeckt hatte, steuerte er direkt auf sie zu und setzte sich an den Tisch.

»Erzählt«, sagte er. »Warum muss ich während eines Sturms in ein Restaurant am Hafen kommen, um mit euch zu reden, wo wir uns doch viel einfacher und vor allem trockener in meinem Büro zusammensetzen könnten?«

Statt einer Antwort schob ihm Olofsen sein Handy mit der SMS hin.

Nunk runzelte die Stirn, nahm das Gerät und las den Text. Die Falten auf seiner Stirn vertieften sich.

»Diese Nachricht habe ich heute erhalten«, sagte Olofsen.

»Wann?«, fragte der ZKD-Leiter.

»Kurz nach der Videokonferenz mit den MI5-Leuten.« Olofsen sah seinen Chef direkt an. »Es passt mir gar nicht, in die Spielchen der Schlapphüte hineingezogen zu werden.«

»Und schon gar nicht, wenn wir nicht einmal verstehen, was die eigentlich von uns wollen«, sagte Greiner.

»JW – das steht doch sicherlich für ›Joanna Weller‹, richtig?« Nunk hatte diesen Teil der Nachricht deutlich schneller entschlüsselt als Olofsen und Greiner.

Olofsen verzog keine Miene. »Davon gehen wir aus.«

»Allerdings haben wir keine Möglichkeit, mit ihr in Kontakt zu treten. Krüger hat sicherlich eine Telefonnummer. Wir nicht«, ergänzte Greiner.

Nunk drehte das Handy auf dem Tisch hin und her. »Unser Team ist integer, das steht für mich außer Zweifel. Wir sind nur zufällig in diese Geschichte hineingeraten. Bei Krüger und seiner Kollegin sieht das anders aus.«

»Ganz unsere Meinung«, stimmte Olofsen zu, während Greiner synchron nickte. »Einer von den beiden könnte mit gezinkten Karten spielen.«

»Da wir aber nicht die geringste Ahnung haben, ob diese Annahme stimmt, und wenn ja, wer von ihnen das faule Ei ist, müssen wir beide isolieren«, sagte Nunk. »Gibt es hier eigentlich etwas zu trinken?«

Wie auf das Stichwort näherte sich eine der beiden Kellnerinnen dem Tisch und erkundigte sich nach Nunks Wünschen. Dieser bestellte sich eine große Apfelschorle, naturtrüb. Olofsen und Greiner blieben beim Kaffee.

»Die beiden zu isolieren, dürfte nicht einfach werden«, befand Greiner. »Die sind ja nicht blöd.«

»Wir gehen folgendermaßen vor«, verkündete Nunk mit fester Managerstimme. »Erstens«, er hob den Zeigefinger der rechten Hand in die Höhe, »von nun an behalten wir alle neuen Erkenntnisse, die wir als wichtig einstufen, für uns. Das BKA bekommt ein paar Brotkrumen hingeworfen, aber nichts von Bedeutung.«

»Erst mal müssen wir selbst Erkenntnisse von Bedeutung haben«, stellte Olofsen fest, was alle wussten, aber keiner laut aussprechen wollte.

Dennoch tat Nunk den Einwurf mit einer Handbewegung ab und streckte neben dem Zeigefinger auch noch den Daumen in die Höhe. »Zweitens: Neben der Dienststelle brauchen wir eine weitere Räumlichkeit, in der wir uns treffen und beraten können, ohne dass die werten Kollegen aus Wiesbaden dies mitbekommen.«

»Ich stelle mein Wohnzimmer zur Verfügung«, sagte Olofsen sofort. »Paula ist im Moment sowieso nicht da.«

Greiner nickte zustimmend.

»Gut«, sagte Nunk. »Keiner der beiden kommt da zufällig vorbei. Ich werde Frank und Frauke informieren. – Außerdem«, fuhr Nunk fort, »müssen wir einen Weg finden, mit dieser Weller in Kontakt zu treten. Schnellstens.«

***

Es stürmte noch immer unerbittlich, als Olofsen, Greiner und Nunk das Restaurant verließen und zu ihren Wagen eilten. Zurück in der Dienststelle machte Olofsen zunächst in der Herrentoilette halt und rubbelte sich mit ein paar Papiertüchern die Haare trocken. In seinem Büro schloss er die Tür hinter sich, um in Ruhe nachdenken zu können. Nun galt es, eine Kontaktmöglichkeit mit Weller zu finden.

Er saß noch nicht ganz in seinem Stuhl, da flog die Tür auch schon wieder auf, und Pall stapfte in den Raum. »Wo hast du dich herumgetrieben?« Der Ton seiner Stimme lag irgendwo zwischen genervt und neugierig.

»Konspiratives Treffen«, entgegnete Olofsen.

Pall stutzte. »Klar. CIA oder Mossad?«

»Beide.«

»Logisch. Und warum ist N-Kubik so komisch?«

»Dem hängt der KGB am Hintern«, sagte Olofsen.

»Die heißen jetzt FSB«, verbesserte ihn Pall. »Sag mal, willst du mich verarschen?«

Olofsen richtete sich auf. »Was willst du eigentlich?«

Pall kratzte sich am Hinterkopf und ließ sich in Olofsens Besucherstuhl fallen. »Es geht um die Infos, die du mir von Osamente weitergeleitet hast, wegen der Holzsplitter.«

»Schieß los.«

»Ich habe mir noch einmal den Stiel des Vorschlaghammers vorgenommen«, sagte Pall. »Es gibt dort Blutspuren. Eine Probe geht direkt morgen früh nach Oldenburg ins forensische Labor und kann dort weiter untersucht und mit der Blutprobe von diesem Dänker abgeglichen werden.«

»Sehr gut«, lobte Olofsen. »Was noch?«

Pall wand sich ein wenig. »Mir passt es nicht, dass die BKA-

Gestalten hier herumschleichen. Das macht mich nervös. Besonders die Krause wird mit jeder Minute unausstehlicher. Gerade ist sie mir über den Weg gelaufen und keift mich aus dem Stand an, wann wir denn endlich Fortschritte liefern würden. Die hat sie doch nicht alle.«

»Die kochen auch nur mit Wasser«, sagte Olofsen. »Und das wird bei denen nicht heißer als einhundert Grad.«

»Ich habe das Gefühl, dass du auch nicht mit offenen Karten spielst«, sagte Pall.

»Jein.« Olofsen zog sein Telefon aus der Tasche, öffnete die SMS und schob es Pall rüber. »Das kam heute Vormittag in meinen Handybriefkasten geflogen. Martin und N-Kubik sind im Bilde. Unsere beiden Topagenten dürfen nichts davon wissen.«

Pall nahm das Gerät. Eine Weile schwieg er, bevor er sagte: »Wie willst du Weller erreichen?«

Wieso versteht jeder in Sekunden, wofür ich viel länger gebraucht habe?, fuhr es Olofsen durch den Kopf. »Keine Ahnung«, sagte er laut.

»Schick denen eine E-Mail«, überlegte Pall.

»Auf die blödsinnige Idee ist Martin auch schon gekommen.«

»Die Idee ist nicht blödsinnig, sondern straight forward, wie die klugen Leute heute sagen.« Pall klopfte zur Bestätigung mit den Fingerknöcheln auf die Schreibtischplatte.

Olofsen lachte auf. »Dann los.«

Pall rückte mit seinem Stuhl um den Schreibtisch herum, sodass sie beide auf den Bildschirm des Computers schauen konnten.

Olofsen öffnete den Internetbrowser und rief Google auf. Ohne zu zögern, startete er eine Suche nach dem britischen MI5. Zuerst landete er bei Wikipedia. Interessiert sogen Olofsen und Pall die Informationen auf. Am Ende der Seite entdeckten sie schließlich einen Link zur Homepage des Geheimdienstes. Olofsen klickte ihn an.

Viele bunte Bilder erschienen, aber es waren nur wenig konkrete Informationen zu den Aktivitäten des Dienstes dabei. Sie entdeckten ein Video des Generaldirektors, der erwartungsgemäß die Bedeutung und Kompetenz seiner Organisation über den grünen Klee lobte, aber natürlich auch nicht verriet, wie er zu erreichen war. Als Kontaktmöglichkeiten fanden die beiden einige Telefonnummern und ein Onlineformular, worüber man terroristische Aktivitäten melden konnte, sowie die Postadresse des Thames House in London.

»Das bringt uns nicht weiter«, stellte Pall fest.

»Ich habe alle James-Bond-Filme gesehen«, sagte Olofsen. »Aber als Leitfaden zum Umgang mit Geheimdiensten taugen die doch nicht.«

Pall schmunzelte. »Benutz das Onlineformular. Versuchen kostet nix.«

»Wenn der Berg nicht zum Propheten kommt, geht es eben direkt durch die Haustür und nicht mit Zeitverlust durch das Kellerfenster«, kommentierte Olofsen den Vorschlag seines Kollegen.

Er fuhr mit dem Mauszeiger über die Seite und klickte den Link für das Kontaktformular an. »Dann mal los«, flüsterte er und begann zu schreiben.

»Dear Ladies and Gentlemen«, sagte er sich leise den Text vor. »I am a German police officer located in Cuxhaven investigating a case in which it seems a British MI5 agent came to harm. Words have it that a toxin known as ricin was administered to that agent. I was advised by a yet unknown source to get in contact with a member of your agency named Joanna Weller. Since the issue is of importance, I would be pleased to hear from you very soon.«

Abschließend gab er seine E-Mail-Adresse und Handynummer an.

Bevor er jedoch die Nachricht senden konnte, ging die Tür auf, und Krüger kam herein. Als er Olofsen und Pall am Computer sah, trat er neugierig zu den beiden. »Gibt's was Neues?«

Scheiße, fluchte Olofsen innerlich. Sie hätten diese Nachricht hier nicht schreiben dürfen. Schnell minimierte er das Fenster und sah Krüger streng an.

Pall rutschte mit seinem Stuhl ein Stückchen zur Seite, sodass er den Bildschirm verdeckte. »Wir haben es gerade erst erfahren. Das ist echt wichtig für euch.«

»Was ist wichtig?«, wollte Krüger wissen und kam einen weiteren Schritt näher.

»In Berlin sind zig Tote gefunden worden. Ihr sollt euch ratzfatz auf den Weg machen.«

»Was? Scheiße.« Krüger war sichtlich erregt. »Warum sagt mir niemand Bescheid?«

Olofsen hatte keine Ahnung, was Pall da trieb, spielte aber sofort mit. »Woher sollen wir wissen, warum ihr nicht über eure Handys zu erreichen seid?«

Krüger nestelte sein Handy aus der Hosentasche und starrte darauf. »Keine Nachricht.«

»Ihr sollt los«, sagte Pall mit Nachdruck. »Gudrunstraße.«

»Alles klar.« Krüger stürzte aus dem Raum.

Olofsen blickte seinen Kollegen neugierig an. »Gudrunstraße?«

Pall grinste. »Ich konnte ihn ja kaum deine Nachricht lesen lassen. An der Gudrunstraße liegt der Zentralfriedhof Friedrichsfelde, da gibt es garantiert reihenweise Tote.«

Olofsen bog sich vor Lachen.

»Jetzt krieg dich ein und schick die Nachricht ab, bevor Krüger merkt, dass wir ihn verarscht haben.«

Sich die Lachtränen aus den Augen wischend, öffnete Olofsen wieder das Bildschirmfenster und klickte mit der Maus auf den »Senden«-Button.

Es dauerte tatsächlich nicht lange, und die Tür flog erneut auf. »Wollt ihr mich verarschen?«, bellte Krüger in den Raum.

Olofsen und Pall sahen sich an und zuckten synchron mit den Schultern.

»Lass mich raten«, sagte Olofsen. »Ihr seid zu spät gekommen. Sämtliche Toten waren schon bestattet.«

»Haha, sehr witzig«, motzte Krüger weiter.

»Norddeutscher Humor eben«, entgegnete Pall. »Da könnt ihr noch was lernen. Und jetzt kriegt euch mal ein. Ihr macht uns hier bekloppt – und das führt zu nichts.«

Krüger schlug mit der Faust gegen den Türrahmen, atmete mehrmals tief ein und aus.

»Wenn du deine Mitte gefunden hast, erzähl uns, ob es wenigstens auf deiner Seite Neues gibt.« Olofsen gab sich bemüht sachlich und kollegial. Außerdem wollte er sehen, wie Krüger auf den freundschaftlichen Ton und das »Du« reagierte.

Der Blick des BKA-Mannes wanderte von einem zum anderen. »Ach, was soll's. Ihr könnt Thorsten zu mir sagen.«

Olofsen und Pall grinsten wie die Honigkuchenpferde. »Arne und Frank.«

»Gibt es also Neuigkeiten aus England?«, erkundigte sich Olofsen.

Krüger ballte die Fäuste und schüttelte den Kopf. »Rein gar nichts. Wir treten vollständig auf der Stelle. Das macht mich rasend.«

Olofsen war nicht überrascht. Sein Bauch sagte ihm, dass es erst weitere Informationen geben würde, wenn es ihm gelang, mit Weller in Kontakt zu treten.

»Wenn sich in den nächsten vierundzwanzig Stunden nichts Bahnbrechendes ereignet, werden wir abreisen müssen. Unsere Bosse sorgen sich über eine zu hohe Spesenrechnung«, sagte Krüger.

Olofsen zog die Augenbrauen hoch. Pall sagte nichts.

Nach einem Augenblick der Stille fuhr Krüger fort: »Lasst uns das Team zusammentrommeln.« Er blickte auf die Uhr an seinem Handgelenk. »Jetzt ist es gleich fünfzehn Uhr. Sagen wir, in einer halben Stunde.«

Die Teambesprechung zusammen mit den BKA-Kollegen dauerte nicht lange. Letztlich war es nicht verwunderlich, denn es gab schlicht keine neuen Erkenntnisse. Alle schauten missmutig drein, waren in Gedanken woanders. Krause spielte gelangweilt mit ihrem Handy, bis es plötzlich piepte und ihr vor Schreck fast aus der Hand gefallen wäre.

»Endlich«, sagte sie mit einem Hauch von Begeisterung in der Stimme. »Die Besatzungsliste der Immingham-Fähre, die am Tag des Mordes an dem Ports-of-Cux-Wachmann und auch entsprechend dem üblichen Turnus zwei Tage zuvor in Cuxhaven festgemacht hatte.«

Krüger klatschte in die Hände. »Super. Vielleicht kommen wir jetzt weiter.«

Olofsen war enttäuscht, bedeutete diese Wendung doch, dass die BKAler nicht abreisen würden.

»Aber das ist noch nicht alles«, sprach Krause weiter. »Wie es der Zufall will, legt dasselbe Schiff übermorgen am Vormittag wieder hier in Cuxhaven an. Die Zusammensetzung der Besatzung hat sich nicht verändert. Wir sollten uns für den Rest des Tages vorbereiten und uns die Seeleute übermorgen einen nach dem anderen vornehmen.«

***

Endlich zu Hause, dachte Olofsen. Seine Uhr zeigte kurz nach achtzehn Uhr. Überall im Haus war es dunkel, kein Wunder, schließlich war Paula ja für ein paar Tage weg. Sam hatte sie mitgenommen, da sie wusste, dass ihre Mutter den Hund ebenfalls liebte und er sie von der Sorge um ihren Mann ablenken würde.

Olofsen ließ sich in der Küche auf einen Stuhl fallen, seine Gedanken dümpelten nur dahin, sein Hirn schien auf Winterschlaf umgeschaltet zu haben. Plötzlich summte das Handy, aber er brauchte ein paar Augenblicke, um es zu bemerken. Es war Paula.

»Moin, Schatz«, säuselte er ins Telefon. »Wie geht's dir?«

»Ich vermisse dich.«

»Scheiße, ich dich auch. Komm sofort zurück.« Olofsen sprang auf. Noch nie zuvor war es ihm so wichtig gewesen, einen bestimmten Menschen nah bei sich zu haben. »Warte mal einen Augenblick. Ich schnappe mir meine Jacke und gehe raus. Ich brauche ein wenig frische Luft. Dabei kannst du mir erzählen, wie es dir und deinen Eltern geht.«

»Bist du schon zu Hause?«, fragte Paula. »Ich hatte damit gerechnet, dass du noch im Büro oder unterwegs bist.«

Olofsen hatte das Handy zwischen Kinn und Schulter geklemmt und verrenkte seinen rechten Arm, um in die noch an der Garderobe hängende Jacke schlüpfen zu können. »Nein, für heute reicht es. Auch wenn ich jetzt noch am Schreibtisch hocken würde, käme nichts mehr dabei heraus. Wie sieht's bei dir aus?«

»Mama fühlt sich deutlich besser, seitdem ich hier bin.« Ihre Stimme klang fröhlich. »Sam verbreitet Chaos und gute Laune – das färbt sogar auf Papa ab.«

Olofsen spürte, wie sich Paulas Stimmung auch auf ihn übertrug. Die Müdigkeit verflog. Er war mittlerweile draußen und lief durch die Straßen von Nordleda. Es war ein paar Minuten nach sechs, das Dorf lag in Dunkelheit. Der Himmel hing abermals voller Wolken, der Wind trieb ihm kleine Regentropfen direkt ins Gesicht. Umso gemütlicher und einladender wirkten die erleuchteten Fenster und Hauseingänge. Hier war die Welt noch in Ordnung, dachte Olofsen.

»Wie laufen eure Ermittlungen?«, erkundigte sich Paula.

Olofsen beschleunigte seine Schritte. »Ach, das ist alles großer Mist«, begann er. »Wir drehen uns im Kreis. Mit den beiden vom BKA stimmt auch etwas nicht. Wir haben einen Tipp bekommen, dass einer von denen ein faules Ei ist. Wahrscheinlich machen wir die nächsten Teambesprechungen bei uns zu Hause.«

»Um die beiden außen vor zu lassen.« Paula hatte verstanden.

»So können wir denen ab und zu ein paar Cent hinwerfen, damit sie tanzen, ohne unser Wissen – so wir denn welches haben – teilen zu müssen.«

»Nicht gerade die feine Art.«

»Solange wir nicht wissen, wer der falsche Fünfziger ist, müssen wir beide aus dem Spiel nehmen.«

Olofsen hatte den Platz vor dem Dörphuus erreicht. Es hatte aufgehört zu regnen, und so entschloss er sich, die Straße zu überqueren, um an der St.-Nicolai-Kirche vorbei und dann über den dahinterliegenden kleinen Friedhof zu laufen.

»Wie lange wirst du noch bleiben?«, fragte er.

Paula schwieg einen Augenblick. »Ich denke, drei oder vier Tage werden es wohl noch werden. Ich möchte auf jeden Fall erst wissen, was mit Papa ist. Am liebsten würde ich so lange bleiben, bis er wieder fit und obenauf ist.«

Auch wenn es ihm schwerfiel, bestärkte Olofsen sie darin. Anschließend unterhielten sie sich noch über dies und das, meist Belanglosigkeiten, eigentlich wollte jeder nur die Stimme des anderen hören, das Gesprächsthema war unerheblich.

»Hör mal, ich muss Schluss machen«, sagte Paula plötzlich. Sie klang ein wenig enttäuscht. »Mama ruft mich.«

Nachdem das Gespräch beendet war, stellte Olofsen fest, dass er mitten auf dem Friedhof von Nordleda stand. Es war stockdunkel, der Wind rauschte durch die Äste der alten Bäume, die den Gottesacker umstanden. Olofsen wurde klar, dass er gar nicht so genau wusste, wo der nächste Ausgang lag. Den schmalen Schotterweg, der von der Kirche zum Friedhof führte, wollte er nicht noch einmal gehen. Dort gab es vom Regen der letzten Tage zu viele Pfützen. In einige davon war er bereits auf dem Weg hierher hineingetreten und hatte jetzt nasse Füße.

Er zog die Jacke enger um sich, es war kalt geworden, die Nässe kroch an ihm hoch. Ihm fiel ein, dass man mit einem Smartphone ja nicht nur telefonieren, sondern es auch als Taschenlampe verwenden konnte. Er holte das Gerät aus der Jacke hervor, schaltete das Display ein und suchte nach der richtigen Funktion. Dabei blieb sein Blick auf dem SMS-Symbol hängen. Eine neue Nachricht. Er hatte gar nicht mitbekommen, dass sie eingegangen war.

Mit flinken Fingern öffnete er die SMS. Kaum hatte er die

Worte gelesen, schnappte er nach Luft wie ein Fisch auf dem Trockenen. Auf dem schnellsten Weg lief Olofsen den Weg zurück, den er eigentlich nicht hatte laufen wollen. Pfützen und nasse Füße waren schlagartig unwichtig geworden.

Zurück im Arbeitszimmer startete er den Computer. Da er nun eine knappe Minute Zeit hatte, bis das Gerät hochgefahren war, atmete er tief aus und sah sich um. Mit Schrecken nahm er die Fußspuren wahr, die sich in einer Mischung aus Wasser, Erdreich und kleinen Steinchen exakt von seinem Standpunkt der Länge nach durch das Arbeitszimmer in Richtung Windfang und Haustür erstreckten. Er sah an sich herunter und musste erkennen, dass die Spur von seinen Schuhen stammte. Sheriff Schlammschuh hatte zugeschlagen. Wäre Paula da gewesen, sie hätte ihm erst die Ohren lang gezogen und ihm dann den Putzfeudel in die Hand gedrückt – und das zu Recht, so viel war ihm klar. Aber sie war nicht da. Außerdem hatte der Computer den Startvorgang abgeschlossen. Olofsen hatte Wichtigeres zu tun. Um den Dreck würde er sich später kümmern.

Nach wenigen Minuten stand er mit einem Ruck vom Schreibtischstuhl auf und lief aufgeregt durch das Arbeitszimmer. Zurück am Schreibtisch griff er nach seinem Handy und suchte Nunks Nummer aus dem Speicher.

Es klingelte nur ein einziges Mal, dann nahm der Leiter des ZKD das Gespräch auch schon an. »Was ist los – Langeweile?«

»Ich habe schon wieder eine SMS bekommen.«

»Etwas, das uns weiterbringt?« Nunk klang neugierig.

»Vielleicht.«

»Erzähl.«

»Die Nachricht kam von Weller. Die MI5-Tante aus England.«

»Was sagt sie?«

»›Meet me tomorrow, noon, LHR. JW‹«, rezitierte Olofsen die Nachricht aus dem Gedächtnis.

Nunk schwieg einen Moment. »Aha.«

»Wie ›aha‹?«

»Was hältst du davon?«, fragte Nunk.

Olofsen verdrehte die Augen. Er hasste diese dämlichen Fragen, die Vorgesetzte immer genau dann stellten, wenn sie selbst auf dem Schlauch standen. Auf einem Seminar hatte es einmal geheißen, dies sei genau der richtige Weg, Mitarbeiter einzubinden und zu motivieren. Olofsen hielt das für Schwachsinn.

»Joanna Weller will sich morgen Mittag mit mir treffen«, erklärte Olofsen seinem Chef.

»Und wo?«

»LHR. Das ist der internationale Code für Heathrow, habe ich gerade nachgesehen. Einer der Flughäfen in London.«

»Okay, jetzt habe ich es verstanden.« Nunk war hoch konzentriert. »Wenn sie mit uns Dorfpolizisten von der Nordseeküste ein persönliches Treffen will, muss es tatsächlich wichtig sein.«

»Das denke ich auch«, sagte Olofsen. »Und es muss mehr dahinterstecken. Sonst würde sie sich nicht an uns wenden, sondern die üblichen Wege gehen, die Geheimdienste eben gehen.«

»War das alles, was sie geschrieben hat?«, fragte Nunk.

»Nicht einen Buchstaben mehr«, antwortete Olofsen.

»Hast du dein Ticket schon gebucht?«

»Nein.«

»Dann schwing die Hufe. Ich will dich morgen im ersten Flieger nach London sitzen haben.«

»Läuft das als Dienstreise?«, wollte Olofsen wissen.

»Auf jeden Fall«, sagte Nunk. »Ich kläre das mit Tinsch. Die Formulare kannst du später ausfüllen. Buch jetzt den Flug.«

Die Aussicht auf einen außerplanmäßigen Kurztrip – nein, Dienstgang – zauberte ein breites Grinsen auf Olofsens Gesicht. London gefiel ihm deutlich besser, als in Hamburg schlimm zugerichtete Leichen zu begutachten. Als sich Olofsen dieses Gedankens bewusst wurde, war er über sich selbst überrascht. Noch bis vor Kurzem war die Teilnahme an einer Obduktion gar keine Frage gewesen, aber seit einiger Zeit genügte es ihm, den Bericht zu lesen und mit der Rechtsmedizinerin zu telefonieren.

Er setzte sich an den Computer, surfte durch die Seiten der Fluglinien und ließ sich die verfügbaren Flüge anzeigen. Dabei fluchte er leise vor sich, denn von Bremen aus gab es so kurzfristig keinen direkten Flug, nur solche, bei denen er in München hätte umsteigen müssen. Kopfschüttelnd blickte er auf den Bildschirm – über München nach London. Warum nicht gleich über Brüssel oder Rom?

Schließlich wurde er fündig. Um halb elf ging ein Flug der British Airways von Hamburg nach Heathrow. Er würde eine Stunde später in London ankommen, die Zeitverschiebung hätte er als Puffer. Um halb vier könnte er zurückfliegen. Das passte doch hervorragend. Er buchte den Flug und druckte anschließend das Ticket aus. Diesen E-Tickets auf dem Handy traute er nicht über den Weg. Was das anging, war er altmodisch. Er bevorzugte es, ein Stück Papier in Händen zu halten.

***

Mittlerweile war es fast einundzwanzig Uhr, es war stockdunkel. Wie angekündigt war van Schellinkhout nach Cuxhaven gekommen. Die gemietete Edelkarosse war gerade direkt vor dem Gebäude eingeparkt. Vorne waren rechts und links zwei Männer in dunklen Anzügen ausgestiegen, der eine groß, der andere kleiner, aber beide auffällig muskulös, mit gepflegten Bärtchen und polierter Glatze. Gunnar, der seine Gäste am Eingang erwartete, fühlte sich augenblicklich an Türsteher im Rotlichtmilieu erinnert. Der Größere von beiden öffnete die Tür zum Fond des Wagens, und van Schellinkhout entstieg dem Gefährt. Auch er trug einen Anzug, von dem selbst ein Laie erkennen konnte, dass er maßgeschneidert und sehr teuer gewesen sein musste. Am linken Handgelenk blitzte kurz eine schwere goldene Uhr auf.

Auf dem Weg ins Gebäude redete Gunnar über Belangloses, stets bemüht, vom tristen Ambiente der Räumlichkeiten abzulenken. Er liebte es, sich als Mann von Welt zu präsentieren und sein Gegenüber für sich einzunehmen. Eimerweise Small Talk auszugießen, das war seine Strategie – hier eine Anekdote, dort ein Witzchen, Cuxhaven, Paris, London, New York.

Aus dem Augenwinkel hatte Gunnar wahrgenommen, wie van Schellinkhout auf der engen Treppe in den ersten Stock die Nase gerümpft hatte – was nur bedeutete, dass er sich noch mehr anstrengen musste. In einigen Momenten fiel ihm dies schwer, denn auch wenn er es nicht zugeben wollte, belastete ihn die Sache mit Finn. Er hatte es nicht so weit kommen lassen wollen, redete sich zudem immer wieder ein, es sei Finns Schuld gewesen. Dennoch steckte in irgendeiner Windung seines Gehirns das Wissen, dass diese Einschätzung nicht der Wahrheit entsprach. Als er gerade im oberen Korridor angekommen war, musste er an einen Kommentar von Finn bei einem nicht enden wollenden Geschäftsessen denken: »Dein Gerede klingt wie die germanistische Variante der Zahl Pi«, hatte Finn damals vor einigen Wochen gesagt. »Eine endlose Abfolge von Belanglosigkeiten, aber keine gleicht der anderen.«

Gunnar hatte damals laut aufgelacht und sich gleichzeitig schwarzgeärgert.

Es war diese Erinnerung, die ihn in den muffigen Korridor zurückholte. »Jetzt hast du nichts mehr zu lachen«, murmelte er vor sich hin. »Jetzt bin ich am Zug.«

Thore erwartete sie in Gunnars Labor. Die vorangegangenen Stunden hatte er zusammen mit Gunnar damit verbracht, es auszuräumen und in einen einigermaßen vorzeigbaren Konferenzraum umzugestalten. Obwohl es ihnen gelungen war, ihm ein gewisses Ambiente von Business und Geld zu verleihen, konnte er dennoch Flickwerk und Augenwischerei nicht leugnen. Aber jetzt musste er damit leben, denn just in diesem Moment marschierte van Schellinkhout an ihm vorbei und steuerte zielstrebig auf den Platz an der Kopfseite des Tisches zu.

»Herr Blohmquist, welche Freude, Sie wiederzusehen. Darf

ich Ihnen meine beiden Assistenten vorstellen, die Herren Beerenberg und Toppen?« Mit einem kräftigen Handschlag und einem Lächeln im Gesicht begrüßte van Schellinkhout Thore. Es klang, als wären sie schon seit Ewigkeiten beste Freunde.

Van Schellinkhout sah Gunnar an. »Fehlt hier nicht noch jemand?«

Gunnar zögerte einen Augenblick. »Finn Berger. Unser dritter Mann.«

»Wo ist er?«, erkundigte sich van Schellinkhout. Bei seinen Worten zeigte er zwei Reihen blendend weißer Zähne, die Gunnar jedoch genau wie bei ihrem ersten Treffen in Hamburg an ein Haifischgebiss erinnerten.

»Es gab da ein kleines Problem –«, sagte Thore.

Van Schellinkhout unterbrach ihn. »Nein, keine Probleme. Nur Lösungen.«

»Selbstverständlich«, warf Gunnar schnell ein. »Das Problem ist bereits gelöst. Aus diesem Grund wartet Dr. Berger im Nachbarraum und nicht hier.«

Der Gast durchbohrte Gunnar mit seinem Blick. Die beiden Gorillas spannten sich merklich an.

Van Schellinkhout wechselte abrupt das Thema und zeigte auf Thore. »Ihr Produkt ist hervorragend, es hat den Test mit Bravour bestanden. Ich gehe davon aus, dass Sie die Hauptlieferung des Rohmaterials bereits erhalten haben und diese verarbeiten. Wann ist die gesamte Menge fertig?«

Thore zog die Luft durch die Nase ein. Er ließ sich ein paar Sekunden Zeit, bevor er antwortete. »Sofern es keine Zwischenfälle gibt, wird alles in sieben bis acht Tagen fertig sein.«

»Es wird keine Zwischenfälle geben«, antwortete van Schellinkhout entschieden. Er wandte sich an Gunnar. »Und nun zu Ihrem Topprodukt.«

Gunnars ganzer Körper spannte sich. »Es ist vorhanden und funktioniert wie gewünscht.«

»Die Katze im Sack kaufe ich nicht«, entgegnete van Schellinkhout.

»Davon sind wir ausgegangen«, antwortete Gunnar. Mit einer kurzen Bewegung deutete er zur Tür. »Folgen Sie mir.«

Van Schellinkhout erhob sich und ging hinter Gunnar her. Seine beiden Bodyguards folgten auf dem Fuße, Thore bildete den Schluss.

Vor einer geschlossenen Stahltür blieb Gunnar stehen und fixierte seinen Gast. »Passen Sie gut auf.« Damit stieß er die Tür auf. LED-Lichter flammten auf, als Gunnar den Lichtschalter betätigte und in den Raum trat. Die anderen taten es ihm nach. Es war das Labor mit den Mäusekäfigen in der Mitte. Das plötzliche Licht und die Bewegung im Raum erschreckten die Tiere. Die Mäuse wuselten wild durch ihre Käfige, prallten gegeneinander, überschlugen sich. Aber niemand beachtete die Tiere. Alle Blicke hefteten sich sofort auf die zusammengesunkene Gestalt, die am anderen Ende des Raumes auf einem Stuhl kauerte.

Van Schellinkhout spähte über Gunnars Schulter. »Wer ist das?«

»Darf ich vorstellen?«, sagte Gunnar und ging auf den anderen zu, griff ihm in die Haare und zog den nach vorne gesunkenen Kopf nach hinten. »Dr. Finn Berger, molekularbiologisches Genie und Schöpfer Ihres Produktes. Finn, das sind unsere Kunden. Jan Jacobs May van Schellinkhout und seine Mitarbeiter.«

Finn sagte nichts, nur ein Speichelfaden löste sich von seiner Unterlippe.

Erst jetzt erkannte van Schellinkhout, dass der Mann an den Stuhl gefesselt war. Er war totenbleich, aus Nase und Augen liefen schmale Rinnsale einer roten Flüssigkeit. Unwillkürlich machte van Schellinkhout einen Schritt nach hinten.

»Was ist mit dem Mann?«, presste er hervor.

Auch Gunnars Stimme wurde mit einem Mal sehr ernst. »Sehen Sie ganz genau hin. So sieht das Ergebnis Ihrer Investition aus. Erste Anzeichen des Return of Investment zeigen sich schon nach wenigen Stunden.«

Van Schellinkhout versuchte, einen weiteren Schritt zurückzugehen, aber die Muskelwand seiner Bodyguards hinderte ihn daran. »Sie haben ihn –«

»Genau«, sagte Gunnar kühl. »Er ist infiziert. Vor knapp acht Stunden sahen wir uns gezwungen, ihm eine Injektion zu verabreichen. Eine äußerst hohe Konzentration des Produktes, intravenös. Es war ebenso notwendig – er wollte nicht kooperieren – wie hilfreich, denn so können wir Ihnen eine eindrucksvolle Demonstration bieten. Wie Sie unschwer sehen können, führen die Veränderungen des Virusgenoms in einer bis dato ungekannten Geschwindigkeit zum gewünschten Effekt. Beim Wildtyp müssen Sie dagegen eine Woche auf Symptome warten.«

»Sind Sie von allen guten Geistern verlassen?«, zischte van Schellinkhout. »Wollen Sie uns alle umbringen, Kachens?«

»Sie haben eine Demonstration verlangt. Hier ist sie. In wenigen Stunden wird es vorbei sein.« Jetzt war es an Gunnar, kalt zu lachen, um ein wenig auf der Klaviatur der Ängste seines Gegenübers zu spielen. »Eine Übertragung von Mensch zu Mensch ist nicht möglich. Wenn Sie dies allerdings wünschen, können wir uns auch mit dieser Fragestellung beschäftigen. Bei angemessener Bezahlung, aber das versteht sich ja von selbst.«

Plötzlich hob Finn den Kopf. Er schien aus seinem Delirium erwacht zu sein. »Was für ein Kunde freut sich über Todesopfer?« Seine Worte waren kaum zu verstehen. Ein weiterer Faden aus Blut und Speichel löste sich von seiner Unterlippe. »Was ist bloß aus euch geworden? Arschlöcher, die für Geld über Leichen gehen.«

Gunnar ging vor Finn in die Hocke, doch bevor er etwas sagen konnte, spuckte dieser ihm blutigen Schleim mitten ins Gesicht.

Entsetzt sprang Gunnar auf und wischte sich hektisch mit dem Handrücken das Blut aus dem Gesicht.

Finns Kinn sackte auf die Brust, aber seine Stimme wurde

fester. »Wir wollten der Wissenschaft einen Dienst erweisen. Schon vergessen? Wir wollten Wege finden, um Infektionserreger kostengünstig zu bekämpfen, für die sich Big Pharma wegen zu kleiner Gewinnmargen nicht interessiert. Wir wollten etwas Sinnvolles tun! Nicht in irgendeinem Konzernbüro versauern, jede Verantwortung anderswo hinschieben und unüberschaubare Berge von Papier produzieren.«

»Ich will Geld verdienen«, entgegnete Gunnar. »Deinen Idealismus kannst du dir sonst wohin stecken.«

»Du hast die B19-Versuchsreihe manipuliert.« Finns Stimme sank zu einem Flüstern ab. »Was genau hast du gemacht, du Arsch?«

Van Schellinkhout, der dem Dialog mit wachsendem Interesse gelauscht hatte, räusperte sich. »Das würde mich auch interessieren. Aber ich muss Sie korrigieren, Herr Berger. Sie haben etwas sehr Sinnvolles und Gewinnbringendes getan, auch wenn es Ihnen in Ihrem bemitleidenswerten Zustand nichts mehr nützen wird. Wer hat schon ein solches Virus? Die Krankheitssymptome brechen sehr viel schneller aus als beim Wildtyp, und wenn ich Sie mir so anschaue, komme ich zu dem Schluss, dass die Pathogenität um ein Vielfaches höher liegt. Ihre Arbeit ist die eines Genies. Das ist Weltklasse.«

Mit der ihm noch verbliebenen Kraft hob Finn abermals den Kopf und suchte Blickkontakt mit van Schellinkhout.

»Das ist doch bloß ein Riesentäuschungsmanöver«, röchelte er. Blut lief nun auch aus seinem linken Auge. »Jan Jacobs May van Schellinkhout war der Kapitän des Walfängers, der Anfang des siebzehnten Jahrhunderts die Insel Jan Mayen in der Grönlandsee entdeckt haben soll. Ihre beiden Affen im Anzug heißen wahrscheinlich Beerenberg und Toppen, genauso wie die beiden Berge auf ebendieser Insel.«

»Schlaues Kerlchen«, sagte van Schellinkhout anerkennend.

»Ich habe in der Schule aufgepasst.«

Van Schellinkhout schien amüsiert. »Sie kennen sich mit den Gegebenheiten der grönländischen See offenbar ebenso gut aus wie mit den modernen Methoden der Molekularbiologie.« Seine Stimme wurde plötzlich hart wie Stein. »Nur wissen Sie leider nicht, wann es besser ist, den Mund zu halten.«

»Ich –«, machte Gunnar den Versuch, das Gespräch an sich zu ziehen.

»Halt deine blöde Fresse«, fuhr Finn ihn an. Trotz der harschen Worte klang seine Stimme kraftloser als zuvor. »Du hast meine Versuche, meine Methoden, mein Wissen missbraucht, um ein hochgefährliches Virus zu erzeugen. Und das willst du jetzt verkaufen? Eigentlich müsste doch selbst einem geldgeilen Dorschkopp wie dir klar sein, dass dabei nichts Gutes herauskommen kann.«

»Genug jetzt.« Barsch schnitt van Schellinkhout Finn das Wort ab.

Er nickte dem kleineren seiner beiden Begleiter unmerklich zu. Es ploppte dreimal, und Finn kippte samt Stuhl nach hinten. Zwischen seinen Augen, mitten auf seiner Brust und genau über dem Herzen erschien jeweils ein roter Fleck. Sein Mund war weit aufgerissen, aber es kam kein Ton heraus. Dr. Finn Berger war tot.

In der Hand des ausgestreckten rechten Arms hielt Toppen eine Pistole mit aufgeschraubtem Schalldämpfer. Weder Gunnar noch Thore hatten mitbekommen, dass er die Waffe gezogen hatte. Toppen blickte mit Augen, die ebenso tot waren wie Finns Leichnam, erst Gunnar, dann Thore an. Beerenberg war erstarrt wie eine Säule, nur seine Mundwinkel zuckten.

Thore entwich jegliche Farbe aus dem Gesicht, Gunnar würgte.

Van Schellinkhout ließ einmal die Schultern kreisen. Ihn schien die ganze Situation nicht sonderlich zu belasten. »Jammerschade, aber nicht zu ändern. Das Virus funktioniert also, und Ihr Ex-Partner ist ausgeschaltet, bevor er sich zu einem größeren Problem entwickeln konnte. Möchte noch jemand von Ihnen ein Statement zu meinem Namen abgeben?«

Gunnar und Thore schüttelten die Köpfe.

»Eine Übertragung von Mensch zu Mensch ist wirklich ausgeschlossen?«, erkundigte sich van Schellinkhout noch einmal.

»Ja.« Thore nickte geistesabwesend.

»Sehr gut«, sagte van Schellinkhout und gab seinen Begleitern ein Handzeichen. Die beiden lösten Finn vom Stuhl und trugen ihn an Armen und Beinen aus dem Raum.

»Lassen Sie uns zu den geschäftlichen Details kommen.«

»Was haben Sie mit ihm vor?«, brachte Thore hervor. Sein Gesicht war kalkweiß.

Van Schellinkhout blickte ihn irritiert an, als wüsste er nicht, wovon die Rede war. »Wir nehmen Ihnen gerade die Drecksarbeit ab und werden Ihren verstorbenen Kollegen sachgerecht entsorgen.«

Thore kniff die Augen zusammen. Stück für Stück wurde ihm klar, was eigentlich geschehen war – nicht nur vor wenigen Augenblicken, sondern in den vergangenen Wochen. »Finn Berger war ein Genie«, sagte er. »Jetzt haben wir ein Problem.«

Van Schellinkhout wiegte den Kopf. »Ist das so?«

»Nein«, sagte Gunnar. Bei aller Kaltblütigkeit, die er an den Tag zu legen versuchte, stand ihm der Schrecken noch ins Gesicht geschrieben. Er war sich sehr wohl bewusst, dass Finn eine ernste Gefahr für das Geschäft dargestellt hatte. Ihm war auch klar, dass er ihn selbst per Injektion zum Tode verurteilt und eine Linie überschritten hatte, hinter der es keine Umkehr mehr gab. Aber er hatte nicht dabei sein wollen, wenn Finn dann seinen letzten Atemzug tat. Tod durch Erschießen kannte er nur aus dem Fernsehen. Gunnar biss sich auf die Zunge. Der Schmerz holte ihn in den engen Raum zurück.

»Aber –«

»Kein ›Aber‹, Thore«, sagte Gunnar. »Ich habe die Methode zusammen mit Finn entwickelt. Das Material für den Test habe ich auch allein hergestellt, während Finn noch über seine B19-Reihe gegrübelt hat.«

»Gut«, sagte van Schellinkhout. »Dann wollen wir hoffen, dass sich auch kein neues Problem entwickelt, das wir lösen müssen. Nicht, dass wir das nicht effizient und geräuschlos könnten.« Er wandte sich an Gunnar. »Nur aus Interesse, was ist das für eine Methode?«

Gunnar holte Luft. »Es ist eine geniale Methode. Genial einfach und genial in ihren Möglichkeiten. Man kann mit dieser Methode DNA editieren. Bildlich gesprochen kann man das Erbgut wie mit einer Schere in kleine Stücke schneiden und dann wunschgerecht wieder zusammensetzen, Elemente ergänzen oder entfernen. Durch ein paar gezielte Änderungen im genetischen Code des Virusgenoms konnten wir die Virulenz dramatisch steigern – genau, wie Sie es wollten.«

Van Schellinkhout zeigte keine Reaktion.

»Die Methode heißt ›CRISPR/CAS-9‹«, fuhr Gunnar betont nüchtern fort. »Diese Technik hat ein unglaubliches Potenzial.«

Van Schellinkhout hob die Hand. »Sie haben mich in meiner Annahme bestätigt, sowohl was die Methode als auch Ihre Fähigkeiten betrifft. Ich bin nicht so naiv, als dass ich mich nicht kundig gemacht hätte, womit Sie arbeiten, bevor wir in Kontakt getreten sind.«

»Nachvollziehbar«, bestätigte Gunnar und flüchtete sich hinter die starre Maske des Geschäftsmannes. »Um nun zum finanziellen Teil des Arbeitspaketes zu kommen –«

»Alles bleibt, wie es besprochen wurde«, sagte der andere sofort. »Die erste Tranche wird noch heute auf die genannten Offshore-Konten angewiesen.«

»Gut.«

»Sie kennen den Zeitplan für das gesamte Material«, sagte van Schellinkhout streng. »Halten Sie ihn ein.«

»Verdammt, wo hast du uns da reingeritten!«, brüllte Thore Gunnar an. »Erst infizierst du Finn mit dem Scheißzeug, und dann ballern die Typen ihn einfach über den Haufen. Glaubst du wirklich, dass es uns anders ergehen wird, wenn die erst haben, was sie wollen?«

Gunnar saß wie versteinert auf seinem Stuhl und kaute auf

seiner Unterlippe. Vor einigen Minuten hatte sich van Schellinkhout – oder wie auch immer der Mann wirklich hieß – verabschiedet.

»Es musste sein. Finn hätte uns mit seinem verfluchten Idealismus in die Pfanne gehauen.« Gunnars Stimme klang ruhig und beherrscht. »Aber wir sind auch keine Idioten. Wir machen es wie Walter White in ›Breaking Bad‹ – immer ein bisschen schlauer als die anderen.«

Thore schlug ihm mit der flachen Hand ins Gesicht. »Du zynischer Clown. Willst du dich jetzt Heisenberg nennen und einen schwarzen Hut samt Sonnenbrille tragen?«

Er holte erneut aus, aber diesmal war Gunnar gewarnt und fing Thores Hand ab. Er hielt sie wie im Schraubstock. »Reiß dich zusammen. Wir schaffen das auch ohne Finn. Am Ende schwimmen wir im Geld. Und ja – ich werde eine Exit-Strategie ausknobeln. Du wirst schon sehen.«

ACHT

Donnerstag, 23. Januar, vormittags bis abends

Olofsen stand am Gate. In wenigen Minuten sollte das Flugzeug zum Einsteigen bereit sein. Um ihn herum drängten sich Geschäftsleute in Anzügen, Krawatten und auf Hochglanz polierten Schuhen, die wie besessen telefonierten, nicht selten in einer Lautstärke, die auch alle Umstehenden wissen ließ, dass sie gerade einen phantastischen Deal eingefädelt hatten. Zwischen den Schlipsträgern warteten einige andere Passagiere, die Olofsen als Urlauber einstufte, ausgestattet mit Outdoorjacken, Rucksäcken und E-Book-Readern. Sie saßen entspannt im Wartebereich, unterhielten sich mit gedämpfter Stimme oder aßen ein knuspriges Croissant. Auch Olofsen hatte sich nach der Sicherheitskontrolle ein belegtes Brötchen gekauft – sündhaft teuer – und wollte es während des kurzen Fluges essen.

Am Morgen hatte er seinen Wagen am Bahnhof in Otterndorf abgestellt und war mit dem Zug nach Hamburg gefahren. Erst zum Hauptbahnhof, dann weiter mit der S-Bahn zum Flughafen. Er hatte Greiner angerufen und ihm von der SMS berichtet.

Als der Flug aufgerufen wurde, schnappte Olofsen sich seine kleine Tasche und reihte sich in die Schlange ein, die sich augenblicklich vor dem Schalter mit den ticketkontrollierenden Mitarbeiterinnen der Airline gebildet hatte.

Der Flug verlief ereignislos, nach nur fünfzig Minuten Flugzeit landete die Maschine in Heathrow. Die Geschäftsleute stürmten los, rempelten ihn rücksichtslos an, die Handys schon wieder am Ohr.

Aufgrund der Zeitverschiebung hatte er noch mehr als eine Stunde Zeit, bis Weller ihn treffen wollte. Er selbst hatte keine Ahnung, wo das Treffen stattfinden und wie er Weller finden sollte. Im Gegensatz zur vergleichsweisen Ruhe des Hamburger Flughafens herrschte hier ein heilloses Gewusel. Aber er war zuversichtlich, dass man ihn finden würde – schließlich waren Geheimdienstler Experten für solche Dinge.

Er setzte sich im Ankunftsbereich in ein Bistro, um mit einem großen Becher Kaffee auf die Dinge zu warten, die da kommen mochten.

Die Zeit floss dahin wie zäher Sirup. Olofsen versuchte, Paula zu erreichen, die ja noch gar nicht wusste, dass er heute nicht in Cuxhaven, sondern in London war. Doch sie war nicht erreichbar, und so konnte er ihr nur eine Nachricht auf der Mailbox hinterlassen. Mit einem schnellen Blick auf seine Armbanduhr sah er, dass es mittlerweile zehn Minuten vor zwölf war.

»Mister Olofsen«, hörte er eine Stimme hinter sich. »Please follow me.«

Olofsen drehte sich schwungvoll um. Fast hätte er dabei den Kaffeebecher vom Tisch gefegt. Aber nur fast. Mit einem beherzten Griff konnte er dies gerade noch verhindern.

Hinter ihm stand ein groß gewachsener Mann mit Sonnenbrille und Bürstenhaarschnitt. Seine breiten Schultern und muskelbepackten Oberarme schienen den Stoff des dunklen Anzugs sprengen zu wollen. Olofsen fühlte sich in einen englischen Agentenfilm versetzt.

»Yeah, you must be Mister Bond«, sagte er schmunzelnd. »Guten Morgen.«

Der Mann zog mit dem Zeigefinger die Sonnenbrille bis an die Nasenspitze herunter und fixierte ihn mit stechendem Blick. »Folgen Sie mir einfach.«

»Okay, die Sprachbarriere haben wir schon einmal übersprungen«, murmelte Olofsen und erhob sich.

Wortlos schritt der Muskelmann voran. Sie verließen die Ankunftshalle, es ging Treppen hinauf und Treppen hinab, durch Türen, die nur mit Sicherheitscodes zu öffnen waren, durch dunkle Flure und helle Gänge. Olofsen war sich sicher, dass er ohne Hilfe niemals den Weg zurückfinden würde.

Sie gelangten erneut an eine verschlossene Tür. James Bond klopfte und öffnete sie.

»The German detective is here.« Er machte einen Schritt zur Seite, um Olofsen vorbeizulassen.

Olofsen betrat den Raum. Es handelte sich um einen typischen kleinen Besprechungsraum – unpersönlich, kalt, ohne Seele. In der Mitte und direkt unter einem an die Decke montierten LED-Strahler stand ein Tisch mit verchromten Beinen und gläserner Platte, darum vier Kunststoffstühle. Es gab ein Fenster über die gesamte Breite des Raumes, dessen untere Hälfte mit einer blickdichten Folie bezogen war.

Am Tisch, mit dem Rücken zum Fenster, saß eine Frau in schwarzem Businesskostüm, in der Olofsen sofort Joanna Weller erkannte. Auf dem sonst leeren Tisch lag ein Tablet, das Display nach unten. Weller hatte die Hände gefaltet und die Unterarme auf die Tischplatte gelegt. Sie blickte Olofsen interessiert an.

Rechts über Eck neben Weller saß ein Mann. Olofsen kannte ihn nicht. Den Gesichtszügen und der Hautfarbe nach hielt Olofsen ihn für jemanden aus dem Mittleren Osten. Den linken Arm trug der Mann in einer Schlinge vor der Brust. Am Mittelfinger prangte ein goldener, übergroßer Siegelring. In seinem lila Seidenhemd und der farblich passenden Weste sah der Mann aus wie jemand, der eigentlich an einem Snookerturnier teilnehmen wollte, aber verletzungsbedingt verhindert war. Auch der andere blickte den Deutschen an, jedoch war Olofsen nicht in der Lage, in dessen Gesichtszügen zu lesen.

Weller erhob sich. »Guten Morgen, Herr Olofsen. Moin moin – so sagt man doch bei Ihnen, richtig?«

Olofsen musste lachen. »Fast. Ein einfaches ›Moin‹ reicht. ›Moin moin‹ ist schon Gesabbel.«

Weller sah ihn fragend an. Offensichtlich hatte er ihre Wissensgrenze über den norddeutschen Sprachschatz schon erreicht. Olofsen winkte ab. »›Moin moin‹ ist gut.«

»Bitte setzen Sie sich. Kaffee, Tee, etwas anderes?«

»Kaffee«, antwortete Olofsen. »Heiß und stark.«

Weller gab dem Muskelmann ein kurzes Zeichen, welches dieser nickend bestätigte und verschwand.

»Darf ich Ihnen in der Zwischenzeit Ayaz Erbil vorstellen?«, richtete Weller wieder das Wort an Olofsen.

»Moin«, sagte Olofsen und zog den Stuhl gegenüber Weller zurück, um sich zu setzen. Auch wenn er hier nur der Dorfbulle aus einer deutschen Kleinstadt war und die Welt der Schlapphüte nur aus dem Fernsehen kannte, hatte er nicht vor, sich unterbuttern zu lassen.

»Moin«, erwiderte Erbil in fast akzentfreiem Deutsch.

Olofsen war sichtlich überrascht. Er blickte Erbil erneut an, konnte aber noch immer nichts aus dessen Miene herauslesen. »Wie es scheint, können wir heute deutsch reden.«

Weller und Erbil beugten leicht die Köpfe.

»Herr Erbil, was verschafft mir die Ehre?«, fragte Olofsen. Nun wollte er doch gerne wissen, mit wem er es hier zu tun hatte.

Statt Erbil ergriff zunächst Weller das Wort. »Eines müssen wir von vornherein festhalten: Jedes Wort, welches hier und jetzt gesprochen wird, unterliegt der Geheimhaltung. Nichts davon darf an Dritte weitergegeben werden.«

»Selbstverständlich werde ich meinen Kollegen Bericht erstatten.« Olofsen blickte auf seine Hände, dann auf den Tisch. »Dazu bin ich verpflichtet. Alles andere wäre auch Unsinn, wenn wir wirklich die Anschläge bei Ihnen und bei uns aufklären wollen.« Nach diesen Worten hob Olofsen den Blick, um die Reaktionen von Weller und Erbil sehen zu können.

Erbil beugte sich vor. »Das ist klar. Aber darüber hinaus kein Wort zu irgendwem. Nicht zu Ihrer hübschen Partnerin, Ihren Nachbarn, Ihrem Hund, Ihrer Oma.«

»Sonst was?«, zischte Olofsen ihn an. Die Worte des Mannes machten ihn blitzartig wütend, insbesondere, da er von Paula wusste. »Ich bin nicht hierhergeflogen, um mir von einem Pimpf mit bandagiertem Arm drohen zu lassen.«

Erbil wollte aufspringen, doch Weller hielt ihn an der Schulter fest. »Niemand droht hier irgendwem. Wir sind alle Freunde und ziehen am gleichen Strang, um die Organisation des Briten zu zerschlagen. Ich gehe davon aus, Krüger vom BKA hat Ihnen bereits die Hintergründe gegeben. Mr. Erbil hat nur betonen wollen, dass Geheimhaltung von essenzieller Bedeutung ist.«

»Warum ist der Knilch hier?« Olofsens kurz aufgeflammter Zorn kühlte langsam ab, war aber noch nicht bei null angelangt.

»Ich arbeite für den MIT«, sagte Erbil ruhig. »Auch wir haben ein ausgeprägtes Interesse in der Angelegenheit.«

»MIT?«, fragte Olofsen. »Massachusetts Institute of Technology? Hat der Typ euch den neusten Supercomputer geklaut?«

Erbil verzog keine Miene. »Millî İstihbarat Teşkilâtı. Türkischer Geheimdienst.«

Ach du Scheiße. Olofsen musste sich auf die Zunge beißen, um seine Gesichtszüge nicht entgleisen zu lassen. Über diesen Dienst hatte er kürzlich noch einen Bericht gelesen. Die waren nicht zimperlich, hatten Augen, Ohren und Finger überall und unterstanden direkt dem türkischen Präsidenten. Der MIT konnte mehr oder weniger schalten und walten, wie er wollte, ohne ernsthafte rechtsstaatliche Konsequenzen fürchten zu müssen. Ein Doppelagent der CIA und des KGB wäre ihm jetzt deutlich lieber gewesen. »Welche Rolle spielen Sie in der Sache?«, fragte er bemüht sachlich.

Erbil lehnte sich wieder zurück. Wahrscheinlich hätte er auch trotzig die Arme verschränkt, wenn ihm dies möglich gewesen wäre.

Wellers Muskelmann rettete die Situation, indem er in das Besprechungszimmer zurückkehrte, ein Tablett mit Tassen und einer Kanne balancierend. Unerwartet behutsam stellte er alles auf dem Tisch ab, verteilte die Tassen, füllte diese mit Kaffee und zog wieder ab. Der Duft nach frisch aufgebrühtem Kaffee veränderte sogleich die Atmosphäre im Raum.

Olofsen registrierte, dass Erbil sich entspannte. »Also, in medias res.«

Ein Lächeln zog sich über Wellers Gesicht. »Um es noch einmal klar auf den Punkt zu bringen: Wir wollen den Briten festnehmen und seine Organisation zerschlagen.«

»Klingt simpel«, sagte Olofsen.

»Leider ist es das nicht.« Weller legte den Kopf schräg. »Der Mann ist ein Gespenst, ein Phantom, wir können nicht einmal mit Sicherheit sagen, wie er aussieht. Er bedient sich sowohl modernster als auch archaischer Technik, um unerkannt zu bleiben und seine Aktivitäten zu verschleiern. Es gibt sogar Hinweise darauf, dass er Strohmänner und Doppelgänger einsetzt, die in seinem Namen sprechen, damit er nicht selbst in Erscheinung treten muss.«

»Sie sollten 007 aus der Mottenkiste holen«, sagte Olofsen.

»Witzbold.« Erbil schien ein Mann ohne Humor zu sein.

Weller dagegen wirkte amüsiert. »Englischer Humor ist eine hohe Kunst, mein lieber Ayaz. Kollege Olofsen hat soeben die Eingangsprüfung bestanden.«

»Habe ich es richtig verstanden – Sie jagen jemanden, den Sie nicht einmal erkennen würden, wenn er neben Ihnen steht, wollen seine Organisation zerstören, von der Sie kaum wissen, wie sie funktioniert, sondern nur das Ergebnis der jeweiligen Operationen kennen?«, fasste Olofsen zusammen.

»So, wie Sie es formulieren, klingt es ziemlich negativ. Aber ja, genau so ist es«, bestätigte Weller.

Erbil zog ein Gesicht, als hätte jemand ihm ein Stück mit Zitronensaft getränkte Zwiebel in den Mund gesteckt.

»Was ist mit Ian Parker?«, wollte Olofsen wissen.

»Der Anschlag auf ihn ist im Augenblick unser bester Ansatzpunkt«, sagte Weller. »Wir haben eine Videoaufnahme von dem Angriff.«

Olofsen zog fragend die Augenbrauen hoch.

»Wie Sie wahrscheinlich wissen«, begann Weller und nahm gleichzeitig das Tablet in die Hand, »ist der Großraum London zur Freude der Sicherheitsbehörden nahezu lückenlos videoüberwacht.«

»Ich habe davon gehört«, sagte Olofsen. »Fast eine halbe Million Kameras folgen den Londonern auf Schritt und Tritt. Auch wenn ich Polizist bin, fühlt sich das für mich wie ein Alptraum an. Wo bleibt da die richtige Ermittlungsarbeit?«

Weller ging nicht auf die Bemerkung ein. Stattdessen drehte sie das Tablet um und hielt es Olofsen hin. »Wir kennen die Gepflogenheiten unserer Mitarbeiter relativ gut. Mr. Parker ging zum Beispiel freitags, sofern er in London weilte, zum Feierabend gerne auf ein oder zwei Pints in einen bestimmten Pub, nicht weit von seiner Wohnung entfernt. Und wie es der Zufall will, erfasst eine CCTV-Kamera den Eingangsbereich des Pubs sowie ein gutes Stück der Straße. Sehen Sie selbst.«

Weller startete ein Video auf dem Tablet. »Der Mann, der gerade den Pub verlässt, ist Ian Parker. Er wendet sich nach links und will nach Hause gehen.«

»Da sind aber noch einige andere Leute unterwegs«, sagte Olofsen, als sein Blick eine kleine Gruppe junger Leute erfasste, die auf die Tür der Kneipe zusteuerten.

»Das ist richtig«, bestätigte Weller.

»Achten Sie auf den Nachzügler«, ergänzte Erbil.

Olofsen konzentrierte sich. Dann entdeckte er die Person, von der Erbil gesprochen hatte. Winkend lief der Mann hinter der Gruppe her, die bereits die Eingangstür des Pubs erreicht hatte. Als er auf gleicher Höhe mit Parker war, stolperte der Mann plötzlich und rempelte Parker an.

Der Cuxhavener Polizist schaute die beiden Geheimdienstler fragend an. »Kann es sein, dass ihr Jungs und Mädels zu viele CSI-Episoden gesehen habt und paranoid geworden seid?«

»Nein«, sagte Weller kühl. Sie nahm das Tablet wieder an sich und fuhrwerkte mit den Fingern auf dem Display herum. Dann hielt sie es Olofsen abermals hin. »Sehen Sie sich diesen Teil noch einmal an. Vergrößert auf die Beine Parkers und verlangsamt.«

Auch Erbil beugte sich vor.

Das Video startete erneut, und da sah Olofsen, was die MI5-Dame meinte.

»Verdammte Hacke«, murmelte Olofsen. »Das hätten wir nie gesehen.«

Weller nickte. »Auch unsere Spezialisten haben eine ganze Weile gebraucht, bis sie diese Szene entdeckt und isoliert hatten. Sagt Ihnen das Regenschirmattentat etwas?«

Olofsen verneinte.

»Das war 1978«, sagte Erbil mit einem Hauch Enthusiasmus in der Stimme. »Das Attentat hat Geschichte geschrieben. Es hat sich übrigens auch hier in London ereignet.«

Weller nickte. »Damals ließ der bulgarische Geheimdienst einen Landsmann und Journalisten liquidieren, indem man ihm auf offener Straße mit Hilfe eines Regenschirms eine tödliche Dosis Rizin in den Unterschenkel injizierte. Der Mann starb nach ein paar Tagen an Kreislaufversagen.«

»Vierzig Mikrogramm wurden ihm injiziert. Das hat schon gereicht, um ihn zu töten.«

Olofsen rieb sich die Nase. »Sie möchten mir also sagen, dass hier die Wiederholung dieses – wie nannten Sie es doch gleich? – Regenschirmattentats gefilmt wurde?«

»Ganz genau.« Weller lehnte sich nach hinten.

»Und Sie gehen davon aus, dass der Brite dahintersteckt?«, fragte Olofsen.

Weller wischte ein weiteres Mal auf dem Tablet herum und schob es Olofsen hin. »Dieser Mann ist der Killer.«

Olofsen betrachtete das Bild auf dem Display. Es zeigte einen Mann im Halbprofil, mit spitzer Nase, leicht abstehenden Ohren und scharfen Gesichtszügen, kahl geschorenem Schädel, angedeutetem Kinnbart.

»Wir konnten den Mann über diverse weitere Kameras verfolgen und an einer Position dieses Gesichtsbild isolieren. Danach haben wir ihn allerdings verloren. Seine Identität ist nach wie vor unbekannt.« Weller verdrehte die Finger ihrer beiden Hände ineinander, als wäre ihr dieses Eingeständnis peinlich.

»Das ist Dobby«, sagte Olofsen.

»Sie kennen den Mann?« Erbil imitierte den Gelassenen, hatte aber Mühe, ruhig auf seinem Stuhl sitzen zu bleiben.

Weller hingegen zeigte die Züge einer höchst amüsierten britischen Lady.

»Eindeutig«, wiederholte Olofsen. »Dobby aus ›Harry Potter‹. Er hat sich zur Tarnung einen Bart wachsen lassen.«

Erst jetzt schien Erbil zu begreifen, dass Olofsen ihn verschaukelt hatte. »Wollen Sie mich auf den Arm nehmen?«, zischte er.

»Nein«, ranzte Olofsen ihn an. »Ich will wissen, warum ich hier bin. Ich will wissen, warum der türkische Geheimdienst am Tisch sitzt und Andeutungen über meine Partnerin macht. Ich will wissen, was mir dieses Video sagen soll, in dem einer rumläuft, der aussieht wie Dobby aus den Harry-Potter-Filmen.« Olofsens Zeigefinger schoss wie ein osmanischer Dolch auf Erbil zu. »Wenn du also einen sinnvollen Beitrag abgeben kannst, dann lass hören. Ansonsten schwing dich auf deinen Teppich und flieg nach Hause.«

Erbils Mundwinkel zuckten. »Rassistische und abwertende Anspielungen sind jetzt und hier nicht angebracht.«

»Dreht der jetzt durch?« Olofsens Frage war an Weller gerichtet.

»Alles in Ordnung.« Erbils Gesichtszüge entspannten sich von einem Moment auf den anderen. »Ich weiß immer gerne, mit wem ich zusammenarbeite. Um das herauszufinden, musste ich Ihnen ein wenig auf den Zahn fühlen. Ich bin zufrieden. Sie sind kein Weichei.«

Olofsen zeigte ihm den Vogel.

»Der MIT hat vielleicht bei Ihnen nicht den besten Ruf. Aber unsere Arbeitsweise steht hier nicht zur Diskussion. Und ganz nebenbei: Die fliegenden Teppiche haben wir schon lange abgeschafft. Wir reisen wie alle anderen auch, per Auto, Flugzeug, E-Roller.«

»Zurück zum Thema.« Weller zeigte auf das Tablet auf dem Tisch. »So dünn diese Spur auch ist, dieses Bild ist momentan tatsächlich das Beste, was wir haben. So wie ich das sehe, haben Sie zwar zwei Mordfälle, aber nicht mal ein schlechtes Phantombild.«

Olofsen fühlte sich ertappt, rechnete schnell eins und eins zusammen. »Sie wollen andeuten, dass dieser Mann auch als Mörder in den Cuxhavener Fällen in Frage kommt? Haben Sie Belege für diese These?«

»Wir wissen, dass der Brite seine Leute projektbezogen einsetzt«, sagte Erbil. »Das schließt die schmutzige Arbeit mit ein.«

»Projektbezogen?« Olofsen zog die Augenbrauen hoch.

Weller nickte. »In der freien Wirtschaft nennt man das ›Delegation von Verantwortung‹. Auf diese Weise motiviert der Brite seine Leute.«

»Eine Terrortruppe als Wirtschaftsunternehmen«, staunte Olofsen. »Da bekommt der Begriff Zynismus eine ganz neue Dimension.«

»Seien Sie vorsichtig«, sagte Erbil. »So extrem es auch ist, was der Brite tut, so ist es dennoch kein Terrorismus im strengen Sinne. Die Organisation agiert frei von Emotionen, nur der Profit zählt, und dieser rechtfertigt jegliches Vorgehen. Sollten zwei Parteien mit gegenläufigen Interessen an ihn herantreten, so bekommt das höhere Angebot den Zuschlag.«

Olofsen hob abwehrend die Hände. »Okay, lassen wir die Spitzfindigkeiten. Allerdings muss ich feststellen, dass Ihre Kausalkette genauso dünn ist wie unsere. Vielleicht wird aber die Kombination besser. Auf unserer Seite besteht der schwache Verdacht, dass der Mörder des Wachmanns auf der Immingham-Fähre nach Cuxhaven kam. Morgen früh macht dasselbe Schiff unseres Wissens mit unveränderter Besatzung wieder bei Ports-of-Cux fest. Wir haben vor, alle Besatzungsmitglieder zu befragen. Daher möchte ich den Dobby-Schnappschuss gerne mitnehmen, damit wir nach dieser Person Ausschau halten können. Außerdem gehen wir davon aus, dass derselbe Täter auch der Mörder des BKA-Beamten ist, der mit Ihrem Kollegen zusammengearbeitet hat.«

Erbil nickte.

Weller arbeitete kurz auf dem Touchscreen. »Ich habe Ihnen gerade das Bild gemailt.«

Olofsen griff in seine Jacke und holte sein eigenes Handy hervor. Mit ein paar erklärenden Worten leitete er das Bild an Greiner weiter. Danach steckte er das Telefon weg und wandte sich Erbil zu. »Bitte erklären Sie mir, welche Rolle Sie beziehungsweise Ihr Dienst in dieser Angelegenheit spielen.«

»Sagt Ihnen das Südanatolienprojekt der Türkei etwas?«, antwortete dieser mit einer Gegenfrage.

Olofsen musste sich eingestehen, noch nie davon gehört zu haben. »Nein.«

»Dann lassen Sie mich das kurz erklären«, sagte Erbil. »Im Rahmen dieses Projektes sollen unter anderem insgesamt neunzehn Staudämme errichtet werden, dreizehn davon sind fertig, einer davon ist der Ilisu-Damm. Offizielles Ziel war es, die Wirtschaft der Region zu stärken. Ob das ganze Projekt gut oder schlecht, nachhaltig oder nicht ist, möchte ich an dieser Stelle nicht diskutieren – es würde sowieso mehr Meinungen als Personen am Tisch geben.«

»Das ist leider oft so«, warf Olofsen ein. »Sie sagen ›offizielles‹ Ziel. Gibt es noch ein inoffizielles Ziel?«

Erbil setzte ein verschlagenes Grinsen auf. »Darüber weiß ich nichts. Und selbst wenn, dürfte ich nicht mit Ihnen darüber reden.«

Olofsen machte eine unbestimmte Handbewegung. »Neunzehn Staudämme geben eine Menge Ziele für durchgedrehte Extremisten ab. Was ist am Ilisu-Damm so besonders?«

»Sehen Sie, der Damm wird, sobald er den Betrieb aufnimmt, den Tigris auf einer Länge von gut vierhundert Kilometern stauen. Die Ingenieure erwarten einen Anstieg der Wasseroberfläche von bis zu sechzig Metern.«

»Weiter stromabwärts liegen Syrien und der Irak«, warf Weller ein. »Beide Länder …«

»… freuen sich wahrscheinlich ein Loch in den Bauch, dass

man ihnen das Wasser abdreht«, vervollständigte Olofsen den Satz.

»Oder könnten dieses Szenario als politisches Druckmittel benutzen.« Weller warf Erbil einen strengen Blick zu.

Erbil fühlte sich unwohl. »Der türkische Staat hat bislang aus Rücksicht auf seine Nachbarn mit dem Beginn des Aufstauens gewartet. Außerdem teilen wir diese Einschätzung nicht. Ja, der Damm ist bedeutsam und symbolträchtig, aber die Zahl der alternativen Ziele ist nahezu grenzenlos.«

Olofsen ließ ihn nicht weiterreden. »Ich denke, wir sollten diesen Teil überspringen. Es ist klar, dass dieser Damm sowohl wirtschaftliche als auch politische Sprengkraft besitzt und viele andere Örtlichkeiten ebenso. Die innen- und außenpolitischen Angelegenheiten sind mir reichlich wurscht, aber ich werde nicht stillsitzen und abwarten, wenn deswegen anderswo – bei mir in Cuxhaven – Menschen umgebracht werden.«

»Da kann ich nur zustimmen«, sagte Weller, »auch wenn Großbritannien natürlich auch eigene Interessen in der Region verteidigen muss und nicht an einer Destabilisierung interessiert sein kann.«

An dieser Stelle wandte sie sich an Olofsen. »Hören Sie sich dies bitte an.«

Sie startete eine Audioaufnahme auf dem Tablet. Zunächst waren die Stimmen schwer zu verstehen, dann wurden sie deutlicher.

»Wir haben nicht viel Zeit«, sagte eine melodisch klingende Stimme. »Ich muss leider noch eine Reihe anderer dringender Angelegenheiten regeln. Mein Mitarbeiter hier wird sich um die Details kümmern.«

Weller stoppte die Audiodatei. »Wir sind uns sehr sicher, dass es sich hier um den Briten handelt.«

Erbil erstarrte. »Woher haben Sie diese Aufnahme?«

Irritiert blickte Olofsen von Erbil zu Weller.

Die machte eine unbestimmte Handbewegung. »Wir haben sie.«

»Selbstverständlich.« Die Aufnahme lief weiter. Eine arabisch klingende Stimme sprach nun. »Es ist uns eine Ehre, mit Mr. van –«

»Keine Namen«, zischte eine Stimme.

Weller stoppte erneut die Wiedergabe.

»Was ist das?«, fragte Olofsen. Sein Blick fiel auf den käseweißen Erbil.

Die Antwort kam von Weller. »Ein Audiomitschnitt eines Treffens des Briten mit einem hochrangigen Mitarbeiter, von dessen Namen wir nur wissen, dass er die Silbe ›van‹ enthält.«

»Sosehr ich Sie zu dieser Aufnahme beglückwünschen möchte«, entgegnete Olofsen, »so verstehe ich nicht, was ich daraus lernen soll.«

»Anfang Januar erhielten wir einen Hinweis, dass es im nordirakischen Dohuk zu einem Treffen kommen sollte, an dem auch der Brite teilnehmen würde. Wir hofften, ihn dort nicht nur identifizieren zu können, sondern auch seine Auftraggeber und Details über die geplante Aktion zu erfahren«, sagte Erbil. »Wir kannten den Ort, an dem das Treffen stattfinden sollte, ein Hotel in der Stadt. Dort fand gleichzeitig eine Art Konferenz lokaler Wirtschaftsführer statt, die den Wiederaufbau der Region nach der Zerschlagung des IS organisieren wollten. Auch ich war vor Ort.«

»Die finsteren Gestalten konnten sich in diesem Umfeld also unverdächtig bewegen.« Olofsen folgte den Worten Erbils mit höchster Konzentration.

»Es war gelungen, Wanzen in dem Zimmer zu installieren, in dem das Treffen stattfinden sollte.«

»Aber etwas ist schiefgegangen.«

Weller machte ein zerknautschtes Gesicht. »Der Brite wusste von der Abhöraktion. Es war grauenhaft. Ein Massaker. Das gesamte Team wurde getötet, die Ausrüstung zerstört.«

Olofsen starrte die beiden Geheimdienstler an. »Scheiße.«

»Wir waren wieder bei null angelangt. Nur diese kurze Audiodatei konnte vor dem Mordanschlag auf das Abhörteam nach außerhalb gesendet werden«, sagte Weller. »Auch wussten wir nicht, wie tief unsere Dienste selbst infiltriert waren oder wer uns verraten hatte. Bald darauf wurde der Anschlag auf Parker verübt. Somit stand zweifelsfrei fest, dass der MI5 kompromittiert war.«

»Und dann wurde zu allem Überfluss auch noch der BKA-Mann ausgeschaltet«, schloss Olofsen.

»Sie sehen, wie weitreichend das Netz des Briten ist.« Weller wirkte fast hilflos. »Wir sind ziemlich sicher, dass auch im BKA ein Verräter sitzt, der Informationen an den Briten weitergibt.«

»Böse Sache«, kommentierte Olofsen.

»Hören Sie«, sagte Weller dann im Tonfall der professionellen Geheimdienstlerin. »Es geht noch weiter.«

Sie startete ein nächstes Mal die Wiedergabe.

Es ging um neue Transportrouten. »Die Route führt über eine kleine Hafenstadt in Norddeutschland.« Das war abermals der Brite.

»Verflucht.« Olofsen knallte die Hand auf den Tisch, Erbil und Weller zeigten keine Regung. »Sprechen die hier über Cuxhaven?«

»Vermutlich«, sagte Weller. »Cuxhaven würde jedenfalls passen.«

»Alles schön und gut.« Olofsen schaute von einem zur anderen. »Oder besser: überhaupt nicht schön. Dieser Brite und seine Bande könnten also den Ilisu-Damm ins Visier genommen haben und gleichzeitig Cuxhaven als Außenposten, Brückenkopf, Zwischenlager oder sonst etwas verwenden wollen. Verstehe ich das richtig?«

»Was den Damm angeht: eher unwahrscheinlich, aber nicht undenkbar. Cuxhaven: denkbar.« Erbil wackelte mit dem Kopf, Weller zuckte mit den Schultern.

»Was, wann und wie?«

»Wir versuchen seit Jahren, Agenten in die Organisation des Briten einzuschleusen, jedoch nur mit sehr mäßigem Erfolg«, sagte Erbil.

Weller übernahm. »Bis vor Kurzem waren Parker und Dänker unsere größten Hoffnungen.«

»Eine Undercover-Nummer, die übel schiefgegangen ist?« Olofsen runzelte die Stirn.

»Leider«, bestätigte Weller. Ihre Miene spiegelte Enttäuschung wider. »Wir müssen davon ausgehen, dass unsere Dienste durch Spieler des Briten infiltriert sind. Da das BKA auf internationaler Ebene nicht so oft in Erscheinung tritt, aber hochkompetent ist und einen sehr guten Ruf hat und außerdem Cuxhaven eine Rolle spielen könnte, haben wir Kontakt aufgenommen. Mit dem BND wollten wir aus besagten Gründen nicht kooperieren, obwohl das sicherlich naheliegend gewesen wäre.«

»Okay, jetzt verstehe ich die Verbindung nach Deutschland«, sagte Olofsen. »Aber nun vermuten Sie, dass das BKA doch nicht so sauber ist wie erhofft. Als Folge sind Parker und sein BKA-Kollege tot.«

»Völlig korrekt«, sagte Weller.

»Über Parker gab es außerdem den Hinweis, dass ein aktuelles Ziel des Briten in der Türkei liegen könnte. Der MI5 ließ diese Information an den MIT durchsickern, auch wenn wir uns sonst eigentlich nicht nahestehen.« Erbil sprach leise, als hätte er Angst, dass noch jemand seine Worte hören könnte. »Der Audiomitschnitt könnte das bestätigen.«

»Und ihr Jungs habt im Kaffeesatz orakelt, den Staudamm oder einhundertachtundzwanzig andere denkbare Ziele aus dem Hut gezogen«, schlussfolgerte Olofsen.

»Wieder richtig«, sagte Erbil. »Tatsächlich waren wir dem Briten dicht auf den Fersen. Zum ersten Mal seit Jahren.«

»Eins verstehe ich nicht«, wandte Olofsen ein. »Wenn dieser Brite – wie haben Sie es doch formuliert? – sich um ›unorthodoxe Wirtschaftsförderung‹ kümmert, warum dann der Damm? Das scheint mir doch hochpolitisch zu sein. Ich bin zugegebenermaßen kein Experte für die türkische Wirtschaft, aber nach dem, was ich weiß, gehört Südanatolien nicht zu den reichsten oder wirtschaftlich stärksten Regionen.«

»Aus genau diesem Grund glauben wir nicht an den Damm als Ziel.« Erbil richtete sich in Siegerpose in seinem Stuhl auf.

Aber Olofsen war mit seinem Gedankengang noch nicht fertig. »Wer könnte ein Interesse daran haben, den Damm zu schädigen? Meine Wahl fiele bei dieser Frage eher auf Kräfte aus dem Irak oder Syrien als Auftraggeber. In diesem Licht betrachtet, macht eine geheime Zusammenkunft im Nordirak durchaus Sinn. Auf die Spitze getrieben, ist der Damm eine Waffe im Krieg um Wasser. Der Irak und Syrien haben nicht genug davon, und Öl kann man nicht trinken. Wer aber das Wasser kontrolliert, kontrolliert die Region.«

Olofsen machte eine Pause. Dann sinnierte er weiter: »Aber weil ihr Geheimdienstler nicht anders könnt, als ständig um die Ecke zu denken, habt ihr euch gesagt, dass der Damm eigentlich das Ziel sein müsste, aber genau deswegen nicht das Ziel sein kann.«

»Sind Sie sicher, dass Sie keinen besseren Job wollen? Kommissar in Cuxhaven zu sein, erscheint mir gerade als Unterforderung für jemanden mit Ihren Fähigkeiten.« Weller war von Olofsens Analyse hör- und sichtbar entzückt.

»Nein, Kripokommissar in Cuxhaven zu sein, ist der beste Job der Welt. Keine zehn Pferde kriegen mich da weg.«

»Der Brite folgt keiner ideologischen Agenda«, sagte Weller wieder ernst. »Es geht um den Profit. Vielleicht hat ihm ganz einfach das Angebot zugesagt.«

Olofsen schwirrte der Kopf. Diese Agentenspiele mit tödlichem Ausgang waren nichts für ihn. Alles war viel zu kompliziert, jeder hinterging jeden, nichts war, wie es aussah. Da lobte er sich einen Mord im Strandkorb. Gradlinig und ohne internationale Verwicklungen. »Wie viele Leute im BKA wissen von der Sache?«

»Das können wir natürlich nicht mit Sicherheit sagen«, erklärte Weller. »Aber wir gehen von drei Personen aus. Krüger und seine Mitarbeiterin sowie jemand aus der oberen Führungsriege. Wir wissen aber nicht, wer.«

»Zwei weitere Fragen fallen mir da spontan ein«, sagte Olofsen.

»Immer raus damit.«

»Erstens: Was hat der Brite mit dem Damm vor? Zweitens: Was hat es mit der Transportroute über Cuxhaven auf sich?«

»Was den Damm angeht, können wir uns zwei Szenarien vorstellen«, sagte Erbil. »Sabotage oder Zerstörung.«

»Erklären Sie mir das genauer«, bat Olofsen.

»Unter Sabotage verstehen wir das permanente Verhindern eines effizienten Aufstauens. Zerstörung erklärt sich von selbst.«

»Und wie würde er das anstellen wollen?«

»Das wissen wir nicht«, sagte Erbil. »Auch hier gibt es verschiedene Optionen.«

»Welche?«

»Was die Zerstörung angeht, so ist das in der Theorie einfach.« Erbil hielt einen Finger in die Luft, während er sprach. »Die Staumauer ist einhundertfünfunddreißig Meter hoch und eintausendfünfhundert Meter lang. Ein gewaltiges Bauwerk, aber ein gewiefter Sprengmeister wäre sicherlich in der Lage, eine Schwachstelle für eine verheerende Explosion zu finden.«

»Ich gehe davon aus, dass Sie selbst solche Szenarien entwickelt und entsprechende Vorsichtsmaßnahmen getroffen haben«, warf Olofsen ein.

»Selbstverständlich haben wir das.« Erbil klang fast verärgert darüber, dass Olofsen diesen Einwand überhaupt ausgesprochen hatte.

»Welche Ideen haben Sie hinsichtlich der Sabotage entwickelt?«

Erbil kratzte sich zuerst am Kinn, dann an der Nase. »Auch hier wären zahlreiche kleine Sprengstoffanschläge kritisch, die den Damm zwar nicht zerstören, aber so stark schädigen, dass die Reparaturmaßnahmen eine Inbetriebnahme wieder und wieder verzögern. So ähnlich wie bei Ihrem Flughafen in Berlin.«

Olofsen klatschte in die Hände. Dieser kleine Seitenhieb

hatte ihm gefallen. »Ihr Vergleich hat nur ein Problem«, sagte er leichthin, »wir kriegen das ganz ohne Terroristen hin.«

Jetzt war es an Erbil zu grinsen. »Eine andere Möglichkeit wäre es, die Arbeiter und Ingenieure des Damms anzugreifen, zu entführen, was auch immer – Hauptsache, sie können ihre Arbeit nicht machen.«

»Wie stellen Sie sich das Angreifen vor?«, fragte Olofsen. »Erschießen?«

Weller schaltete sich in das Gespräch ein. »Wenn ich vorhätte, die Seiten zu wechseln, würde ich einen subtileren Ansatz bevorzugen.«

»Nämlich?«, hakte Olofsen nach.

»Inszenierte Unfälle, Infektionen, Krankheiten, plötzliches Verschwinden – solche Dinge eben.«

Eines der Wörter aus Wellers Auflistung hatte Olofsen elektrisiert. »Infektionen – wie darf ich das verstehen?«

Weller zuckte die Schultern. »Bis ins Detail haben wir dieses Szenario noch nicht durchgespielt, aber grundsätzlich ist dem Briten alles zuzutrauen. Salmonellenvergiftungen, Streptokokken, Staphylokokken, hochpathogene Influenzastämme, Noroviren – ich glaube, mit den Letztgenannten haben Sie schon Erfahrung gesammelt.«

Olofsen verzog das Gesicht bei der Erinnerung an diesen Vorfall. Wieder der Sandbankkiller, dabei wollte er die Erinnerung gerne nachhaltig verdrängen.

»Hochpathogene Influenzaviren kann ich mir nicht vorstellen«, sagte Olofsen. »Das erzeugt zu viel Aufmerksamkeit. Da können Sie auch gleich Ebola aus dem Sack lassen.«

»Es müssten Erreger sein, die sowieso vorkommen und kein unnötiges Interesse lokaler oder gar internationaler Behörden erzeugen.« Weller hatte den Faden aufgenommen.

Erbil schlug die Beine übereinander, ging aber nicht auf das Thema ein.

»Kommissar Olofsen, ich denke, es wird Zeit, unser Gespräch zu beenden.« Weller erhob sich. »Sie kennen wesentliche

Details unserer Operation und verstehen hoffentlich, warum wir der Meinung sind, in der Gruppe um Krüger einen Verräter zu haben. Ich war anfangs nicht überzeugt von der Idee, Sie hinzuzuziehen, aber nun sehe ich, dass Sie ein schlauer Mann sind und als lokaler Ermittler garantiert nicht auf dem Radar des Briten erscheinen werden. Daher halte ich es für sinnvoll, auch weiterhin in Kontakt zu bleiben.«

Nach diesen Worten schob sie eine Karte über den Tisch. »Hier finden Sie eine Nummer, über die Sie mich zu jeder Tages- und Nachtzeit erreichen können.«

Olofsen steckte die Karte ein. »Ich stehe im Telefonbuch.«

»Das wissen wir.«

***

Olofsen stand am Gate. Er grübelte darüber nach, ob sich der Flug für ihn gelohnt hatte. Wusste er jetzt mehr als vorher? Vielleicht ein paar Hintergründe. Wusste er, wem von den BKA-Leuten er trauen konnte? Nein. Konnte er Weller oder Erbil trauen? Er war sich nicht sicher.

Er zog sein Handy aus der Tasche, um mit Greiner zu reden. Im Dialog war es für ihn häufig einfacher, seine Gedanken weiterzuentwickeln oder andere Sichtweisen auszuprobieren. Doch kaum hatte er Greiners Nummer gewählt, ertönte die Lautsprecherdurchsage, dass die Maschine nach Hamburg nun bereit zum Einsteigen war.

Wie der Hinflug verging auch die Rückreise im Nu. Die Flugbegleiterinnen hatten kaum Getränke und Erdnüsse verteilt und anschließend den Abfall eingesammelt, da ging die Maschine auch schon in den Sinkflug und setzte zur Landung in der Elbmetropole an.

Da er nur mit Handgepäck gereist war, konnte Olofsen den Flughafen ohne Verzögerung verlassen und sich auf den Heimweg nach Cuxhaven machen. Die S-Bahn brachte ihn zum Hauptbahnhof. Dort musste er sich mächtig beeilen, um noch den Zug nach Cuxhaven zu erwischen. Er hatte den ersten Waggon auf dem Gleisabschnitt gerade erst betreten, als sich die Türen schlossen und der Zug anfuhr. Jetzt hatte er etwa neunzig Minuten Zeit.

Im Gegensatz zum Flug kam Olofsen die Fahrt endlos vor, die Minuten zogen sich zäh wie Stunden. Hamburg-Harburg, Buxtehude, Stade, Himmelpforten – er hatte den Eindruck, zu Fuß würde es schneller gehen. Eine Nachricht von Greiner erreichte ihn: Er solle sich schleunigst melden, es gebe eine neue Entwicklung. Olofsen versuchte sofort, seinen Kollegen anzurufen, aber der Zug steckte in einem Funkloch, und auch nach dem fünften Versuch baute sich keine Verbindung auf.

Hechthausen, Hemmoor, Wingst. Mit jedem Stopp wurde es leerer.

Endlich hielt der Zug in Otterndorf. Noch auf dem Bahnsteig rief Olofsen Greiner an. Er wollte nicht lange reden, sondern trug ihm nur auf, das Team schnellstmöglich, am besten in maximal dreißig Minuten, zu einer Lagebesprechung bei ihm zu Hause zusammenzutrommeln. Dass es bereits früher Abend war, ließ ihn kalt.

NEUN

Donnerstag, 23. Januar, abends

Als es an der Haustür klingelte, erhob sich Olofsen von seinem Stuhl und öffnete. Draußen standen Nunk und Pall. Gerade bog ein weiterer Wagen mit Greiner und Frauke Nilsson in die Auffahrt.

»Ein schönes Haus habt ihr«, stellte Nunk anerkennend fest, nachdem er eingetreten war und sich umgesehen hatte. Es kam nicht oft vor, dass er seine Mitarbeiter in deren Privatwohnungen traf.

Sie traten aus dem Windfang in den offenen Wohnbereich. Helle und warme Farben dominierten die Essecke, die nahtlos ins Wohnzimmer überging. Nichts wirkte überladen, die wenigen Möbelstücke standen genau am richtigen Platz, dezente Dekorationen verstärkten das heimelige Gefühl.

»Wirklich toll«, stellte Greiner anerkennend fest. »Eindeutig mit der Handschrift einer Frau.«

»Traust du mir das etwa nicht zu?«, fragte Olofsen etwas unsicher.

Greiner lachte lautstark. »Nee, absolut nicht.«

»Touché. Deko und Farben auszusuchen, ist nicht mein Ding. Aber Paula hat da wirklich ein Händchen für.« Olofsen sah sich selbst um. Es war, als sähe er sein neues Zuhause plötzlich mit neuen Augen, sah Dinge, die ihn früher nie interessiert hatten. Er würde Paula später alles erzählen.

»Da kann ich nur zustimmen«, verkündete Pall lautstark, nachdem auch er eingetreten war.

Olofsen war sich zwar sicher, dass auch Palls Gabe zu raumgestalterischen Leistungen eher gering ausfiel, seine Augen begannen aber sofort zu glänzen, als er Palls Blickrichtung folgte. Der scannte die chromglänzende Espressomaschine, die im Essbereich auf einem Sideboard stand. »Cool. Eine Rocket. Die könnte mir auch gefallen.«

Die Maschine war ein Geschenk seiner Schwester Svea gewesen, zum Einzug. Sie war zwar nicht neu, funktionierte aber tadellos und lieferte erstklassigen Espresso. Olofsen hatte sich mit Händen und Füßen gewehrt, weil er genau wusste, wie teuer selbst die gebrauchten Geräte waren, aber schließlich hatte er klein beigegeben. Seither benutzte er die Maschine jeden Tag mindestens ein Mal. Meistens, wenn er abends zusammen mit Paula auf dem Sofa saß und den Tag Revue passieren ließ.

»Hat mich ein wenig Zeit und eine ganze Menge Kaffee gekostet, aber jetzt weiß ich, wie man Trinkbares damit erzeugt«, erklärte Olofsen stolz.

Pall reckte den Daumen nach oben. »Du machst dann mal Kaffee, und wir beraten uns.«

Alle lachten.

Noch während Olofsen an der Maschine hantierte, klingelte es abermals. Dolores Osamente stand im Eingang. Die Rechtsmedizinerin italienischer Abstammung und spitzer Zunge tänzelte nervos von einem Bein auf das andere. »Ist die Dienststelle abgebrannt, oder warum verlegen wir uns in die Außenstelle?«

»Ist ein abhörsicheres Safehouse«, sagte Olofsen spitzbübisch. Er hatte nicht gewusst, dass sie extra aus Hamburg herbeieilen würde, um an der Teambesprechung teilzunehmen.

Ein Lächeln huschte über ihr Gesicht. »Dein Humor ist unschlagbar.«

»Sorry, ich hatte vergessen zu erwähnen, dass Dr. Osamente auch kommen wollte«, rief Greiner aus dem Wohnraum.

Olofsen geleitete sie ins Haus und deutete auf einen freien Platz am Tisch. Osamente blickte langsam von einem zum anderen. »Kann mir jemand diese Geheimniskrämerei erklären?«

Olofsen tat es. Anschließend zeigte er auch ihr die Textnachricht.

Abermals ließ sie ihre Augen über die Runde gleiten. »Ein Verräter also. Da hier die Cuxhavener Mannschaft versammelt ist, gehe ich davon aus, dass der Verdacht auf das BKA gefallen ist.« Sie hatte gleich die richtigen Schlüsse gezogen.

»Ja und nein«, bestätigte Greiner. »Es liegt auf der Hand, die Kollegen vom BKA zu verdächtigen. Aber wir haben keine Verdachtsmomente, die eindeutig auf einen der beiden zeigen würden.«

»Das ist schlecht«, konstatierte Osamente.

Olofsen legte das Handy wieder auf den Tisch. »Leider. Es erleichtert unsere Arbeit in keinster Weise.«

Pall machte eine Handbewegung, als wolle er Olofsens Worte vom Tisch wischen. »Das ist nur eine Kleinigkeit. Wir sind ein verdammt gutes Team, da brauchen wir diese BKA-Fuzzis sowieso nicht.«

»Okay, also, was für eine neue Entwicklung hat es hier gegeben, während ich in London war?«, fragte Olofsen. »Erst berichtet ihr, dann ich.«

»Es gibt eine weitere Leiche«, sagte Greiner ernst.

»Wer, was und wo?«, fragte Olofsen wie aus der Pistole geschossen.

»Du weißt ja, dass im Moment die Schleuse zum Hadelner Kanal in Otterndorf neu gebaut wird –«, begann Greiner, doch Olofsen fiel ihm ins Wort.

»Hör bloß auf damit. Seit Jahren können wir wegen der Baustelle mit den Booten nicht mehr in den Kanal kommen und –«

»Darum geht es gerade nicht«, unterbrach Nunk ihn schroff. »Die Leiche wurde auf der Schleusenbaustelle gefunden. Der Leichnam war im Boden der zukünftigen Schleusenkammer vergraben. Er wurde nur zufällig entdeckt, ein wenig später, und das Betonfundament wäre gegossen gewesen und der Körper für immer verschwunden.«

»Das fast perfekte Verbrechen«, resümierte Pall. »Die Typen da waren ziemlich angefressen, dass ich die Baustelle stillgelegt habe, bis alles untersucht ist.«

»Aber nur ›fast perfekt‹«, stellte Greiner klar.

»Was hat es mit dieser Leiche auf sich?«, erkundigte sich Olofsen.

Osamente räusperte sich. »Deswegen bin ich hier.«

»Könnt ihr mir die Infos vielleicht der Reihe nach geben?«, mokierte sich Olofsen und trommelte mit den Fingern auf die Tischplatte.

Greiner hob beschwichtigend die Hände. »Der Leichnam – männlich – wurde frühmorgens von den Arbeitern auf der Baustelle gefunden. Wie gesagt, zufällig kurz vor dem Guss des Fundamentes der Schleusenkammer. Der Notarzt hat eine unnatürliche Todesursache festgestellt.«

»Eigentlich sollte die Leiche nach Hamburg gebracht werden«, sagte Osamente. »Wir sind in Hamburg zwar überbelegt, aber Leichen aus Cuxhaven – und dann noch aus einer Baugrube – waren ja schon häufiger Garant für spannende Fälle. Daher bin ich sofort hierhergekommen und habe die Obduktion im hiesigen Krankenhaus durchgeführt.«

»Und da du nun hier sitzt, ist Spannung garantiert«, sagte Olofsen.

»Genauso ist es«, bestätigte die Rechtsmedizinerin und zog eine Mappe aus ihrer Tasche. »Männlich, Mitte dreißig bis Anfang vierzig. Erschossen.«

Olofsen war wie elektrisiert. »Erschossen? Etwa ebenfalls mit der Waffe, mit der auch unsere ersten beiden Opfer umgebracht wurden?«

Osamente schüttelte den Kopf. »Nein. Dieses Opfer – der Mann konnte bislang noch nicht identifiziert werden – wurde von insgesamt drei Geschossen getroffen. Einmal in den Kopf, zweimal in die Brust. Da wollte jemand sicher sein, dass er auch wirklich tot ist. Alle Projektile stammen aus derselben Waffe. Wir haben also nur einen Schützen.«

Greiner rieb sich mit den Händen durch das Gesicht. »Es könnte sich trotzdem um denselben Mörder handeln, nur mit einer anderen Waffe.«

»Langsam wird es unübersichtlich«, sagte Nunk.

Osamente zog weitere Papiere aus ihrer Mappe. »Das war leider nur der einfache Teil.«

Alle blickten sie fragend an.

Sie schob ein paar Fotos in die Tischmitte. »Der gewaschene Körper, noch vor der Leichenöffnung. Wie Sie unschwer erkennen können, sind die Schusswunden in der Brust gut zu sehen. Der Tod ist vor vierundzwanzig bis achtundvierzig Stunden eingetreten. Bevor Sie fragen: Ja, das lässt sich noch genauer bestimmen, ist aber im Moment nur zweitrangig.«

Olofsen griff sich die Bilder und betrachtete sie eingehend. Das Bild vom Gesicht des Opfers hielt er besonders lange fest, bevor er es an seine Kollegen weitergab. »Was sind das für Verfärbungen im Gesicht?«

»Genau da liegt das Problem. Es sind die typischen Anzeichen einer hämorrhagischen Infektion.« Sie blickte langsam von einem zum anderen. »Ich gehe davon aus, dass sie alle noch wissen, wovon ich rede.«

Am Tisch herrschte entsetzte Stille. Pall, der gerade seine Espressotasse an den Mund führen wollte, erstarrte mitten in der Bewegung.

»Das ist jetzt ein Witz.« Olofsen fand als Erster die Sprache wieder.

»Leider nicht.« Aus Osamentes Miene war abzulesen, dass es ihr absolut ernst war. »Wir haben die Obduktion sofort abgebrochen, den Körper sicher verpackt und zum Klinikum Eppendorf fliegen lassen. Es war mir zu wichtig, um Zeit zu vertrödeln. Dort arbeitet man mit dem Bernhard-Nocht-Institut für Tropenmedizin zusammen und verfügt über die notwendigen Einrichtungen, eine Leiche wie die unsere zu untersuchen.«

»Da werden sehr unschöne Erinnerungen wach«, flüsterte Olofsen.

»Verdammt noch mal«, zischte Pall in die Runde. »Das kann doch nicht wahr sein. Was für ein Dreckszeug haben wir denn jetzt am Wickel?«

»Hanta«, sagte Osamente bemüht sachlich.

»Hanta?«, fragte Olofsen. »Das klingt wie ein Actionfilm aus den Achtzigern.«

»Schön wär's.« Osamente griff nach den Fotos, die Olofsen zurück auf den Tisch gelegt hatte, und schob sie in ihre Mappe. »Das Hantavirus ist weltweit verbreitet, aber die tödlichen Varianten kommen bei uns eher extrem selten vor. Da ich aber Rechtsmedizinerin und keine ausgewiesene Virologin bin, möchte ich Sie bitten, ein wenig Geduld zu haben. Wie es der Zufall wollte, war Dr. Harald Gruber in Hamburg anwesend. Irgendein Experten-Meeting am Bernhard-Nocht-Institut. Die Kollegen haben ihn als Berater bei der Obduktion hinzugezogen. Der Mann leitet das Nationale Referenzlabor für Hantaviren beim Friedrich-Löffler-Institut auf der Insel Riems.«

»Und wie kann uns der gute Dr. Gruber weiterhelfen?«, fragte Olofsen.

»Er sollte in ein paar Minuten hier eintreffen. Die Idee, einen Abstecher nach Cuxhaven zu machen, hat ihn nicht begeistert, aber mein weiblicher Charme hat ihn überzeugt«, erklärte Osamente. »Er wird eure Fragen wesentlich kompetenter beantworten können als ich.«

Kaum hatte sie ausgesprochen, läutete es an der Tür.

Augenblicke später kehrte Olofsen in Begleitung eines anderen Mannes zurück. Dieser war groß gewachsen, trug einen akkurat gestutzten Kinnbart und kurz geschnittene Haare, einen dunkelgrauen Anzug, hellblaues Hemd mit einer passenden Krawatte. Seinen Mantel hatte er über den Arm gelegt.

»Gruber ist mein Name«, stellte er sich vor. »Frau Dr. Osamente hat mich eindringlich gebeten, nach Cuxhaven zu kommen und Sie mit Informationen über das Hantavirus zu unterstützen.«

»Willkommen«, sagte Nunk. »Aus gegebenem Anlass spare ich mir das ›herzlich‹.«

»Das nehme ich Ihnen nicht übel«, sagte Gruber. Er setzte sich auf den von Olofsen angebotenen Stuhl. Seine Stimme hatte einen süddeutschen Akzent. Wahrscheinlich aus dem badischen Raum.

»Frau Dr. Osamente hat angedeutet, dass das Opfer mit Hantaviren infiziert war«, nahm Olofsen ohne Umschweife den Faden auf. »Was heißt das, was folgt daraus für unsere Ermittlungen? Womit müssen wir rechnen, und wie kommt dieses Virus hierher?«

Gruber nickte. »Das sind alles wichtige Fragen, und ich werde versuchen, sie Ihnen so gut es geht zu beantworten. Tatsächlich war ich zufällig in Hamburg und konnte die dortigen Kollegen unterstützen. Wir konnten dort auch schon erste Tests durchführen. In meinem Institut auf der Insel Riems haben wir bessere Möglichkeiten für weitere Untersuchungen des Virus. Daher habe ich bereits Blut- und Gewebeproben dorthin schicken lassen und meine Mitarbeiter angewiesen, diese umgehend zu bearbeiten. Die Ergebnisse stehen natürlich noch aus.«

»Das klingt vielversprechend«, sagte Nunk. »Aber vielleicht erklären Sie uns doch bitte zunächst, womit wir es überhaupt zu tun haben.«

»Selbstredend.« Gruber deutete ein zustimmendes Nicken an.

»Nur bitte keine Vorlesung. Danach ist mir jetzt nicht zumute«, ergänzte Olofsen.

»Aus einigen Proben haben wir bereits in Hamburg Nukleinsäure isoliert und mittels verschiedener PCR-Tests geprüft, von welchem Erreger diese stammt. PCR bedeutet ›Polymerase-Kettenreaktion‹.«

»Lassen Sie uns die Details der angewandten molekularbiologischen Tests überspringen«, ging Osamente kurz dazwischen. »Das würde zu weit führen. Ich schlage vor, gleich zum Wesentlichen zu kommen.«

»Sehr gut«, sagte Olofsen erfreut.

Gruber räusperte sich. »Um es kurz zu machen: Die Versuche mit der isolierten RNA, also der Ribonukleinsäure, waren erfolgreich.«

Da sie spürte, dass die nächste Frage schon in den Raum schwebte, hob Osamente die Hände, um Gruber zu stoppen. »Wie Ihnen allen vielleicht bekannt ist, gibt es DNA und RNA. Desoxyribonukleinsäure und Ribonukleinsäure. Auch hier sind jetzt die Details unwichtig.«

»Aufgrund der PCR-Daten können wir sagen, dass die gefundene RNA zu einem Erreger der Ordnung Bunyavirales gehört. Wir konnten dies sogar weiter eingrenzen auf die Familie der Hantaviridae. Das Hantavirus. In meinem Labor werden wir Sequenzanalysen durchführen, um diese Befunde zu bestätigen.«

Im Raum herrschte Schweigen.

»Ich bin mir sicher, dass dies eine schlechte Nachricht ist, auch wenn ich sie im Moment nicht einordnen kann«, sagte Olofsen. »Aber wie schlecht, das müssen Sie uns näher erklären.«

»Hantaviren sind Viren mit einem einzelsträngigen RNA-Genom und einer Hülle«, sagte Gruber. »Insgesamt sind bis heute sechsunddreißig Spezies bekannt, von denen einige auch in West-, Mittel- und Nordeuropa vorkommen. Gewöhnlich infizieren sich kleine Nager mit diesem Virus, es gibt jedoch auch einige humanpathogene Varianten. Wenn ein Virus vom Tier auf den Menschen überspringt, sprechen wir von einer Zoonose.«

»Zwei Fragen«, unterbrach Greiner den Virologen. »Erstens: Was bedeutet in diesem Zusammenhang ›kleine Nager‹, und wie muss ich mir die Humanpathogenität vorstellen?«

Gruber nickte eifrig. »Sie sprechen sofort zwei sehr wichtige Punkte an.«

»Kollege Greiner ist ja auch nicht auf den Kopf gefallen«, warf Olofsen ein und brachte Gruber damit kurzzeitig aus dem Konzept.

»Natürlich nicht. Ganz schlaue Leute hier«, murmelte er und fuhr dann lauter fort: »›Kleine Nager‹ bedeutet Mäuse. Aber nicht jede beliebige Mäuseart, sondern nur ganz bestimmte, darauf komme ich gleich noch zu sprechen. ›Humanpathogen‹ heißt, dass sich auch Menschen infizieren können. Die Symptome reichen von Fieber über Kopfschmerzen, Übelkeit, Schwindelgefühl, Sehstörungen bis hin zur Diarrhö. Im schlimmsten Fall kann es zu einem akuten Nierenversagen mit tödlichem Verlauf kommen.«

»Verstehe«, sagte Olofsen. »Nichts, was ich mir unbedingt mal einfangen sollte. Aber hämorrhagische Infektionen sind doch durch Blutungen gekennzeichnet. Diese fehlen mir aber in Ihrer Auflistung der Symptome.«

Osamente grinste. »Wie Sie sehen, ist Kollege Olofsen ebenfalls ein schlaues Kerlchen.«

Ein Anflug von Rot zeigte sich kurz auf Olofsens Gesicht.

»Das hat mich zunächst auch irritiert«, bestätigte der Virologe. »Aber die Wiederholung der Tests führte zum gleichen Ergebnis. Irrtum ausgeschlossen.«

»Okay«, sagte Greiner. »Sie sind der Experte. Wie infiziert man sich mit diesem Hantavirus?«

»Menschen können sich über den Kot der Mäuse infizieren. Aber bevor Sie fragen: Nein, dazu muss man den Kot nicht aktiv oral aufnehmen.«

»Wer würde schon auf so eine bescheuerte Idee kommen?« Olofsen blickte den Mann herausfordernd an.

»Sie glauben gar nicht, was manche Leute alles machen.« Grubers Miene blieb ausdruckslos.

Osamente räusperte sich. »Dies geschieht entweder dadurch, dass die Viruspartikel aus dem getrockneten Kot aufgewirbelt und anschließend eingeatmet werden, zum Beispiel, wenn man eine Garage ausfegt. Oder dadurch, dass man mit nackten Händen am Erdboden arbeitet, auf einer Baustelle, im Garten durch Laub streicht oder Ähnliches macht. Später steckt man sich, gewollt oder auch nicht, den Finger in den Mund oder reibt sich die Augen, und schon ist es passiert.«

»Eine Zwischenfrage«, wandte Greiner ein. »Wenn ich mich recht erinnere, kommen Infektionen mit Hantaviren in

Deutschland immer wieder vor. Zwar nicht häufig, aber doch regelmäßig. Ist das richtig?«

»Absolut korrekt«, bestätigte Gruber. »Über die letzten zwanzig Jahre haben wir zusammen mit dem Robert-Koch-Institut einen wellenförmigen Verlauf der Infektionszahlen in Deutschland beobachtet. In gut der Hälfte der Jahre gibt es über den Daumen etwa zweihundert Fälle pro Jahr, in den anderen Jahren lagen die Zahlen deutlich höher. 2019 war auch so ein Jahr. Es wurden mehr als zweitausend Fälle registriert.«

»Ich verstehe immer noch nicht, wo der kriminalistische Ansatz liegt, wenn Hantainfektionen in Deutschland zwar nicht täglich vorkommen, aber auch nichts vollkommen Exotisches sind«, warf Nunk ein.

»Der Mann war nicht nur infiziert, sondern wurde mit mehreren Kugeln erschossen. Und dann auf einer Baustelle vergraben, wo ihn eigentlich nie jemand in den nächsten einhundert Jahren hätte finden sollen«, sagte Osamente. »Den Zusammenhang zwischen Erschießen und Infektion müsst ihr herausbekommen.« Bei diesen Worten klang sie ein wenig altklug, fand Olofsen, freute sich aber darüber, dass sie auf den ausgestreckten Oberlehrerzeigefinger verzichtet hatte.

»Lassen Sie mich ein wenig ausholen, um auch die Besonderheiten der wissenschaftlichen Seite verständlicher zu machen.« Gruber übernahm wieder das Gespräch. »Die bei uns verbreitete Hantavariante ist das sogenannte Puumala-Virus. Es wird normalerweise von der Rötelmaus übertragen. Daneben kommt bei uns auch noch das Dobrava-Belgrad-Virus vor, aber seltener. Dieses Virus wird ebenfalls über Mäuse übertragen, nämlich durch die Brandmaus, die Gelbhalsmaus und die Schwarzmeerwaldmaus.«

»Bitte nicht ganz so viel Wissenschaft«, bat Olofsen. »Das verwirrt nur.«

Gruber schüttelte entschieden den Kopf. »Tut mir leid, aber das muss jetzt sein, damit Sie die Sache in ihrer ganzen Tragweite verstehen können.«

»Okay, dann weiter.«

»Nach der Infektion dauert es im Regelfall zwei bis vier Wochen, bis es zum Ausbruch der vorhin beschriebenen Symptome kommen kann. Ich sage hier bewusst ›kommen kann‹, denn vielfach verläuft die Infektion subklinisch, also ohne Anzeichen einer Krankheit. Dem Patienten geht es gut, er weiß und merkt nichts. Hämorrhagische Formen kommen bei uns eigentlich nicht vor – und schon gar nicht beim Puumala-Virus.«

»Das klingt nicht gut«, murmelte Nunk.

»Gibt es bei uns denn diese ominöse Rötelmaus? Oder die anderen Mäusearten, von denen Sie sprachen?«, fragte Greiner.

»Im vergangenen Jahr hat es in der Region Oldenburg tatsächlich eine besorgniserregend hohe Fallzahl gegeben«, sagte Osamente und zog damit die Blicke der anwesenden Polizisten auf sich. »Als Grund dafür wurde eine starke Zunahme der Population ebendieser Rötelmaus identifiziert. Als Folge einer hohen Zahl von Mäusen, die selbst mit dem Virus infiziert sind, ergibt sich auch eine steigende Menge Kot und dadurch wiederum ein gesteigertes Risiko, sich zu infizieren. Lange anhaltende Trockenheit erhöht das Risiko weiter, denn dann trocknet der Kot umso schneller und setzt die Viruspartikel frei.«

»Jetzt aber bitte nicht auch noch den Klimawandel einbauen«, beschwerte sich Olofsen.

Bevor Osamente auf die Bemerkung reagieren konnte, griff Greiner ein. »Herr Gruber, Sie sprachen gerade davon, dass der hämorrhagische Verlauf bei einer Infektion mit diesem Puumala-Virus völlig untypisch ist. Was bedeutet das für unseren Fall?«

»Das müssen wir dringend herausfinden. Und dazu möchte ich schnellstmöglich zurück in mein Institut, um die notwendigen Untersuchungen initiieren zu können. Wir müssen die gesamte Sequenzinformation haben, danach können wir uns auch mit den einzelnen Genen und möglichen Veränderungen beschäftigen.« Mit diesen Worten erhob sich Gruber. Es war klar, dass für ihn das Gespräch beendet war und er nun schleunigst fortwollte.

Olofsen begleitete den Wissenschaftler zur Tür.

»Okay«, sagte Nunk, nachdem Olofsen zurückgekommen war. »Lassen wir den Wissenschaftlern die Zeit, die sie benötigen, um herauszufinden, womit wir es hier zu tun haben. Wir kümmern uns währenddessen um das Naheliegende.«

Nunk zog ein Blatt Papier aus der Mappe vor ihm. »Das sind die Namen der Besatzungsmitglieder der Fähre, die aus Immingham kommend am Tag des Mordes an dem Ports-of-Cux-Wachmann in Cuxhaven gelegen hat. Zunächst wollte Krause sie nicht rausrücken. Hat mir was von ›Datenschutz‹ und ›vertraulichen Kontakten‹ erzählt. Krüger hat sie zurückgepfiffen.«

»Aha«, konstatierte Olofsen. »Haben wir einen verdächtigen Namen darauf?«

Nunk schüttelte den Kopf. »Nein, bei keinem steht in Klammern dahinter: ›Achtung, Mörder‹.«

»Sie sollten sich beschweren«, sagte Osamente.

Alle lachten.

»Wir müssen morgen mit jedem einzelnen Besatzungsmitglied reden.« Nunk steckte das Blatt in die Mappe zurück. »Ich habe bereits mit den Leuten von Ports-of-Cux gesprochen. Morgen um acht Uhr in der Frühe geht's los.«

»Dann erzähl jetzt aber endlich von deinem Ausflug nach London«, wandte sich Greiner an Olofsen.

Der ließ sich ein paar Sekunden Zeit, bevor er sprach. »Die ganze Sache ist unübersichtlich, aber eines hat sich für mich herauskristallisiert: Cuxhaven steht im Fokus.«

Nach dieser Einleitung berichtete er seinen Kollegen, was er von Weller und Erbil erfahren hatte.

ZEHN

Donnerstag, 23. Januar, abends, bis Freitag, 24. Januar, mittags

Nachdem die Kollegen gegangen waren, hatte Olofsen noch eine ganze Weile am Tisch gesessen, Espresso getrunken und gegrübelt, war aufgestanden und von Zimmer zu Zimmer gewandert, in denen jedoch nur Dunkelheit und Leere auf ihn warteten. Ihm wurde schmerzlich bewusst, wie sehr er sich in den letzten Monaten daran gewöhnt hatte, nicht mehr allein zu sein. Wie sehr er Paula gerade jetzt vermisste. So etwas hatte er vorher nicht erlebt. Beziehungen kamen und gingen, und er war immer der Stinkstiefel geblieben. Nun war alles anders.

Er atmete einmal kräftig ein und aus. »Schluss mit den Sentimentalitäten«, beschied er sich selbst. »Konzentrier dich, denk nach, tu was!«

Olofsen schnappte sich den Laptop und ging in die obere Etage. Er wühlte sich in die Bettdecke, setzte sich dann auf und startete den Computer. In die Suchleiste bei Google gab er den Begriff »Hantavirus« ein, danach begann er zu lesen, klickte sich von Website zu Website, manche davon waren hochinteressant, insbesondere die Seiten des Robert-Koch-Institutes und eben des Nationalen Referenzlabors auf der Insel Riems, dessen Leiter er kurz zuvor kennengelernt hatte. Andere Seiten waren völlig abstrus und definitiv von ahnungslosen, aber sehr von sich überzeugten Menschen verfasst worden.

Nach und nach verstand er, wovon Gruber geredet hatte – und womit sie es zu tun hatten. Irgendwann – die Uhr auf Olofsens Nachttisch zeigte bereits weit nach Mitternacht – bemerkte er, dass seine Augen vor Müdigkeit und Überanstrengung brannten. Er klappte den Laptop zu, schob ihn unter das Bett und knipste das Licht aus.

Um sieben Uhr morgens riss der durchdringende Piepton des Weckers Olofsen aus dem Schlaf. Untermalt durch einige nicht jugendfreie Kommentare wälzte er sich aus dem Bett und schlurfte ins Badezimmer. Eine halbe Stunde später stand er startklar vor der Garage.

Es war noch dunkel, die Dämmerung würde noch auf sich warten lassen.

Während Olofsen durch die Felder zunächst in Richtung Lüdingworth und anschließend nach Cuxhaven fuhr, wurde ihm bewusst, dass über Nacht die meisten Wolken verschwunden waren und der Wind merklich nachgelassen hatte. Still und dunkel lagen die Felder da, in der Ferne blinkten die toten Warnlichter der Windkraftanlagen.

Bei Altenbruch lenkte Olofsen den Wagen auf die B 73. Radio 21, sein Lieblingssender, spielte gerade »Highway to Hell« von AC/DC, und er summte begeistert mit.

Pünktlich erreichte er die Zufahrt zum Ports-of-Cux-Gelände. Der Pförtner war bereits über sein Kommen informiert und ließ ihn anstandslos passieren. Am Verwaltungsgebäude stellte er den Wagen ab. Greiner, Krüger und Krause warteten bereits.

»Moin.« Olofsen trat zu der kleinen Gruppe.

»Moin«, erwiderte Greiner den Gruß. Krüger blieb stumm, Krauses Mundwinkel sackten wie von Gewichten beschwert nach unten.

Die Tür zum Gebäude öffnete sich, und ein Mann trat nach draußen. »Guten Morgen, meine Damen und Herren«, sagte er und blickte Krause an. »Mein Name ist Jan Fuhl. Eigentlich bin ich hier am Standort für die Geschäftsentwicklung zuständig, aber heute werde ich Sie begleiten. Bitte folgen Sie mir zunächst hinein.«

Die vier Polizisten taten wie geheißen und fanden sich kurz darauf in einem hellen Besprechungsraum im obersten Stockwerk des Gebäudes wieder.

Fuhl bot ihnen Kaffee an, den die Ermittler dankend annahmen. »Der Kapitän hat uns bereits wissen lassen, dass er von der Befragung nicht begeistert ist, sich aber auch nicht querstellen wird. Mit ihm hat das Schiff insgesamt elf Mann Besatzung.«

»Dann sollte es nicht so lange dauern«, sagte Olofsen. Er öffnete die mitgebrachte Aktentasche und verteilte Kopien von dem Foto der verdächtigen Person, das Weller ihm gegeben hatte, an die Anwesenden. »Nach diesem Mann suchen wir.«

Krüger und Krause warfen ihm erstaunte Blicke zu. »Woher stammt diese Aufnahme?«, fragte Krause in bestimmendem Ton.

Olofsen fixierte sie mit einem stechenden Blick. Er konnte diese Frau mit ihrer fast schon klischeehaften BKA-Arroganz nicht leiden. Sie schien sich tatsächlich für etwas Besseres zu halten. »Das ist eine komplizierte Geschichte. Erkläre ich später. Im Moment ist nur wichtig zu wissen, dass wir nach dieser Person Ausschau halten.«

Krauses Kiefer mahlten.

»Wir können in wenigen Minuten an Bord gehen«, sagte Fuhl, der von dem kleinen Intermezzo nichts mitbekommen zu haben schien. »Der Kapitän erwartet uns. Ich gehe davon aus, dass Sie die Befragungen in der Messe und seinem Büro durchführen können.«

Olofsen nickte. »Vielen Dank für Ihre Unterstützung.«

An der Gangway begrüßte sie ein vierschrötiger Mann mit dichtem Vollbart. Er stellte sich in einem kratzigen, schwer verständlichen Englisch als Kapitän Basil Connor vor und gebot der Gruppe, ihm zu folgen. Der Weg führte über stählerne Treppen und dunkle Flure und endete in der Mannschaftsmesse des Schiffes. Der Raum war schlicht und in erster Linie funktional eingerichtet, mit am Boden verschraubten Tischen, verschlossenen Schränken und schmutzigen Fenstern, durch die fahles Licht fiel. Hier teilte sich die Gruppe auf.

Greiner und Krüger blieben in der Messe, Olofsen und Krause wechselten in das Büro des Kapitäns.

Connor hatte sie vorgewarnt, dass die Befragung nicht einfach werden würde. Die meisten Seeleute kämen aus asiatischen Ländern und sprächen nur ein paar Brocken Deutsch oder Englisch.

Noch während der Kapitän redete, sprang Krause plötzlich auf und stürmte genervt aus dem Büro. »Das ist doch alles großer Scheiß«, schnaufte sie verächtlich, als Olofsen ihr nachrief, sie sollte einen VHS-Kurs in norddeutscher Gelassenheit belegen. Sie hob den ausgestreckten Mittelfinger und knallte mit der anderen Hand die Tür hinter sich zu. Auch Connor verließ den Raum.

Der asiatische Seemann, der zeitgleich mit Krauses und Connors Abgang eingetreten war, grinste peinlich berührt und zeigte dabei eine unschöne Zahnlücke. »Frau wütend nix gut«, radebrechte er.

»Diese Frau doof«, entgegnete Olofsen und hielt ihm das Foto aus London hin. »Kennen Sie diesen Mann?«

Der Asiate nahm das Bild und betrachtete es eingehend. Dann strahlte er Olofsen an. »Kennen Mann. Hier auf Schiff.«

Olofsen war wie elektrisiert. »Wie heißt der Kerl? Wo finden wir ihn?«

Der Asiate schaute ihn mit großen Augen an. »Kennen Mann. Auf Schiff«, sagte er nochmals und fuhr mit den Armen im Kreis herum. »Auf Schiff.«

Olofsen sprang auf und stürmte in die Messe. Greiner blickte ihn erstaunt an.

»Wo ist der Kapitän?«, wollte Olofsen wissen.

»Keine Ahnung«, sagte Greiner.

»Verdammt. Ich brauche den jetzt und hier.«

»Was ist los?«, wollte Krüger wissen.

Olofsen hielt das Foto hoch. »Angeblich soll er auf dem Schiff sein. Der Seemann, mit dem ich gerade gesprochen habe, hat ihn erkannt.«

Der Seemann, der Greiner und Krüger gegenübersaß, ebenfalls ein Asiate, begann plötzlich, wild mit dem Kopf zu wackeln. »Ist auf Schiff. Jensmi. Arschloch.«

Olofsen sprang auf den Mann zu und zog ihn ungestüm auf die Beine. »›Arschloch‹ habe ich verstanden. Das war lupenreines Deutsch. Wie heißt der Typ?«

»Jensmi«, wiederholte der Mann mit Panik in den Augen.

»Lass ihn los«, sagte Greiner leise an Olofsen gewandt. »Ich glaube, die Polizei bei den Jungs zu Hause hat einen anderen Ruf als hier.«

»Stimmt.« Olofsen ließ den Mann los und trat einen Schritt zurück. »Sorry.«

»Jensmi.«

»Klar, wer sonst«, brummte Olofsen. »Hat einer von euch eine Idee, was das heißen soll?«

Beide zuckten nur mit den Schultern.

»Kapitän?«, fragte Olofsen den Seemann.

Der schüttelte wild den Kopf. »No. Jensmi. Nix Käpt'n.«

»Wo ist der Kapitän von diesem Topf?«, bellte Krüger lautstark und schlug mit der Faust auf den Tisch.

Der Asiate strahlte über das ganze Gesicht. »Käpt'n Brücke. Logisch. Käpt'n immer Brücke.«

Olofsen fasste sich mit beiden Händen an die Schläfen, Krüger hatte den Mund offen stehen, und Greiner konnte sich ein Grinsen nicht verkneifen.

»Käpt'n immer Brücke. Käpt'n gut.«

Plötzlich flog die Tür zur Messe auf, und Kapitän Connor stapfte breitbeinig in den Raum. »What the fuck is going on? Wer schreit hier rum?«

»Jensmi.«

»What?«

»Wer ist dieser Jensmi?«

»Fuck.« Kapitän Connor baute sich zu voller Größe auf und stemmte die Arme in die Hüften.

»Jensmi engine.«

Greiner griff nach dem Foto auf dem Tisch und hielt es Connor unter die Nase. »Wer ist das?«

Die Kiefer des Kapitäns mahlten, dass die Zähne knirschten.

»John Smith. Er arbeitet im Maschinenraum. Ein Scheißkerl. Keiner von den anderen an Bord will etwas mit ihm zu tun haben. Von mir aus kann der Kerl demnächst bei Windstärke zehn über Bord gehen.«

»Jensmi. Jensmi. Arschloch.« Der Asiate strahlte wie ein Honigkuchenpferd an Weihnachten.

Olofsen machte große Augen. »John Smith? Wollen Sie mich verarschen? Ich bin doch nicht Hans Wurst.«

»No, not Wuast. Smith. Come on, let's go to his station.« Connor drehte sich auf dem Absatz um und verließ die Messe.

***

Der Sonnenschein des Vormittags hatte schon einige Menschen nach draußen und in den Hafen gelockt. Der Wind blies kräftig aus Südwest, aber darüber hinaus zeigte sich der späte Januar von seiner besten Seite.

Auf der Besuchergalerie des Steubenhöfts hatte sich eine Handvoll Schiffspotter eingefunden, die dort windgeschützt mit Thermoskannen, teuren Kameras und langen Objektiven auf interessante und ihnen unbekannte Schiffe warteten. Andere Besucher genossen einfach nur das herrliche Wetter und die Aussicht.

Eine junge Familie, die die günstigen Urlaubsangebote der Nachweihnachtszeit nutzte, trat gerade durch die Tür des Treppenhauses auf die Galerie. Sohnemann, vielleicht fünf Jahre alt, zog unbändig an Papas Arm – er wollte zur Brüstung und Schiffe sehen. Seine Mutter schob einen Kinderwagen und orientierte sich zielstrebig in Richtung des Restauranteingangs. Lachend machte sie ein Handzeichen, aus dem ihr Sohn deutete, er könne schon einmal allein vorlaufen.

»Papa, Papa, guck mal. Ein Riesenschiff!« Vor Begeisterung hüpfte der Junge von einem Bein auf das andere.

Gut gelaunt stellte sich sein Vater neben ihn. »Das ist doch kein Riesenschiff, Phillip. Das ist ein Krabbenkutter.«

Sein Sohn schaute ihn entgeistert an, als sei er sich nicht sicher, ob sein Vater den Verstand verloren hatte. »Doch, das ist ein echtes Riesenschiff.«

Dabei zeigte er mit wachsender Begeisterung auf den Kutter, dessen blauer Rumpf die Wellen durchschnitt und auf die Einfahrt des Vorhafens zuhielt. An den beiden hochgezogenen Kurren hingen noch die Netze. Offensichtlich kehrte die »Horizont« von einer Fangfahrt nach Cuxhaven zurück.

»Schau mal, Phillip«, sagte der Vater und streckte den Arm aus. »Das da ist ein Riesenschiff.«

»Boah.« Der kleine Junge bekam vor Staunen den Mund nicht mehr zu, als er das über dreihundert Meter lange Containerschiff erblickte, das voll beladen von Hamburg Richtung Nordsee fuhr. »Riesenriesenschiff.«

»Meine Güte, ist das Schiff groß.« Mittlerweile hatte sich auch die Mutter mit dem Kinderwagen zu ihnen gesellt. »Wir haben Pech gehabt. Das Restaurant hat geschlossen. Für immer.«

»Oh, so ein Mist.« Ihr Mann konnte den Blick nicht von dem Containerschiff lösen.

»Mama, Papa, warum schwimmt da ein Mann im Wasser?« Phillip stand ein Stückchen von seinen Eltern entfernt und hüpfte abermals von einem Bein auf das andere.

Sein Vater ging auf ihn zu. »Ach was. Du hast zu viel Phantasie. Das Wasser ist doch viel zu kalt zum Schwimmen.«

»Doch, da schwimmt einer«, beharrte der Junge und zeigte mit seinen kurzen Ärmchen auf das Wasser.

Sein Vater beugte sich vor und suchte die Stelle, die sein Sohn meinte. »Ach du Scheiße!«, entfuhr es ihm.

»›Scheiße‹ sagt man nicht«, erklärte ihm Phillip. »Das sagt Mama immer.«

Doch sein Vater hörte ihm nicht zu. Er war kalkweiß geworden und suchte mit zittrigen Fingern in seiner Jacke nach seinem Handy.

»Was ist los?«, fragte seine Frau, die die Unruhe ihres Mannes bemerkt hatte.

»Da unten treibt einer im Wasser. Phillip hat ihn entdeckt.«

Kaum hatte er ausgesprochen, ertönte ein paar Meter entfernt von ihm ein schriller Schrei. Jemand anderes hatte den im Wasser von der Strömung mitgezogenen Körper ebenfalls entdeckt.

Mehrere Personen stürzten an die Brüstung. »Eine Wasserleiche«, brüllte jemand aus vollem Halse, unklar, ob vor Bestürzung oder Begeisterung.

»Ruf einer die Feuerwehr«, rief ein anderer. »Oder die Seenotretter.«

Weitere Telefone wurden gezückt und Anrufe getätigt. Die Person im Wasser trieb dabei langsam am Steubenhöft vorbei. Das ablaufende Wasser würde den Körper weiter in Richtung Nordsee tragen.

Nur wenige Augenblicke nachdem der erste Anrufer die Cuxhavener Feuerwehr erreicht hatte, wurde der Notruf an die Seenotretter des im Fährhafen stationierten Rettungskreuzers »Anneliese Kramer« weitergeleitet. Und nur einige weitere Augenblicke später bemannten zwei Seenotretter das Tochterboot »Mathias«, das aus der geöffneten Heckwanne ins Wasser rutschte. Das Boot nahm Fahrt auf und steuerte mit Höchstgeschwindigkeit auf die Elbe hinaus. Die Seenotretter würden nur wenige Minuten benötigen, um zur genannten Position der im Wasser treibenden Person zu gelangen. Zeitgleich mit dem Ablegen des Tochterbootes machten sich ein Rettungswagen und ein Notarzt auf den Weg zum Anleger des Rettungskreuzers.

Der Vater hatte Phillip auf den Arm genommen und war mit ihm Richtung Treppenhaus des Steubenhöfts gegangen, seine Frau folgte mit dem Kinderwagen. Sie wollten in die eine Ebene tiefer gelegene Sonderausstellung über den Auswandererbahnhof Cuxhaven gehen, um den Jungen vom eben Gesehenen abzulenken. Andererseits war der Vater selbst neugierig, wollte erfahren, was eigentlich geschehen war und vor allem wie es weiterging.

Mit dem Versprechen, ihm bald eine große Portion Pommes zu kaufen, setzte er Phillip ab, schob ihn in die Arme seiner Frau und lief mit schnellen Schritten zurück an die elbseitige Brüstung. Das Gequengel seines Sohnes ignorierend, sah er das Boot der Seenotretter in schneller Fahrt heranrasen, sah, wie es in einem Bogen um die Person im Wasser herumfuhr und sich dann langsamer gegen die Strömung auf sie zubewegte. Die kleine Pforte im Heckbereich des Bootes war bereits geöffnet, einer der Seenotretter beugte sich hinaus und griff, kaum dass das Boot nahe genug heran war, nach dem Mann im Wasser, zog ihn mit tausendmal geübten Griffen in die Plicht des Bootes. Die Pforte schloss sich, und die »Mathias« schoss, so schnell es der Motor erlaubte, zurück zum Mutterschiff.

Zurück im Fährhafen legte das Boot zunächst neben der »Anneliese Kramer« am Steg an. Der Notarzt war bereits eingetroffen und ging an Bord. Allerdings erkannte er sofort, dass seine Künste nicht mehr benötigt wurden. Der Mann war eindeutig tot. Mitten auf seiner Stirn war ein weißes, scharf abgegrenztes Loch zu sehen. Der Notarzt blickte auf und schüttelte kurz den Kopf. »Das ist ein Fall für die Kripo.«

Olofsen war mit seinen Kollegen und Kapitän Connor über eine steile Treppe einige Ebenen in den Bauch des Schiffes gestiegen, als sich sein Handy meldete.

Er blieb hinter den anderen zurück. »Was gibt's?«

Kurz darauf beendete er das Gespräch. »Martin, wir müssen zum Fährhafen.«

»Warum das jetzt?«

»N-Kubik war dran. Die Seenotretter haben eine Leiche aus dem Wasser gezogen. Der Notarzt meint, der Mann wäre keines natürlichen Todes gestorben. Wir sollen uns das ansehen, ist ja auch sonst niemand da.«

Greiner kniff die Augen zusammen. »Was ist denn im Moment hier los? Die Menschen sterben gerade wie die Fliegen. Das ist doch nicht normal.«

Krüger hatte das Gespräch mitbekommen und war stehen geblieben. Kapitän Connor gab unverständliche Laute von sich.

Der BKA-Mann nickte kurz. »Okay, kümmert euch darum. Ich befasse mich mit diesem John Smith.«

Ohne ein weiteres Wort machten Olofsen und Greiner kehrt und kletterten die steilen Treppen nach oben. Mit dem Wagen benötigten sie nur wenige Minuten zum Fährhafen. Sie fuhren direkt an den Zugang zum Steg und hielten neben dem Rettungswagen.

»Moin. Olofsen, Kripo Cuxhaven«, sagte Olofsen, als er auf den Steg neben den Notarzt trat. Dann erkannte er Hokki Werlops, den Vormann der »Anneliese Kramer«, und nickte ihm freundschaftlich zu. Die beiden kannten sich aus Ermittlungen in einem früheren Fall. Der hätte Olofsen beinahe das Leben gekostet, wären nicht Werlops und seine Kollegen in letzter Sekunde zur Stelle gewesen, um ihn aus dem kalten Wasser der Elbe zu fischen.

»Was ist geschehen?«, fragte Greiner.

»Wir haben einen Notruf erhalten. Uns ist eine Person im Wasser gemeldet worden, zwischen Steubenhöft und Hafeneinfahrt«, erklärte Werlops. »Wir haben die Person mit der ›Mathias‹ geborgen, leider zu spät.«

»Ich kenne die Rechtsmedizin zwar mehr aus dem Fernsehen als aus meinem täglichen Leben«, sagte der Notarzt und deutete dabei auf den Kopf des Toten vor ihm, »aber das hier sieht mir doch sehr nach einer Schusswunde aus.«

Da der Notarzt so vor dem Leichnam hockte, dass Olofsen dessen Gesicht nicht erkennen konnte, trat er einen Schritt zur Seite und beugte sich vor. Vor ihm auf dem Steg lag ein vollständig bekleideter Mann. Er schätzte ihn auf Mitte dreißig bis vierzig. Der Mann hatte einen kahl rasierten Eierkopf, leicht abstehende Ohren und eine auffällige Hakennase sowie einen Kinnbart. Die Mitte der Stirn zierte ein Loch.

Olofsen kniff die Augen zusammen. »Dobby«, sagte er grimmig. »Alias Jensmi, alias John Smith.«

»Was?«, Greiner drängelte sich auch am Notarzt vorbei. »Verdammte Scheiße!«

»Kopfschuss«, stellte Olofsen fest. »Das passiert nicht zufällig.«

»Da ist uns jemand immer einen Schritt voraus.«

Werlops starrte die beiden an. »Was zum Teufel geht hier vor?«

»Wenn wir das wüssten«, knurrte Olofsen düster. »Der Typ ist tot, und wir ahnungslosen Deppen müssen wieder zurück auf Los.«

»So ist das Leben, Jungs«, sagte Werlops. »Ich schätze, ich kümmere mich dann mal um meinen Kram, und ihr könnt euch um euren Kram kümmern.«

Olofsen zückte abermals sein Telefon. Zunächst rief er Nunk an und schilderte ihm kurz, was geschehen war. Anschließend setzte er sich mit der Staatsanwaltschaft in Stade in Verbindung. Fred Tanner, der für diesen Fall zuständige Staatsanwalt dort, versprach, sich umgehend um die notwendigen Papiere für die Obduktion zu kümmern. Als Letztes rief Olofsen Osamente an, um ihr neue Arbeit anzukündigen. Sie war noch in Cuxhaven, wollte aber eigentlich im Laufe des Tages nach Hamburg zurückkehren, da dort auch noch eine Menge Arbeit auf sie wartete. Nun würde sie bleiben.

»Meine Güte«, sagte sie, nachdem Olofsen sie ins Bild gesetzt hatte. »Ich glaube, wir sollten bald eine Zweigstelle in Cuxhaven eröffnen. Hier gibt es ja fast so viel Mord und Totschlag wie in einer Millionenstadt.«

Olofsen brummte etwas Unverständliches.

Osamente seufzte. »Okay, ich werde mit dem Cuxhavener Krankenhaus sprechen. Lasst das Opfer schon einmal dorthin bringen.«

Nachdem das Gespräch beendet war, wandte sich Olofsen an Werlops, der gerade die Heckleine der »Mathias« löste, damit das Boot wieder in die Heckwanne der »Anneliese Kramer« aufgenommen werden konnte. »Wenn das alles hier vorbei ist, lade ich euch alle zu einer guten Krabbensuppe ein und erzähle, was hier los ist. Jetzt ist es gerade unpassend.«

Diese Info reichte Werlops völlig aus. Mit einem Nicken verabschiedete er sich von Olofsen und wandte sich seiner Arbeit zu. Der Notarzt und der Rettungssanitäter, der ihn begleitet hatte, hoben den toten John Smith auf die Rollbahre und brachten ihn zum Rettungswagen.

Alles lief wie am Schnürchen. Bereits eine Stunde später war alles bereit, um die Obduktion von John Smith durchzuführen. Dr. Osamente stand in einem kleinen Operationssaal des Cuxhavener Krankenhauses und betrachtete den Leichnam vor ihr. Ein weiterer Arzt stand auf der anderen Seite des Sektionstisches, um ihr zu assistieren. Auch Olofsen war da und beobachtete die beiden Mediziner aufmerksam.

»Los geht's«, sagte Osamente und begann mit der äußeren Leichenschau. Dabei schritt sie langsam um den Sektionstisch herum und betrachtete den nackten und bereits gewaschenen Körper. Olofsen spürte ihre Konzentration und wagte es nicht, sie anzusprechen.

»Das scheint mir doch relativ simpel zu sein«, sagte sie und winkte Olofsen heran. Der tat wie geheißen und stellte sich neben die Rechtsmedizinerin.

»Es gibt insgesamt drei Einschusswunden«, stellte Osamente sachlich fest.

»Drei?« Olofsen war überrascht. »Der Notarzt hatte nur von einer Wunde gesprochen.«

Osamente sah ihn ein wenig pikiert an. »Der gute Herr Notarzt hatte sich auf diesen Einschuss hier bezogen.« Sie zeigte auf das kleine Loch mitten auf der Stirn. »Das war ja auch einfach zu erkennen. Die anderen beiden Schusswunden liegen tiefer.« Sie zeigte auf zwei andere Stellen. Beide befanden sich auf der Brust des Opfers, eine davon genau auf der Höhe des Herzens, die andere etwas zum Brustbein versetzt. »Aufgrund der Kleidung des Opfers hat er diese beiden Einschüsse wahrscheinlich übersehen. Es ist ihm auch kaum zu verübeln, die Kleidung des Mannes war nass und verklebt, vielleicht auch schmutzig und kaputt, sodass ihm die blutigen Stellen nicht ins Auge gesprungen sind. Aber dafür gibt es mich ja.«

»Aha«, sagte Olofsen und betrachtete aufmerksam die drei Schusswunden. »Da wollte jemand auf Nummer sicher gehen. Überleben war keine Option.« Er wandte sich an die Rechtsmedizinerin. »Lässt sich die Reihenfolge der Schüsse bestimmen?«

Osamente wackelte mit dem Kopf. »Das ist schwierig, ganz besonders dann, wenn die Schüsse zeitnah nacheinander abgegeben wurden.«

Olofsen dachte nach. »Der Klassiker wäre sicherlich, den Mann mit den beiden Schüssen in die Brust zu stoppen und mit dem Kopfschuss hinzurichten.«

»Da muss ich dir recht geben«, bestätigte Osamente. »Ohne der noch anstehenden Leichenöffnung vorweggreifen zu wollen, gehe ich davon aus, dass bereits der Schuss ins Herz tödlich war.«

»Vielleicht ein Glückstreffer.«

»Schon möglich.«

»Gibt es Austrittswunden?«, fragte Olofsen.

»Was wir hier sehen, sind eindeutig Einschusswunden«, sagte Osamente, ohne Olofsens Frage direkt zu beantworten. »Hier kannst du die Einschusszeichen sehen. Wir sprechen vom zentralen Gewebsdefekt und dem Schürfsaum. Auch auf der Stirn findet sich das für Knochen typische Einschusszeichen.«

»So genau wollte ich es gar nicht wissen«, sagte Olofsen.

»Ganz, wie du willst.« Osamente gab dem Assistenten ein Zeichen, und gemeinsam drehten sie den Leichnam auf den Bauch. »Keine Austrittswunden.«

»Was sagt uns das?«, bohrte Olofsen nach.

Osamente setzte ihm ihr Lineal vor die Brust wie einen Dolch. »Erstens: Die Geschosse stecken noch im Körper, können also präpariert und untersucht werden. Zweitens: Als Tatwaffe kommt eine kleinkalibrige Waffe in Frage, oder drittens: Die Schüsse kamen aus relativ weiter Entfernung.«

»Wann weißt du mehr?« Olofsens Ungeduld meldete sich zu Wort.

Osamente zog einen Mundwinkel nach oben. »Frühestens, wenn ich hier fertig bin. Wahrscheinlich dauert es jedoch länger.«

ELF

Freitag, 24. Januar, tagsüber

Stöhnend richtete sich Gunnar auf. Er fühlte sich hundeelend, als hätte er die ganze Nacht gefeiert und wäre abschließend von jemandem mehrmals mit der Faust in den Magen geschlagen worden. Zitternd schlug er die Decke weg und schob sich langsam aus dem zerwühlten Bett. Beim Blick auf die Uhr auf dem Nachttisch stöhnte er erneut. Es war halb zwei. Nachmittags.

»Scheiße«, entfuhr es ihm. »Scheiße, Scheiße, Scheiße.«

Mit der rechten Hand griff er nach dem Handy, das neben der Uhr lag. Insgesamt sechs verpasste Anrufe, mehrere SMS und WhatsApp-Nachrichten. Kraftlos ließ sich Gunnar zurück auf das Bett sinken und begann die Nachrichten zu lesen. Mit kleinen Unterschieden in der Formulierung lief es immer auf die gleiche Frage hinaus: »Wo steckst du?«, »Denk an das Meeting.« Und: »Wir brauchen ganz dringend die Daten!«

Eine weitere Welle Schmerz und Unwohlsein schoss durch seinen Körper.

»Was zum Kuckuck ist denn los mit mir?« Weiter kamen seine Gedanken nicht, dann intervenierte sein Magen, und er erbrach sich auf den Fußboden. Anschließend kippte er bewusstlos nach hinten.

Eine halbe Stunde später kam Gunnar langsam wieder zu sich. Er meinte sogar, sich ein wenig besser zu fühlen.

»Lebensmittelheilhusten ist eben eine gute Sache«, murmelte er. »Bestimmt nur was Falsches gegessen.«

Er benötigte eine weitere halbe Stunde, um zu duschen, frische Sachen anzuziehen, das Erbrochene vor dem Bett notdürftig wegzuwischen und ein großes Glas Wasser zu trinken, dann stand er im Hausflur und fühlte sich fit genug, ins Labor am Hafen zu gehen. Er musste sich jetzt dringend um die nächste Charge des

Virus kümmern. Am Treppenabsatz durchzuckte ihn plötzlich ein beißender Schmerz wie eine glühende Lanze, die durch seinen Körper gebohrt wurde. Der Haustürschlüssel glitt ihm aus der Hand und fiel klimpernd die Treppenstufen hinunter.

Gunnar griff nach dem Geländer, doch seine schweißnasse Handfläche rutschte ab. Mit einem erschreckten Aufschrei stürzte er die Treppe hinab, dem Schlüssel hinterher.

***

Zunächst hatte Olofsen vorgehabt, das Ende der Obduktion im Krankenhaus abzuwarten, um noch vor Ort mit Osamente über ihre Befunde sprechen zu können, hatte es sich jedoch schließlich anders überlegt und war in die Polizeiinspektion gefahren.

Die Schönwetterphase war schon wieder vorbei – die Sonnenseite des Januars hatte nach kurzer Zeit vor der nächsten Wetterfront die Flucht ergriffen, es regnete und der Wind war merklich kühler geworden. Olofsen hörte das Trommeln der Regentropfen an der Fensterscheibe seines Büros. Paulas Fröhlichkeit fehlte ihm. Es war toll, ihre Stimme am Telefon zu hören, aber er wollte lieber gemeinsam mit ihr auf dem Sofa sitzen, im Fernsehen irgendeinen Unsinn schauen, einfach ihre Nähe genießen. Stattdessen hockte er im Dauerregen – Mörder, Hantaviren, Rizinvergiftungen und Geheimdienste gab es als Bonus obendrauf, und statt der Lösung des Falls näher zu kommen, drehte er sich im Kreis. Nichts davon stand auf seiner Wunschliste. Olofsens Stimmung verfinsterte sich.

Seine Kollegen waren von der Befragung der Seeleute von Ports-of-Cux längst zurückgekehrt. Greiner hatte kurz bei ihm vorbeigeschaut, um ihn wissen zu lassen, dass man sich in ein paar Minuten zur Besprechung zusammensetzen wollte.

Sichtbar missgelaunt stapfte Olofsen in den Besprechungsraum. Er setzte sich auf den nächsten freien Stuhl, verschränkte die Arme und starrte erst an die Decke, dann auf seine Armbanduhr. Gleich halb drei. Im Moment hätte er am liebsten nur seine Ruhe gehabt.

Nunk ergriff das Wort. »Was habt ihr auf der Fähre gelernt?«

Krüger raschelte in seinen Papieren. »Die abstruse Theorie, dass sich der Mörder von Ian Parker auf der Fähre befindet, hat sich tatsächlich bestätigt.«

Krause tippte eifrig auf ihrem Mobiltelefon herum. Ganz offensichtlich war sie nicht bei der Sache.

»Und damit liegt es nahe, dass wir auch den Mörder von Michael gefunden haben, auch wenn wir es noch nicht beweisen können«, fuhr Krüger fort. »Wir haben uns in der Kabine dieses John Smith umgesehen und – wer hätte das geglaubt? – eine Waffe samt Munition gefunden. Die Pistole ist bereits auf dem Weg ins Labor, in Kürze werden wir erfahren, ob es sich um die Mordwaffe handelt, mit der unser Kollege und Reimann, der Wachmann, erschossen wurden.«

»Aber John Smith ist nun auch tot«, gab Olofsen zu bedenken, noch immer missgelaunt. »Wer hat den umgebracht? Was ist mit dieser Hantainfektion?«

Krause, die ihr Telefon zwischenzeitlich doch zur Seite gelegt hatte, winkte ab. »Die Hantasache hat für uns keine Relevanz. Ist bloß ein lokales Ereignis. Tragisch, aber unwichtig.«

Olofsen fixierte die BKA-Kollegin. »Was sollte das vorhin eigentlich? Keine Lust gehabt, Matrosen zu befragen?«

Krause starrte ungerührt zurück. »Ich mache nicht jeden Mist mit. Nicht in der Großstadt und schon gar nicht in der Provinz hinterm Deich. Drei Leute waren absolut genug, um sich dieses Gestammel anzuhören.«

Krüger feuerte einen giftigen Blick auf seine Kollegin ab, äußerte sich in der Runde aber nicht zu ihrer Arbeitseinstellung.

»Verdammt!«, fluchte Olofsen lautstark. »Das ist doch alles ganz große Hühnerscheiße am Stiel mit Blümchengirlanden und Beleuchtung drum herum. Wir brauchen Fortschritt! Keinen arroganten Dummschnack. Wer keine Lust hat, hier vernünftig mitzuarbeiten, kann auf der Stelle nach Hause fahren.«

Im Raum herrschte betretenes Schweigen. Die Stille wurde nur durch Greiner unterbrochen, der die Kaffeekanne zu sich zog und diese lautstark über den Tisch schrammte. Zeitgleich öffnete sich die Tür, und Osamente trat ein.

»Sie kommen uns gerade wie gerufen«, sagte Olofsen sofort. »Wie es scheint, benötigt ihr Unterstützung, um die Stimmung zu heben und der Lösung des Falls näher zu kommen.«

»Was haben Sie für uns?«, erkundigte sich Krüger.

Nachdem sich Osamente einen Platz gesucht und ihre Tasche umständlich unter dem Tisch verstaut hatte, räusperte sie sich. »Die Obduktion Ihres John Smith hat unter dem Strich nichts Verwertbares ergeben. Der Mann wurde erschossen, und zwar mit hoher Wahrscheinlichkeit zwischen zwanzig Uhr gestern Abend und zwei Uhr heute früh.«

»Das ist nicht besonders präzise.« Krause verzog enttäuscht das Gesicht.

»Junge Frau«, fuhr Osamente sie an, »wenn Sie es besser können, nur zu. Aber wie wäre es, wenn Sie sich, anstatt hier zu sitzen und zu nörgeln, darum bemühen würden, die Identität des Toten zu ergründen?«

Olofsen grinste bis über beide Ohren. Osamente schaffte es regelmäßig, seine Laune zu heben.

Osamente war noch nicht fertig mit Krause. »Sie glauben doch wohl selbst nicht, dass der Mann wirklich John Smith heißt, oder?«

»Nein, ich –«

»Davon bin ich ausgegangen. Und nun halten Sie die Luft an, es sei denn, Sie können etwas Geist- oder Hilfreiches beisteuern. Andernfalls muss ich mich fragen, wie Sie es bis zum Bundeskriminalamt geschafft haben.«

Krause war puterrot angelaufen. »Selbstverständlich.«

»Erschossen«, gab Greiner das Stichwort, um zum eigentlichen Thema zurückzukehren.

»Genau. Mit drei Schüssen.« Zur Untermalung ihrer Worte hielt die Rechtsmedizinerin drei Finger in die Luft.

»Was ist mit den Projektilen?«, erkundigte sich Olofsen.

Osamente schwieg und dachte nach.

Olofsen kniff die Augen zusammen. Für seinen Geschmack dauerte ihr Schweigen ein wenig zu lange.

»Alle drei Projektile steckten noch im Körper«, sagte sie dann. »Sicher ist, dass sie alle aus derselben Waffe stammen. Mehr kann ich zum jetzigen Zeitpunkt noch nicht sagen. Wir müssen zunächst weitere Untersuchungen durchführen. Darüber hinaus hat die Obduktion nichts ergeben.«

»Dann sind wir aber trotz Ihrer Ankündigung der Lösung des Falls nicht näher gekommen«, stellte Krüger kühl fest.

In diesem Moment summte Nunks Telefon und zeigte den Eingang einer Nachricht an. Nachdem er sie gelesen hatte, stand er auf und sagte: »Es gibt noch einen Toten. Ob es einen Zusammenhang mit unserem Fall gibt, kann ich nicht sagen. Aber ich fürchte, ihr müsst es euch ansehen. Arne, Martin, Frank, auf geht's.«

»Wo ich schon einmal vor Ort bin, komme ich auch gleich mit«, sagte Osamente und erhob sich ebenfalls.

»Wie jetzt?« Krüger konnte es nicht fassen, dass er und seine Kollegin so einfach sitzen gelassen wurden.

»Fahrt zu Ports-of-Cux und schaut euch die Aufnahmen der Überwachungskameras der letzten Nacht an. Der Täter muss schließlich irgendwie auf das Gelände gekommen sein, um unseren John Smith zu erschießen«, beschied ihm Olofsen.

***

Olofsen, Greiner und Osamente saßen in einem Wagen, Greiner telefonierte auf dem Beifahrersitz, um die genaue Adresse zu erfahren. Olofsen fuhr in rasantem Tempo durch Cuxhaven, die grobe Richtung kannte er. Pall würde in ein paar Minuten mit dem Wagen der Tatortgruppe folgen.

»Wenn das hier fertig ist«, sagte Osamente vom Rücksitz aus, »müssen wir uns ganz dringend über John Smith, die Projektile sowie über den Toten aus der Baugrube in Otterndorf unterhalten.«

Olofsen beobachtete die Rechtsmedizinerin im Rückspiegel. »Was ist mit Johnny?«

»Nicht hier im Wagen und genauso wenig vor den BKA-Kollegen«, antwortete Osamente.

»An dieser Verrätergeschichte ist also wirklich etwas dran?«, fragte Greiner, der sein Telefonat beendet hatte. Sie bogen gerade am Finanzamt Cuxhaven in die Wagnerstraße ein. »Jetzt erst einmal geradeaus.«

»Das weiß ich selbst«, sagte Olofsen.

»Jungs«, sagte Osamente und schüttelte den Kopf.

»Und was ist mit der Baugrubenleiche?«, nahm Olofsen das ursprüngliche Gespräch wieder auf.

Auch hier wiegelte Osamente ab. »Wir brauchen Gruber dabei, wenigstens per Telefon.«

»Verfluchte Geheimniskrämerei«, maulte Olofsen.

»Nimm es nicht so schwer und konzentrier dich auf das Hier und Jetzt.«

»Da drüben ist es«, beendete Greiner das Geplänkel zwischen den beiden und zeigte auf ein Haus in der Händelstraße.

Vor einem gepflegt wirkenden dreistöckigen Gebäude parkten bereits ein Rettungsfahrzeug, der Pkw des Notarztes und ein Streifenwagen. Aus vielen Fenstern der benachbarten Gebäude lugten neugierige Gesichter, auch auf der Straße waren Passanten stehen geblieben. Der eine oder andere hatte bereits das Smartphone gezückt, um Fotos oder Videos vom Geschehen zu machen.

Olofsen marschierte direkt auf den Streifenbeamten vor der weit offen stehenden Haustür zu. »Mensch, sehen Sie zu, dass die Völker hier verschwinden! Ich fasse es nicht.«

Ohne auf eine Antwort zu warten, stürmte er ins Haus hinein. Greiner und Osamente folgten auf dem Fuße.

Auf dem Treppenabsatz zum obersten Stockwerk blieb er ruckartig stehen. Weiter oben hockte der Notarzt – ein anderer als zuvor im Hafen – und gab ihm Zeichen, nicht näher zu kommen. Er kniete neben einem Mann, der, so schien es Olofsen, die Treppe hinabgestürzt war. Der Mann lag auf dem Rücken, mit überstrecktem Nacken, da der Kopf über die Kante der obersten Treppenstufe hing. Aus dem geöffneten Mund tropfte Blut.

»Moin, Kripo Cuxhaven«, sagte Olofsen. »Was haben wir denn hier Unschönes?«

»Männlich, Mitte bis Ende dreißig«, sagte der Arzt. »Hat sich wahrscheinlich beim Sturz die Treppe hinunter das Genick gebrochen. Ein Nachbar hat ihn gefunden. Alle anderen Bewohner des Hauses haben durch Abwesenheit geglänzt.«

»Hat jemand nachgeholfen, dass er stürzte?«, wollte Greiner wissen. »Denn sonst wäre das kein Fall für die Kripo.«

Eine Diskussion an der Haustür lenkte Olofsen ab. Eine ältere Dame mit Stockschirm und Mantel verlangte unmissverständlich Einlass, den ihr der Streifenbeamte an der Tür jedoch verweigerte.

»Verdammte Kacke«, rief Osamente plötzlich.

Ruckartig drehten sich alle zu ihr um.

»Was –« Weiter kam Olofsen nicht.

»Stopp! Arne, Martin – keinen Schritt weiter. Niemand bewegt sich von der Stelle.« Osamente klang jetzt sehr energisch. »Das Haus steht vorläufig unter Quarantäne.«

Olofsen machte einen Schritt zurück. »Was ist in dich gefahren?«

»Quarantäne? Was soll der Blödsinn? Wer sind Sie überhaupt?« Auch der Notarzt fand die Anordnung gar nicht komisch.

Unten lugte die alte Dame durch die Haustür herein. Sie hatte sich nicht abwimmeln lassen. In einer Hand hielt sie ein Handy, in der anderen den Schirm, in der Armbeuge baumelte eine Handtasche. »Da steht eine im Flur und redet etwas von ›Quarantäne‹«, flüsterte sie in ihr Telefon. »Auf was für Ideen die jungen Leute heutzutage kommen.« Sie machte einen Schritt in den Flur hinein. Von dem Streifenbeamten war keine Spur zu sehen.

Osamente ließ sich nicht beirren. »Seht euch das Gesicht an. Blutungen aus Augen, Ohren und Nase. Das habe ich, wenn auch in undeutlicherer Form, bereits an dem Todesopfer von der Otterndorfer Schleusenbaustelle gesehen.« Sie fixierte Olofsen. »Du weißt, was wir diagnostiziert haben.«

Olofsen machte einen Schritt zurück. »Han–«

»Sprich es hier nicht aus«, fuhr ihn Osamente an. »Wir wollen die neugierigen Lauscher nicht in Panik versetzen.«

Olofsens Blick verfinsterte sich, als ihm klar wurde, was oder besser wen Osamente meinte. »Bitte verlassen Sie augenblicklich wieder das Haus. Es ist im Moment nicht sicher, auch wenn Sie hier wohnen«, fuhr er die Seniorin an, die mittlerweile auf dem Treppenabsatz stand und immer aufgeregter in ihr Telefon redete.

»Ich verstehe nur Bahnhof«, meldete sich der Notarzt zu Wort. »Die Blutungen sind das Ergebnis von Platzwunden, hervorgerufen durch den Sturz.«

»Reden Sie keinen Blödsinn«, herrschte Osamente ihn an. »Wenn man die Treppe hinunterfällt, kann man sich sicherlich die Nase brechen und bluten. Aber nicht aus Augen und Ohren. Was wir hier vor uns haben, sind die typischen Zeichen einer hämorrhagischen Infektion. Das sehe ich doch aus mehr als zwei Metern Abstand.«

»Das meinen Sie nicht ernst«, konterte der Arzt wenig einfallsreich. »Wir sind hier in Cuxhaven und nicht auf dem Wildtiermarkt in China.«

»Ignoranter Trottel«, murmelte Osamente.

»Wir werden die Meinung der anwesenden Rechtsmedizinerin ernst nehmen«, sagte Olofsen entschieden. »Das Haus steht unter Quarantäne. Alle, die das Opfer angefasst haben, stehen ebenfalls unter Quarantäne. Auch der Nachbar.«

»Aber –«

»Kein ›Aber‹«, schnauzte Olofsen. »Das hier ist kein Spaß.«

Dann drehte er sich zu Osamente um. »Leiten Sie ein, was eingeleitet werden muss.«

Kurz darauf war die Straße weiträumig abgeriegelt, Streifenbeamte sorgten dafür, dass Anwohner in ihren Wohnungen blieben oder den Bereich zügig verließen. Schaulustige wurden mit deutlichen Worten aufgefordert, sich sonst wohin zu begeben.

Osamente, Olofsen und Greiner standen vor der Haustür. Die Rechtsmedizinerin und Olofsen telefonierten angespannt. Greiner setzte Pall ins Bild, der ebenfalls eingetroffen war.

Olofsen steckte sein Handy in die Jackentasche. »N-Kubik weiß Bescheid. Er wird das Cuxhavener Gesundheitsamt informieren und anschließend zusammen mit Frauke eine Pressekonferenz einberufen. Das hier haben zu viele Leute mitbekommen. Vielleicht können wir vermeiden, dass zu viel Blödsinn erzählt wird.«

Greiner und Pall nickten bestätigend.

Auch Osamente hatte ihr Telefonat beendet. »Gleich geht die Show los. Ganz großes Kino. Vom Universitätsklinikum Eppendorf in Hamburg kommen Spezialisten mit entsprechender Ausrüstung, um einen hochgradig infektiösen Patienten zu transportieren. Der Hubschrauber ist schon in der Luft.«

Olofsen erbleichte. »Ist der Aufwand wirklich notwendig? Seuchenexperten aus Hamburg? Ich meine, eigentlich sollte doch zunächst einmal das Gesundheitsamt reichen.«

Osamente schaute ihn an, als wäre ihm gerade auch noch die letzte Tasse aus dem Schrank gefallen. »Selbstverständlich ist das notwendig. Schließlich haben wir schon einen ungewöhnlichen Fall einer Hantainfektion in Verbindung mit Mord. Und nach meinem ersten Eindruck geht es hier in die gleiche Richtung, wenn auch ohne Mord.«

»Arne«, sagte Greiner, der zu den beiden getreten war. »Ich denke, wir sollten auf Dr. Osamente hören. Nichts gegen das Gesundheitsamt hier, aber ich fürchte, unser Problem ist eine Liga höher angesiedelt.«

Plötzlich stand die alte Dame neben den dreien. Mit ihrem Regenschirm klopfte sie auf Olofsens Schulter. »Junger Mann, nun hören Sie mir mal gut zu. Ich wohne seit fast dreißig Jahren hier, aber so etwas ist mir noch nicht passiert. Was fällt Ihnen ein, mich aus meiner Wohnung aussperren zu wollen?«

Olofsen drehte sich um und erblickte den Schirm, der ein weiteres Mal auf ihn zugesaust kam. Greiners Hand zischte hervor und blockierte den Schirm, bevor er treffen konnte.

Die Dame war davon wenig beeindruckt, sondern fixierte Olofsen mit strengem Blick, als müsse sie ihren ungezogenen Enkel zur Räson bringen. »Ich werde jetzt wieder gehen und mit meiner Freundin Inge in der Kaffeerösterei Cappuccino trinken und ein großes Stück Torte essen. Vielleicht auch zwei. Danach komme ich abermals nach Hause. Ich hoffe, Sie sind dann nicht mehr hier.«

Olofsen war zu perplex, um etwas zu sagen. Pall, der die Szene aus einigen Metern Entfernung beobachtet hatte, biss sich in die Hand, um nicht laut zu lachen.

Auch Osamente musste grinsen. »Da hast du wohl deine Meisterin gefunden.«

Sie wandte sich der Dame zu. »Kennen Sie den Mann, der in der obersten Etage wohnt?«

»Dieser Taugenichts?«, entrüstete sich die Dame. »Selbstverständlich kenne ich den. Kommt und geht zu jeder Tages- und Nachtzeit. Kein geregeltes Leben, wenn Sie mich fragen. Wissen Sie, meine Freundin Inge hat letztens gesagt –«

»Ich glaube, es ist okay, wenn Sie jetzt zu Ihrem Kaffeekränzchen aufbrechen und uns hier in Ruhe arbeiten lassen.« Olofsen hatte die Sprache wiedergefunden.

»Recht haben Sie«, sagte sie und drehte sich um.

»Einen Moment noch«, rief ihr Greiner hinterher.

Sie blieb stehen und musterte ihn von oben bis unten. »Was denn noch? Ich bin fast achtzig und habe nicht mehr ewig Zeit.«

»Nennen Sie mir doch bitte Ihren Namen – falls wir noch

Fragen haben sollten. Und den Namen des Mannes aus der obersten Etage.«

Abermals musterte sie Greiner von oben bis unten. »Ich heiße Bond. Trude Bond. Aber ohne Doppelnull. Das ist kein Scherz. Darüber musste ich mir früher schon ausreichend dumme Sprüche anhören.«

»Selbstverständlich, Frau Bond«, sagte Greiner schnell.

»Ganz oben wohnt Gunnar Kachens«, sagte sie dann. »Mein Nachbar. Warum liegt er auf der Treppe? Eigentlich wäre er nämlich am Wochenende dran, das Treppenhaus zu putzen. Wer macht das jetzt? Sie vielleicht?«

»Kannten Sie ihn gut?«, fragte Olofsen.

»Sind Sie noch bei Trost? Der hätte mein Enkel sein können.« Sie sah ihn entrüstet an und fuchtelte erneut mit dem Regenschirm.

Olofsen hob schnell die Hände. »So meine ich das nicht. Ob Sie ihn kannten – so von Nachbar zu Nachbar?«

»Nein, nicht wirklich. Er hat sein Leben gelebt und ich meins. Und nun muss ich los. Guten Tag.«

Greiner schnippte mit den Fingern und zückte sein Telefon. »Gunnar Kachens. Bin schon dran.«

»Wo bleiben die Typen aus Hamburg?« Olofsen schaltete auf ungeduldig.

Osamente warf einen Blick auf die Uhr. »Das dürfte nicht mehr lange dauern. Ich gehe davon aus, dass sie beim Krankenhaus landen, die mobile Isoliereinheit in einen der Rettungswagen umladen und dann hierherkommen werden.«

Wie zur Bestätigung war aus der Ferne das Donnern eines Hubschraubers zu hören.

»Auch wenn es bald dunkel wird, sollten wir Sichtbarrieren aufstellen lassen«, sagte Pall. »Wenn die Menschen Gestalten mit Schutzanzügen herumlaufen sehen, könnte es zu einer Panik kommen.«

»Du hast recht«, antwortete Olofsen. »Kümmere dich darum.«

Auch Pall zückte sein Telefon und machte sich an die Arbeit.

Einen Augenblick später kehrte Greiner zurück. »Schlechte Nachrichten. Außer, dass hier tatsächlich ein Gunnar Kachens wohnt, konnte ich auf die Schnelle nichts rausfinden. Er wird nicht gesucht, hat keine bekannten Vorstrafen. Aus unserer Sicht ein unbeschriebenes Blatt.«

»Verdammt.« Olofsen lief ein paar Schritte auf und ab. »Wir müssen in die Wohnung, um uns ein Bild zu verschaffen.«

»Auf gar keinen Fall«, riefen Osamente und Pall fast synchron.

»Wir haben keine Ahnung, mit welchem Infektionsrisiko wir dort rechnen müssen. Da jetzt hineinzugehen, ist viel zu gefährlich.« Osamente Gesichtsausdruck machte klar, dass sie keinen Widerspruch dulden würde.

»Außerdem würdet ihr Tollpatsche sämtliche Spuren kontaminieren«, ergänzte Pall.

»Dann wäre es also doppelt kontaminiert«, resümierte Olofsen.

»Idiot.« Pall verdrehte die Augen. Sein Telefon klingelte.

»Der Sichtschutz kommt«, informierte Pall die Kollegen. »In ein paar Minuten sind die Jungs hier und bauen die Dinger auf.«

Olofsen blickte sich um. Die Zahl der Schaulustigen war in den letzten Minuten weiter angestiegen. Er winkte den Streifenbeamten, der noch immer den Hauseingang bewachte, zu sich und trug ihm auf, zusammen mit seinem Kollegen dafür zu sorgen, dass die Leute verschwanden.

Leise waren Martinshörner zu hören, doch wurden diese vom erneuten Klingeln eines Handys übertönt. Osamente griff nach ihrem Gerät und nahm das Gespräch an. Kurz darauf wandte sie sich an Olofsen. »Das war Gruber. Er will dringend mit uns sprechen. Es gibt anscheinend wichtige Erkenntnisse. Ich habe ihm gesagt, dass wir uns zu einer Telefonkonferenz zusammenschalten, sobald wir hier fertig sind.«

Ein Rettungswagen kam um die Ecke gefahren. Direkt hinter

ihm folgte ein Transporter des städtischen Fuhrparks. Beide Fahrzeuge hielten vor dem Haus. Aus dem Transporter kletterten drei Männer in der typischen orangen Kluft. Pall lief zu ihnen hinüber und gab noch im Laufen die ersten Anweisungen. Die Männer nickten, öffneten die Klappen der Ladefläche und begannen, die Sichtschutzwände abzuladen.

Die hintere Tür des Rettungswagens öffnete sich ebenfalls. Mit einem Satz sprangen ein Mann und eine Frau auf die Straße. Beide trugen bereits gelbe Tyvek-Schutzanzüge, im Augenblick noch ohne Helme.

»Wir suchen einen Kommissar Olofsen. Wo ist der?«, fragte die Frau.

»Der bin ich«, sagte Olofsen. »Ich leite die Ermittlungen.«

Die beiden Mediziner kamen auf ihn zu. »Wo befindet sich der Patient? In welchem Zustand ist er?«

»Der Patient liegt tot auf dem obersten Treppenabsatz«, schaltete sich Osamente ein und deutete auf das Haus. »Der lokale Notarzt ist noch bei ihm. Ich gehe davon aus, dass er unter Quarantäne gestellt werden muss.«

Die Frau nickte. »Es hieß, es könnte sich um eine atypische Infektion mit Hantaviren handeln. Wie sicher ist das?«

»Nicht bestätigt«, antwortete Olofsen. »Ihre Expertise ist gefragt.«

»Okay.« Die beiden gingen zum Rettungswagen zurück und entluden ihre Ausrüstung.

In der Zwischenzeit hatten die Männer vom Fuhrpark ganze Arbeit geleistet und um den Hauseingang sowie die Einsatzfahrzeuge eine nahezu blickdichte und mannshohe Absperrung errichtet. Pall war zufrieden. Er trat zu den Medizinern am Rettungswagen und sprach kurz mit ihnen. Dann kam er zu Olofsen, Greiner und Osamente.

»Die beiden werden sich zunächst das Opfer, diesen Kachens, anschauen und sich um den Abtransport kümmern. Danach werde ich auch in einen solchen Anzug klettern und zusammen mit ihnen in die Wohnung gehen.«

»Wir müssen sehen können, was du siehst«, sagte Olofsen.

»Ich werde mein Handy in eine Plastiktüte stecken und einen Videoanruf auf dein Handy starten«, antwortete er. »Dann könnt ihr euch auf diese Weise auch einen Überblick verschaffen.«

Die beiden Mediziner kamen auf sie zu. »Wir gehen da jetzt rein. Wenn der Mann tatsächlich tot ist, brauchen wir die Trage mit dem Seuchenschutzaufsatz nicht. Dann werden wir ihn in doppelte Leichensäcke verpacken. Das reicht als Schutz. Nachdem das Opfer abtransportiert ist, werden wir uns um die Quarantänepersonen kümmern.«

»Wie wird dieses Kümmern aussehen?«, erkundigte sich Greiner.

»Wir werden die Personen nach Hamburg ins UKE mitnehmen, dort isolieren und untersuchen. Alles Weitere wird sich dann zeigen.«

»Beängstigend«, murmelte Olofsen. »Wie im Film.«

ZWÖLF

Freitag, 24. Januar, früher Abend

Die Hamburger Seuchenspezialisten benötigten eine Stunde, um ihre Arbeit zu tun. Nachdem sie Osamentes erste Diagnose bestätigt hatten, packten sie den Leichnam von Gunnar Kachens in zwei Leichensäcke. Der äußere Sack wurde anschließend mit einer penetrant riechenden, aber stark desinfizierenden Flüssigkeit eingesprüht, auf eine Rollbahre gehoben und anschließend in den Rettungswagen gebracht. Zu guter Letzt begleiteten die beiden sowohl den Notarzt als auch einen völlig aufgelösten Nachbarn ebenfalls in den Rettungswagen. Der junge Mann hatte Kachens gefunden, versucht, Erste Hilfe zu leisten, und dann die 112 angerufen. Beide trugen nun Atemschutzmasken, einen Einmalschutzanzug und Handschuhe – weniger, um sich nicht selbst anzustecken, denn potenziell war das ja schon geschehen, sondern um andere vor einer Infektion zu schützen. Sie würden die kommenden Tage im Klinikum in Hamburg verbringen, immer mit der Panik im Hinterkopf, sich womöglich mit einer tödlichen Krankheit angesteckt zu haben, gegen die es weder Impfung noch Heilung gab. Beide waren blass wie lebende Leichen, und ihr Gang zum Rettungswagen erinnerte Olofsen an die schlurfenden Zombies aus der Fernsehserie »The Walking Dead«.

»Kaum ein paar Tage vom Skifahren aus Italien zurück und dann so etwas«, moserte der Arzt in einem Anflug von Aufbegehren. Olofsen gab ihm einen aufmunternden Klaps auf die Schulter.

Trotz oder gerade wegen der Absperrung war die Menschenmenge in der Straße immer größer geworden. Jeder wollte wissen, was vorgefallen war. Just in dem Augenblick, in dem die Hamburger Spezialistin im gelben Schutzanzug zusammen mit den Quarantänekandidaten aus dem Haus trat, ertönte ein nicht enden wollendes Klicken, Klacken und Summen. Menschen hielten Kameras und Smartphones über die Absperrung oder an jede ausreichend große Ritze, um Bilder und Videos zu machen. War es der Reiz des Schauders, die Freude am Leid der anderen? Olofsen wandte sich angewidert ab.

Auch Pall spuckte einmal auf den Boden. »In ein paar Minuten kannst du alles auf Facebook und Instagram sehen, einschließlich der wildesten Theorien und Räuberpistolen dazu. Manchmal kotzen mich unsere Zeitgenossen echt an.«

»Lass uns hier verschwinden«, erwiderte Olofsen.

»Nein«, sagte Pall. »Ich will mir doch noch die Wohnung ansehen.«

»Richtig.« Olofsen schlug sich mit der flachen Hand vor die Stirn. »Diese Situation hier macht mich rappelig.«

Als hätte er auf das Stichwort gewartet, winkte der andere Seuchenexperte im gelben Anzug vom Hauseingang. Pall verstand sofort und ging zum Fahrer des Rettungswagens, der schon mit einem weiteren Anzug bereitstand. Geschickt zog sich Pall den Anzug an, ließ sich mit dem Aufsetzen des Helms helfen und steckte dann, wie angekündigt, sein Handy in einen Beutel, drückte durch die Folie auf einige Tasten und startete auf diese Weise den Videoanruf auf Olofsens Handy.

»Wonach suchen wir?«, fragte Greiner, der hinter Olofsen stand, sodass auch er das kleine Display des Handys sehen konnte.

»Ich weiß es nicht«, antwortete Olofsen. »Irgendwelche Hinweise, die uns zu verstehen helfen, was hier vor sich geht.«

Pall stand vor der Wohnungstür. »›Kachens‹ steht auf dem Türschild. Wie die alte Schachtel gesagt hat.« Seine Stimme klang wegen des Beutels, in dem das Telefon steckte, verzerrt.

»Senil erschien die mir nicht. Eher rüstig und gefährlich mit ihrem Schirm.«

»Wir gehen jetzt rein.« Pall drückte langsam die Tür auf. Den Schlüssel hatten die Hamburger auf der Treppe gefunden und schon einmal ins Schloss gesteckt.

Auf dem kleinen Bildschirm in Olofsens Hand erschien ein schmaler Flur, eine Garderobe, an der eine Jacke hing. Auf dem Boden erkannte er mehrere Paar Schuhe, braun, schwarz und grellbunt – wahrscheinlich für Arbeit und Sport.

»Auf den ersten Blick ist nichts Besonderes zu sehen. Aber irgendwie ist das schon ein Scheißgefühl, wenn du befürchten musst, dass sich hier ein tödliches Virus herumtreiben könnte«, klang Palls Stimme aus dem Gerät.

»Dann komm zurück«, sagte Olofsen. »Kein unnötiges Risiko.«

»Nix da«, antwortete Pall. »Ich will doch nicht den ganzen Spaß verpassen.«

Er ging weiter, und das Bild auf dem Display wanderte mit ihm. Linker Hand zweigte das Badezimmer ab, rechts lag die Küche, es folgte das Wohnzimmer, von dem eine weitere Tür ins Schlafzimmer führte. Außerdem gab es eine Glastür, über die man einen kleinen Balkon erreichen konnte.

»Das sieht alles völlig normal aus«, flüsterte Greiner über Olofsens Schulter.

»Ich weiß«, bestätigte dieser. »Aber irgendetwas muss da sein. Ich will es so.«

»Blut«, sagte Pall.

»Wo?«, fragte Olofsen.

»Schlafzimmer«, antwortete Pall knapp. »Auf dem Bett. Genauer gesagt auf dem Kopfkissen und auf dem oberen Teil des Bettlakens.«

»Das muss aus Nase, Ohren oder Augen des Toten stammen«, ließ sich der Seuchenspezialist vernehmen.

»Und dann macht er sich fertig, um spazieren zu gehen?«, brummte Olofsen.

»Vielleicht wollte er ja zum Arzt«, sagte Greiner.

»Hm.«

»Bislang habe ich noch kein Fläschchen mit der Aufschrift ›tödliches Virus‹ gefunden«, sagte Pall und klang dabei kaum sarkastisch.

Olofsen zog eine Augenbraue hoch. »Such weiter. Es muss da sein.«

»Ich gehe jetzt zurück ins Wohnzimmer.«

»Steht da irgendwo ein Schreibtisch?«, fragte Greiner. »Unterlagen, Dokumente, Schriftstücke?«

Einige Augenblicke blieb es ruhig, dann sagte Pall: »Ja, hier steht ein Schreibtisch. Daneben ein kleiner Aktenschrank mit ein paar Ordnern.«

»Schau dir das alles an.« Olofsen wäre am liebsten ins Haus gelaufen, um die Unterlagen selbst zu sichten.

»Mietvertrag der Wohnung«, sagte Pall. Das Bild auf dem Display zeigte das Papier. Weitere Blätter erschienen in schneller Folge auf dem Display. »Noch immer Mietvertrag, Bank, Versicherung, Arbeitsvertrag, bla, bla, bla. Der übliche Kram.«

»Stopp«, rief Olofsen plötzlich. »Zurück zu dem Mietvertrag. Ich glaube, das sind zwei verschiedene Dokumente.«

»Und der Arbeitsvertrag«, rief Greiner.

Pall begann, langsam rückwärts zu blättern, bis er an die gewünschte Stelle kam. »Du hast recht. Sheriff Schlammschuh mit den Adleraugen.«

»Was ist das für ein zweiter Vertrag?«, fragte Greiner.

Pall schwieg einen Moment. »Irgendeine Halle oder ein Gebäude unten im Hafen. Das muss ich mir genauer anschauen.«

»Nein«, entschied Olofsen. »Fotografiere jede Seite des Ordners, denn mitnehmen wirst du ihn nicht können, da er potenziell kontaminiert ist. Wir schauen uns das nachher in Ruhe auf dem großen Bildschirm an.«

»Geht klar«, sagte Pall.

Olofsen beendete die Verbindung. »Lassen wir ihn in Ruhe arbeiten.« Er rief Osamente an, die im Rettungswagen mitgefahren war. Er wollte sie wissen lassen, dass er mit Greiner nach einem Zwischenstopp in der Dienststelle, um den Laptop zu holen, zu ihm nach Hause fahren würde. Dort sollte, so schnell es möglich war, die nächste Besprechung des inneren Teams stattfinden.

Osamente versprach, dafür zu sorgen, dass auch Gruber in irgendeiner Form an der Besprechung teilnahm.

Kaum hatte Olofsen die Polizeiinspektion betreten, stürmte auch schon Krause auf ihn zu. Sie wedelte wild mit ihrem Telefon herum. »Was soll denn der Mist?«, blaffte sie. »Was ist das für ein Einsatz? Seuchenbekämpfung? Sag mal, wollt ihr Wattwanderer mich verarschen?«

Olofsen tat überrascht. »Ganz langsam, Kollegin. Was ist denn los?«

»Das ist los«, zischte Krause und zeigte auf das Display. »Facebook. Die Posts überschlagen sich hier. ›Seuche in Cuxhaven, Panik, gelbe Schutzanzüge, die Welt geht unter‹. Und eure Visagen mittendrin.«

Olofsen hatte Schwierigkeiten, gelassen zu bleiben. Langsam riss ihm der Geduldsfaden mit dieser Dame.

Krause dagegen hatte die unterschwelligen Signale nicht mitbekommen und giftete weiter. »Ich verstehe sowieso nicht, warum wir mit euch Dorschköppen zusammenarbeiten sollen. Ihr habt doch von Tuten und Blasen keine Ahnung, geschweige denn von vernünftiger Polizeiarbeit.«

Mit einem Ruck baute sich Olofsen in voller Größe vor ihr auf. Seine Nasenspitze war nur wenige Zentimeter von ihrer entfernt. Eine Beamtin, die ebenfalls gerade das Gebäude betreten hatte, wollte schon eingreifen, doch Greiner hielt sie zurück.

»Hör mir jetzt ganz genau zu. Wir wissen verdammt genau, wie wir unsere Arbeit machen müssen. Aber seitdem ihr beiden Vögel uns zwischen den Füßen herumturnt, gehen die Dinge schief. Damit ist jetzt Schluss. Zieh Leine und komm mir nicht wieder unter die Augen.«

Krause machte vor Schreck über diesen unerwarteten Ausbruch einen Schritt nach hinten, stolperte und wäre fast gestürzt. »Das wird ein Nachspiel haben.«

Kaum waren Olofsen und Greiner bei ihren Büros angekommen, kam ihnen Nunk entgegengelaufen. »Arne, Martin. Gut, dass ihr zurück seid. Mein Büro. Frauke wartet bereits.«

Olofsen und Greiner warfen sich einen fragenden Blick zu und folgten ihrem Boss.

»Wir müssen dringend die Pressekonferenz vorbereiten«, sagte Frauke Nilsson, kaum dass die drei den Raum betreten hatten.

»Zuvor möchte ich wissen, was hier los ist«, warf Nunk ein.

Olofsen schaute kurz betreten zu Boden, dann fixierte er den ZKD-Leiter. »Die Krause hat doch einen an der Waffel. Der kann man doch nur eine reinhauen wollen, so wie die sich aufspielt.«

Nunk sah ihn irritiert an. »Was, Krause? Egal, das meine ich gar nicht.«

»Sondern?«, fragte Greiner.

Statt eine Antwort zu geben, ging Nunk zu seinem Computer und drehte den Bildschirm so zur Seite, dass alle daraufsehen konnten. Facebook war geöffnet.

»Hast du nichts Besseres zu tun, als im Dienst in den sozialen Medien herumzusurfen?«, frotzelte Olofsen, obwohl er ganz genau wusste, worauf Nunk hinauswollte.

»Eigentlich hätte ich das«, antwortete dieser, »aber es ist leider unausweichlich, um die Situation in der Stadt abschätzen zu können.«

Greiner schaute überrascht. »So schlimm?«

»Die Postings laufen noch an der Grenzlinie entlang«, sagte Nilsson. »Aber ihre Zahl wächst unaufhörlich.«

»Was schreiben die Leute?«, erkundigte sich Greiner.

Olofsen trat vor und blickte auf den Bildschirm. Ein Foto mit einer Straßenszene war zu sehen. »Das sind ja wir«, stellte er fest. »Vor dem Haus in der Händelstraße. Und die beiden aus Hamburg in ihren gelben Anzügen.«

»Das ist nicht das Problem«, sagte Nunk. »Auch wenn ich bezweifle, dass einer von euch der Veröffentlichung des Bildes zugestimmt hat.«

»Wohl eher der Text dazu«, sagte Greiner und las vor: »›Warum sperren die hier alles ab? Und in dem Sack waren garantiert Tote. Ich kenne die Dinger aus dem Fernsehen. Ich sag's euch: Wir sind am Arsch. Denkt mal darüber nach.‹« Greiner schüttelte den Kopf.

»›Die veräppeln uns hier. Kurz vorher ist so 'n Helikopter am Krankenhaus gelandet. Der war bestimmt von der Regierung!‹«, gab nun auch Olofsen den nächsten Kommentar unter dem Bild zum Besten. Ein kleines blaues Infofeld erschien plötzlich unten am Bildrand. »Jemand schreibt einen Kommentar« stand darin. Als das Feld wieder verschwunden war, scrollte Nunk nach unten und las vor: »›Wir müssen uns vor den nächsten noch viel tödlicheren Chinaviren schützen. Ich hole mir morgen Antibiotika.‹«

Olofsen prustete. »Antibiotika – Idiot, als wenn die bei einer Virusinfektion wirken würden. Und woher weiß der überhaupt, dass es um ein Virus geht?«

»Die Leute wissen gar nichts«, sagte Nilsson angespannt. »Aber sie brauchen nur wenige Bilder, um sich eine eigene Erzählung zu stricken, selbst wenn es Blödsinn ist.«

Olofsen kratzte sich am Kinn und drehte den Bildschirm zurück. »Viele Geschichten ufern in den sozialen Medien in Windeseile aus wie ein Krebsgeschwür. Eine bekloppte Idee jagt die andere, jeder schaukelt den anderen auf, kaum einer hat Ahnung, aber alle machen mit.«

»Genau deswegen brauchen wir die Pressekonferenz«, sagte Nunk. »Wir müssen sachlich und klar berichten, was passiert ist. Den Verschwörungstheoretikern, Spinnern und Panikmachern den Wind aus den Segeln nehmen, noch bevor sie diese richtig gesetzt haben.«

»Das klingt einfacher, als es ist«, gab Greiner zu bedenken. »Verschwörungstheoretiker, Spinner und Panikmacher tendieren bekanntermaßen dazu, alles, was ihnen nicht passt, auszublenden.«

»Sollte irgendwie durchsickern, dass wir mit der Leiche aus

der Otterndorfer Schleusenbaustelle bereits einen ähnlich gelagerten Fall haben, bei dem nicht nur ein tödliches Virus im Spiel ist, sondern auch ein Mord, dann gnade uns Gott. Irgendjemand wird garantiert eins und eins zusammenzählen und eine noch wildere Geschichte daraus machen.« Nilsson blickte finster drein.

»Da darf nichts durchsickern«, sagte Olofsen entschieden.

Nunk zuckte nur mit den Schultern. »Wir werden es nicht verhindern können. Es sind zu viele Personen involviert. Ein Maulkorb führt immer zum Gegenteil.«

Die anderen drei nickten stumm.

»Wir brauchen eine verdammt gute Pressekonferenz«, stellte Nunk fest. »Das Gesundheitsamt hat die Teilnahme bereits zugesagt, ich weiß nur noch nicht, wer kommen wird. Arne, ich will, dass du auch dabei bist.«

Olofsen machte erschrocken einen Schritt zurück. »Auf gar keinen Fall. Ich hasse diese Veranstaltungen. Diese ganzen blöden Fragen. Und außerdem gehe ich doch nicht freiwillig mitten in eine Menschenmasse, wenn hier ein tödliches Virus grassiert.«

»Sehr witzig«, sagte Nilsson, allerdings verriet ihr Gesichtsausdruck, dass sie es ganz und gar nicht witzig fand.

»Arne hat recht«, sprang Greiner seinem Kollegen bei. »Wir haben wichtigere Dinge zu tun, als vor der Presse zu stehen.«

»Und was soll das sein?«, wollte Nunk sofort wissen. »Wir müssen eine beruhigende Botschaft aussenden. Da kann ich ja wohl kaum sagen, dass der leitende Ermittler gerade anderweitig beschäftigt ist.«

»Nimm Krüger. Der freut sich, wenn er in eine Kamera grinsen darf«, sagte Olofsen. »Erzählt, dass wir mit Hilfe des BKA alles im Griff haben. Das macht Eindruck.«

»Frank hat in der Wohnung von Kachens einige Dokumente gefunden. Er hat alles fotografiert, da er es ja wegen des Kontaminationsrisikos nicht rausbringen konnte. Das müssen wir unbedingt und so schnell wie möglich auswerten. Unter Umständen finden wir wichtige Anhaltspunkte. Vielleicht können wir sogar das Bindeglied zwischen beiden Opfern finden. Denn im Moment liegt ja streng genommen noch gar kein Kriminalfall vor.« Greiner versuchte, seinem Chef eine sinnvolle Erklärung anzubieten.

»Und das Rizin dürfen wir natürlich auch nicht außer Acht lassen.« Olofsen hatte in Oberlehrermanier einen Zeigefinger nach oben gereckt.

***

Olofsen, Greiner und Pall saßen bereits wieder in Nordleda am Esstisch und grübelten. In der Mitte des Tisches stand ein Laptop, der Bildschirm zeigte eines der von Pall in Kachens' Wohnung abfotografierten Dokumente.

»Okay, das ist der Mietvertrag der Wohnung von Kachens. Das hilft uns nicht weiter.« Olofsen rief das nächste Bild auf.

Greiner zog scharf die Luft ein. »Das ist schon interessanter.«

»Richtig, der Arbeitsvertrag«, sagte Olofsen. »Mal sehen – Zytogenimmun GmbH, in Bremerhaven.«

»Nie davon gehört.« Pall trommelte mit den Fingern nervös auf der Tischplatte herum.

»Zytogenimmun«, sinnierte Olofsen. »Das riecht ja förmlich nach Biotechnologie.«

»Frag mal Dr. Google«, schlug Pall vor. »Der weiß alles.«

Olofsen zog den Laptop zu sich herüber und tippte auf der Tastatur. Einen Moment später öffnete sich im Internetbrowser die Homepage der Zytogenimmun GmbH. Alle drei starrten gebannt auf den Bildschirm und lasen.

»Forschung für die personalisierte Gentherapie. Onkolytische Viren. Stammzellen«, sagte Olofsen. »Das klingt mordskompliziert, aber auf den ersten Blick könnte eine Infektion mit Hantaviren in das Umfeld passen.«

»Ich schlage vor, wir sollten denen morgen in Bremerhaven einen Besuch abstatten«, sagte Greiner.

»Morgen ist Samstag«, entgegnete Olofsen. Doch dann wedelte er mit der Hand, als wollte er diese Erkenntnis wie eine lästige Fliege verscheuchen. »Ich ruf da gleich an und sorge dafür, dass jemand da ist, der mit uns reden kann. Aber zunächst zurück zu den Dokumenten. Was gibt es da noch?«

»Hier: dieser andere Mietvertrag.« Greiner kniff die Augen zusammen, um die kleine Schrift auf dem Bildschirm lesen zu können. »Zwei Etagen, mehrere Räume, etwas mehr als zweihundert Quadratmeter. Keine Angaben zur Art der Nutzung.«

»Verdammt. Wo?«

Greiner scrollte nach oben. »Unscharf. Die Anschrift ist nicht zu erkennen.«

»Verflucht«, zischte Olofsen und warf Pall einen giftigen Blick zu. »Warum kannst du keine vernünftigen Fotos machen? Gerade, wenn es darauf ankommt.«

»Du kannst mich mal«, schoss Pall zurück. »Versuch du doch mal, mit einem dicken Schutzanzug, Helm über dem Kopf und eingetütetem Handy super Fotos zu machen, wenn um dich herum alles tödlich sein könnte.«

***

Thore Blohmquist lief panisch in seinem Labor auf und ab. Ein ums andere Mal starrte er auf das Display seines Smartphones.

»Verdammte Scheiße«, murmelte er vor sich hin. »Verdammte Scheiße, Scheiße, Scheiße. Jetzt geht alles den Bach runter.«

Wütend fegte er einen Erlenmeyerkolben vom Tisch. Das Glasgefäß schlug gegen die Wand und explodierte in tausend Splitter. Dann starrte er auf die Glasscherben, als hätte sich in ihnen der Anfang vom Ende der Welt manifestiert. Vielleicht war es auch so, schoss es ihm durch den Kopf. Zumindest für seine kleine Welt.

Abermals griff er nach seinem Smartphone. Das Display zeigte noch immer ein Bild an, das er kurz zuvor auf Facebook entdeckt hatte. »Das ist das Haus, in dem Gunnar wohnt«, flüsterte er vor sich hin. »Ganz eindeutig, das steht völlig außer Zweifel.«

Mit zittrigen Fingern wischte er Facebook vom Display, wechselte in den Telefonmodus und wählte Gunnars Nummer. Es klingelte, einmal, zweimal, dreimal, dann sprang die Mailbox an. Thore drückte die Verbindung weg und wählte erneut. Das gleiche Ergebnis. Gunnar nahm kein Gespräch an.

»Vielleicht noch im Büro.« Thore versuchte, sich selbst Mut zuzusprechen, aber eigentlich wusste er, dass er seinen Kollegen auch dort nicht erreichen würde, denn sie waren hier im Labor verabredet. Gunnar war bislang absolut zuverlässig gewesen. Wäre ihm etwas dazwischengekommen, hätte er Bescheid gesagt. Hatte er aber nicht.

»Zytogenimmun GmbH«, meldete sich eine Stimme am Telefon. »Was kann ich für Sie tun?«

»Ja, moin, Blohmquist hier«, sagte er mit sich fast überschlagender Stimme. »Ich möchte bitte Gunnar Kachens sprechen.«

»Einen Moment, ich verbinde Sie weiter«, flötete die Stimme.

Nervige Warteschleifenmusik ertönte.

Niemand nahm das Gespräch an.

»Hören Sie?«, erklang die Stimme der Telefondame. »Herr Kachens ist heute nicht im Hause.«

Thore legte auf. Eine Gewissheit fraß sich durch sein Hirn: Irgendetwas war gewaltig schiefgegangen. Mit schnellen Schritten stürmte er zu seinem Schreibtisch, begann hektisch zu suchen, schob Papiere von links nach rechts und rechts nach links, riss Schubladen auf, schloss sie wieder. Dann rannte er in Gunnars kleines Büro und startete dort eine weitere Durchsuchung. Plötzlich reckte er ein Stückchen Papier in die Höhe wie einen soeben gewonnenen Pokal.

Zurück in seinem Labor wählte er die Nummer, die auf dem Zettel stand.

Einige Sekunden geschah nichts, es klickte nur in der Leitung. Thore wollte die Verbindung schon beenden, als sich doch eine Stimme meldete.

»Ja?«

»Blohmquist hier, aus Cuxhaven«, schrie er ins Telefon. »Wir haben ein Problem. Ich brauche Hilfe!«

Stille.

»Hallo? Haben Sie gehört? Ich brauche Hilfe!« Thore hatte das Gefühl, mehr Adrenalin als Blut im Körper zu haben.

»Warum?«, wollte der Unbekannte am anderen Ende der Leitung wissen.

Thore konnte es nicht fassen. Jetzt war wirklich nicht die Zeit für lange Diskussionen. »Irgendetwas stimmt nicht. Mit Gunnar Kachens. Ich erreiche ihn nicht, und vor seinem Haus stehen die Bullen und so Seuchentypen in Schutzanzügen.«

»Aha.«

»Aha? Ist das alles?«

»Nein. Was ist mit dem Virus?«

»Mit dem Virus ist alles in Ordnung. Das ist alles im Labor und auch schon fast fertig.«

»Gut.«

»Verdammt, nicht gut!«

»Es wird jemand kommen.« Die Leitung war tot.

Thore warf das Handy auf seinen Arbeitstisch, als hätte es ihm einen Stromschlag verpasst.

***

Es läutete an der Tür. Olofsen ließ Nunk, Nilsson und Osamente eintreten. Die beiden Polizisten zogen Gesichter wie sieben Tage Regenwetter, nur die Rechtsmedizinerin trug eine gleichgültige Miene zur Schau.

»Wie ist es gelaufen?«, fragte Greiner. »Konntet ihr die Presse ruhig halten?«

»Ich brauche einen Kaffee«, antwortete Nunk. »Stark, schwarz, gesundheitsschädlich.«

»So schlimm?«, wollte Olofsen wissen.

Nilsson wiegte den Kopf hin und her. »Die eigentliche Pressekonferenz ist gut verlaufen. Es waren nur Journalisten von lokalen Zeitungen da. Die Dame, die die weiteste Strecke hinter sich gebracht hatte, war vom Stader Tageblatt. Die gelben Schutzanzüge hatten ihr journalistisches Interesse beflügelt.«

»Nachvollziehbar«, kommentierte Olofsen.

»Insbesondere der junge Mann von der Niederelbe-Zeitung hat gute Fragen gestellt«, fuhr Nilsson fort. »›Was genau ist passiert?‹ – ›Ein unklarer Infektionsfall.‹ – ›Besteht eine Gefahr für die Bevölkerung?‹ – ›Aus jetziger Sicht nicht, aber wir werden Sie regelmäßig und transparent auf dem Laufenden halten.‹ – ›Warum ist die Polizei involviert – liegt ein Verbrechen vor?‹ – ›Das können wir zum jetzigen Zeitpunkt nicht sagen, wir arbeiten vor allem zum Schutz der Allgemeinheit.‹«

»Das klingt doch gut«, sagte Olofsen. »Es entspricht alles der Wahrheit.«

»Bis diese bescheuerte Krause es vermasselt hat«, zischte Nunk. Die Wut troff ihm aus allen Poren.

»Krause?«, rief Olofsen überrascht. »Wieso war die denn da?«

»Krüger hat sie mitgebracht.«

»Sie hatte sich abseitsgehalten, war ständig am Telefon. Irgendwann ist sie ein paar Schritte ins Foyer gegangen und hat in völlig unangemessener Lautstärke etwas über ›gefährliche Viren in Cuxhaven‹ in ihr Telefon posaunt.«

Nunk schlug mit der Hand auf den Tisch. »Das hat die Dame von den Cuxhavener Nachrichten gehört, und danach ging es richtig rund.«

»Ich fasse es nicht.« Olofsen war entsetzt.

Pall war aufgesprungen. »Das ist Sabotage. Die sollten wir uns kaufen.«

»Das ist dermaßen unprofessionell, unglaublich«, meckerte Nunk.

Olofsen dachte nach. »Unprofessionell oder professionell – das ist Ansichtssache. Es kommt darauf an, auf welcher Seite du stehst.«

»Unsinn«, unterbrach Greiner den Gedankengang seines Kollegen. »Wer auch immer der Verräter ist, vor dem wir gewarnt wurden, wird doch nicht so stümperhaft vorgehen.«

»Wie schlimm war das anschließende Chaos?« Olofsen ging um den Tisch herum und blickte durch das Fenster nach draußen.

»Schwer abzuschätzen«, entgegnete Nilsson. »Und wie alle Idioten hält sie sich für einen ganz hellen Kopf, der nichts falsch gemacht hat.« Palls Zorn suchte dringend nach einem Ventil.

»Was machen wir jetzt?«, fragte Greiner.

»Was bleibt uns denn übrig?«, stellte Olofsen die Gegenfrage.

»Mein Vorschlag: Business as usual.« Osamente schien vom bisher Gesagten nicht beeindruckt. »Was habt ihr denn erwartet? Dass es so kommen würde, war abzusehen. Gut, Zeitpunkt und Quelle sind ungünstig, aber irgendeiner hätte früher oder später Detailinformationen durchgestochen.«

DREIZEHN

Freitag, 24. Januar, abends

Greiner hatte vorgeschlagen, ein paar Pizzen zu besorgen, denn er fürchtete, der Abend würde lang werden. Olofsen hatte zugestimmt und war zu Fuß zum Imbiss an der Bremerhavener Straße gegangen, der nur gut vierhundert Meter entfernt war. In einer Viertelstunde würde er zurück sein. Zum Glück regnete es nicht.

Nilsson hatte sich mit der Entschuldigung, sich dringend um ihre Familie kümmern zu müssen, verabschiedet.

In der Zwischenzeit telefonierte Osamente mit Gruber, denn es gab eine ganze Reihe neuer, brisanter Erkenntnisse.

»Das riecht aber verdammt lecker.« Pall rieb sich die Hände, als Olofsen zurückkehrte und mehrere Kartons mit verführerisch duftenden Pizzen auf den Tisch stellte.

»Wir brauchen einen Laptop.« Osamente hatte offensichtlich keinen Sinn für kulinarische Gelüste. »Gruber ist wieder in seinem Labor am FLI. Er hat ein Videomeeting organisiert, an dem neben uns noch andere Experten und Wissenschaftler vom Universitätsklinikum Eppendorf in Hamburg, dem Robert-Koch-Institut in Berlin, dem Gesundheitsamt hier in Cuxhaven und dem niedersächsischen Ministerium für Soziales, Gesundheit und Gleichstellung in Hannover teilnehmen werden.«

Olofsen war perplex. »Was zur Hölle ist los?«

»Details kenne ich nicht. Aber ich vermute, dass die Kacke gehörig dampft, sonst gäbe es kaum diesen großen Bahnhof.«

Es dauerte noch einige Minuten, dann war alles Notwendige organisiert. Olofsen, Greiner, Nunk, Pall und Osamente drängelten sich vor dem Laptop mit der kleinen Kamera an der Oberseite des Bildschirms. Die Verbindung war aufgebaut, nacheinander schalteten sich die einzelnen Teilnehmer dazu. Olofsen kam aus dem Staunen nicht mehr heraus, mittlerweile hatte das Meeting fast zwanzig Teilnehmer. Professoren, Doktoren, Behördenvertreter.

»Guten Abend«, quäkte Grubers Stimme aus dem Lautsprecher. »Aufgrund der Dringlichkeit der Sache, der Uhrzeit und der hohen Zahl der Anwesenden schlage ich vor, auf eine förmliche Vorstellungsrunde zu verzichten. Das können wir später nachholen. Neben der Cuxhavener Kripo, die vor Ort arbeitet und koordinieren wird, sind alle wichtigen Institutionen eingebunden, sodass wir die notwendigen Entscheidungen schnell und konsequent treffen können.«

Eine Kakofonie der Zustimmung drang aus dem Lautsprecher.

»Lassen Sie mich die Situation aus der Sicht des Virologen kurz zusammenfassen«, hob Gruber abermals an. »Wir haben es mit zwei Todesfällen zu tun; in beiden Fällen liegt eindeutig eine Infektion mit dem Hantavirus vom Typ Puumala vor. Beim Opfer Nummer eins können wir nicht mit absoluter Sicherheit sagen, ob die fortschreitende Infektion oder drei Schüsse aus einer Pistole die letztendliche Todesursache waren. Oder gibt es hier seitens der Rechtsmedizin eine andere Einschätzung?«

Osamente räusperte sich. »Dr. Dolores Osamente, Rechtsmedizinisches Institut Hamburg und als Beraterin vor Ort in Cuxhaven. Da das Opfer von drei Schüssen getroffen wurde, gehe ich davon aus, dass diese mit Tötungsabsicht erfolgten.«

Eine andere Stimme meldete sich zu Wort. »Professor Kaastmann, RKI. Infektionen mit Puumala kommen in Deutschland zwar nicht mit großer Häufigkeit, aber dennoch regelmäßig vor. Was ist an diesem Fall besonders?«

»Sowohl die Molekularbiologie als auch die Replikation, also die Vermehrung des Virus, scheinen atypisch zu sein«, sagte Gruber. »Wir haben von beiden Todesopfern Proben hier im Institut. In beiden Fällen konnten wir neben Nukleinsäure auch replikationskompetentes Virus isolieren.«

»Ist es Ihnen gelungen, das Virus anzuzüchten? Im Tier oder in Zellkultur?« Das war wieder der Professor vom RKI.

»Ja, wir waren bereits erfolgreich. Dazu komme ich gleich«, antwortete Gruber. »Zunächst möchte ich kurz die Cuxhavener Polizei bitten, die Fundorte der beiden Todesopfer zu beschreiben, damit wir alle das gleiche Bild vor Augen haben.«

»Mein Name ist Olofsen, ich bin leitender Ermittler der Kripo Cuxhaven. Die erste Leiche, deren Identität bis dato noch ungeklärt ist, wurde zufällig in einer Baugrube in Otterndorf gefunden. Eine Baustelle als Fundort bestätigt uns Dr. Osamentes Einschätzung, dass das Opfer vorsätzlich getötet wurde und die Leiche anschließend unauffindbar beseitigt werden sollte. Nur kurze Zeit später wäre auf die Fundstelle ein Betonfundament gegossen worden.«

Ein mehrstimmiges, aber leises Ächzen erklang aus dem Lautsprecher.

»Das zweite Opfer, ein Mann namens Gunnar Kachens und Mitarbeiter einer Firma namens Zytogenimmun in Bremerhaven, wurde tot im Treppenhaus gefunden. Er muss außerhalb seiner Wohnung das Bewusstsein verloren haben und als Folge die Treppe hinabgestürzt sein. Dabei hat er sich das Genick gebrochen. Der hinzugezogene Notarzt sowie der Ersthelfer, ein Nachbar, wurden in Quarantäne genommen.«

»Beiden geht es gut. Sie sind bei uns in Hamburg isoliert und werden lückenlos überwacht. Der Arzt hat leichtes Fieber, aber das heißt noch nichts. Bei einer Infektion mit Hanta-Puumala dürften noch einige Tage vergehen, bis es zu klinischen Symptomen kommt, wenn überhaupt.« Die Stimme hatte sich nicht vorgestellt, aber es war klar, dass es sich um die Vertreterin der Universitätsklinik in Hamburg handelte.

Greiner stutzte. »Ich bin kein Virologe, und viele von den hier Anwesenden wissen viel mehr über dieses Virus als ich, aber mir scheint, dass die Symptome – dabei spreche ich von den Blutungen aus Nase, Ohren und Augen – doch gar nicht zu dem Virus passen. Zumindest nicht zu dem, was auf Wikipedia geschrieben steht.«

Für einen Augenblick herrschte Schweigen.

»Nun ja«, setzte Gruber dann wieder an, »das ist Teil des Problems.«

»Das müssen Sie uns näher erklären«, meldete sich der Teilnehmer aus dem Gesundheitsministerium zu Wort.

»Wie ich bereits sagte, konnten wir sowohl Nukleinsäure als auch intakte Viruspartikel isolieren«, sagte Gruber. »Wir haben das gesamte Virusgenom sequenziert und das Ergebnis mit den bekannten Sequenzen in diversen Datenbanken abgeglichen.«

»Und?«, drängelte Olofsen. Er wollte den schier endlosen Vorspann überspringen und zum Punkt kommen.

»Es ist Hanta. Aber darüber hinaus haben wir Sequenzelemente gefunden, die eigentlich nicht in das Genom hineingehören.«

»Vielleicht haben Sie ja einen Fehler gemacht«, sagte Olofsen. Doch seine Worte klangen lahm.

»Nein«, stellte Gruber sofort klar. »Das können wir mit absoluter Sicherheit ausschließen.«

Olofsen hob abwehrend die Hände. »Okay, dann erklären Sie uns, was sich aus diesen Ergebnissen folgern lässt.«

Der Professor vom RKI meldete sich zu Wort. »Sie wollen andeuten, dass sich das Virus verändert und sich dadurch die Virulenz massiv gesteigert hat, Herr Dr. Gruber?«

»Verändert hat oder verändert wurde?«, ging Olofsen dazwischen, dem dämmerte, worauf Gruber hinauswollte.

Der räusperte sich. »Es gibt einige Anhaltspunkte, dass die Veränderungen nicht zufällig erfolgten und –«

Ein Tumult brach los. Diese Information erwischte alle Gesprächsteilnehmer kalt und auf dem falschen Fuß.

»Was bedeutet –«

»Unmöglich.«

»Was für Sequenzen?«

»Virulenz.«

»Einfluss auf Pathogenese.«

»Transparente Information.«

»Taskforce einrichten.«

»Ruhe!«, brüllte Olofsen. Ihm klingelten die Ohren vom Wirrwarr der Begriffe, Fragen und Forderungen. »Wir sind hier doch nicht bei RTL2.«

Sofort herrschte Stille. Pall klopfte Olofsen anerkennend auf die Schulter. »Eine echte Führungskraft«, witzelte er. Olofsen zeigte ihm den ausgestreckten Mittelfinger.

»Entschuldigung«, sagte die Stimme aus Hannover. »Ich fürchte, diese Nachricht hat uns alle überrascht.«

»Wir reden also über ein tödliches Virus hier in Cuxhaven, das nicht auf natürlichem Weg entstanden ist, oder verstehe ich etwas falsch?« Greiner ließ die Frage wie das schlechte Wetter der letzten Tage in der Luft hängen.

»Völlig richtig«, bestätigte Gruber. »Wir haben Genelemente gefunden, die unzweifelhaft nicht in ein Puumala-Virus gehören. Unsere ersten Versuche in Zellkultur legen nahe, dass es diese Elemente sind, die dieses Virus so aggressiv machen. Ein bestätigender Tierversuch läuft bereits, die bürokratischen Hürden konnten wir schnell überspringen.«

»Wo kommen diese Genelemente her, und wie haben sie ihren Weg in das Virus gefunden?«, drängte Osamente. »Mich beschleicht der Eindruck, dass diese Information äußerst wichtig ist. Ein normaler Weg hieße für mich Evolution, Rekombination, genetischer Shift und Drift. Aber Sie deuten gezielte Manipulation an.«

Gruber schien beeindruckt. »Sie kennen sich gut aus.«

Osamente winkte ab. »Ein wenig Erfahrung hat man hier in Cuxhaven zu dem Thema schon sammeln können. Leidvolle Erfahrung, wie ich hinzufügen möchte.«

Am Tisch in Nordleda breitete sich Stille aus, die meisten Augenpaare blickten betreten auf den Boden. Die Rechtsmedizinerin hatte recht, in den letzten beiden großen Fällen hatte jedes Mal ein als Waffe verwendeter Infektionserreger eine entscheidende Rolle gespielt. Böse Zungen behaupteten gar, Cuxhaven würde sich zum Sprungbrett für Bioterroristen entwickeln, andere hielten dagegen, solche Verbrecher hätten gegen Olofsen und sein Team keine Chance mehr.

Pall fuhr sich mit der Hand durch die Haare und flüsterte stellvertretend für alle: »Nicht schon wieder.«

Greiner schaltete sich in das Gespräch ein. »Wir müssen wissen, auf welchem Weg die atypischen Genelemente in dieses Virus gekommen sind und was dies für unsere aktuellen Ermittlungen bedeutet.«

»Und ob wir dann noch immer einen Fall haben«, ergänzte Olofsen.

Für einen Augenblick herrschte Ruhe am Telefon.

Dann sagte Gruber: »Viren können sich auf natürlichem Weg verändern. Wir erleben dies regelmäßig bei Influenzaviren. Hantaviren bestehen ebenfalls aus einem segmentierten RNA-Genom. In der Literatur sind drei Segmente beschrieben, die die Bezeichnungen S, L und M tragen.«

»Diese Bezeichnungen stehen wie bei T-Shirts für ›Small‹, ›Large‹ und ›Medium‹«, erklärte Osamente.

»Das ist korrekt«, bestätigte Gruber. »Insgesamt kodieren diese drei Segmente vier Proteine, die im Rahmen der Virusvermehrung unterschiedliche Funktionen wahrnehmen. Die Sequenz des L-Segmentes ist innerhalb der verschiedenen Hantavirustypen am stärksten konserviert, was bedeutet, dass es hier keine oder nur geringfügige Unterschiede in der Sequenz gibt.«

»Sehr schön«, unterbrach Olofsen den Virologen abermals, »aber ich strebe keine Promotion in Virologie an, sondern muss wissen, ob die Todesfälle hier in Cuxhaven kriminalistisch relevant sind oder nicht.«

»Das ist mir durchaus klar«, antwortete Gruber. In seiner Stimme klang nun eine Spur Schärfe mit. »Trotzdem rate ich Ihnen dringend, mir zuzuhören, damit Sie die gewünschte Einordnung auch vornehmen können.«

»Fahren Sie bitte fort.« Nunk wollte die Diskussion abkürzen.

Der Wissenschaftler tat ihm den Gefallen. »Wir beobachten immer wieder, dass sich die Genomsegmente verschiedener Hantavirustypen neu kombinieren, zum Beispiel im Verlauf einer Doppelinfektion. Diese Neukombination wird auch als Antigen-Shift bezeichnet. Bei den Influenzaviren ist es dieses Ereignis, das neue und gefährliche Viren entstehen lässt, die auch schon einmal eine Epidemie auslösen können. Bei den Hantaviren ist die Bedeutung des Antigen-Shifts noch nicht abschließend geklärt.«

»Okay, das habe ich so weit verstanden«, sagte Olofsen nachdenklich. »Es handelt sich also um ein natürliches Ereignis. Jedoch entnehme ich Ihren Worten, dass Sie nicht wissen, ob ein solches Ereignis als Erklärung für unsere Todesfälle hier geeignet ist.«

»Auch das ist richtig.«

»Haben Sie eine andere Erklärung?«

»Lassen Sie mich ein wenig ausholen«, sagte Gruber. »Die Mortalität von Puumala-Viren oder auch anderen in Nordeuropa vorkommenden Hantavarianten liegt bei unter einem Prozent. Selbst die hochpathogenen Stämme aus dem asiatischen Raum liegen – in Anführungsstrichen – *nur* bei einer Mortalitätsrate von bis zu fünfzig Prozent. Bei Ihnen in Cuxhaven ist diese dramatisch höher.«

»Zwei bekannte Infektionen, zwei Tote«, warf Pall ein.

»Was ist Ihr Erklärungsansatz?« Die Frage kam aus Hannover.

»Wir haben Sequenzelemente gefunden, die wir bis heute noch nie in einem Puumala-Isolat gesehen haben«, sagte Gruber. »Wir müssen davon ausgehen, dass dieses genetische Material auf künstlichem Weg in das Hantavirus gelangt ist. Eines dieser Elemente konnten wir bereits identifizieren. Ich erspare Ihnen hier jetzt die Details und sage nur, dass es sich um einen Promotor, also eine Art Ein-Aus-Schalter für Gene handelt und mit Sicherheit aus einem anderen Virus stammt.«

»Bedeutet das, wir haben es hier mit einem künstlich erzeugten Supervirus zu tun?« Olofsens Schlussfolgerung hatte etwas sehr Beängstigendes.

»Ich … also … vielleicht«, Gruber kam ins Stottern. »Ja.«

Pall schlug plötzlich mit der flachen Hand auf den Tisch. Sein Gesicht war rot vor Zorn. »Das kann doch nicht wahr sein«, brüllte er in den Raum. Speicheltropfen folgten seinen Worten. »Nicht schon wieder. Was stimmt mit den Leuten nicht? Sind denn nur noch Bekloppte unterwegs?«

»Reiß dich zusammen«, zischte Nunk in Palls Richtung.

»Testosterongesteuerter Geräuschausstoß im oberen Dezibelbereich ist zwar in Deutschland sehr populär, hilft aber in keinster Weise weiter«, schlug der RKI-Professor in die gleiche Kerbe. »Wenn Kollege Gruber recht hat – und es gibt für mich keinen Grund, daran zu zweifeln –, müssen wir die Lautstärke runterfahren und das Hirn einschalten, um des Problems Herr zu werden.«

Pall schaute betreten drein. »Ich mein ja nur.«

»Ich kann Frank verstehen«, sagte Greiner beschwichtigend. »Aber wir müssen sehr umsichtig vorgehen. So eine Situation kann schnell außer Kontrolle geraten. Wir wissen doch, wie schnell die Leute durchdrehen und völlig irrational handeln.«

»Dieses Wissen darf momentan nicht an die Presse gelangen«, sagte Olofsen entschieden.

»Richtig«, bestätigte Nunk. »Das zu verhindern ist Fraukes Aufgabe. Ich werde sie gleich morgen entsprechend instruieren.«

Die Stimme aus dem Gesundheitsministerium in Hannover meldete sich wieder. »Wir stellen Ihnen selbstverständlich jegliche Unterstützung zur Verfügung, um die Kommunikation zu koordinieren.«

»Herr Gruber«, ergriff der Vertreter des Klinikums Eppendorf das Wort. »Können Sie uns etwas darüber sagen, wie diese Veränderungen vorgenommen worden sind?«

Der Virologe kaute einen Moment auf seiner Unterlippe. »Es gibt diverse Methoden, mit denen sich das Genom eines Organismus verändern lässt. Momentan können wir noch nicht genau sagen, wie es gemacht wurde. Wir müssen die fremden

Sequenzelemente erst weiter analysieren, um es zu verstehen, und dann –«

Olofsen unterbrach den Redefluss. »Brauche ich einen Nobelpreis, oder reicht ein Chemiebaukasten von ›Toys'R'Us‹, um so ein Virus zu basteln?«

»Weder noch«, sagte Osamente anstelle von Gruber. »Man braucht weitreichendes molekularbiologisches und gentechnisches Verständnis, aber das geht auch ohne Nobelpreis. Man braucht ein Labor und entsprechende Gerätschaften. Jeder unterbelichtete Trottel kann einen Totschlag im Affekt begehen, ein solches Virus bastelt er aber nicht. Beantwortet das die Frage?«

Olofsen nickte. »Absolut. Und es weckt üble Erinnerungen.«

»Gehe ich recht in der Annahme, dass ein solches Labor nicht zwangsläufig hier im Cuxland liegen muss, auch wenn das Virus bei uns entdeckt wurde?« Greiner kratzte sich an der Nase, während er die Frage stellte.

»Ja, diese Annahme ist zutreffend«, sagte Gruber. »Ein solches Labor kann überall in Deutschland lokalisiert sein, sogar überall in Europa.«

»Und genau das ist die Stelle, an der wir eigentlich das BKA brauchen würden«, sagte Olofsen leise.

***

Immer wieder machte Thore einen Schritt aus dem Haus heraus und auf die Straße, warf suchende Blicke in beide Richtungen, ging dann zurück ins Gebäude, nur um nach wenigen Minuten erneut nach draußen zu treten. Zwischendurch starrte er auf die Uhr und fluchte vor sich hin. Lkws donnerten durch die Dunkelheit an ihm vorbei, ebenso ein paar kleinere Transporter.

Kaum war Thore abermals im Gebäude verschwunden, hielt ein grauer Kastenwagen direkt vor dem Eingang. Ein Kleiderschrank in verwaschener Jeans und schwarzem Kapuzenpulli quälte sich heraus und marschierte zielstrebig auf die Tür zu. Da

Thore sie nur angelehnt hatte, konnte er problemlos eintreten. Mit langsamen, aber festen Schritten bewegte er sich auf die Treppe ins obere Stockwerk zu, die Sohlen seiner Sportschuhe quietschten auf den verschlissenen Fußbodenfliesen.

Thore hatte die Geräusche gehört. »Hallo? Wer ist da?«

Der Mann gab keine Antwort, sondern ging zielstrebig weiter. Seine rechte Hand verschwand in der weiten Bauchtasche seines Hoodies.

»Na endlich!« Thore war am oberen Absatz der Treppe aufgetaucht. »Das wurde aber auch Zeit. Ich warte seit einer Ewigkeit.«

Der Mann warf ihm einen finsteren Blick zu. »Rede keinen Stuss. Es ist nicht einmal vier Stunden her, dass du dem Boss die Ohren vollgeheult hast, und schon stehe ich hier.«

Thore verstummte kurzzeitig. Er versuchte, sich an den Namen des Mannes zu erinnern. Beerenburg, Burenberg? »Wie auch immer. Gut, dass Sie da sind, Herr Beerenberg. Wir haben ein riesiges Problem. Dass Berger tot ist, wissen Sie ja. Ich meine, natürlich wissen Sie das – Sie waren ja dabei, als er erschossen wurde. Aber nun ist auch Gunnar verschwunden, vielleicht sogar auch tot. Ich meine Kachens, also Gunnar Kachens. Ich habe da etwas auf Facebook –«

Er schaffte es nicht, den Satz zu beenden, denn Beerenberg schob ihm rücksichtslos den kalten Stahl eines Pistolenlaufs in den Mund. »Halt's Maul.«

Thore riss vor Schreck die Zähne weit auseinander und verstummte augenblicklich.

»Wir gehen jetzt ganz entspannt in dein Labor. Was ist mit dem Virus?« Beerenberg hatte die Pistole zurückgezogen.

»Mit dem Virus? Haben Sie keine anderen Sorgen? Meine Kollegen, Partner, Freunde sind tot und verschwunden. Ich –«

Ansatzlos ließ Beerenberg seine linke Faust in Thores Gesicht krachen. »Noch mal: Halt die Fresse«, zischte er bedrohlich leise. »Beim nächsten Ton hast du ein Loch in der Stirn. Ist – das – klar?«

Statt zu sprechen, nickte Thore nur, versuchte sich hochzurappeln und wischte sich mit dem Ärmel das Blut aus dem Gesicht.

»Sind Gift und Virus da und in Ordnung? Nur ein Wort will ich hören. Entweder ›Ja‹ oder ›Nein‹. Sonst nichts.«

»Ja.«

»Gut.« Beerenberg gab ihm einen Stoß. »Abmarsch.«

Mit zitternden Knien und höllischen Schmerzen im Oberkiefer steuerte Thore das Labor an. Er ließ sich auf seinen Stuhl fallen und schloss die Augen.

»Jetzt ist nicht die Zeit zum Pennen«, herrschte ihn Beerenberg an. »Wo ist das Rizin?«

Thore deutete auf einen Schrank. »Da drin. Das Pulver ist in versiegelten Gefäßen, jeweils ein Gramm.«

Beerenberg machte sich daran, die Tütchen einzusammeln und in einem Karton zu verstauen, den er neben dem Schreibtisch gefunden und einfach über Kopf ausgeleert hatte. Weder ließ er dabei Thore aus den Augen, noch senkte er die Waffe auch nur für einen Augenblick.

»Und jetzt das Virus.«

»Soweit ich weiß, ist da auch alles in Ordnung. Aber das war Finns und Gunnars Welt. Keine Ahnung, wo das Zeug –«

Mit einem Sprung war Beerenberg wieder bei Thore, hämmerte ihm abermals die Faust ins Gesicht und schrie: »Warum hat sich der Boss bloß mit solchen scheiß Amateuren eingelassen? Nur Ärger mit euch Pfeifen!«

Wie bereits Finn Berger vor einigen Tagen fiel nun auch Thore Blohmquist, ohne ein weiteres Geräusch von sich zu geben, vom Stuhl und blieb regungslos am Boden liegen.

***

Olofsen rauchte der Kopf. Mittlerweile war es fast einundzwanzig Uhr, und sie saßen seit nunmehr über zwei Stunden zusammen. Gruber hatte zwischenzeitlich um eine Unterbrechung gebeten, um sich mit seinen Mitarbeitern zu beraten. Soweit Olofsen es verstanden hatte, gab es neue Versuchsergebnisse, die es zu bewerten galt. Grubers Mitarbeiter, die in die Nacht hinein arbeiten mussten, taten ihm tatsächlich ein wenig leid. Er selbst hätte jetzt auch gerne ein wenig Zeit für sich selbst gehabt – und sei es nur, um seine Gedanken zu sortieren.

Nachdem die Fortsetzung der Konferenz gestartet war, drängten sich zunächst die Beamten aus den Behörden in den Vordergrund und diskutierten Alarmpläne und Notfallverfahren.

Als zwei Vertreter des Gesundheitsministeriums sich mehr und mehr in Rage redeten und kurz davorstanden, sich und alle anderen zu beschimpfen, platzte Olofsen abermals der Kragen. Er steckte zwei Finger in den Mund und stieß einen schrillen Pfiff aus. In den Lautsprechern der Gesprächsteilnehmer waren wahrscheinlich die Membranen gerissen. »Clowns vor die Tür, alle anderen machen bitte gesittet weiter. Sonst nagele ich euch alle mit den Eiern an die Kugelbake«, verkündete er mit scharfer Stimme.

»Danke«, sagten Gruber und der RKI-Professor gleichzeitig. Alle anderen waren tatsächlich still.

Die Cuxhavener Kollegen grinsten, da sie davon ausgingen, dass den Spruch mit der Kugelbake niemand sonst verstanden hatte. Woher sollte man im Rest von Deutschland auch wissen, dass Olofsens angedrohte Strafe im Anwendungsfall das Wahrzeichen der Stadt Cuxhaven *verzieren* würde?

Olofsen wandte sich dem Virologen vom Friedrich-Löffler-Institut zu. »Herr Gruber, Sie hatten ganz zu Beginn angedeutet, bereits über Versuchsdaten zu verfügen. Sie sprachen von ›zellulären Kulturen‹.«

Grubers Räuspern klang über den Lautsprecher, als hätte er einen Fingernagel über eine Schultafel gezogen. »Zellkulturen. Aber ja, Sie haben völlig recht. Wir konnten neben der Nukleinsäure für die Sequenzierung auch vermehrungsfähige Viren isolieren und haben damit Mäuse, also den typischen Wirt des Hantavirus, als auch Verozellen infiziert. Das sind

Affennierenzellen, für alle, denen dies etwas sagt. Standard in einem guten Labor.«

»Bitte kommen Sie zum Wesentlichen, bevor einem Paragrafenreiter eine Verordnung einfällt, die er deswegen ändern müsste«, drängelte Olofsen.

»Zwei Dinge haben wir gesehen.« Gruber hielt dabei zwei Finger vor die Webcam seines Laptops. »Erstens: Bereits wenige Stunden nach Inokulation der Mäuse zeigten diese ein absolut unerwartetes, apathisches Verhalten, bisweilen sogar Symptome einer Infektion.«

Es rumpelte und krachte in den Lautsprechern, und nun waren es alle Wissenschaftler, einschließlich Osamente, die gleichzeitig zu reden begannen.

»Kugelbake«, donnerte Olofsen, und erneut kehrte Ruhe ein.

Professor Kaastmann vom RKI meldete sich als Erster sortiert zu Wort. »Das kann nicht sein, Herr Gruber. Die Mäuse sind der Zwischenwirt, das Reservoir, die erkranken doch nicht.«

»Da gebe ich Ihnen recht. Ich dachte dasselbe«, sagte Gruber ruhig. »Aber unsere Daten sind eindeutig. Es besteht kein Zweifel – das Virus hat Einfluss auf die Gesundheit der Mäuse. Was diesen speziellen Erreger angeht, werden wir die Lehrmeinung überdenken müssen.«

»Unglaublich.«

»Zellkultur«, gab Olofsen das nächste Stichwort.

»Auch nach Inokulation der Zellen traten bereits innerhalb weniger Stunden zytopathische Effekte auf«, sagte Gruber.

»Bitte für Nicht-Wissenschaftler«, bat Greiner.

»Verozellen wachsen bei siebenunddreißig Grad am Boden von speziellen Plastikgefäßen, sogenannten Kulturflaschen«, erklärte Osamente. »Die Zellen benötigen ein Nährmedium und ein paar andere Zusätze, die jetzt nicht wichtig sind. Kommt ein Virus dazu, dringt es in die Zellen ein und vermehrt sich. Das wiederum führt zu Veränderungen der Zellen, die man unter dem Mikroskop sehr gut sehen kann. Diese Veränderungen sind die zytopathischen Effekte, von denen Kollege Gruber sprach.«

Kaastmann vom RKI rang hörbar um Fassung. »Das kann nicht sein. Nein, das *darf* nicht sein.«

»Warum?«, wollte Olofsen wissen.

Der Professor beantwortete die Frage: »Gewöhnlich ist es so, dass ein Virusisolat, das von einer menschlichen oder tierischen Probe direkt auf eine Zellkultur überführt wird, sich zunächst nur schlecht bis gar nicht vermehrt, weil es an die neue Umgebung nicht angepasst ist.«

»Alles, was dieses Virus also macht, ist nicht normal«, fasste Greiner zusammen.

»Ganz genau«, bestätigte Gruber.

»Ach du Scheiße«, entfuhr es Pall.

Olofsen zog scharf die Luft ein. »Was um Himmels willen bedeutetet das?«

»Es bedeutet, dass dieses spezielle Virus bis gestern noch niemand zuvor gesehen hat und dass es eine Virulenz an den Tag legt, die so in keinster Weise dem aktuellen Lehrbuchwissen entspricht. Eine völlig neue Situation.«

»Ist eine Mensch-zu-Mensch-Übertragung möglich?«, fragte Nunk mit belegter Stimme.

»Eine schwierige Frage«, sagte Gruber.

»Raus mit der Antwort«, forderte Olofsen ihn auf.

»Laut Lehrbuch verbreiten sich Hantaviren nicht von Mensch zu Mensch, sondern nur von Tier zu Mensch. Ob dies in unserem Fall auch zutrifft, müssen wir noch abschließend klären, denn auch wenn die ersten Daten zur Virulenz erschreckend sind, so scheint der Modus der Verbreitung unverändert.«

»Wie meinen Sie das?«, fragte Olofsen.

»Die ersten Schnelltests mit den Mäusen legen nahe, dass das neue Virus dieselben zellulären Rezeptoren zum Eindringen in die Wirtszelle verwendet wie der Wildtyp. Das ist gut, denn – auch wenn es zynisch klingt – jede Infektionskette endet mit dem Tod des Virusträgers.«

VIERZEHN

Freitag, 24. Januar, abends, bis Samstag, 25. Januar, vormittags

Es war zweiundzwanzig Uhr. Die Konferenz war beendet. Am Tisch herrschte Stille. Eine Mischung aus Erschöpfung, Ratlosigkeit und Angst.

Schließlich durchbrach Nunk das Schweigen. »Wir müssen die nächsten Schritte abstecken. Da nun bekannt ist, dass die beiden Todesfälle mit Hantaviren zusammenhängen, müssen wir um jeden Preis unter Verschluss halten, dass wir es mit einem künstlich erzeugten Killervirus zu tun haben. Kein Wort darüber! Das erzeugt Panik, und die können wir nicht gebrauchen. Am besten versuchen wir, die journalistische Aufmerksamkeit auf die Morde an dem Wachmann und dem BKAler zu lenken.«

Allgemeine Zustimmung.

»Wir müssen dringend das Labor finden. Es dürfen sich nicht noch mehr Menschen infizieren«, ergänzte Nunk ernst.

Abermals Zustimmung.

»Okay, und jetzt raus mit euch. Ich muss schlafen.« Olofsen war aufgestanden und deutete mit der Hand auf die Tür.

Pall erhob sich als Erster. »Morgen früh werde ich mich sofort mit den Bildern der Dokumente aus Kachens' Wohnung befassen. Ich will wissen, was es mit dem zweiten Mietvertrag auf sich hat.«

Olofsen nickte. »Melde dich.« Er wandte sich an Greiner. »Martin, wir besuchen morgen Zytogenimmun in Bremerhaven. Vielleicht finden wir dort einen Anhaltspunkt.«

Nachdem die Kollegen gegangen waren, ließ sich Olofsen auf das Sofa fallen und griff zum Telefon. Schon nach dem ersten Klingeln nahm Paula das Gespräch an.

»Hi, Schatz, tut mir leid, dass es so spät geworden ist. Wie geht's dir?«, fragte Olofsen.

»Alles gut. Papa macht Fortschritte.«

»Das klingt prima.«

»Du hörst dich müde an. Nicht müde-müde, sondern irgendwie anders müde. Was ist los?«

Olofsen erzählte ihr in groben Zügen die Ereignisse des Tages. Er war froh, dass sie ihm einfach nur zuhörte, ohne Fragen zu stellen oder seine Worte zu Kommentieren. Manchmal verfluchte er seine Position als Leiter der Ermittlungen, denn ein Team zu führen, war mitunter genauso anstrengend wie die Ermittlungen selbst.

»Kann es sein, dass du dich gerade in Selbstmitleid badest?«, fragte Paula, als hätte sie seine Gedanken erraten.

»Ja, verdammt«, gestand Olofsen. »Manchmal brauche ich das eben auch. Das ist alles nicht einfach im Moment. Das Wochenende werde ich wohl auch durcharbeiten. Morgen früh geht's nach Bremerhaven zu so einer Biotechfirma. Der Geschäftsführer war am Telefon nicht zu glücklich, aber er wird da sein. Alles Mist.«

Paula lachte. Ein wohltuendes Lachen. »Okay, genieße das Jammern noch ein paar Minuten. Aber dann nutze deine Energie für etwas Sinnvolles, zum Beispiel Schlafen.«

»Komm auf der Stelle zurück, und ich mache mit dir etwas extrem Vernünftiges.«

Paula lachte erneut. »Verwechselst du gerade ›vernünftig‹ mit ›befriedigend‹?«

Schlagartig schoss Olofsen die Röte ins Gesicht. »Ich – also – na ja.«

»Tut mir leid, aber du musst noch ein wenig durchhalten. Ich denke, in zwei oder drei Tagen kann ich guten Gewissens zurückkommen.«

»Ich liebe dich«, flüsterte Olofsen in den Hörer.

»Ich dich auch.«

Wie angekündigt stand Greiner am nächsten Morgen um sieben Uhr dreißig vor der Tür. Olofsen war noch nicht ganz fertig und öffnete ihm mit der Zahnbürste im Mund. Greiner ging direkt in die Küche, griff sich eine Kaffeetasse von der Arbeitsplatte und goss sie halb voll.

»Nett, dass du schon Kaffee gekocht hast«, rief er. »Aber ein Espresso aus deiner Raketenmaschine wäre noch besser.«

»Der Kaffee ist von gestern«, rief Olofsen zurück. »Oder vorgestern, ich weiß es nicht ganz genau. Espresso zum Frühstück? Bäh. Das geht ja gar nicht.«

Greiner zog die Augenbrauen hoch, hielt die Nase an die Tasse und stellte fest, dass das Gebräu sowohl seltsam roch als auch kalt war. Angewidert kippte er den Inhalt der Tasse in die Spüle.

Zwei Minuten später stürmte Olofsen in die Küche. »Hast du schon frischen Kaffee aufgesetzt? Eine Tasse brauche ich, dann bin ich fit.«

Allein bei dem Gedanken, direkt nach dem Zähneputzen Kaffee zu trinken, musste sich Greiner schütteln. An der Philosophie des Kaffeetrinkens musste sein Kollege wirklich noch arbeiten.

»Die Rocket schmeiße ich nur nach Feierabend oder zu besonderen Anlässen an. Weder das eine noch das andere haben wir gerade. Auch wenn heute Samstag ist, reden wir doch nur über einen ganz normalen Arbeitstag.« Mit einem schnellen Griff langte Olofsen nach der Kanne, leerte sie aus, wusch sie und machte sich daran, neuen Kaffee aufzusetzen. Während die Kaffeemaschine die ersten Schnaufgeräusche von sich gab, ging er zusammen mit Greiner den Plan für den Tag durch. Zuerst zu Zytogenimmun, danach wollte Olofsen noch einmal selbst zu Ports-of-Cux, um sich die Überwachungsvideos vom Abend des Mordes an dem Seemann anzuschauen. Er traute Krüger und seiner Kollegin einfach nicht.

»Außerdem werden wir sicherlich wieder mit Gruber und den anderen konferieren«, schloss Greiner die Planung ab.

Der Kaffee war fertig. Olofsen füllte zwei Becher, holte Milch und Zucker aus dem Schrank. Die beiden tranken schweigend, bis Olofsen seine Tasse energisch auf den Küchentisch stellte. »Okay, los geht's.«

Greiner fuhr, Olofsen schaute gedankenverloren aus dem Fenster. Um von Nordleda nach Bremerhaven zu gelangen, mussten sie die Landesstraße über die Dörfer fahren und dann auf die A27. Zunächst ging es durch Wanna, vorbei am Kindergarten und an der Grundschule, nach einer kurzen Fahrt durch Felder und Wiesen folgte Krempel. Greiner entschloss sich, bei Grüning zu halten und seinen Tank zu füllen. Olofsen brummte etwas vor sich hin. Seiner Meinung nach hätte Greiner sich schon vorher um fehlendes Benzin kümmern sollen. Greiner ignorierte seinen Kollegen, tankte in aller Seelenruhe und ging zum Bezahlen. Zurück im Wagen drückte er Olofsen eine Laugenbrezel in die Hand und startete den Motor. Als Nächstes folgte nach einigen Kurven, Schlenkern und heftigen Bodenwellen Neuenwalde. Auch nach vielen Monaten Baustelle war die Ortsdurchfahrt immer noch nicht frei, und so waren sie gezwungen, durch eine verschlafene Wohnsiedlung zu kurven, um die A27 zu erreichen.

»Wohin fahren wir nun eigentlich?«, fragte Olofsen, noch immer an seiner Brezel kauend.

»Zytogenimmun«, sagte Greiner. Dabei schaute er ein wenig irritiert.

»Das weiß ich, du Depp«, entgegnete Olofsen. »Aber was erwartet uns da? Den Geschäftsführer habe ich gestern Abend noch ans Telefon geholt. Es war überhaupt kein Problem für ihn, heute zu kommen. Er wollte sich auch darum kümmern, dass noch jemand anders da ist, um uns einzulassen, sollte er sich verspäten.«

Greiner warf ihm einen schnellen Seitenblick zu. »Wow, ein Biotech-Start-up, wie es im Buche steht. Innovativ bis zum Umfallen, jung, dynamisch, richtungsweisend. 24/7 im Einsatz.«

»Mit Kicker und Gewürz-Sojamilch-Latte.« Olofsen wischte sich die Krümel vom Bauch. »Nein, ernsthaft – hast du eine Idee, was da auf uns zukommt?«

Greiner schwieg einen Moment. »Nein, überhaupt nicht. Aber dieser Kachens hat dort gearbeitet. Vielleicht hilft es uns, den Toten aus der Schleusenbaustelle zu identifizieren.«

»Wo haben die ihre heiligen Hallen stehen?«

Greiner antwortete prompt. »Westkai.«

»Logisch, wo sonst.«

»Ist irgendwo zwischen dem Alfred-Wegener-Institut und der Weser. Im Fischereihafen. Wenn ich Google Maps richtig verstanden hab, zwischen diversen Schiffsausrüstern.«

»Verdammt. Hättest du das nicht eher sagen können? Dann hätte ich meine Rettungswesten zur Prüfung mitnehmen können. Da ist irgendwo ein Laden, die das machen.«

»Ich fasse es nicht. Dafür haben wir jetzt wirklich keine Zeit.« Greiner war sich aber nicht sicher, ob sein Kollege es ernst gemeint hatte. Zuzutrauen wäre es ihm.

Da Greiner nicht quer durch die Stadt fahren wollte, hatte er erst bei der Abfahrt Wulsdorf die Autobahn verlassen. Olofsen hatte erwartungsgemäß gemeckert, aber Greiner ließ sich nicht beirren. Tatsächlich kamen sie schnell voran. Nur wenige Minuten später hatten sie Ikea und Hornbach hinter sich gelassen, ebenso die Niederlassung des Fraunhofer-Institutes, und waren in die Straße Am Lunedeich eingebogen. Kurz darauf erreichten sie den Westkai.

Olofsen suchte aufmerksam die Gebäude ab. »Da ist es. Dann hoffen wir einmal, dass tatsächlich jemand da ist.«

Greiner parkte den Wagen im Schatten der »Lev Twister«, einem wuchtigen Offshore-Versorger mit dunkelblauem Rumpf und weiß gestrichenen Aufbauten.

Die beiden Polizisten traten durch die in der Tat unverschlossene gläserne Eingangstür und fanden sich in einem schlichten, hell gestrichenen großen Raum mit hoher Decke wieder. An einer der Längsseiten kletterte ein Stahlgerüst die Wand hoch – eine Treppe, wie Olofsen bei genauerem Hinsehen erkannte. An der anderen Längsseite befand sich der Rezeptionstresen, hinter dem eine junge Frau mit müdem Blick auf ihrem Smartphone tippte.

Die Kopfseite der Lobby dominierte ein übergroßer Bildschirm, auf dem auch am Samstag stumm geschaltet CNN lief. Auf beiden Seiten war der Bildschirm von zwei Glastüren flankiert, durch die sich andere Teile des Gebäudes erreichen ließen. In einigen Metern Abstand vor dem Fernseher standen eine Bank und ein kleiner Beistelltisch mit Firmenbroschüren. Olofsen marschierte zielstrebig auf den Fernseher zu.

»Kann ich Ihnen helfen? Sind Sie die Polizei?« Die Dame an der Rezeption hatte ihr Handy zur Seite gelegt und sich den beiden Polizisten zugewandt.

Greiner ging auf sie zu. »Guten Morgen. Kripo Cuxhaven. Mein Name ist Greiner, dort drüben steht mein Kollege Olofsen. Wir sind mit dem Geschäftsführer verabredet.«

Die Dame nickte. »Ja, natürlich. Einen Moment, er kommt sofort.«

Sie nahm das Telefon und wählte eine kurze Nummer. Nach einem ebenfalls kurzen Gespräch, das so leise geführt wurde, dass Greiner nichts verstehen konnte, sagte sie: »Bitte haben Sie eine Minute Geduld.«

Olofsen war plötzlich wie elektrisiert. »Schalten Sie den Ton ein«, rief er lautstark durch den Raum und gestikulierte wild vor dem Fernseher.

»Jetzt ist nicht die Zeit, um Nachrichten zu schauen«, entgegnete Greiner.

Doch Olofsen ließ sich nicht beirren. Auf dem Bildschirm war ein Staudamm zu sehen, irgendwo in einer kargen, wüstenähnlichen Region. Seitlich im Bild redete ein Reporter aufgeregt in ein Mikrofon mit übergroßem CNN-Logo und deutete auf die im Hintergrund aufsteigende Rauchwolke.

»Das ist der Ilisu-Damm. Da ist etwas passiert. Der Brite.

Genau, wie Weller es vorausgesagt hat.« Olofsen stürmte auf die Empfangsdame zu. »Nun schalten Sie doch endlich den Ton ein.«

Die Dringlichkeit in Olofsens Stimme ließ die Frau aktiv werden. Hektisch begann sie, erst auf dem Tresen, dann in den Schubladen und Regalen darunter nach der Fernbedienung zu suchen. Es vergingen endlose Sekunden, bis sie das kleine schwarze Gerät gefunden und auf den richtigen Knopf gedrückt hatte.

»Mehr Informationen liegen uns zurzeit nicht vor. Zurück ins Studio«, sagte der Reporter gerade, und das Bild wechselte.

»Warum lasst ihr CNN ohne Ton laufen?«, fluchte Olofsen ungehalten.

»Weil wir immer am Puls der Zeit sein wollen. Bei CNN benötigt man nicht zwingend den Ton, um die Nachrichten zu verstehen«, sagte eine männliche Stimme.

Olofsen sah sich um, um deren Ursprung zu finden.

Am Fuß der Treppe stand, aufgetaucht wie aus dem Nichts, ein groß gewachsener Mann mit kahlem, poliertem Schädel, Designerbrille und hellgrauem Anzug ohne Krawatte. Weder Greiner noch Olofsen hatten mitbekommen, dass er die Stahltreppe heruntergekommen war.

»Wenn ich mich vorstellen darf, Krone ist mein Name. Ich bin Geschäftsführer der Zytogenimmun GmbH. Was kann ich für Sie tun, so früh am Samstagmorgen?«

»Olofsen«, sagte Olofsen. »Kripo Cuxhaven. Ich hätte heute auch gerne ausgeschlafen. Aber manchmal kommt etwas dazwischen.«

»Worum geht es?«

»Um Ihren Mitarbeiter Gunnar Kachens«, sagte Greiner.

»Kachens.« Krone wirkte erstaunt. »Ein exzellenter Mitarbeiter. Hochkompetent. Was hat er angestellt? Die Kripo kommt ja nicht am Wochenende, weil er falsch geparkt hat.«

»Das würden wir gerne in Ihrem Büro besprechen«, erklärte Olofsen.

»Bitte folgen Sie mir.«

Krone stieg mit schnellen Schritten die Treppenstufen hinauf, Olofsen und Greiner folgten. Oben schloss sich ein Flur an, von dem ein paar Türen in die Büros abgingen. An denen lief der Geschäftsführer jedoch vorbei und steuerte anschließend auf die Tür zum Eckbüro zu. Olofsen sah sich neugierig um. Das Büro war minimalistisch eingerichtet. Ein Schreibtisch mit Laptop und Telefon, zwei kleine Sideboards, ein runder Tisch in einer Ecke des Raumes mit drei Stühlen darum.

Krone deutete auf zwei der Stühle. »Kaffee?«

Olofsen und Greiner verneinten und setzten sich. Der Geschäftsführer tat es ihnen nach.

»Was ist mit Herrn Kachens?«, eröffnete Krone ohne weitere Umschweife das Gespräch.

»Er ist tot«, sagte Olofsen genauso schnörkellos und beobachtete Krone genau.

Der wurde blass, beugte sich vor, nahm seine Brille ab und setzte sie wieder auf. Dann nahm er sie ein weiteres Mal ab. »Tot?«

»Mausetot«, bestätigte Olofsen. »Wir haben den einen oder anderen Zweifel, dass er eines natürlichen Todes gestorben ist.«

»Bitte präzisieren Sie dies«, bat Krone.

Greiner legte beide Hände auf den Tisch. »Das können wir aus ermittlungstaktischen Gründen leider nicht tun.«

»Ich verstehe.«

»Was hat Herr Kachens bei Ihnen gemacht?«, fragte Olofsen.

Krone setzte seine Brille wieder auf. »Herr Kachens hat bei uns als Schnittstelle zwischen Entwicklung und Verkauf gearbeitet.«

»Business Development?«, erkundigte sich Greiner.

»Genau«, bestätigte Krone. »Er war eigentlich ausgebildeter Mediziner, darüber hinaus jedoch mit einem großartigen kaufmännischen Instinkt gesegnet. Als Arzt wollte er nicht arbeiten, sondern immer die verschiedenen Disziplinen zusammenbringen.«

»Wann haben Sie Herrn Kachens zum letzten Mal gesehen?« Greiner hatte seinen Notizblock gezückt.

»Tatsächlich habe ich ihn seit ein paar Tagen nicht gesehen. Ich war aber nicht immer im Hause, sondern hatte einige Auswärtstermine.«

»Hatte Herr Kachens Urlaub?«

»Nein.«

»Wie viele Mitarbeiter sind hier beschäftigt?«

»Sechsunddreißig.«

»Was genau tun Sie hier?« Olofsen schoss eine Frage nach der anderen ab.

Krone schien das nicht aus der Ruhe zu bringen. »Wir sind im Bereich Diagnostik unterwegs, und zwar auf zwei Standbeinen. Zum einen entwickeln wir moderne, molekularbiologiebasierte Testverfahren, zum anderen haben wir eine leistungsfähige Zellkultur, um auf Kundenwunsch Prüfungen und Studienreihen durchzuführen. Unter anderem handelt es sich dabei um vorklinische Studien bei der Medikamentenentwicklung.«

»Das klingt kompliziert«, sagte Olofsen. »Und dafür reichen sechsunddreißig Mitarbeiter?«

»Meine Devise: Lieber eine kleine Zahl handverlesener Experten, die genau das können, was wir hier brauchen, und für den Job brennen, als eine Horde halb motivierter Schnarchnasen«, entgegnete Krone.

Olofsen klatschte begeistert in die Hände. »Das würde ich mir bei der Polizei auch wünschen.«

»An was für einem Projekt hat Herr Kachens gearbeitet?«, nahm Greiner den Faden wieder auf.

»Das war ein Auftrag zur verbesserten T-Zell-Separation entsprechend bestimmter Oberflächenmarker.«

»Aha. Klingt spannend.« Der Klang von Olofsens Stimme ließ allerdings das Gegenteil erahnen.

»Ist Ihr Kollege immer so … negativ?«, wollte Krone pikiert von Greiner wissen.

»Nein, er ist Verhörspezialist und weiß genau, was er tut.«

»Sind Ihnen zufällig noch andere Mitarbeiter abhandengekommen?«, fragte Olofsen nun sehr ernst. »Wir haben da tatsächlich noch eine Leiche im Keller, der wir keinen Namen zuordnen können.«

»Machen Sie Witze?«

»Überhaupt nicht.«

»Lassen Sie mich überlegen. Im Moment –«, setzte Krone an.

»Hantaviren«, warf Olofsen plötzlich ein. »Arbeiten Sie hier mit Hantaviren?«

Krone sah ihn entgeistert an. »Nein, Hanta gehört in die Risikogruppe drei. Damit dürfen und wollen wir nicht umgehen. Überhaupt, Virologie betreiben wir hier nicht.«

»Mist!«, sagte Olofsen.

Krone stutzte.

»Ja?« Olofsen war das kurze Zögern seines Gegenübers nicht entgangen.

»Wenn ich mich recht erinnere, haben wir hier tatsächlich einen Mitarbeiter, der seine Doktorarbeit über Hantaviren geschrieben hat.«

Olofsen und Greiner wurden hellhörig.

»Wer ist das?«, fragte Greiner.

»Bitte rufen Sie den Mann oder die Frau her«, ordnete Olofsen augenblicklich an.

Krone war von der plötzlichen Autorität in der Stimme des Polizisten sichtlich überrascht. »Einen Moment.«

Er stand auf und telefonierte vom Schreibtisch aus. »Es tut mir leid«, sagte er dann. »Herr Dr. Berger ist seit einigen Tagen nicht zur Arbeit erschienen. Das wusste ich nicht, auch der Grund ist mir unbekannt. Beim letzten Projekt-Review-Meeting war er noch dabei.«

»Dieser Dr. Berger«, sagte Greiner. »Was können Sie uns über ihn erzählen?«

»Nun«, sagte Krone nachdenklich. »Ein ebenfalls hochkompetenter Wissenschaftler. Vielleicht sogar noch eine Spur gescheiter als Kachens.«

»Aber?« Olofsen hatte das Gefühl, dass da noch eine Einschränkung kommen würde.

Krone dachte ein paar Sekunden nach. »Das ist nicht ganz einfach zu sagen«, räumte er dann ein. »Berger ist Naturwissenschaftler. Seine Arbeit ist immer absolut korrekt und präzise. Wenn es gilt, zwischen Genauigkeit und Tempo abzuwägen, entscheidet er sich immer für die Genauigkeit. Für die zeitgerechte Bearbeitung von Projekten kann das manchmal hinderlich sein.«

»Ein Perfektionist also«, stellte Olofsen fest. »So einen haben wir bei uns auch in der Spurensicherung. Dauert ewig, bis er endlich den Mund aufmacht, aber die Resultate sind erstklassig.«

»Ja, das trifft es ganz gut«, antwortete Krone.

»Aber das muss doch nicht schlecht sein«, warf Greiner ein.

Krone sah ihn an. »Das stimmt. Kennen Sie die Achtzig-zwanzig-Regel?«

Die beiden Polizisten warfen sich einen ratlosen Blick zu.

»Um achtzig Prozent Erfolg abzuliefern, sind zwanzig Prozent der Zeit erforderlich. Für die fehlenden zwanzig Prozent Erfolg benötigen Sie dagegen achtzig Prozent der Zeit.«

»Ich verstehe«, sagte Olofsen. »An der einen oder anderen Stelle reichen achtzig Prozent völlig aus.«

»Genau«, bestätigte Krone. »Obwohl Kachens und Berger, soweit ich weiß, auch privat gut befreundet waren, haben die beiden an dieser Stelle oft Probleme miteinander gehabt.«

»Lassen Sie mich raten«, sagte Greiner. »Während Kachens zum nächsten Meilenstein des Projektes wollte, hätte Berger lieber noch eine Versuchsreihe zur Absicherung gemacht.«

»Exakt. Da musste ich als Führungskraft oft vermitteln.«

»Was wissen Sie über den Familienstand der beiden?«, fragte Olofsen.

»Keiner der beiden ist, *war*, verheiratet«, sagte Krone. »Darüber hinaus weiß ich aber nichts zu berichten. Schließlich geht mich das als Arbeitgeber nichts an.«

»Würden Sie uns bitte die private Anschrift von Herrn Berger geben?«, fragte Olofsen. »Und bitte keine Geschichten über Datenschutz. Möglicherweise ist hier Gefahr im Verzug, und wir müssen dringend handeln.«

Ein paar Minuten später standen die beiden wieder auf der Straße. Krones Einladung, sich die Laborräume einmal anzusehen, hatten sie dankend abgelehnt.

»Gefahr im Verzug?« Greiner verzog das Gesicht.

Olofsen grinste. »Wer weiß das schon so genau? Immerhin haben wir einen Namen und eine Adresse. Wenn es der Falsche ist, entschuldigen wir uns und gehen.«

»Ein Mediziner und ein Naturwissenschaftler, der über Hanta promoviert hat«, grübelte Greiner, während er über das Wasser des Hafenbeckens blickte. »Einer ist tot – infiziert mit Hantaviren, vielleicht sogar vorsätzlich –, der andere ist seit ein paar Tagen nicht mehr aufgetaucht.«

»Wo wohnt er?«

Olofsen blickte auf den Zettel mit der Adresse, den Krone ihm gegeben hatte. »Finn Berger wohnt in Cuxhaven, in Altenbruch.«

»Na dann, let's roll«, sagte Greiner und kletterte in den Wagen.

Auf der Autobahn blieb Greiner konstant auf der linken Spur und düste Cuxhaven entgegen. Sie hatten bereits Neuenwalde und Nordholz passiert, als Olofsens Handy klingelte.

Es war Nunk. »Wo steckt ihr?«

»Auf der A 27 zurück nach Cuxhaven. Bei Zytogenimmun sind wir fertig. Die Firma ist sauber, da bin ich mir sicher. Aber wir haben einen Hinweis bekommen, wer vielleicht unser unbekanntes Opfer von der Schleusenbaustelle sein könnte«, erklärte Olofsen.

»Und zwar?«

»Ein Typ namens Finn Berger. Der kennt sich sogar mit Hantaviren aus. Wir wollen zu seiner Wohnung in Altenbruch, um das zu überprüfen.«

»Okay. Beeilt euch.«

»Was ist passiert?« Olofsen spürte, dass da mehr war.

»Nicht am Telefon. Osamente hat auch die Labordaten und ballistischen Untersuchungen erhalten, die zur Obduktion der Wasserleiche vom Steubenhöft gehören, also von diesem John Smith. Der Bericht liegt nun vor.«

»Sag N-Kubik, er soll ein Bild von diesem Finn Berger auftreiben. Vielleicht hilft uns das schon weiter«, sagte Greiner zu Olofsen. Er musste dabei laut sprechen, um den Lärm des Motors zu übertönen.

»Martin schlägt vor, dass du ein Foto von diesem Berger besorgst. Er meint, es könnte uns weiterhelfen.«

»Warum besorgt er es dann nicht selbst?«, fragte Nunk. »Er gehört doch auch zur Ermittlungsgruppe.«

»Er muss fahren«, sagte Olofsen.

Greiner konnte sich ein Grinsen nicht verkneifen.

»Warum machst du es dann nicht? Ich bin doch nicht der Laufbursche.«

»Ich hänge am Telefon fest«, erwiderte Olofsen und beendete das Gespräch, bevor sein Chef einen neuen Einwand vorbringen konnte.

Greiner hatte den Kreisverkehr am Ende der Autobahn erreicht und bog rechts aus dem Kreis heraus. Altenbruch war nur noch wenige Minuten entfernt. Ihr Ziel war der Sandweg, dort wohnte Finn Berger in einem kleinen Häuschen. Schnell hatten sie das richtige Haus gefunden, Greiner parkte direkt davor. Sie stiegen aus, traten an die Tür, und Olofsen drückte auf die Klingel. Sie warteten, aber nichts geschah.

»Vielleicht schläft er.« Greiner versuchte, optimistisch zu bleiben.

Olofsen drückte erneut mit dem Zeigefinger auf die Klingel,

ließ dieses Mal aber nicht los. »Manchmal hilft der Dauerton beim Wachwerden.«

Greiner wiegte den Kopf hin und her. »In diesem Fall nicht.«

»Lass uns mal bei den Nachbarn läuten. Vielleicht wissen die was«, schlug Olofsen vor.

Sie hatten keinen Erfolg. Im linken Nachbarhaus war niemand zu Hause, im folgenden ebenfalls nicht. Im Haus zur Rechten trafen sie zwar einen älteren Herrn an, aber der konnte nicht einmal sagen, wie sein Nachbar eigentlich hieß. Wann er ihn zum letzten Mal gesehen hatte, wusste er auch nicht. Sie wollten gerade auf die andere Straßenseite gehen, um am Haus gegenüber ihr Glück zu versuchen, als Olofsens Handy erneut klingelte.

Es war Osamente. »Wo zum Henker steckt ihr?«

»Auch dir einen schönen guten Morgen«, entgegnete Olofsen.

»Jaja, schon klar. Es gibt Neuigkeiten. Eine mittelgute und eine ziemlich schlechte.«

Ein Adrenalinschub lief durch Olofsens Körper. »Schieß los.«

»Zuerst die mittelgute Neuigkeit. Nunk hat mir ein Foto zu dem Namen dieses zweiten Mitarbeiters von Zytogenimmun geschickt. Martin oder du müsstest es auch bekommen haben.«

»Finn Berger«, warf Olofsen ein.

»Genau«, bestätigte die Rechtsmedizinerin. »Das war ein Volltreffer. Der Tote aus der Otterndorfer Baugrube ist Finn Berger.«

»Verdammte Scheiße!«, entfuhr es Olofsen.

»Warum? Nun wissen wir wenigstens, um wen es sich handelt. Ein Rätsel weniger.«

»Der Typ war ein Experte für Hantaviren«, sagte Olofsen. »Das haben wir in Bremerhaven erfahren.«

»Verdammte Scheiße.« Nun war auch Osamente entsetzt.

»Sag ich doch.«

»Was ist los?« Greiner war zu seinem Kollegen getreten und sah ihn fragend an.

Olofsen deckte das Mikrofon seines Handys mit der Handfläche zu. »Osamente war schneller. Finn Berger ist tatsächlich der Tote aus Otterndorf.«

Greiners Lippen verzogen sich zu einem schmalen Strich. »Das ist gar nicht gut.«

Olofsen hob das Telefon wieder ans Ohr. »Und was ist die schlechte Nachricht?«

FÜNFZEHN

Samstag, 25. Januar, vormittags

Ein weiteres Mal saß die Ermittlergruppe zusammen mit Dr. Osamente an Olofsens Esstisch. Kaffee oder gar Espresso gab es keinen, denn Osamente drängte aufs Tempo, wollte aber noch nicht sagen, worum es ging. Olofsen baute seinen Laptop auf dem Tisch auf und richtete die kleine Webcam aus. Kurz darauf stand die Videoverbindung. Gruber, Professor Kaastmann vom RKI und einer der Mediziner vom Universitätsklinikum Eppendorf waren zugeschaltet, die Behördenvertreter aus Hannover waren nicht dabei.

»Wo brennt's?«, fragte Olofsen ungehalten. »Was soll die Heimlichtuerei?«

»Wir haben eine absolut unvorhersehbare Entwicklung«, sagte der Mediziner aus Hamburg. Er schien nervös und fuhr sich mehrmals durch die Haare.

»Zur Sache.« Olofsen trommelte auf den Tisch.

»Eine der beiden Personen, die wir hier zur Beobachtung unter Quarantäne haben – der Notarzt aus Cuxhaven –, ist schwer erkrankt. Dem anderen Patienten geht es gut.«

Olofsen verstand den Satz noch nicht. »Wie ›erkrankt‹? Woran?«

Die Stimme des Mediziners blieb sehr ernst. »Zunächst erlitt der Mann regelmäßige Hustenanfälle, die sich innerhalb weniger Stunden zu einer ausgewachsenen Atemnot entwickelten. Er liegt auf der Intensivstation, wir mussten ihn in ein künstliches Koma versetzen und an eine Beatmungsmaschine anschließen. Im Moment tappen wir im Dunkeln. Ein erster Hanta-Test war negativ, aber absolut sicher sind wir uns nicht – daher ist die momentane Prognose eher schlecht.«

»Verflucht!« Olofsen war ratlos.

»Proben sind bereits unterwegs in Ihr Labor, Dr. Gruber«, ergänzte der Mediziner.

»Aber das kann doch alles nicht sein«, entfuhr es Greiner. Seine Stimme klang brüchig und unsicher. »Wir reden hier über eine – wie nennen Sie das? – Inkubationszeit von wenigen Tagen und von Symptomen, die eigentlich nicht zu Hantainfektionen passen. Haben wir es wirklich mit Hanta zu tun, oder ist hier ein anderes Virus im Spiel?«

Osamente spielte nervös mit einem Kugelschreiber. »Das ist die große Frage.«

»Das ist alles absolut untypisch und bislang in der Wissenschaft nicht bekannt«, sagte Gruber mit ernster Stimme. »Die Daten passen nicht zusammen.«

»Reden wir hier möglicherweise von einem hochgefährlichen Mix aus mindestens zwei verschiedenen Viren?« Greiners Stimme war noch ein wenig leiser geworden.

»Von denen mindestens eines künstlich erzeugt wurde.« Olofsen fuhr sich mit beiden Händen entsetzt durch die Haare.

»Das wäre eine Biowaffe, direkt aus dem Zentrum der Hölle«, stellte Pall fest. Der Spurensucher war blass geworden. Er hatte seine Fäuste so stark zusammengepresst, dass seine Fingerknöchel weiß hervortraten.

Gruber räusperte sich. »Wir sollten nicht spekulieren, ob es tatsächlich ein zweites Virus gibt, sondern die Versuchsergebnisse abwarten. Was das hochvirulente Hantavirus angeht, so hat dessen Schöpfer eine Schwachstelle miterschaffen, eine Sollbruchstelle. Ob gewollt oder nicht, uns bietet es dennoch eine kleine Chance, die wir nutzen müssen.«

»Und die wäre?«, hakte Olofsen sofort nach.

»Die Geschwindigkeit, mit der das Virus tötet«, sagte Osamente.

Alle Gesichter wandten sich ihr zu. »Erklär uns das«, forderte Olofsen sie auf.

»Die Inkubationszeit scheint höchstens zwei Tage zu betragen«, sagte Osamente. »Die volle Symptomatik manifestiert sich ebenfalls in Stunden. Das ist furchteinflößend – und kann uns dennoch zum Vorteil gereichen.«

»Weil das Zeitfenster für eine Übertragung, sofern diese überhaupt möglich sein könnte, stark begrenzt ist.« Greiners Bemerkung klang nicht wie eine Frage und auch nicht wie eine Feststellung. »Eine perfekte Biowaffe für den gezielten Anschlag. Nur ein Opfer, keine Kollateralschäden.«

»Richtig«, sagte Gruber über den Lautsprecher.

»Keiner von uns scheint sich angesteckt zu haben.« Olofsen ging das Geschehen im Haus von Kachens in Gedanken noch einmal durch. »Außer dem Notarzt und dem Nachbarn hat niemand den Leichnam von Kachens angefasst. Wir haben großen Abstand gehalten. Wenn sich einer von uns ebenfalls infiziert hätte – womit auch immer –, würde derjenige wahrscheinlich jetzt bereits irgendwelche Symptome zeigen.«

In der Runde vor dem Laptop blieb es totenstill. Auch jenseits der Lautsprecher sagte niemand ein Wort.

Plötzlich schlug Pall mit der flachen Hand auf den Tisch. »Okay, wir haben es also – mal wieder – mit beschissenen Superviren zu tun. Na und? Schlagen wir den Dingern die Fresse ein, und gut ist's. Seit dem letzten Mal habe ich ein bisschen Peressigsäure gehamstert. Das Virus soll kommen, dem sprüh ich die Spikeproteine von der Hülle.«

Osamente verzog genervt den Mund. »Erstklassige Aufputschrede, junger Mann. Aber mein Bauchgefühl sagt mir, dass die Sache nicht ganz so einfach ist.«

Auf Palls Drängen, und um den Schock der neuen Entwicklung ein wenig besser verdauen zu können, musste Olofsen doch die Espressomaschine anwerfen und für jeden ein Tässchen des schwarzen Gebräus produzieren.

»Wir brauchen einen Plan«, sagte Greiner und setzte die Tasse ab. »Einen verdammt guten.«

»Wir sollten außerdem davon ausgehen, dass wir diese Sache nicht lange unter dem Deckel halten können und dürfen«, ergänzte Nunk. »Die Medien werden sich darauf stürzen wie die Aasgeier, die sozialen Medien werden überkochen.«

Nilsson nickte heftig.

»Außerdem erwarte ich, dass uns der Fall entzogen wird. Die Bundesanwaltschaft wird sich einschalten. Wenn das Virus künstlich entwickelt wurde, um damit zu töten – und warum sollte man das sonst machen? –, haben wir es mit waschechtem Terrorismus zu tun. Wenn es gleich mehrere Viren sind, wird alles noch schlimmer. Krüger und andere Heerscharen des BKA werden uns auf der Nase herumtanzen und uns erklären, wie die Dinge laufen.«

»Nix da«, stellte Pall entschieden fest. »Nichts an den Rahmenbedingungen hat sich geändert: Wir kennen hier die Örtlichkeiten, alle anderen nicht.«

»Das wird nicht reichen«, sagte Greiner.

»Dann müssen wir umso schneller und besser sein. Sind wir echte Norddeutsche oder irgendwelche Triefnasen aus den Bergen?«

Osamente verdrehte die Augen. »Bevor ihr euch jetzt in die Schlacht werft, habe ich noch eine andere Sache, die ebenfalls verdammt wichtig ist.«

Olofsen schaute überrascht auf. »Hoffentlich eine gute Nachricht.«

»Na ja.« Osamente wiegte dezent den Kopf hin und her.

»Raus damit.«

»John Smith, der erschossene Seemann – die Obduktion und alle zugehörigen Untersuchungen sind abgeschlossen. Auch die endgültigen Daten aus der Ballistik liegen vor. Es war für alle eine lange Nacht.«

»Und?«, fragte Olofsen gereizt. Er hatte für heute schon ausreichend schlechte Nachrichten zu verdauen, rechnete nach Osamentes Worten aber mit einer weiteren.

Osamente funkelte ihn an. »Der Mann wurde mit Quick-Defense-Munition erschossen.«

»Nein!« Olofsen war aufgesprungen.

»Wirklich? Quick Defense? Manstopper?«, fragte Greiner ungläubig. Allen war klar, was das bedeutete.

»Ohne jeden Zweifel«, sagte Osamente. »Geschosse, die so gebaut sind, dass sie sich beim Eintritt in den Körper durch Verformung stark abbremsen und nur den Getroffenen, aber niemanden sonst außer Gefecht setzen. Viele, wenn auch nicht alle deutschen Sicherheitsbehörden verwenden diese Patronen.«

»Das wissen wir selbst«, brummte Olofsen.

»Ich wollte es nur noch einmal klarstellen.«

»Eine weitere Stütze für die Verrätertheorie«, sagte Greiner.

Pall war erbost. »Wir müssen endlich herausfinden, wer von den beiden der falsche Fünfziger ist.«

Olofsen setzte sich wieder auf seinen Platz. »Wir müssen uns aufteilen.«

»Die Presse ist und bleibt mein Part«, sagte Frauke Nilsson.

»Ich werde dich unterstützen. Und dafür sorgen, dass wir auch tatsächlich die aus Hannover versprochenen Ressourcen bekommen«, sagte Nunk entschieden.

»Frank«, sagte Olofsen. »Du musst noch einmal in die Wohnung von diesem Kachens. Wir müssen alle Infos von den fotografierten Dokumenten haben. Dort liegen die Puzzleteile, die wir brauchen. Zieh dir einen Schutzanzug an und hol sie her.«

Pall nickte grimmig. »Kein Problem.«

Olofsen wandte sich Greiner zu. »Du musst in die Wohnung von Berger in Altenbruch. Wir müssen wissen, ob und wie er in der Sache drinhängt. Mir ist es völlig egal, wie du es anstellst – tritt die Tür ein, wenn nötig.«

»Auch kein Problem«, sagte Greiner nicht weniger entschlossen als Pall. »Was es zu finden gibt, finde ich.«

»Ich werde zu Ports-of-Cux fahren. Vielleicht kann ich da noch etwas Brauchbares entdecken, ganz egal was Krüger und Konsorten dort zutage gefördert haben«, schloss Olofsen ab.

»Wow, welch ein Team. Mir wird ganz warm ums Herz.« Osamente fuhr sich mit der Zunge über die Lippen.

»Keine blöden Witze jetzt«, fuhr Olofsen sie an. »Du musst

die Schnittstelle zwischen Wissenschaft und uns sein. Koordiniere die Weißkittel, zieh ihnen alle Informationen aus der Nase, die wichtig für uns sein könnten.«

»Ich müsste eigentlich zurück nach Hamburg«, warf Osamente ein. »Trotz des Wochenendes wartet da noch mehr Arbeit auf mich.«

»Nein«, sagte Olofsen streng. »Wir brauchen dich jetzt hier. Die Arbeit wird auch noch auf dich warten, wenn wir hier fertig sind.«

Nachdem alle anderen sein Haus verlassen hatten, machte sich Olofsen auf den Weg nach Cuxhaven. Da der Wettergott sich für einen sonnenhellen Wintertag entschieden hatte, waren die kahlen Bäume entlang der Cuxhavener Straße, die von Nordleda nach Lüdingworth führte, selbst am späten Vormittag in ein strahlendes Licht getaucht. Allerdings hatte Olofsen kein Auge für diese Dinge, seine Gedanken kreisten um Viren und tote Menschen. Auf der Höhe der Heufarm Ropers blitzte es plötzlich einmal kurz gelblich auf. Olofsen fluchte und warf einen Blick auf die Tachonadel. Er war deutlich zu schnell unterwegs. Statt nun den Fuß vom Gas zu nehmen, machte er das Gegenteil. Jetzt erst recht, ging es ihm durch den Kopf. Der Wagen beschleunigte. In rasender Fahrt ging es durch die Felder, vorbei an dem alten kleinen Wasserturm, erbaut 1950 und seit 2003 eine Ferienwohnung. In Lüdingworth ging er immerhin vom Gas, aber kaum hatte er die Ortschaft hinter sich gelassen, diktierte Bleifuß wieder die Geschwindigkeit. Auf der B 73 ließ sich Olofsen zu einigen waghalsigen Überholmanövern hinreißen und erntete dafür wütende Hup-Arien. Schließlich erreichte er den Hafenzubringer und dann die Neufelder Schanze. Direkt vor dem Pförtnerhaus von Ports-of-Cux stellte er den Wagen ab und marschierte hinein.

»Moin«, verkündete Olofsen vernehmlich, kaum war er im Pförtnerhaus. »Kripo. Ich muss noch einmal mit eurem Sicherheitschef sprechen.«

»Können Sie sich ausweisen? Außerdem kann Ihr Wagen so nicht stehen bleiben.« Der Mann hinter dem Tresen schaute ihn herausfordernd an und deutete mit einer Kopfbewegung auf Olofsens Wagen, der vom Fenster aus gut zu sehen war.

»Selbstverständlich kann ich mich ausweisen.« Er knallte seine Dienstmarke auf den Tisch. »Der Wagen steht da ganz hervorragend. Noch andere Fragen?«

Der Pförtner rollte perplex mit seinem Stuhl ein Stückchen nach hinten und hob abwehrend die Hände. »Ich mache hier nur meinen Job.«

»Schön hiergeblieben«, schnappte Olofsen, den Einwand ignorierend, und steckte die Marke ein. »Noch mal für den langsam denkenden Teil der Bevölkerung: Ich Kripo. Du Chef holen. Abmarsch!«

»Aber –«

»Sofort.«

Hinter dem Pförtner öffnete sich die Tür, und Janssen, der Sicherheitschef, trat heraus. »Lass mal gut sein, Ole«, sagte er zum Pförtner. »Ich habe schon mitbekommen, dass die Polizei nochmals da ist.« Er gab Olofsen ein Zeichen, ihm zu folgen.

Im Büro ließ sich Olofsen ohne Aufforderung in den Besucherstuhl fallen. Janssen setzte sich hinter seinen Schreibtisch. »Ihnen möchte ich auch nicht in die Quere kommen.«

Olofsen winkte ab. »Ach, manche Leute überschätzen ihre Wichtigkeit. Das kann ich nur schwer ertragen, dazu ist gerade zu viel Dampf auf dem Kessel.«

Janssen lachte. Dann wurde er ernst. »Trotzdem dürfen Sie meine Leute nicht so zusammenfalten. In der Woche nicht und am Wochenende schon gar nicht. Das kann ich nicht gutheißen.«

»Beim nächsten Mal bringe ich Taschentücher mit.«

Janssen zog eine Augenbraue hoch. »Versuchen Sie es doch zur Abwechslung mal mit ein paar netten Worten. Was kann ich für Sie tun?«

»Vor Kurzem war bereits eine Kollegin vom BKA hier und müsste Fragen zu möglichen Besuchern am Abend vor dem

Mord an John Smith, dem Seemann auf der Fähre, gestellt haben. Ich möchte an dieser Stelle noch einmal einhaken.«

Janssen musterte ihn lange. »Tatsächlich hatte ich damit gerechnet und auch schon einiges Material von den Überwachungskameras zusammengestellt. Deshalb sitze ich auch am Samstag hier und warte. Die Sache lässt mich nicht los. Aber niemand ist gekommen. Erst gebt ihr euch die Klinke in die Hand, dann herrscht Funkstille.«

Olofsen schaute verständnislos. »Was soll das heißen?«

»Niemand war hier und hat Fragen gestellt.«

Olofsen hatte große Mühe, seinen hochkochenden Zorn nicht hervorbrechen zu lassen, schaffte es aber mit dem Entschluss, dies an gegebener Stelle nachzuholen. »Über wie viel Videomaterial reden wir?«, presste er zwischen den Zähnen hervor.

Janssen überlegte kurz. »Insgesamt zwei Stunden, die für Sie interessant sein dürften, vielleicht zweieinhalb. Viel ist an diesem Abend tatsächlich nicht passiert. Wir hatten nur wenige Fahrzeuge, die auf das Gelände gekommen sind beziehungsweise es verlassen haben.«

Olofsens Miene hellte sich ein wenig auf. »Das ist gut. Ich hatte mit wesentlich mehr Material gerechnet.«

Janssen legte einen USB-Stick auf den Schreibtisch.

»Was sagt das Besucherbuch?«

»Ich habe die entsprechenden Seiten scannen lassen und ebenfalls auf den Stick gezogen.« Mit diesen Worten schob Janssen den Speicher über den Tisch.

Olofsen griff danach. »Sehr gut. Danke. Das werde ich mir in Ruhe anschauen.«

Olofsen entschied sich, zur Polizeiinspektion zu fahren. Es war an der Zeit, mit den beiden BKA-Leuten ein Hühnchen zu rupfen. Auf seiner Etage angekommen, stellte er fest, dass weder Nunk noch Greiner im Büro waren, was ihn aber auch nicht überraschte.

Von seinem Büro aus rief er Krüger an. »Moin, was habt ihr bei Ports-of-Cux rausgefunden?«, fragte er ohne lange Vorrede.

»Ports-of-Cux?«, fragte Krüger irritiert.

»Der erschossene Seemann. Klingelt's da?«, sagte Olofsen streng. »Habt ihr dazu etwas herausgefunden? Die Videoaufzeichnungen?«

»Moment.« Krüger sprach leise mit jemandem im Hintergrund. Kurz darauf nahm er das Gespräch wieder auf. »Kollegin Krause war vor Ort. Aber sie hat nichts herausfinden können, was uns weiterbringen würde.«

»Aha«, machte Olofsen. Sein Zorn loderte in hohen Flammen. »Wann war sie denn da?«

»Heute Vormittag. Was läuft hier eigentlich? Wieso ist hier niemand von euch in der Dienststelle? Seid ihr alle schon im Wochenende?«

»Wir machen unseren Job«, sagte Olofsen kurz angebunden und legte auf.

Die nächste Stunde verbrachte er damit, das Videomaterial, das ihm Janssen mitgegeben hatte, im Schnelldurchlauf zu sichten. Es waren Aufzeichnungen von unterschiedlichen Kameras auf dem Gelände, hier und da ging mal eine Person durch das Bild, aber nichts davon lieferte Olofsen einen Anhaltspunkt. Er war schon kurz davor, aufzugeben, als das Video das Pförtnergebäude zeigte. Ein Wagen – ein Kombi, wahrscheinlich schwarz oder dunkelgrau – fuhr langsam auf die Schranke zu. Aufgrund der Perspektive, die den Wagen von hinten zeigte, und der Dunkelheit konnte Olofsen kaum Details erkennen. Der Zeitstempel der Aufnahme zeigte dreiundzwanzig Uhr und acht Minuten. Der Wagen stoppte, eine Hand hielt einen kleinen Gegenstand, den Olofsen nicht erkennen konnte, kurz aus dem Fenster. Es vergingen einige Sekunden, ohne dass etwas geschah, dann hob sich die Schranke, und der Wagen fuhr auf das Gelände.

Olofsen war jetzt bis in die letzte Faser angespannt. Hatte er gerade den Mörder des Seemanns auf das Gelände fahren sehen?

Er ging ein Stückchen in der Aufzeichnung zurück und sah sich die Szene ein weiteres Mal an. Der Wagen fuhr vor, stoppte, die Hand, der Gegenstand, nichts, die Schranke öffnete sich, der Wagen fuhr aus dem Sichtfeld der Kamera. Plötzlich stoppte Olofsen die Wiedergabe. Das Nummernschild des Wagens. Die letzte Zahl war eine Eins, doch die übrigen Buchstaben und Ziffern konnte er nicht erkennen.

»Scheißdreck«, schimpfte er und wünschte sich Pall herbei, der sicherlich ein paar Tricks gekannt hätte, um die Qualität des Videos zu verbessern und das Nummernschild vollständig sichtbar zu machen.

Olofsen schloss den Videoplayer und wechselte zum Inhaltsverzeichnis des USB-Sticks. Wie Janssen gesagt hatte, befanden sich neben den Videodateien einige PDF-Dateien auf dem Speicher, die Scans des Besucherbuchs. Olofsen öffnete die erste Datei und sah eine Liste vor sich auf dem Bildschirm. Er ging die Eintragungen durch, musste aber schon bald feststellen, dass es die Liste vom Vortag war. Auch die nächste Liste war nicht die richtige. Mit einem unguten Bauchgefühl öffnete Olofsen die letzte der PDF-Dateien – und verdrehte die Augen. Die Datei war identisch mit der ersten und damit für ihn unbrauchbar.

Olofsen griff zum Telefon, rief bei Ports-of-Cux an und ließ sich zu Janssen durchstellen. »Ich gehe hier gerade die Dateien durch, musste aber feststellen, dass bei den Besucherlisten etwas schiefgegangen ist. Die von der fraglichen Nacht fehlt. Was mich interessiert, ist der Besucher um kurz nach elf in der Nacht.«

»Verdammt«, antwortete Janssen. »Und ich habe meinen Jungs dreimal gesagt, sie sollen sorgfältig arbeiten.«

»Das hilft mir jetzt nicht weiter.«

»Moment, ich hole mir das Buch und schaue selbst nach.«

Bevor Olofsen antworten konnte, ertönte schon Warteschleifenmusik. Er lehnte sich in seinem Stuhl zurück und betrachtete die Zimmerdecke. Ein neuer Anstrich würde nicht schaden, ging es ihm durch den Kopf.

»Kurz nach elf, in der Nacht bevor der Mann im Wasser gefunden wurde?« Janssen war wieder in der Leitung.

»Genau.«

Olofsen hörte, wie Seiten umgeblättert wurden.

»Ich hab's«, sagte Janssen. »Okay, ja, der hatte Dienst, hm … Die Uhrzeit passt. Verflucht, der Name ist kaum zu lesen.«

»Versuchen Sie es trotzdem«, verlangte Olofsen. Er konnte es kaum fassen, immer fehlte eine Kleinigkeit – das Nummernschild im Dunklen, die entscheidende Info auf den Handyfotos aus Kachens' Wohnung unscharf, und hier war der Name nicht lesbar.

»Krumer, Krasmer, Kremse? Also K am Anfang, so viel ist sicher«, sagte Janssen.

»Wie wäre es mit ›Krause‹?«, fragte Olofsen.

»Hm«, machte Janssen. »Könnte sein, könnte aber auch etwas anderes sein. Ich scanne die Seite und schicke sie per E-Mail. Und ich rufe den Diensthabenden von besagtem Abend an und werde seinem Gedächtnis Beine machen. Doch je länger ich mir das Gekritzel hier anschaue – ja, ›Krause‹ scheint eine gute Option zu sein.«

»Danke.« Olofsen knallte den Hörer auf das Telefon.

Im gleichen Moment flog seine Bürotür auf, und Pall stapfte herein. Er wedelte mit einigen Papieren. »Ich habe alles.«

Olofsen sah auf. »Sei glücklich. Es gibt leider zu viele, die sie nicht alle haben.«

»Schlechte Laune?«, erkundigte sich Pall. »Dann komme ich später zurück.«

»Nix da«, sagte Olofsen schnell. »Was hast du gefunden?«

»Die fehlende Adresse auf dem zweiten Mietvertrag. Sie gehört zu einem Gebäude unten im Hafen. Allerdings habe ich keine Infos gefunden, wozu der gute Mann die Räumlichkeiten brauchte.«

Bevor Olofsen etwas erwidern konnte, klingelte sein Telefon. »Ja?«

»Janssen noch mal. Ich habe gerade mit dem Diensthabenden

gesprochen. Er meint, der Typ im Wagen war schwer zu verstehen, aber Kruse, Krause oder Kröser kommt hin.«

»War es ein Mann oder eine Frau?«, fragte Olofsen.

»Ein Mann«, antwortete Janssen. »Allerdings war er sich nicht völlig sicher, da die Person tief im Schatten des Wagens gesessen hat und eine Baseballkappe auf dem Kopf trug.«

»Danke«, sagte Olofsen und legte auf.

Pall sah ihn fragend an. Doch Olofsen hatte keine Chance zu antworten, erneut klingelte das Telefon. »Wer stört?«, schnappte er in den Hörer und drückte gleichzeitig auf den Knopf, um den Lautsprecher zu aktivieren. Pall sollte mithören können.

»Deine Lieblingsrechtsmedizinerin«, flötete Osamente. »Die mit den scharfen Messern und der spitzen Zunge.«

Olofsen schoss die Röte ins Gesicht. Pall musste husten.

»Was gibt's?«, fragte Olofsen betont sachlich.

Osamente wurde ernst. »Halbwegs gute Nachrichten. Der Zustand des Notarztes scheint sich zu stabilisieren. Die Ärzte haben ihn mit einem experimentellen Medikament behandelt, das eigentlich gegen Ebola entwickelt worden ist und in Deutschland nur in absoluten Ausnahmefällen und mit Genehmigung verwendet werden darf. Beides hat vorgelegen. Remdesivir heißt das Mittel und soll Einzelstrang-RNA-Viren inhibieren, falls dich die Details interessieren.«

»Das ist super«, rief Olofsen begeistert. Er sprang auf, das Kabel des Telefons spannte sich plötzlich, und das Gerät schoss wie eine Rakete über den Schreibtisch und direkt auf Pall zu. Der brachte sich mit einem geschmeidigen Sprung in Sicherheit, übersah aber den Besucherstuhl und krachte zusammen mit dem Stuhl laut polternd zu Boden.

»Ich muss Schluss machen«, sagte Olofsen. »Frank randaliert.«

Pall funkelte ihn vom Boden aus böse an. »Das ist ja echt lebensgefährlich bei dir im Büro. Da nehme ich es doch lieber mit einem Virus auf.« Er kam auf die Knie und erhob sich. Olofsen angelte sich das Telefon vom Boden, platzierte es an seinem angestammten Platz auf dem Schreibtisch und legte den Hörer auf.

»Was ist denn hier los?«, ertönte plötzlich eine weitere Stimme. Greiner stand in der Tür.

»Nix«, sagte Olofsen.

»Alles gut«, sagte Pall gleichzeitig.

Greiner legte den Kopf schief, stellte den Besucherstuhl wieder hin und setzte sich hinein. »Ich fürchte, wir haben ein Problem.«

»Nicht nur eins«, brummte Olofsen. Dann berichtete er in wenigen Worten, was er bei Ports-of-Cux herausgefunden hatte. »Die Krause führt uns an der Nase herum«, schloss er seine Zusammenfassung.

»Die Dorschkopptante kaufen wir uns.« Pall war aufgebracht.

»Aber auf der Stelle.« In einem wütenden Impuls war Greiner aus dem Stuhl aufgesprungen, legte dann jedoch die Stirn in Falten. »Aber sind wir uns wirklich sicher, dass sie die Verräterin ist und nicht vielleicht doch nur eine arrogante, blöde Kuh?«

Olofsen und Pall ignorierten den Einwand.

Krause stand am offenen Fenster des kleinen Büros und rauchte, als Olofsen, Greiner und Pall eintraten.

»Schau mal einer an«, sagte sie gelangweilt. »Das Dreigestirn vom Deich.«

Pall stürmte an Olofsen vorbei. »Halt mal schön die Luft an.«

Krause konnte den Augenblick der Überraschung schnell überspielen. Sofort ging sie zum Gegenangriff über und zeigte mit dem ausgestreckten Finger auf Pall. »Ganz vorsichtig.«

»Schnauze halten!«, donnerte Olofsen in den Raum. »Sonst nagele ich dich an die Kugelbake. Und das ist kein Scherz.«

Krause erstarrte.

»Willst du immer noch behaupten, bei Ports-of-Cux gewesen zu sein?«, fuhr Olofsen sie an.

»Selbstverständlich war ich –«

»Denk jetzt genau nach!«, schnauzte Olofsen. »Ich war nämlich auch da. Das Dumme ist nur: Niemand da wusste etwas von deinem Besuch.«

»Was wird das hier?« Krüger war hinter den vieren aufgetaucht und baute sich im Türrahmen auf. Finster blickte er von einem zum anderen.

»Die Fischköppe haben nicht mehr alle Latten am Zaun«, zeterte Krause.

»Schnauze halten!«, donnerte Olofsen erneut. Dann wandte er sich Krüger zu. »Deine Kollegin war nicht bei Ports-of-Cux. Ich dagegen schon.«

»Stimmt das?«, herrschte Krüger sie an.

»Ich –«

»Ob das stimmt, will ich wissen!« Auch Krüger wurde jetzt sehr laut.

»Ja.«

»Es gibt einen hochinteressanten Eintrag im Besucherbuch«, ergänzte Olofsen.

Krause schnaubte nur.

»Erklär mir das!«, brüllte Krüger.

Krause wirkte wie ein kleines Mädchen, das beim Schokoladeklauen erwischt worden war und dennoch trotzig alles abstreiten wollte. »Das ist doch großer Blödsinn. Ich bin doch nicht in dieses Kuhdorf vorm Deich gekommen, um mir verpixelte Videos reinzuziehen. Das können die Deppen hier doch viel besser.«

Olofsen hielt den Augenblick für gekommen, um die Bombe platzen zu lassen. Er drehte sich so, dass er sowohl Krüger als auch Krause im Blick hatte. »Ich war vorgestern in London, um mich mit Weller zu treffen.«

»Blödsinn«, quäkte Krause dazwischen, allerdings schien ihrer Selbstsicherheit die Luft auszugehen.

»Weller hat mich explizit darum gebeten, sie unterhalb des BKA-Radars zu treffen.« Er blickte erst Krause, dann Krüger streng an. »Und warum? Weil es scheint, dass es innerhalb der deutschen Ermittlungsgruppe gegen den Briten einen Insider gibt, einen Maulwurf. Genauer gesagt beim BKA.«

Er machte einen Schritt auf Krause zu und deutete mit dem Zeigefinger zwischen deren Augen. »Nach alldem, was hier in der letzten Zeit passiert ist, bin ich sehr geneigt, der Frau zu glauben.«

Krause wurde leichenblass. »Ihr glaubt doch nicht im Ernst, dass ich –«

»Halt jetzt bloß deine Klappe«, zischte Krüger sie an. »Es sei denn, ich stelle eine Frage. Nur die sollst du beantworten.«

»Nein«, stellte Olofsen klar.

Krüger drehte sich ruckartig zu ihm um. Greiner schob sich langsam zwischen Krüger und Olofsen. Pall stand direkt hinter Krause. In der Zwischenzeit waren auch einige andere Beamte der Cuxhavener Polizei dazugekommen und bauten sich hinter ihren Kollegen auf. Keiner sagte ein Wort, aber ihre Mienen sprachen Bände.

»Wir werden uns jetzt mit Frau Krause zurückziehen und sie in der notwendigen Ausführlichkeit befragen. Und zwar nur wir – die Cuxhavener Dorfbullen. Sonst niemand.«

»Das könnt ihr nicht machen«, versuchte Krüger zu intervenieren.

»Doch«, stellte Olofsen klar. »Das können wir, und das werden wir. Solltest du bockig werden, könnte unser Boss noch einmal zum Telefon greifen und eine Wiesbadener Nummer wählen. Wie wäre das?«

Krüger starrte ins Nirgendwo.

Olofsen wandte sich Greiner zu. »Martin, bring sie nach unten in das Zimmer.«

Krause machte einen schnellen Schritt nach hinten, wollte sich umdrehen, vielleicht sogar wegrennen, aber Pall pumpte sich zu voller Größe und Breite auf.

Greiner deutete mit der Hand in Richtung Treppenhaus. »Hier entlang.«

»Wir begleiten euch«, sagte einer der anderen Beamten und schob Krause entschieden vorwärts.

Olofsen gab Pall einen Wink und sprach dann leise mit ihm. Pall nickte und verschwand.

»Wie soll diese Nummer jetzt weitergehen?«, fragte Krüger. »Betet zu allen Göttern, ihr möget recht haben, denn wenn nicht, verarbeite ich euch zu Kleinholz.«

»Eine Drohung?«, fragte Olofsen.

»Eine Warnung.«

»Ein Klischeedialog aus einem drittklassigen Thriller«, sagte Olofsen abschätzig. »Ach ja, was ich noch nicht erwähnt hatte: Heute war Krause definitiv nicht bei Ports-of-Cux. Aber laut Besucherbuch und Videoaufzeichnungen war sie das in der Nacht, in der John Smith erschossen wurde. Jetzt fang mal an zu rechnen, anstatt mir zu drohen.«

Krüger holte Luft, aber Olofsen ließ ihn nicht zu Wort kommen. »Wir brauchen Krauses Dienstwaffe. Und zwar pronto. Und jetzt drohe ich ein bisschen: Wenn ich die nicht ruckzuck vor mir liegen habe, kriege ich dich wegen Behinderung der Ermittlungen dran. Mindestens.«

SECHZEHN

Samstag, 25. Januar, mittags bis nachmittags

Die Beamten hatten Krause freundlich, aber bestimmt in das Verhörzimmer bugsiert und die Tür hinter ihr mit einem vernehmlichen Knall ins Schloss fallen lassen. Auch wenn es Krause deutlich anzusehen war, was sie von der Entwicklung der Dinge hielt, wagte sie es doch nicht, sich zu wehren. Nun saß sie in dem kleinen Raum, der in etwa so gemütlich war wie ein verregneter Tag im Spätherbst, auf einem der beiden Stühle.

»Immerhin ist sie cool«, sagte Olofsen, der Krause im Nebenzimmer über eine an der Decke angebrachte Kamera beobachtete.

Sie hatten beschlossen, Krause eine Zeit lang schmoren und ungeduldig werden zu lassen, damit sie später hoffentlich umso ungestümer auf die Fragen antwortete und vielleicht einen Fehler beging.

»Ich bin mal gespannt, wie lange Krüger uns machen lässt. Der muss doch überkochen.« Greiner hatte sich tief zu dem kleinen Monitor hinuntergebeugt und beobachtete Krause aufmerksam.

»Viele Optionen hat er nicht«, sagte Olofsen. »Stellt er sich voll und loyal vor seine Kollegin, aber die hat tatsächlich Dreck am Stecken, ist Krüger ebenfalls geliefert. Angesichts der Situation, die wir gerade hier haben, mit einem Killervirus, internationalen Verwicklungen und Giftmorden, wäre das sein Genickbruch.«

»Ist Krause aber sauber, kann Krüger entweder uns den Schwarzen Peter in die Schuhe schieben oder behaupten, er habe eine zweifelsfreie Aufklärung gewollt«, schloss Greiner die Überlegungen ab.

»Ganz genau.« Olofsen betrachtete wieder den Bildschirm.

Krause saß noch immer wie eine Statue auf dem Stuhl. Von einem Moment auf den anderen begann sie, an einem Fingernagel zu kauen. »Wahrscheinlich macht er einen Kompromiss aus beidem. Erst lässt er uns sie ein bisschen ausfragen, dann wird er sich dazwischenwerfen, uns sonst was androhen und Krause rausboxen. Was hast du eigentlich in der Wohnung von Berger in Altenbruch gefunden?«

»Der Mann war durch und durch Wissenschaftler«, antwortete Greiner völlig ungerührt vom plötzlichen Themenwechsel. »Jedes Zimmer ist voller Fachbücher und Magazine. Virologie, Biotechnologie, Molekularbiologie – das volle Programm.«

»Auch etwas über Hantaviren?«

»Nein, nichts, was mir direkt ins Auge gesprungen wäre. In der Kürze der Zeit habe ich aber nur sehr oberflächlich schauen können. Eine Sache könnte jedoch für uns wichtig sein.«

»Und die wäre?« Olofsen hatte sich voll seinem Kollegen zugewandt.

»Es gab einen ganzen Ordner mit Beschreibungen und Bedienungsanleitungen für diverse Laborgeräte.«

Olofsen legte die Stirn in Falten.

»Leute sammeln Briefmarken oder Bierdeckel zum Vergnügen«, fuhr Greiner fort. »Ich glaube, solche Anleitungen hat man aber nur, wenn auch das jeweilige Gerät in der Nähe ist und man damit umgeht.«

»Das Labor also.«

»Ja, sehr wahrscheinlich.«

»Da ist doch noch mehr«, bohrte Olofsen nach.

Greiner nickte. »Auf einigen der Papiere, die ich gefunden habe, taucht noch ein weiterer Name auf. Thore.«

»Thore«, sagte Olofsen nachdenklich. »Hat Thore auch einen Nachnamen?«

Greiner zuckte mit den Schultern. »Ziemlich sicher. Allerdings kenne ich ihn nicht, denn in dem Ordner habe ich nichts dergleichen gefunden.«

»Mist«, fluchte Olofsen. »Von einer Sackgasse in die nächste.«

»Na, immerhin haben wir einen Hinweis, dass es neben diesem Kachens noch einen dritten Spieler geben könnte.«

»Frank hat die Adresse aus dem Mietvertrag mittlerweile gefunden. Vielleicht verbirgt sich dort das Labor. Ein bisschen Fortschritt würde uns guttun«, sagte Olofsen.

»Wir schauen uns das an, sobald wir hier fertig sind«, entgegnete Greiner. »Allerdings sollten wir, falls da Nummer drei rumläuft, nicht einfach an die Tür klopfen.«

»Stimmt. Aber wir können zunächst von außen einen Blick drauf werfen«, sagte Olofsen.

»Und wenn es uns vielversprechend erscheint?«, fragte Greiner.

»MEK. Die amerikanische Variante: Die sollen den Vorgarten planieren, den Eingang aufsprengen und jeden festnehmen, der da rumläuft. Anschließend schauen wir uns um.«

»Das steht aber so nicht in den Vorschriften.«

Olofsen winkte ab. »Von Hantaviren steht da auch nichts drin.«

Die Tür öffnete sich, und Pall trat ein.

»Hast du das Nummernschild entziffern können?«, wollte Olofsen wissen.

»Jein.« Pall wirkte unzufrieden. »Es ist eindeutig ein Wiesbadener Kennzeichen. Die letzte Ziffer ist eine Eins. Den Teil dazwischen konnte ich nicht lesbar machen.«

Olofsen schlug sich mit der Faust in die Handfläche. »Schon wieder Mist.«

»Ich habe auf dem Weg zu euch noch einen kurzen Abstecher über den Hof gemacht.« Palls Miene war unergründlich.

»Ich hoffe, die frische Luft hat dir gutgetan. Ich sehe bloß nicht, was uns das bringen soll«, moserte Olofsen drauflos.

»Gemach, gemach, Kollege Ermittlungsleiter.« Pall deutete auf den Bildschirm, der noch immer Krause fingernagelkauend am Tisch zeigte. »Die beiden Spezialisten hier sind auch mit einem Wagen mit Wiesbadener Kennzeichen gekommen. Die letzte Ziffer auf dem Nummernschild ist ebenfalls eine Eins.«

»Echt jetzt? Ohne Scheiß?«

»Vollkommen scheißfrei«, bestätigte Pall.

Olofsen klatschte in die Hände. »Okay, Martin. Lass uns die Tante durch die Mangel drehen.«

»Guter Cop und böser Cop?«

»Nein. Zwei böse Cops. Das brauch ich jetzt.«

»Moment«, dämpfte Pall den Eifer seiner Kollegen. »Ich habe auch das Hotel angerufen, in dem die beiden abgestiegen sind. Dort schwört man Stein und Bein, dass der Wagen die ganze Nacht auf dem Parkplatz gestanden hat.«

»Woher wollen die das wissen?« Olofsen war nicht bereit, sich schon wieder die Butter vom Brot nehmen zu lassen.

»Man benötigt die Chipkarte für das Zimmer und die Parkplatzschranke. Das Öffnen der Schranke wird im System dokumentiert. Ist irgendeine Versicherungsauflage. Außerdem ist der Parkplatz videoüberwacht. Der Wagen wurde nicht bewegt.«

»Da stürzt unsere ganze Theorie wie ein Kartenhaus in sich zusammen«, schlussfolgerte Greiner. »Wenn es dann auch noch tatsächlich ein Mann war, wie der Ports-of-Cux-Pförtner sagt, stehen wir wirklich am Anfang.«

»Verdammt!«, fluchte Olofsen. »Egal, die Krause nehmen wir uns trotzdem vor.«

Krause zuckte vor Schreck zusammen, als Olofsen mit Schwung die Tür aufriss und dicht gefolgt von Greiner in den Raum stürmte.

»Lass dich nicht so hängen«, herrschte Olofsen sie an.

»Fuck you. Ihr habt kein Recht, mich hier festzuhalten«, schoss Krause zurück. Ihre Selbstsicherheit wurde allerdings von der deutlich vernehmbaren Nervosität in ihrer Stimme konterkariert.

»Ruhe«, ordnete Olofsen an. »Wir müssen ganz dringend ein paar Dinge klären. Ohne Kaspereien.«

Krause war verdutzt.

»Frau Krause, wo waren Sie am vergangenen Donnerstag zwischen zwanzig Uhr und zwei Uhr in der Nacht zum Freitag?«, stellte Greiner förmlich die erste Frage.

»In meinem Bett im Hotel«, erwiderte Krause.

»Gibt es dafür Zeugen?«, fragte Olofsen.

Krause sah ihn entgeistert an. »Natürlich nicht. Ich war allein.«

»Aha.«

»Ich habe gegen zweiundzwanzig Uhr mit meinem Mann telefoniert«, sagte Krause. Sie war nun komplett in der Defensive. »Was soll das alles?«

»Mit wie vielen Fahrzeugen sind Sie aus Wiesbaden hierhergekommen?«, fragte Olofsen.

»Mit nur einem Wagen«, antwortete Krause.

»Welches Kennzeichen hat Ihr Wagen?«

»WI GR vier acht eins.« Krause verstand überhaupt nichts mehr. »Ein schwarzer BMW-Kombi.«

»Wie kommt es, dass ein solches Fahrzeug mit Wiesbadener Kennzeichen in der Nacht, in der John Smith erschossen wurde, bei Ports-of-Cux vorgefahren ist?«, fragte Greiner.

»Was?«

»Antworten Sie«, bellte Olofsen.

»Woher soll ich das wissen? Ich war im Hotel.«

»Und wieso steht dann im Besucherbuch von Ports-of-Cux zur fraglichen Uhrzeit der Name ›Krause‹?« Olofsens Stimme klang nun bedrohlich leise.

»Hä?«, machte Krause.

»Sie haben meinen Kollegen verstanden«, sagte Greiner ebenso leise wie Olofsen zuvor.

Allmählich schien ihr zu dämmern, wie der Hase lief. »Moment mal«, entgegnete sie fast kleinlaut. »Ihr wollt doch nicht ernsthaft behaupten, ich wäre dort gewesen und hätte John Smith erschossen.«

Weder Olofsen noch Greiner sagten ein Wort.

»Das kann doch nicht euer Ernst sein.«

»Besucherbuch und Videoaufzeichnungen legen dies nahe«, sagte Olofsen und machte ein paar Schritte durch den Raum.

Sie lachte laut auf. »Das kann doch nicht wahr sein. Da will mich einer reinlegen, mir etwas in die Schuhe schieben.«

»Schon klar«, sagte Olofsen. »Sie haben den Kurs in Verschwörungstheorie bei Professor Schwurbel gemacht.«

Krause sammelte sich. »Das ist absurd. Ich fahre doch nicht mit dem Dienstwagen des BKA zum Hafen, melde mich mit meinem echten Namen an, um dann irgendeinen Typen von irgendeinem Schiff mit meiner eigenen Dienstwaffe zu erschießen!«

»Das wäre in der Tat absurd.« Greiner dachte nach.

»Ob es die Dienstwaffe war, wird gerade untersucht«, sagte Olofsen.

»Gut.« Krause atmete tief ein. »Ihr werdet feststellen, dass die Waffe nicht abgefeuert wurde.«

»Leider reicht das aber noch nicht für einen Freispruch«, sagte Greiner.

»Warum waren Sie nicht bei Ports-of-Cux? Warum immer diese Stinkmuffelei?«, wollte Olofsen wissen.

Krause legte die Hände auf den Tisch. »Schwierige Sache«, sagte sie dann.

»Wie sollen wir das verstehen?«, fragte Olofsen. Doch er konnte sich keine weiteren Gedanken zu dieser Frage machen, denn die Tür flog auf und Krüger stapfte in den Raum.

»Schluss jetzt!«, sagte er barsch. »Karen gehört zu meinem Team, und ich lasse nicht zu, dass sie ohne mein Beisein befragt wird. Eigentlich lasse ich nicht einmal zu, dass sie überhaupt befragt wird. Und außerdem lasse ich nicht zu, dass wir hier komplett außen vor gelassen werden. Zusammenarbeit sieht für mich anders aus.«

Olofsen zwinkerte Greiner zu. »Siehst du, wie angekündigt«, sagte er.

Greiner hob einen Daumen.

»Was?«, fragte Krüger herrisch, dem dies nicht entgangen war.

»Gar nichts«, beeilte sich Olofsen zu versichern. »Nur interne Kommunikation zur Ermittlungstaktik.« Dann gab er Greiner einen Wink. »Hier sind wir fertig, lass uns etwas Sinnvolles machen.«

»Soll die Speerspitze der deutschen Ermittlungsbehörden die Sache unter sich ausmachen. Danach sehen wir weiter, wie es um die Kooperation und Zuverlässigkeit der Kollegen hier steht.« Greiner drehte sich um und verließ zusammen mit Olofsen den Befragungsraum. Krüger fiel die Kinnlade herunter, aber er brachte vor Staunen kein Wort heraus.

Vor der Tür blieb Greiner stehen. »Neben der Tatsache, dass wir unsere geschätzten Freunde vom BKA gerade auf die Palme bringen – was hat uns das jetzt gebracht?«

Olofsen kaute einen Moment auf seiner Unterlippe herum. »Ich glaube, es hat uns eine ganze Reihe von Erkenntnissen gebracht. Zum einen hat es echt gutgetan, dieser arroganten Tussi einmal die Ohren lang zu ziehen. Die hält sich doch glatt für etwas Besseres und hat es nicht nötig, sich bei uns an anständiger Ermittlungsarbeit zu beteiligen. Aber in einem Punkt muss ich ihr recht geben: Irgendetwas stimmt da nicht. Ich glaube nicht mehr, dass sie diejenige ist, die wir suchen. Der Eintrag im Besucherbuch ist nicht absolut eindeutig, die Autos und Kennzeichen passen nicht einhundertprozentig zusammen, und natürlich ist es hochgradig behämmert, mit eigenem Namen und Auto – gar dem Dienstwagen – an den Ort zu fahren, an dem ich einen Mord begehen möchte. Ich glaube eher, wir haben uns in unserer Wut über ihr Benehmen so sehr in den Wunsch hineingesteigert, in ihr die Verräterin gefunden zu haben, dass wir nichts anderes mehr wahrnehmen wollten. Ziemlich blöde.«

»Also ein Ablenkungsmanöver des großen Unbekannten.«

»Ablenkung, Täuschung, Verzögerung, alles, was uns davon abhält, effizient zu arbeiten und den oder die richtigen Täter aufzustöbern. Jemand wollte, dass wir uns mit uns selbst beschäftigen«, sagte Olofsen.

»Ein Spiel auf Zeit?«, fragte Greiner.

»Möglich.« Olofsen hatte gerade verstanden, dass in dieser Angelegenheit zwei Dinge wichtig waren: Spuren zu verwischen und Zeit zu schinden. »Aber Zeit wofür?«

»Vielleicht, um dieses Virus entweder fertigzustellen oder es wegzuschaffen.«

Olofsen öffnete die Tür zum Befragungsraum, in dem Krüger und Krause noch immer saßen. Krüger redete angespannt auf Krause ein, die ihrerseits bleich und starr wirkte, als wäre sie eine Betonstatue.

»In zehn Minuten im Besprechungsraum«, sagte Olofsen, dann warf er die Tür wieder zu.

»Was hast du vor?«, wollte Greiner wissen.

Olofsens Handy piepte einmal. »Eine Nachricht von Frank«, sagte er nach einem Blick auf das Gerät. »Krauses Waffe ist sauber.«

»Hm«, machte Greiner nachdenklich. »Wie es scheint, sagt sie die Wahrheit.«

»Ich bin zwar nicht völlig überzeugt, aber ich fürchte, wir müssen Krüger und Co. zurück ins Boot holen. Ja, Krause ist speziell. Krüger schützt seine Leute – das wird von einem Chef auch so erwartet. Aber je länger ich darüber nachdenke, muss ich zugeben, dass die Sache mit dem Nummernschild und dem Namen im Besucherbuch zu einfach ist, zu platt. Das kann nur eine zweitklassige Finte gewesen sein.«

»Aber wir sind drauf reingefallen«, stellte Greiner fest.

Greiner, Pall und Nunk warteten im Besprechungsraum. Olofsen hatte sich Zeit gelassen und versucht, Herr über seine rasenden Gedanken zu werden. In dieser verfahrenen Situation musste er jetzt das Kunststück vollbringen, zwei mit Konflikten behaftete Teams wieder zu einem zusammenzuschweißen. Keine leichte Aufgabe. Er riss eines der Flurfenster auf und atmete die einströmende kühle Luft ein. Dann wandte er sich dem Besprechungsraum zu. Es war halb drei.

Er fing die fragenden Blicke seiner Kollegen auf. »Ich glaube, die undichte Stelle liegt nicht bei den beiden vom BKA«, sagte er. »Unter dem Strich entlasten die Indizien bei Ports-of-Cux die zwei eher, als dass sie sie belasten.«

In diesem Moment betrat Krüger den Raum und baute sich gleich zu voller Größe auf.

Olofsen ließ ihn erst gar nicht zu Wort kommen. »Wo ist deine Kollegin?«

»Wären Sie so nett, Frau Krause zu holen?«, ergänzte Nunk.

Krüger, der sich auf ein verbales Gefecht vorbereitet hatte, war anzusehen, dass sie ihn überrumpelt hatten. Es dauerte drei Minuten, bis er mit einer noch immer bleichen Karen Krause in den Raum zurückkehrte.

Olofsen musterte die beiden interessiert. Er deutete auf zwei freie Stühle.

»Bevor es losgeht«, sagte Krause, die stehen geblieben war, »bin ich euch wohl eine Erklärung und eine Entschuldigung schuldig. Ich habe mich wie eine Vollidiotin benommen.«

Olofsen, Greiner, Pall und Nunk fielen synchron die Kinnladen herunter.

»Wahre Worte«, konstatierte Olofsen.

Krause gebot ihm mit der Hand, nicht weiterzureden. »Kollege Olofsen hatte recht, mir den Hintern zu versohlen. Ich hätte mir die Videos anschauen müssen. Ich habe das hier alles nicht richtig ernst genommen. Stattdessen habe ich mich auf den Fall konzentriert, an dem ich zuvor gearbeitet hatte – bevor Michael Dänkers Leiche aufgetaucht ist. Kindesmissbrauch im großen Stil. Der Fall, die Schicksale der Kinder haben mich nicht losgelassen – oder besser: Ich konnte und wollte nicht loslassen. Das war falsch – das weiß ich jetzt. Ich habe meinen Job nicht gemacht. Ihr dagegen schon. Obendrein versucht anscheinend irgendjemand, den Verdacht auf mich zu lenken. Es hat gut funktioniert, denn ich habe nicht begriffen, was läuft, und es mit meinem Verhalten noch schlimmer gemacht. Leider muss ich gestehen, nicht die geringste Ahnung zu haben, wer mir die

Verräterrolle in die Schuhe schieben will. Im BKA wissen sicherlich mehr Leute Bescheid, als wir vermuten, Quick-Defense-Munition sollte über dunkle Kanäle auch nicht allzu schwer zu beschaffen sein.«

Im Raum blieb es still. Keiner schaffte es, Krause ins Gesicht zu schauen. Auch sie selbst hielt den Blick gesenkt.

»Was ist mit ihrer Dienstwaffe?«, fragte Krüger, dem das Schweigen zu lang wurde.

»Aus ihr wurde kein Schuss abgefeuert«, bestätigte Pall. »Jedoch könnte –«

Das Klingeln eines Handys unterbrach den Spurensucher. Es war Olofsens, und er nahm das Gespräch sofort an. Kurz darauf verkündete er: »Ich habe eine neue Info von Ports-of-Cux: Der Pförtner ist sich zu einhundert Prozent sicher, dass in der Nacht, als John Smith erschossen wurde, ein Mann im Wagen saß.«

Krüger nickte. Krause atmete hörbar auf.

»Ich denke, wir können das Thema abschließen«, erklärte Olofsen gönnerhaft. »Wir können hier wohl alle etwas lernen.« Bei seinen nächsten Worten blickte er Krause direkt an. »Ich kenne das selbst. Auch ich kann mich dermaßen in einen Fall verbeißen, dass ich nichts anderes um mich herum sehen und hören will. Alle Achtung für deine offenen Worte, Karen. Wir müssen den Blick nun nach vorne richten. Es ist jetzt an der Zeit, die Kräfte zu bündeln und uns nicht gegeneinander ausspielen zu lassen.«

Krause nickte Olofsen unmerklich zu. Ihre Lippen formten das Wort »Danke«. Plötzlich begann Greiner, mit den Fingerknöcheln auf den Tisch zu klopfen. Nur Augenblicke später fielen alle anderen ein.

In den folgenden Minuten fassten Olofsen und Greiner abwechselnd zusammen, was sich in der Zwischenzeit ereignet hatte. Als ihr Bericht bei dem Hantavirus und den Videokonferenzen mit diversen Wissenschaftlern und Behörden angelangt war und Olofsen außerdem das Wort »Killervirus« ausgesprochen hatte, wurden die beiden BKA-Beamten kreidebleich. Krüger machte sich hektisch Notizen, Krause hörte angespannt zu. Während Olofsen über seinen Besuch in London sprach und Wellers Warnungen vor einem Verräter darlegte, verzogen sich Krauses Lippen zu einem dünnen Strich.

Abschließend ergänzte Pall einige Details zu den Funden aus Kachens' Wohnung und zu der Adresse im Hafen, die es zu überprüfen galt.

Krüger massierte sich mit beiden Händen die Schläfen. »Ich verstehe das richtig, oder? Wir haben es mit einem künstlich veränderten und dadurch hochgefährlichen Virus zu tun, das Biowaffenpotenzial hat und wahrscheinlich hier in Cuxhaven zusammengebastelt wurde. Von den drei Verdächtigen sind zwei tot – ums Leben gekommen im Zusammenhang mit ihrer eigenen Kreation, vom Dritten gibt es nur den Vornamen. Zu allem Überfluss schwebt der Notarzt in Lebensgefahr, weil er sich etwas eingefangen hat, von dem wir aber nicht sicher sagen können, was es ist.«

Die Cuxhavener Ermittler nickten unisono.

»Da unser Kollege, der das Netzwerk des Briten infiltrieren wollte, hier umgebracht wurde – und zwar von diesem John Smith von der Fähre –, führt die Spur des Briten ebenfalls nach Cuxhaven«, fuhr Krüger fort. »Die Bestätigung dafür habe ich heute Vormittag erhalten. Die Waffe, die wir in der Kabine von Smith gefunden hatten, trug nicht nur dessen Fingerabdrücke, sondern wurde tatsächlich in beiden Fällen als Mordwaffe verwendet. Das hat die Ballistik zweifelsfrei bestätigt.«

»Warum Cuxhaven?«, fragte Krause.

Olofsen breitete die Hände aus. »Das weiß ich nicht. Laut Weller geht es um einen neuen Logistikstandort für den Briten. Cuxhaven ist durch seine Häfen, den Zugang zur Nordsee und die Nähe zum Nord-Ostsee-Kanal perfekt geeignet. Vielleicht auch nur, weil die Virusbastler hier lebten. Vielleicht ist es auch nur Zufall, und es hätte genauso gut jede andere Stadt in Deutschland sein können. Gebäude, in denen sich unauffällig ein Labor einrichten ließe, sind keine Seltenheit.«

Krüger massierte sich abermals die Schläfen. »Ich sehe zwar noch viel Spekulation und eine Menge offener Fragen, aber da wir selbst nichts Besseres anbieten können, sollten wir mit dem arbeiten, was wir haben. Und so ungern ich es zugebe, aber mit der Info, eine undichte Stelle im Umfeld des Teams zu haben, hätte ich nicht anders gehandelt, als die Verdächtigen auszusondern.« Er suchte Blickkontakt mit den Cuxhavener Ermittlern. »Von daher: Hut ab, dass ihr das so konsequent durchgezogen habt.«

Pall grinste. »Von wegen Dorfdeppen vom Deich.«

Der Wagen parkte im hinteren Abschnitt der Neufelder Straße. Krüger hatte sein Fernglas auf das Gebäude gerichtet, das Olofsen ihm gezeigt hatte. Greiner saß auf der Rückbank und sprach schnell und leise in sein Handy.

»In maximal fünfunddreißig Minuten«, sagte er dann.

Krüger nickte entschlossen, Olofsen schlug sich mit den Fäusten auf die Oberschenkel.

Tatsächlich war der Zwist zwischen den Cuxhavener Ermittlern und den zwei Beamten des BKA ungeahnter Einigkeit gewichen. Olofsens und Greiners Bericht hatte allen die Dringlichkeit vor Augen geführt, die Kräfte zu bündeln. Als dann auch noch Frauke Nilsson mit einem Laptop unter dem Arm in den Besprechungsraum gestürmt war und ihnen auf dem Bildschirm einige Beispiele für die Aufregung in den sozialen Medien gezeigt hatte, ging alles noch viel schneller. Die Aktivitäten auf Facebook und Co., die sich auf den Abtransport des toten Gunnar Kachens, die Männer in Schutzanzügen hinter einem provisorischen Sichtschutz und die sabotierte Pressekonferenz bezogen, steckten andere Nutzer schneller an als jedes Virus. Selbst ernannte Experten, Verschwörungstheoretiker und besorgte Bürger schrieben sich die Finger wund, ergingen sich in den wildesten Spekulationen über das, was vorgefallen war und was sich daraus ergeben würde. Es entstand eine brisante Mischung aus Panik, Angst, Zorn und einem Jetzt-erst-recht-

Gefühl, das, würde es sich ungehemmt weiterentwickeln, wahrscheinlich aus dem Netz ins reale Leben in Cuxhaven überschwappen könnte.

Mit einem »Jetzt wird es Zeit, die ganze Sache zu Ende zu bringen« hatte Olofsen den Fokus zurück auf die Ermittlung gelenkt. Krüger hatte unbedingt das Spezialeinsatzkommando aus Hannover anfordern wollen, um mit voller Wucht der Staatsgewalt das fragliche Gebäude im Hafen zu untersuchen. Doch Olofsen und Greiner hatten sich vehement dagegen ausgesprochen – es würde zu lange dauern, bis die Spezialisten einträfen. Also einigten sie sich darauf, das Mobile Einsatzkommando aus Oldenburg zu Hilfe zu holen.

Es war dieses MEK, das in fünfunddreißig Minuten eintreffen würde.

Krüger griff sich das Funkgerät. »Krabbenfischer an Strandläufer, kommen!«

Olofsen konnte sich nicht entscheiden, ob er lachen oder weinen sollte. Krüger hatte auf Funkrufnamen außerhalb des Polizeistandards bestanden, damit niemand, der absichtlich oder zufällig mithörte, erschließen konnte, worum es ging.

Der Vorschlag »Krabbenfischer«, »Strandläufer« und »Wattwanderer« war augenblicklich von Pall gekommen, und Krüger war sofort darauf angesprungen. Pall hatte ein spitzbübisches Grinsen aufgesetzt, und Olofsen hätte seinen Kopf am liebsten auf die Tischplatte gehauen.

»Strandläufer an Krabbenfischer«, quäkte es aus dem Funkgerät. »Die Boje ist in Position. Nichts zu erkennen.«

»Die Boje?«, stöhnte Olofsen.

»Da stehen die beiden doch«, sagte Krüger und deutete auf Krause und einen Cuxhavener Beamten, die sich in gut einhundert Metern Entfernung als Menschen ausgaben, die nach getaner Arbeit und vor dem Weg nach Hause noch eine Zigarette rauchten.

»Das sehe ich selbst«, antwortete Olofsen. »Auch ohne Fernglas. Aber warum ›Boje‹?«

»Weil Strandläufer jetzt einen festen Standort hat«, antwortete Krüger ungerührt. Greiner betrachtete von der Rückbank die Fassade des Gebäudes, Olofsen rutschte in seinem Sitz nach unten, als wollte er sich verstecken.

»Strandläufer an Krabbenfischer«, tönte es wieder aus dem Funkgerät. »Wattwanderer nähert sich querab.«

»Da kommt er«, ergänzte Krüger.

Greiner betrachtete noch immer die Fassade, Olofsen rutschte noch tiefer.

»Er ist jetzt da«, sagte Krüger. Dabei presste er sich das Fernglas vor die Augen, als wollte er mittels Druck die Gummikappen der Okulare mit seinen Augäpfeln verschmelzen.

»Ich weiß«, sagte Olofsen, ohne hinzuschauen. »Frank geht jetzt an dem Gebäude vorbei, wird am Eingang stehen bleiben und so tun, als würde er auf dem Handy angerufen. Während er fake-telefoniert, macht er Videoaufnahmen vom Eingangsbereich, die für das MEK hoffentlich hilfreich sein werden.«

»Wattwanderer hat die Flunder im Priel entdeckt«, verkündete Pall über sein Minifunkgerät, das er sich unauffällig an den Kragen seiner Jacke gesteckt hatte.

Krüger saß sofort kerzengrade. »Was zum Teufel bedeutet das? ›Flunder‹ und ›Priel‹ waren nicht abgesprochen.«

Olofsen und Greiner brachen in schallendes Gelächter aus.

Zeitgleich mit dem Einsetzen der Dämmerung traf das MEK ein. Ein schwarzer SUV mit getönten Scheiben und ein schmutziggrauer Transporter ohne Markierungen passierten den Wagen, in dem Olofsen, Greiner und Krüger ausharrten. Beide Fahrzeuge fuhren ein Stückchen weiter und bogen dann in eine Zufahrt ein, die zu den Kaianlagen des neuen Fischereihafens führte. Durch die umstehenden Gebäude waren sie nicht zu sehen. Krüger steuerte den Wagen ebenfalls dorthin.

Olofsen und Krüger stiegen aus dem Fahrzeug und liefen mit schnellen Schritten zum SUV hinüber. Die Scheibe auf der Beifahrerseite fuhr herunter.

»Moin«, sagte Olofsen und warf einen Blick in den Wagen. Auf dem Beifahrersitz saß ein vierschrötiger Mann mit Baseballkappe und Sonnenbrille – völlig unsinnig bei den herrschenden Lichtverhältnissen –, die er in diesem Moment lässig abnahm und Olofsen mit stahlgrauen Augen fixierte.

»Auch moin«, antwortete er mit sonorer Stimme. »Status?«

Kein Mann großer Worte, dachte Olofsen. Aber hoffentlich großer Taten. »Keine sichtbaren Aktivitäten. Ob sich jemand im Gebäude aufhält, ist unbekannt.«

Olofsen wusste, dass das MEK-Team dank Nunks Hilfe bereits unterwegs alle verfügbaren Informationen zur Lage und zu dem dazugehörigen Hintergrund erhalten hatte. Der Mann – Olofsen ging davon aus, dass er der Einsatzleiter war – nickte und legte seine Sonnenbrille auf das Armaturenbrett. Er öffnete die Tür, schob Olofsen mit derselben einfach zur Seite und wuchtete seinen muskulösen Körper aus dem Wagen.

»Hoffmann«, sagte er und hielt Olofsen seine riesige Pranke hin. »Einsatzleitung.«

Der ergriff sie und drückte zu, so fest er konnte. Schmerz zuckte durch den Arm hinauf bis in die Schläfen, aber er ließ nicht los, und Hoffmann hielt mühelos dagegen.

Dann ließ der andere plötzlich los und grinste. »Na, wer hat jetzt den Längeren?«

Olofsen massierte sich die Hand. »Du.« Auch er musste grinsen. »Aber nur knapp.«

Hoffmann schlug ihm kräftig auf die Schulter. Dann wandte er sich dem Wagen zu, beugte sich hinein und gab in schneller Folge eine Reihe von Anweisungen. Die Türen öffneten sich, drei weitere Beamte stiegen aus und gingen zu dem Lieferwagen, dem ebenfalls zwei Beamte entstiegen waren. Alle verschwanden hinter dem Wagen und öffneten die Türen der Ladefläche. Der Wagen war so geparkt, dass von der Straße nicht zu sehen war, was sie dort taten.

»Ich muss die Videoaufnahmen vom Eingangsbereich sehen«, sagte Hoffmann.

Olofsen trat zu ihm und zeigte ihm das Video, das Pall ihm auf das Handy geschickt hatte.

»Okay«, sagte Hoffmann dann. »Von außen nichts Besonderes. Da kommen wir ohne Probleme rein. Gibt es irgendwelche Infos, wie es dahinter aussieht oder was uns erwartet?«

Olofsen verneinte. »Wir vermuten, dass sich im Inneren ein biologisch-chemisches Labor befindet. Wenn das zutrifft, muss von einem hohen Infektionsrisiko ausgegangen werden. Wir kennen drei Personen, die bislang mit einem wahrscheinlich dort hergestellten Virus in Kontakt gekommen sind. Zwei davon leben nicht mehr.«

Hoffmann blieb ungerührt. »Mit dem Infektionsrisiko können wir umgehen. Sonst noch etwas?«

»Das wär's eigentlich.«

»Hintereingang?«

»Das wissen wir nicht, aber es ist wahrscheinlich«, antwortete Olofsen.

Der MEK-Einsatzleiter wandte sich ab und marschierte zu seinen Kollegen. Klacken, Ratschen und Zischen waren zu hören, weshalb Olofsen davon ausging, dass die MEK-Leute ihre Ausrüstung anlegten und die Waffen prüften.

Schließlich wurden die hinteren Türen des Transporters zugeschlagen, einer der Beamten tauchte auf und stieg auf der Fahrerseite ein. Er trug eine schwarze Kampfmontur, Helm und Gesichtsmaske samt Atemschutz. Mit schnellen Zügen wendete er den Wagen und fuhr wieder auf die Straße und in Richtung des fraglichen Gebäudes.

»Jetzt geht's rund«, verkündete Krüger. Er setzte sich ein Headset auf, über das er die Kommunikation des MEK-Teams mithören konnte. »Los, hoch zur Straße.«

Im Laufschritt eilten Olofsen, Greiner und Krüger zurück und auf das Gebäude zu.

Olofsen konnte sehen, wie mit einem Mal zwei weitere Fahrzeuge, die ihm zuvor gar nicht aufgefallen waren, die Straße in beiden Richtungen sperrten und der Transporter schnell, aber zielsicher rückwärts auf den Eingang des Gebäudes zufuhr. Knapp zwei Meter vor der Tür stoppte der Wagen, die hinteren Türen flogen auf, und die Männer des MEK sprangen heraus. Der erste von ihnen trug eine beeindruckende Ramme, die er mit ebenfalls beeindruckender Kraft auf Höhe des Schlosses gegen die Tür krachen ließ. Die Tür flog auf, als handelte es sich nur um einen improvisierten Sperrholzverhau. Der Mann mit der Ramme tauchte zur Seite weg, und zwei andere Beamte stürmten mit schnellen Schritten und Waffen im Anschlag in das Gebäude. Kaum waren sie darin verschwunden, folgten die nächsten beiden. Der erste Mann hatte seine Ramme fallen gelassen und sicherte seine Kollegen nach hinten. Zeitgleich setzte der Transporter zurück und schoss dann in die Einfahrt neben dem Gebäude. Dort blieb der Wagen mit laufendem Motor stehen. Wer hier vorbeiwollte, musste ordentlich den Bauch einziehen und würde dann doch nur dem MEK in die Arme laufen.

Olofsen war von der Effizienz und Schnelligkeit des Teams mehr als beeindruckt. In seiner Zeit in Berlin war er einige Male mit dem dortigen SEK zu Einsätzen ausgerückt, wobei er auch damals nie in der ersten Reihe gestanden hatte. Zu der Zeit hatte er sich geschworen, niemals auf der falschen Seite zu stehen, wenn diese Jungs ins Spiel kamen.

Er warf Krüger einen Blick zu, der angestrengt in sein Headset lauschte. »Was ist los?«

Krüger hob eine Hand. »Unten nichts, alles sicher. Sie gehen jetzt nach oben.«

Ein paar knallende Geräusche waren aus dem Gebäude zu hören. Keine Schüsse, aber wahrscheinlich wurden auch dort Türen mit Krafteinsatz geöffnet.

»Ein Labor«, verkündete Krüger.

Olofsen hob an, etwas zu sagen, aber Krüger schnitt ihm mit einer Handbewegung das Wort ab. Er schloss die Augen, um sich besser konzentrieren zu können.

»Verdammt noch mal, sprich zu uns«, fluchte Olofsen.

»Noch ein Labor.« Krüger hatte die Augen noch immer geschlossen. »Käfige. Mäuse. Absaugvorrichtungen.«

Greiner ballte die Faust. »Volltreffer.«

»Alles sicher.« Krüger riss sich das Headset vom Kopf.

SIEBZEHN

Samstag, 25. Januar, später Nachmittag

Hoffmann stand im Türrahmen und schob mit dem Fuß ein paar Reste der zertrümmerten Tür zur Seite, als Olofsen und Greiner zu ihm traten.

Der Einsatz war beendet, drei der MEK-Leute verstauten ihre Ausrüstung wieder im Transporter. Die zwei verbliebenen Beamten waren noch im Gebäude und vervollständigten die Videodokumentation, indem sie Aufnahmen von allen Räumen und deren Einrichtung anfertigten. Die beiden Fahrzeuge, die die Straße abgesperrt hatten, waren verschwunden. In einem war Pall mitgefahren. Er würde in Kürze zurückkehren und dann seine Ausrüstung zur Spurensicherung und geeignete Schutzkleidung und -masken mitbringen.

»Im Gebäude hat sich niemand aufgehalten. Wen auch immer ihr anzutreffen gehofft habt – hier ist er nicht. Alle Räume sind gesichert«, sagte Hoffmann. Bei seinen Worten zog er eine Zigarettenschachtel aus der Tasche und schnippte eine Zigarette heraus. Er hielt die Schachtel Olofsen hin. »Auch eine?«

Olofsen winkte ab. »Nein, danke. Habt ihr irgendwelche Viren gefunden?«

»Keine gesehen.«

Die anderen beiden Beamten traten an Hoffmann vorbei aus dem Gebäude heraus. Der Einsatzleiter schlug ihnen kumpelhaft auf die Schultern. »Super Job!«

»Motivierende Ansprachen habt ihr Jungs echt drauf«, frotzelte Olofsen.

Hoffmann streckte den Daumen in die Höhe. »Gelernt ist gelernt.«

»Wir hätten gerne eine Kopie der Videoaufnahmen«, sagte Greiner.

»Kein Problem.« Hoffmann hatte die Zigarette angesteckt und inhalierte genüsslich.

Pall hatte eine große Kiste mit Schutzkleidung in seinem Wagen. Wer konnte schon voraussagen, ob nicht bei einem vermeintlich harmlosen Einsatz plötzlich und unerwartet ein hohes Ansteckungsrisiko lauerte?

»Erst in die Anzüge, dann die Überschuhe, Kopfhaube, FFP2-Maske, Schutzbrille. Als Letztes die Handschuhe. Und zieht die Stulpen über die Ärmel des Anzugs.«

»Wir wissen Bescheid«, sagte Olofsen.

»Du Döskopp sollst nicht mit dem Anzug über den Boden schleifen«, herrschte ihn Pall an.

Olofsen schaute betreten auf den Boden und sah, dass sein Kollege recht hatte. »Sorry«, sagte er und mühte sich, es nun besser zu machen.

Greiner war als Erster fertig, noch vor Pall. Die BKA-Ermittler hatten ebenfalls die Schutzausrüstung angelegt, nur Olofsen kämpfte noch mit der Maske.

»Wir gehen dann mal«, sagte Pall. Seine Stimme klang durch den Mund-Nasen-Schutz merkwürdig gedämpft. »Wahrscheinlich hampelst du hier noch immer rum, wenn wir zurück sind.«

Olofsen zeigte ihm den ausgestreckten Mittelfinger.

»Moment«, sagte Krause und trat hinter Olofsen. Mit einem schnellen Griff zog sie die widerspenstige Maske in die richtige Position. »Für geschickte Menschen ist das ganz einfach.«

»Danke.« Olofsen zog die Handschuhe über. »Können wir jetzt endlich los?«

»Ich habe Gruber in der Leitung«, sagte Greiner und deutete auf sein Mobiltelefon. »Über den Videoanruf kann er uns unterstützen und uns erklären, was wir nicht verstehen.«

»Ich gehe voran«, ordnete Pall an. »Dann kommt lange Zeit nichts. Dann könnt ihr nachkommen. Fasst nichts an, macht nichts kaputt, denkt nicht einmal darüber nach.«

Er stapfte durch die Tür und wandte sich der Treppe ins

Obergeschoss zu. In einigen Metern Abstand folgten Greiner, der das Telefon vor sich hielt, damit Gruber per Video dabei sein konnte, danach Olofsen, Krüger und Krause.

»Hier oben ist ein kleines Büro«, rief Pall die Treppe herunter. »Alter Schreibtisch, kaputter Stuhl, ein paar Bücher und Fachzeitschriften.«

»Welche?«, wollte Olofsen wissen.

»Moment«, antwortete Pall. »›Jour…‹, ähm … ›Journal of Virology‹. Und hier noch eins. ›Journal of Infectious Diseases‹.«

»Das klingt, als wären wir tatsächlich an der richtigen Adresse«, sagte Krüger von hinten.

»Man könnte meinen, ihr hättet etwas anderes erwartet.« Olofsens Spott war kaum zu überhören.

»Eine Kaffeemaschine«, verkündete Pall.

»Welche Farbe?«

»Blödmann.«

Eine Tür öffnete sich knarzend. »Klei mi ann Mors.« Das war wieder Palls Stimme.

»Was?« Olofsen griff nach seiner Waffe, bekam sie aber wegen der Schutzkleidung nicht zu fassen. Greiner lief unbeirrt weiter und hielt das Handy hoch.

Krüger und Krause drängten sich an ihm vorbei. Jeder von ihnen hatte mit beiden Händen die Dienstwaffe fest umklammert und schräg nach vorne auf den Boden gerichtet. »Wir kommen.«

Olofsen beeilte sich, den anderen zu folgen. Zusammen mit Pall standen sie in einem hell erleuchteten, kargen Raum, in dessen Mitte ein Regalturm aufragte. Schläuche führten aus dem Regal heraus und verschwanden in der Decke.

»Teufel auch.« Olofsen hatte sofort begriffen, was Pall gemeint hatte. Er trat vor und stellte sich dicht vor das Regal. »Mäuse.«

Alle Anwesenden starrten gebannt auf die Käfige mit den Tieren. Einige der Mäuse wuselten aufgeregt durch ihre Behausung, kletterten übereinander, überschlugen sich fast. In anderen Käfigen lagen die Tiere wie tot, bewegten sich kaum noch, nur ihren glänzenden Augen war anzusehen, dass sie noch unter den Lebenden weilten. Als hätte es ein Drehbuch mit dramaturgischen Anweisungen gegeben, begann plötzlich eine der Lampen im Raum zu flackern.

Pall hüstelte. »Stehen wir hier vor dem Virus?«

»Nein, es sind Mäuse.« Mit dieser flapsigen Bemerkung durchbrach Olofsen die unwirkliche, gespenstische Atmosphäre im Raum.

»Döösbaddel.«

»Aber gut möglich, dass mit Hilfe dieser Mäuse das Virus vermehrt wurde.« Es war Grubers Stimme, die aus Greiners Handy schepperte.

»Stimmt. Mäuse fungieren als Wirt für Hantaviren«, ergänzte Greiner. »Rötelmäuse.«

»Sind das Rötelmäuse?«, wollte Krüger wissen.

Grubers Stimme ertönte aus dem Handy. »Bringen Sie die Kamera näher an die Käfige heran.«

Greiner folgte den Anweisungen.

»Es scheint mir zutreffend, dass es sich um diese Mäuseart handelt«, sagte Gruber nach ein paar Sekunden.

»Und was machen wir jetzt mit den Tieren?«, fragte Olofsen.

»Auf keinen Fall dürfen Sie die Tiere anfassen oder aus ihren Käfigen freilassen«, erklärte Gruber. »Wir müssen einen Weg finden, sie schnellstmöglich in mein Institut zu schaffen, damit wir hier die notwendigen Untersuchungen durchführen können.«

»Darum kümmern wir uns«, sagte Krüger entschlossen. Krause nickte grimmig hinter ihrer Schutzmaske.

»Schauen wir uns weiter um«, bestimmte Olofsen. »Ich wette, hier gibt es noch mehr zu finden.«

»Herr Greiner«, sagte Gruber, »bitte lassen Sie uns einen Rundgang durch den Raum machen, in dem Sie sich gerade befinden. Ich möchte alle Details sehen.«

Während Greiner dem Wunsch des Virologen nachkam, verließen die anderen den Raum auf leisen Sohlen.

»Wir schauen uns unten um«, sagte Krüger, als sie wieder auf dem Flur standen.

Olofsen war einverstanden. »Frank und ich bleiben oben. Hier muss es noch weitere Räume geben.«

»Mir nach«, sagte Pall, während er bereits zielstrebig die nächste Tür ansteuerte.

Olofsen blieb noch stehen. Er wollte die Atmosphäre dieses seltsamen Ortes in sich aufnehmen. Er hatte über eine Kollegin in Ostfriesland gelesen, die es sich zur Angewohnheit gemacht hatte, allein an einen Tatort zurückzukehren, sich in das Opfer zu versetzen, um auf diese Weise den mentalen Zugang zum Fall zu bekommen. Auf der einen Seite erschien dies Olofsen doch etwas gewagt, auf der anderen Seite – was konnte es schaden, die hier herrschenden Schwingungen aufzunehmen? Er schloss die Augen, atmete tief und langsam, einmal, zweimal. Plötzlich sah er sich in einem riesigen Labor …

»Sag mal, kommst du jetzt? Zeit für Meditation ist später noch genug«, röhrte Palls Stimme und ließ das Labor wie eine Seifenblase platzen.

Olofsen öffnete die Augen. Statt der ermittlungstechnischen Erleuchtung sah er einen wild winkenden Pall einige Meter entfernt im Türrahmen stehen.

»Das musst du dir ansehen«, rief er aufgeregt.

Olofsen zuckte mit den Schultern. »Ich weiß, ein riesiges Labor.«

Pall klappte der Unterkiefer herunter. »Woher weißt –«

»Ich hatte eine Vision.«

Pall zeigte ihm den Vogel. »Schon klar. Setz dich in Bewegung.«

Olofsen staunte nicht schlecht, als er einen Blick in den Raum warf. »Meine Fresse. Nicht kleckern, klotzen.«

Vor ihnen lag ein imposant eingerichtetes Labor. Die Jungs vom MEK hatten alle Lichter eingeschaltet, der ganze Raum lag in gleißendes Licht getaucht. Die hochmoderne Einrichtung stand in maximalem Kontrast zum unauffälligen, fast kläglichen Erscheinungsbild der Gebäudeaußenseite.

»Wer hätte das gedacht?«, sagte Pall, als er in das Labor trat. »Alles vom Feinsten.«

»Was ist das hier? Wozu braucht man das?«, fragte Olofsen.

Pall blickte sich um. »Molekularbiologie«, sagte er und zeigte auf eine Arbeitsbank mit mehreren kompliziert aussehenden Geräten und Pipetten. »Nukleinsäureextraktion.«

Olofsen war beeindruckt. »Der Mann kennt sich aus.«

Pall tippte sich mit dem Finger an die Stirn. »Fortbildung. Solltest du auch mal machen.«

Olofsen öffnete einen mannshohen Kühlschrank. Auf allen Ebenen standen Flaschen, jede Flasche war mit einer Flüssigkeit gefüllt. »PBS«, »NaOH«, »KCl« – die Abkürzungen sagten Olofsen nichts, aber ihm war klar, dass hier wissenschaftlich gearbeitet worden war, und zwar nicht auf Amateurniveau. Zwischen den Flaschen standen kleinere Schachteln, ebenfalls etikettiert, beschriftet mit Wörtern, die Olofsen entfernt an seinen Bio-Leistungskurs am Gymnasium erinnerten. Er öffnete den Gefrierschrank, der neben dem Kühlschrank stand, und zog wahllos eine Schublade auf. Auch diese war gefüllt mit Tüten, verschraubten Röhrchen, kleinen Kästen und Fläschchen. »Enzyme« stand auf einer Box, »Proteasen« auf einer anderen.

Er schloss den Gefrierschrank und drehte sich zu Pall um. »Wo bekommt man das alles? Wie finanziert man das?«

Pall schloss den Schrank, dessen Inhalt er gerade studiert hatte. »Kunden für Killerviren scheinen gut zu zahlen.«

»Eine solche Ausrüstung bekomme ich aber doch nicht im Baumarkt«, sagte Olofsen bestimmt. »Woher haben die es dann?«

Pall wiegte den Kopf hin und her. »Diese Frage sollten wir hintenanstellen. Wir müssen den dritten Mann finden, der hier zugehört. Wenn wir den erst haben, werden sich diese Fragen sicherlich klären.«

»Dann lass uns Gas geben.« Olofsen drehte sich um und verließ das Labor. »Da drüben ist noch ein anderer Raum. Den sollten wir uns auch noch ansehen.«

Jetzt war Olofsen der Erste in dem letzten Raum der oberen Etage, aber Pall folgte ihm dicht auf dem Fuße.

»Mensch, ich fasse es nicht. Eine Alchemistenhöhle.« Pall staunte ungläubig, als er seinen Blick durch den Raum – ein weiteres Labor – schweifen ließ. »Wo sind wir da nur reingeraten?«

»Höhle oder Hölle?« Olofsens Bemerkung war nicht einmal sarkastisch gemeint. Mit jedem Augenblick, den er im Türrahmen stand, wurde ihm ein bisschen unwohler. *Wo sind wir da nur reingeraten?* – Palls Frage brannte sich auch durch sein Hirn wie die weiß glühende Flamme eines Schweißbrenners durch eine dünne Metallplatte.

»Nachdem sich in den anderen beiden Labors die Biologen ausgetobt haben, ist das hier der Spielplatz eines Chemikers, vielleicht eines Biochemikers.« Pall war in den Raum gegangen und sah sich um.

»Was sagt uns das in Bezug auf unseren Fall?«

Pall drehte sich zu Olofsen um. »Dass die Kacke am Dampfen ist.«

»Wahrscheinlich«, sagte Olofsen nachdenklich. »Hier war jedenfalls nicht ein einzelner Psychopath am Werk.«

»Nein, hier scheinen Biologen, Virologen und Chemiker an einem Strang zu ziehen. Das ist eine ganz andere Hausnummer.«

»Einhundertprozentige Zustimmung«, ertönte plötzlich eine dünne, verzerrte Stimme.

Olofsen und Pall drehten sich erschrocken um. Hinter ihnen stand Greiner, noch immer war Gruber per Handy dabei. »Die Anlage für die Tierhaltung zeugt von sehr hoher Professionalität.«

»Was ist das da?« Pall deutete mit der Hand auf eine Schachtel. Sie lag ohne Deckel auf der unteren Ebene eines Laborwagens neben dem zentralen Arbeitstisch. Der Spurensucher machte zwei schnelle Schritte und griff nach der Schachtel.

»Vorsicht«, mahnte Olofsen. Er hatte die Augen weit aufgerissen und trat einen Schritt zurück.

Pall gönnte ihm nur einen schiefen Blick von der Seite. »Es ist eine Plastikschachtel. Keine Wasserstoffbombe. Aber sieh dir an, was da drin ist.«

Olofsen trat wieder näher, Greiner ebenso. Er hielt das Handy so, dass auch Gruber den Inhalt der Schachtel sehen konnte. »Ich bin kein Botaniker. Mit Saatgut kenne ich mich nicht aus.«

In der Schachtel rollten mehrere kleine, bohnenförmige Samen, vielleicht sechs Millimeter lang, hin und her. Ihre Oberfläche glänzte wie poliert, das marmorierte Muster aus verschiedenen Braun- und Beigetönen schimmerte im Licht der Lampen.

»Aber ich weiß, was das ist«, sagte Pall mit finsterer Stimme.

»Was?«, fragte Olofsen.

»Ich ahne es«, sagte Greiner. »Rizinussamen.«

***

Beerenberg presste sich das Handy ans Ohr. Auch wenn er es nicht wahrhaben wollte, war er nervös. Es klickte und rauschte, aber die Verbindung stand noch nicht. Er trat an das Fenster und schob eine Lamelle der heruntergelassenen Jalousie einige Zentimeter nach oben, um besser nach draußen blicken zu können. Es war dunkel, der kleine Parkplatz unterhalb des Fensters lag verlassen da, neben seinem Wagen stand nur noch ein zweites Fahrzeug. Anscheinend hatte es wieder leicht zu regnen begonnen, er war sich aber nicht ganz sicher.

»Ja?«, erklang eine Stimme an seinem Ohr.

»Ich bin's«, sagte Beerenberg.

»Alles gefunden und in Sicherheit gebracht?« Die Stimme klang rau, beinahe ein wenig schroff.

»Fast«, antwortete Beerenberg. Der bullige Mann klang bei diesem Wort ein wenig unsicher.

»Was heißt das?«

»Ich habe Blohmquist. Der plaudert erst einmal nichts mehr aus. Das Rizin und die Samen, soweit ich sie finden konnte, sind auch gesichert.«

»Gut«, die Stimme im Telefon klang ein wenig versöhnlicher. »Das Virus? Die Tiere?«

Beerenberg schluckte. Nun kam der heikle Punkt des Gesprächs. »Zweimal nein. Es gab keine Möglichkeit, die Tiere zu transportieren. Das Virus habe ich nicht gefunden. Der bescheuerte Blohmquist hatte keine Ahnung, wo die beiden anderen es gelagert haben.«

»Was?«, brüllte ihm die Stimme ins Ohr. »Das kann doch wohl nicht wahr sein!«

»Ich fürchte, doch.«

»Ihnen ist klar, was das bedeutet.« Das war keine Frage, die hier gestellt wurde.

Beerenberg begann zu schwitzen. Er musste sich zusammenreißen, um zu verhindern, dass ihm das Handy entglitt. »Völlig klar. Ich werde noch einmal ins Labor zurückkehren und das Virus suchen.«

»Nein.« Die Stimme hatte wieder den herrischen Befehlston angenommen. »Ich werde selbst kommen und mich um die Angelegenheit kümmern.«

»Selbstverständlich. Wann?«, fragte Beerenberg.

»Das muss ich noch prüfen, aber mit Sicherheit innerhalb der nächsten vierundzwanzig Stunden. Ich melde mich.«

***

Das gesamte Ermittlerteam hatte sich im Besprechungsraum in der Polizeiinspektion eingefunden. Es würde abermals ein langer Abend werden. Auch Nunk war gekommen, ebenso Nilsson, die sich neue Informationen für die Pressearbeit erhoffte. Die Stimmung war ein widersprüchlicher Mix aus Anspannung und Erleichterung. Olofsen konnte nicht sagen, ob ein Zündfunken nun ein Freudenfeuer entfachen oder zu einer Explosion führen würde. Die Erleichterung rührte aus dem Umstand, dass es das vermutete Labor tatsächlich gab und sie es viel schneller als gedacht gefunden hatten. Außerdem war es ihnen gelungen, anhand von Unterlagen, die in einem Schreibtisch unter diversen anderen Papieren verborgen gewesen waren, den gesuchten Dritten zu identifizieren: Thore Blohmquist.

Als i-Tüpfelchen hatten Krüger und Krause im Untergeschoss einen hinter einer mit Kartons vollgestellten Regalwand verborgenen Gefrierschrank entdeckt. Der Schrank war fast leer gewesen, nur eine Handvoll verschlossener Klarsichtbeutel lagen auf der mittleren Ebene in einer Metallbox. Jeder Beutel enthielt ein wenig von einem fast schwarzen Pulver. Krüger hatte darauf bestanden, dass sich Gruber diesen Fund umgehend via Handykamera anschaute, und deshalb lautstark nach Greiner gerufen. Nur Augenblicke später konnte sich Gruber ein Bild machen. Das Pulver in den Beuteln hatte ihn augenblicklich hochgradig nervös gemacht.

Zurück im Büro hatte sich Olofsen umgehend darangesetzt, über diesen Thore Blohmquist zu recherchieren. Wer war dieser Mensch? Was verband ihn mit dem Fall – und vor allem: Wo steckte er?

Krüger hatte versprochen, eine Möglichkeit zu finden, die Mäuse und die Beutel aus dem Gefrierschrank schnellstmöglich in Grubers Institut bringen zu lassen. Außerdem hatte Pall gefordert, die im Labor gefundenen Samen sofort ins Kriminaltechnische Institut des LKA Niedersachsen zu schicken. Die Experten dort sollten bestätigen, dass es sich tatsächlich um Rizinussamen handelte. Krause hatte sich mit gleicher Geschwindigkeit darangemacht, einen Kurier zu ordern, der die Proben in die Schützenstraße nach Hannover bringen würde.

Olofsen klatschte in die Hände, um auf sich aufmerksam zu machen. »Wir sind ganz dicht dran«, sagte er und unterstützte seine Worte, indem er Daumen und Zeigefinger seiner rechten

Hand in die Luft hielt, nur zwei Zentimeter voneinander entfernt. »Das letzte Stückchen müssen wir jetzt ruckzuck hinbekommen.«

Krüger warf einen Blick auf die Uhr an seinem Handgelenk. »Der Hubschrauber wird in circa dreißig Minuten auf dem Parkplatz des ehemaligen Fähranlegers nach Brunsbüttel landen.«

»Am Steubenhöft«, warf Pall ein – als ob irgendeiner in der Runde nicht gewusst hätte, welcher Parkplatz gemeint war.

»Ich werde mich gleich auf den Weg dorthin machen«, sagte nun Krause. »An Bord des Heli werden zwei ausgewiesene Fachleute sein, bestens ausgestattet, um die Proben sicherzustellen und zu transportieren. Die Kollegen von der hiesigen Feuerwehr werden uns und die Experten mit einem geeigneten Fahrzeug zum Viruslabor fahren. Sobald wir das Material haben und zurück am Helikopter sind, wird sich dieser sofort auf den Weg nach Devils Island machen. Dort wird man die Proben noch heute Nacht in Empfang nehmen.«

»Wohin?«, fragte Olofsen irritiert.

Krause grinste. »Zur Insel Riems in der Nähe von Greifswald. Dort sind die Labore des FLI, einschließlich Grubers. Devils Island ist der Spitzname.«

»Und diese Samen?«, erkundigte sich Pall.

Krause nickt ihm zu. »Auch dafür ist gesorgt. Ein Kurier wird zeitgleich mit den Virologen am Labor eintreffen, diese Proben übernehmen und sich unverzüglich auf den Weg nach Hannover machen.«

»Dieser Kurier wird das Labor aber nicht betreten«, sagte Olofsen entschieden.

»Auf gar keinen Fall«, bestätigte Krüger. »Wir wissen zum jetzigen Zeitpunkt nicht, ob in den Räumlichkeiten irgendeine Art von Infektionsgefahr besteht. Bevor dort jemand ohne Schutzkleidung hineingeht, muss präventiv dekontaminiert werden. Wir hatten ja vorhin auch die passende Schutzkleidung an.«

»Die Dekontaminationsmaßnahmen«, ergänzte Krause, »finden bereits morgen Vormittag statt. Ein weiteres Expertenteam wird sich noch heute von Hannover aus auf den Weg hierher machen. Die Details dazu kläre ich mit Gruber.«

»Volles Programm«, sagte Olofsen. Er war sichtlich beeindruckt von der Wandlung Krauses und dem Engagement, mit dem sie sich nun in die Ermittlungen stürzte. »Jetzt fehlt nur noch eine Kleinigkeit.«

Alle sahen ihn erwartungsvoll an.

»Wir müssen herausfinden, wer hinter all dem Spuk steckt und was es mit dieser Verrätergeschichte wirklich auf sich hat. Obendrein wissen wir immer noch nicht, wer Berger und diesen John Smith umgebracht hat.«

Pall verdrehte die Augen. »Ich schätze, es ist tatsächlich dieser Brite. Der Audiomitschnitt aus London, von dem du uns erzählt hast, und natürlich die Morde an Dänker und Parker, die die Organisation infiltrieren wollten, sprechen doch Bände.«

»Alles richtig. Aber es sind nur Hypothesen«, entgegnete Olofsen. »Diesen Briten und seine Handlanger haben wir erst recht noch nicht.«

»Das ist aber auch ein Stück weit egal«, sagte Pall. »Wir haben ihm und seinen Machenschaften hier im Cuxland das Handwerk gelegt. Das ist ein riesiger Erfolg.«

Nunk, der die ganze Zeit geschwiegen hatte, spürte, dass die Stimmung zu kippen drohte. Die wichtigsten Aktivitäten waren organisiert, der Adrenalinspiegel sank langsam ab, die Müdigkeit gewann die Oberhand. Einen an einer Kleinigkeit entzündeten Streit zwischen Olofsen und Pall musste er unbedingt unterbinden. »Ich glaube, wir sollten jetzt Schluss machen. Die Kollegin Krause sollte sich auf den Weg begeben. Und wir anderen können eine Verschnaufpause gut vertragen. Morgen geht es weiter.«

Das Stühlerücken setzte augenblicklich ein. Dennoch meldete sich Frauke Nilsson zu Wort. »Was machen wir mit der Presse? Wollen wir eine Info rausgeben? Die Anzahl der Anfragen erreicht schwindelerregende Höhen, und in den sozialen Netzwerken ist mit Bezug auf Cuxhaven noch immer die Hölle los.«

»Nein«, entschied Nunk. »Absolute Funkstille. Die Transparenz liegt im Moment noch im Nebel der Ermittlungstaktik.«

»Du kannst sowieso nur das Falsche sagen«, meinte Pall lakonisch. »Glauben werden die Leute es ohnehin nicht, und die Fraktion der Aluhutträger wird sich in jedem Fall ihre eigene Geschichte zusammenspinnen.«

***

Mit einem Seufzer schloss Olofsen die Haustür auf und hoffte insgeheim, dass Sam ihn begeistert anspringen würde. Doch nichts geschah. Paula hatte den Hund ja mitgenommen. Er wunderte sich einmal mehr über sich selbst. Bis vor Kurzem hatte Olofsen für solche Dinge kaum etwas übriggehabt, jetzt konnte er es kaum erwarten, mit Paula und Sam nach Feierabend eine Runde zu laufen. Dann würde er dies eben gleich allein machen, zunächst brauchte er jedoch eine kurze Pause. Ohne die Jacke abzulegen oder die Schuhe auszuziehen, ging er ins Wohnzimmer und ließ sich in den Sessel fallen.

Zehn Minuten später stand Olofsen dann schon wieder vor der Haustür, den Kragen hochgeschlagen und das Handy in der Hand. Wie bereits an den Abenden zuvor freute er sich darauf, endlich ein paar Worte mit ihr reden zu können.

Olofsen wollte gerade Luft holen, um ihr die neue Entwicklung, die Entdeckung des Labors, die Tatsache, den dritten Spieler in der Gruppe identifiziert zu haben, die Entlastung Krügers und seiner Kollegin zu erzählen, als sie ihn noch vor dem ersten Wort abwürgte.

»Arne«, sagte sie, »lass das alles jetzt einfach für ein paar Minuten auf der Seite liegen. Es gibt mehr als nur diesen Fall – egal, wie wichtig er dir gerade erscheint. Denk an etwas anderes.«

»Äh.« Diese Idee schien Olofsen fast absurd.

»Mama hat mir heute ein altes Fotoalbum gezeigt«, erzählte Paula weiter. »Du weißt schon, diese ganz alten Kinderfotos, vergilbt, mit umgeknickten Kanten. Kindergarten, der Familienurlaub im Sauerland, Weihnachten und dritter Geburtstag bei Oma und Opa.«

»Ja, also –« Olofsen hatte gerade gar keine Ahnung, was er jetzt sagen sollte. Nichts über Killerviren, so viel war ihm klar.

Paula lachte. Und Olofsen durchströmte – völlig unerwartet – ein gutes Gefühl, eigene Erinnerungen an seine Kindheit. Der Fall war mit einem Mal aus seinen Gedanken verschwunden.

»Das waren so tolle Bilder«, sagte Paula gerade. »So viele Geschichten, die ich alle fast vergessen hatte. Wir haben zusammengesessen und uns diese Geschichten erzählt. Jedes Mal kam ein Stückchen mehr Erinnerung dazu. Kennst du das?«

»Ich glaube schon.« Ohne es zu merken, war Olofsen vor der St.-Nicolai-Kirche angekommen und blickte auf einen der uralten, mit Efeu bewachsenen Grabsteine, die hier standen. Der kalte Wind pfiff an dem schroffen alten Gemäuer entlang, die hohen, knorrigen Bäume schwankten hin und her. »Irgendwo auf dem Dachboden, in einer der Kisten, die noch nicht ausgepackt sind, müssten noch alte Kinderfotos sein. Meine Eltern, meine Schwester und ich im Urlaub, Spanien, Sauerland, Schweden. Als wir noch eine glückliche Familie waren.«

Paula lachte abermals. Olofsen konnte nicht anders, er musste ebenfalls lachen. »Du bist völlig verrückt«, sagte er. »Ich stehe hier vor der Kirche. Es ist dunkel, windig, und die Grabsteine strahlen etwas Gruseliges aus – und du bringst mich zum Lachen.«

»Dann ist es perfekt.«

»Nicht ganz. Wann kommst du zurück?«

Paula schwieg einen Augenblick. »Papa geht es gut. Wenn alles gut bleibt, wird er am Montag aus dem Krankenhaus entlassen. Ich komme dann Dienstag zurück.«

»Wie heißt der Arzt?«, fragte Olofsen.

Paula war überrascht. »Warum?«

»Damit ich ihn bestechen kann.«

»Blödmann.«

Olofsen schlenderte nun mit langsamen Schritten zurück. Die Last des Tages hatte er fallen gelassen und in Gedanken hinter einen der Grabsteine geschoben. Jetzt wusste er einmal mehr, warum er sich in diese Frau verliebt hatte. Weil sie seinen Panzer eingerissen und den stinkstiefeligen Polizisten in einen Menschen verwandelt hatte, der sich trotz allem am Leben freute.

ACHTZEHN

Samstag, 25. Januar, abends, bis Sonntag, 26. Januar, nachmittags

Kaum war Olofsen zurück in heimischen Gefilden, zog es ihn vor das gut gefüllte Weinregal unter der Treppe ins Obergeschoss. Er selbst konnte sich mit großer Leidenschaft einen guten Rotwein aus Südeuropa oder auch einen perfekt gekühlten Grauburgunder aus Württemberg zu Gemüte führen, aber es war ihm noch nicht gelungen, Paula auf den Geschmack zu bringen. Immerhin stand sie einem Glas Wein nicht mehr grundsätzlich ablehnend gegenüber wie noch vor einiger Zeit.

Nach einem Moment des Nachdenkens griff er sich eine Flasche aus dem Regal, betrachtete das Etikett – Cal y Canto aus Spanien – und nickte zufrieden. Es war ein harter und langer Tag gewesen, Olofsen spürte jede Stunde in den Knochen, dennoch war er noch nicht fertig. Mitsamt Laptop würde er sich an den kleinen Tisch in der Küche setzen, die Flasche öffnen, ein Glas dieses in Eichenfässern ausgebauten Weins genießen und dabei noch einmal die Videos studieren, die er von Janssen erhalten hatte. Die Hoffnung war noch vorhanden, in den Bildsequenzen irgendeinen Hinweis auf den Mörder von John Smith zu finden. Sein Bauchgefühl sagte ihm, dass ein solcher Hinweis der Schlüssel zur Lösung des Falles sein würde.

Es ging bereits auf Mitternacht zu. Olofsen starrte auf den Monitor des Laptops, das Weinglas leerte sich, er füllte es wieder. Aus dem Kühlschrank gab es ein Stückchen Käse. Die nächste Videosequenz.

»Verdammt, verdammt«, murmelte Olofsen vor sich hin, als das Video beendet war. Er hatte sich inzwischen ein Dutzend Mal die Szene angeschaut, wie der Wagen mit dem Wiesbadener Nummernschild am Pförtnergebäude hielt und sich Arm und

Hand aus dem Seitenfenster schoben, um den wohl gefälschten Ausweis mit Krauses Namen darauf vorzuzeigen. »Das führt doch alles zu nichts.«

Er griff ein weiteres Mal zur Weinflasche. Ein letztes Mal, wie er sich selbst versicherte. Dann schlafen. Nochmals startete er das Video von der Ankunft des Wagens. An der Stelle mit Arm, Hand und Ausweis fror er das Bild ein.

»Wer bist du?«, fragte er laut.

Keine Antwort.

»Wer zur Hölle bist du?«, schrie er plötzlich aufgebracht den Laptop an. Olofsen stand auf und blickte prüfend von oben auf die Weinflasche. Deren Öffnung wirkte auf ihn wie ein großes, rundes Auge, das ihn streng anblickte.

Ein großes, rundes Auge. Groß und rund wie – Olofsen ließ sich wie vom Blitz getroffen auf den Stuhl fallen. Mit wenigen Mausklicks fuhr er das Video ein kleines Stück zurück und startete es erneut.

Da!

Er hämmerte mit dem Zeigefinger auf die linke Taste der Maus, weil er ein Standbild brauchte, um klarer zu sehen.

Zu spät angehalten. Noch ein kleines Stück zurück. Wieder starten. Wieder stoppen.

Wieder dieselbe Stelle.

»Leck mich doch sonst wo.«

Mit ungeschickten Bewegungen schob er den Mauszeiger über den Bildschirm, nach oben, zu den Menüreitern und Funktionsbuttons. Olofsen klickte auf einen Schalter. Nichts passierte.

»Mist, der falsche.«

Endlich hatte er die gesuchte Funktion gefunden und vergrößerte das Standbild. Je größer es wurde, desto pixeliger und unschärfer wurde das Bild.

»Zu viel«, brummte er und zog den Regler mit der Maus ein wenig zurück. Das Bild wurde kleiner. »Ja, genau so.«

Anschließend verschob er das Bild, bis er genau die Stelle im Zentrum des Bildschirms hatte, die er sich anschauen wollte.

Arm, Hand und Ausweis. Schwarz, dunkelgrau, hellgrau, aber dennoch gut zu erkennen. Selbst zwei der fünf Finger waren gut als Kontur zu sehen.

Olofsen donnerte mit der Faust auf den Tisch. »Ja! Wer hätte das gedacht. Jetzt habe ich dich, du kleines Arschloch.«

Am nächsten Morgen war Olofsen schon um kurz nach fünf auf den Beinen. Seine Entdeckung am Laptop hatte ihn berauscht und für eine kurze und unruhige Nacht mit wenig Schlaf gesorgt.

Am liebsten hätte er sich letzte Nacht sofort auf den Weg gemacht, um den Schwung des Adrenalins auszunutzen – aber er hatte sich eingestehen müssen, dass er zu solch später Stunde nichts mehr hätte ausrichten können. Nein, um den erfolgreichen Zugriff zu ermöglichen, müsste einiges vorbereitet werden. Es galt, Schlingen und Stolperdrähte auszulegen und verschiedene Strippen zu ziehen. Außerdem hatte ihn nicht nur die Entdeckung berauscht, sondern auch der Wein.

Um zwanzig Minuten nach fünf saß er im Auto. Es war noch stockdunkel, aber es regnete nicht, die Straßen waren trocken. Das Handy hatte Olofsen mit der Freisprechanlage verbunden. Ungeduldig suchte er Greiners Nummer aus dem Speicher, während er gleichzeitig versuchte, keine wilden Schlangenlinien zu fahren. Zum Glück war auf der Cuxhavener Straße um die Uhrzeit so gut wie kein Verkehr.

»Ist deine Uhr kaputt?« Greiner klang über den frühmorgendlichen Anruf wenig begeistert.

»Ganz im Gegenteil«, antwortete Olofsen. »Ich weiß ziemlich genau, wie spät es ist.« Er schielte auf die Uhr. »Eine Minute nach halb sechs morgens.«

»Glückwunsch. Und was willst du am Sonntagmorgen um eine Minute nach halb sechs morgens?«

»Ich weiß jetzt, wer der Scheißer ist, der John Smith erschossen hat.«

»Was? Wer? Wie?« Greiner war jetzt hellwach.

»Nicht am Telefon«, sagte Olofsen und überholte dabei ein anderes Fahrzeug, das für seinen Geschmack viel zu langsam Richtung Lüdingworth tuckerte. »Ich brauche mindestens N-Kubik und Frank. Die beiden vom BKA sollten ebenfalls dabei sein. Wir müssen planen. Ich glaube, wenn wir das jetzt nicht verbaseln, kommen wir sogar an diesen Briten ran.«

»Den großen Unbekannten im Hintergrund?« Greiner klang höchst erstaunt. »Okay, ich kümmere mich darum. Wenn du vor mir in der Dienststelle ankommst, setz schon mal Kaffee auf.«

Olofsen kam tatsächlich als Erster der Soko in der Dienststelle an. Der wachhabende Beamte warf ihm einen fragenden Blick zu, als Olofsen nur mit einem gemurmelten »Moin« an ihm vorbei ins Treppenhaus rauschte. Oben angekommen, ging er wie gewünscht in die kleine Küche und kochte frischen Kaffee. Anschließend saß er ungeduldig im Besprechungsraum. Die erste Tasse hatte er schon getrunken, war ans Fenster gestürmt, hatte es aufgerissen und einen suchenden Blick nach draußen geworfen, es wieder geschlossen und sich die nächste Tasse eingegossen. Schon verspürte er den Drang, das stille Örtchen aufzusuchen.

Als er kurz darauf in den Besprechungsraum zurückkehrte, wartete Pall auf ihn. Auch er schaute noch verschlafen drein. »Kannst du deine Geistesblitze nicht zu den normalen Bürozeiten haben?«

»Nein.« Olofsen schüttelte den Kopf. »Kaffee?«

»Klar.«

Er schenkte ihm eine Tasse ein.

»Ich habe da in einem der Security-Videos von Ports-of-Cux etwas gefunden«, sagte er dann und schob Pall die Tasse hinüber. »Vielleicht kannst du, bevor die anderen kommen, ein wenig von deiner Bildoptimierungszauberei darauf anwenden, damit es besser zu erkennen ist.«

Pall blickte ihn erstaunt an. »Der große Sheriff Schlammschuh formuliert eine Bitte?«

»Ja oder nein?«

»Na klar«, sagte Pall grinsend.

Olofsen zog einen USB-Stick aus der Tasche. »Lass uns gehen.«

Als die beiden einige Minuten später wieder in den Besprechungsraum zurückkehrten, trafen sie dort Greiner, Nunk und sogar Nilsson an. Greiner balancierte gerade ein Papptablett mit belegten Broten, die er von zu Hause mitgebracht hatte, als Krüger und Krause ebenfalls dazustießen.

Als alle am Tisch saßen, jeder einen Becher Kaffee vor sich – nur Nunk hatte es vorgezogen, sich einen Tee zu kochen – und eine belegte Brötchenhälfte in der Hand, erhob Olofsen seine Stimme. »Es ist zwar noch früh am Morgen, aber ich glaube, wir haben jetzt einen echten Durchbruch, der uns den restlichen Tag versüßen wird.«

»Seit Arne kein Single mehr ist, redet er, als hätte er nicht mehr alle Latten am Zaun«, flüsterte Pall und erntete ein paar zaghafte Lacher sowie einen tödlichen Blick von Olofsen.

»Mit anderen Worten: Ich weiß jetzt, wer der Sack ist, der uns den ganzen Mist hier eingebrockt hat. Jetzt können wir ihn mit den Eiern an die Kugelbake nageln.«

»Ja, genau!« Pall klatschte begeistert. »So muss das.«

»Ein paar Details wären jetzt durchaus interessant«, warf Greiner ein.

Olofsen startete den Beamer und schloss seinen Laptop an. In der nächsten halben Stunde zeigte er den Kollegen Bilder und Videosequenzen, erklärte, was er gefunden hatte, beantwortete Fragen. Dank der Hilfe von Pall waren die vergrößerten Standbilder, die Olofsen aus den Videos herausgeschnitten hatte, klar und scharf.

Nachdem er geendet hatte, herrschte Schweigen. Aber Olofsen konnte an den Gesichtern seiner Kollegen sehen, dass es sich um konzentrierte Stille handelte. Jeder von ihnen ging in Gedanken noch einmal die Ereignisse durch und verglich sie mit dem eben Gehörten.

»Alles passt zusammen«, brachte Nunk die Überlegungen auf den Punkt. »Wir haben zuvor viel spekuliert, und auch jetzt gibt es eine ganze Reihe von Unwägbarkeiten. Aber es macht Sinn, anzunehmen, dass die Leute, die das Labor betrieben haben, auf irgendeine Weise für diesen Briten arbeiten.«

»Als so eine Art Lohnhersteller für Biowaffen«, sagte Greiner.

»Viren und Gifte«, ergänzte Pall dunkel.

Olofsen zeigte mit der Hand auf ihn. »Wie es scheint, ist der Brite bestens vernetzt, hat seine Ohren und Augen überall. Aber ich glaube, mit dem, was ich euch gerade gezeigt habe, haben wir ein Ass aus dem Ärmel gezogen, von dem er nichts weiß.«

»Was soll das sein?«, erkundigte sich Nunk.

»Wer auch immer dieses Virus bestellt hat – er will es garantiert noch immer haben«, beantwortete Greiner die Frage.

»Wir brauchen einen Plan.« Krüger trommelte aufgeregt mit den Fingern auf die Tischplatte.

»Wir basteln jetzt eine Falle«, sagte Olofsen mit einem hinterhältigen Grinsen, »und dann lassen wir sie zuschnappen.«

»Ich habe eine Idee«, sagte Greiner.

Nun verging eine weitere Stunde, in der sie Optionen, Strategien und Hinterhalte diskutierten, verwarfen und neu entwickelten. Es fiel kein böses Wort, es wurde kaum geflucht oder geschimpft, der eine oder andere verließ gelegentlich den Raum, um zu telefonieren.

Plötzlich schlug Olofsen mit der Faust auf den Tisch. »So machen wir das.«

Allgemeine Zustimmung.

»Ich fasse also zusammen«, sagte Olofsen. »Wir lassen durchsickern, dass wir die Cuxhavener Virusgruppe ausgeschaltet, das Labor aber noch nicht gefunden haben. Außer uns weiß nur das MEK Bescheid, und die können wir überzeugen, die Klappe zu halten.«

»Wenn wir das Labor angeblich noch nicht gefunden haben, ergibt sich logischerweise daraus, dass das Virus noch dort sein muss.« Greiner sekundierte mit verschmitzter Miene.

»Genau.« Olofsen reckte den Daumen nach oben. »Danach dürfte es nicht allzu lange dauern, bis jemand kommt, um das Virus zu holen. Unser Jemand wird persönlich erscheinen, denn er hat zwei Probleme. Zum einen steht er als Projektleiter seinem Chef, dem Briten, gegenüber in der Verantwortung – wie er schon bei dem Mord an John Smith unter Beweis gestellt hat –, zum anderen weiß er, dass die Uhr gegen ihn läuft. Er muss seine Probleme schneller lösen, als wir seiner Einschätzung nach das Labor finden.«

»Wir stechen diese Info an Weller durch – und verlassen uns darauf, dass jeder Maulwurf in ihrem Umfeld es nicht nur mitkriegt, sondern auch die richtigen Schlüsse zieht.« Krüger war begeistert.

»Erbil erhält die Info ebenfalls«, fügte Olofsen hinzu.

Krauses Handy summte, sie warf einen schnellen Blick darauf. »Nachricht aus Hannover. Bei den Samen, die wir im Labor gefunden haben, handelt es sich tatsächlich um Rizinussamen.«

»Volltreffer!«, rief Olofsen. »Das ist die endgültige Bestätigung: Alles hängt zusammen. Wir haben nur *einen* Fall, und wir können ihn nun vor Ort lösen.« Er lehnte sich selbstzufrieden auf seinem Stuhl nach hinten und ließ seinen Blick durch den Raum schweifen. Draußen war es längst hell geworden. Es würde ein schöner Tag werden, kalt, aber sonnig.

»Wenn unsere Falle funktionieren soll, brauchen wir Muskelkraft und starke Bewaffnung«, sagte Krause. »Wir dürfen nicht vergessen, dass man in der Organisation des Briten vor nichts zurückschreckt.«

»Darum kümmere ich mich«, antwortete Krüger. »Das MEK soll in voller Stärke aus Oldenburg wieder anrücken und so lange hierbleiben, bis das Spiel abgepfiffen ist.«

Olofsen stand am Fenster seines Büros. Es war weit geöffnet, damit sich der Raum mit der kühlen Luft füllen konnte. Schnell wurde es ihm jedoch zu kalt, sodass er es schloss. Die Visitenkarte mit Wellers Telefonnummer lag schon auf dem Schreibtisch bereit.

»Kommissar Olofsen«, sagte die englische Geheimdienstlerin auf Deutsch. »Ein Anruf, der Fortschritte bedeutet.«

Ihre Betonung ließ nicht erkennen, ob der Satz eine Frage oder eine Feststellung war.

»Mrs. Weller«, antwortete Olofsen. »Schön, Sie zu hören.«

»Was kann ich für Sie tun?«

Olofsen erklärte ihr, was er herausgefunden hatte und was das Team in Cuxhaven nun vorhatte.

»Herr Kommissar, ich bin sprachlos«, sagte Weller mit einer Stimme, aus der Olofsen nicht die geringste Emotion heraushören konnte. »Sie haben in wenigen Tagen herausgefunden, woran wir uns seit Langem die Zähne ausbeißen.«

Olofsen ging nicht darauf ein. »Wir brauchen jetzt Ihre Unterstützung.«

Weller lachte. »Und auf die können Sie sich verlassen. Ich werde alles in die Wege leiten. Unseren Kollegen Erbil werde ich kontaktieren und entsprechend instruieren. Ein phantastischer Erfolg.«

Kaum hatte Olofsen das Gespräch beendet, trat Krüger in sein Büro. »Das MEK ist wieder unterwegs zu uns. Die haben ziemlich blöd geguckt. Aber wir sollten uns jetzt auf den Weg zum Labor machen. Sobald das Desinfektionsteam raus ist, können wir dort alles präparieren.«

»Die Eingangstür muss repariert werden.« Olofsen griff nach seiner Jacke. »Weller ist im Bilde. Sie stimmt mit uns überein, dass der Zugriff sehr bald erfolgen wird.«

Die Zeit verging wie im Flug. Alle waren zum Labor gefahren, um dort die notwendigen Vorbereitungen zu treffen. Es lief wie am Schnürchen. Das MEK-Team war ebenfalls eingetroffen. Hoffmann war zunächst berufsskeptisch, doch je mehr Olofsen, Greiner und Krüger ihm die Details erklärten, desto weiter zogen sich seine Mundwinkel nach oben.

»Eine gewagte Aktion«, sagte er. »Aber einen Versuch ist es allemal wert. Zur verabredeten Zeit sind wir vor Ort.«

Olofsen warf Greiner einen schnellen Blick zu. »Lass uns ein paar Meter laufen und noch einmal alles durchgehen. Ich will mir später nicht nachsagen lassen, wir hätten etwas Entscheidendes vergessen.«

»Gute Idee«, sagte Greiner.

Doch bevor er weitersprechen konnte, ertönte Olofsens Handy. Er blickte auf das Display. »Gruber«, sagte er in Greiners Richtung. Anschließend hörte er dem Virologen konzentriert zu.

»Und?«, fragte Greiner, als das Gespräch beendet war. Doch wie zuvor bekam er keine Antwort, denn ein Piepen von Olofsens Handy kündigte den Eingang einer SMS an.

Olofsen las die Nachricht und ballte die Faust. »Ja!«, rief er begeistert. »Von Weller. Erbil ist dabei. Die Sache läuft rund.«

»Was hat Gruber nun gesagt?«, fragte Greiner.

»Sie haben das Material aus dem Labor untersucht«, antwortete Olofsen. »Es handelt sich um getrockneten und fein zermahlenen Mäusekot.«

Greiner zog überrascht die Augenbrauen nach oben.

»Neben allem Möglichen, was man so in Mäusekot findet, haben sie tatsächlich Hantaviren identifiziert. Per Elektronenmikroskop. Und das Wichtigste: Gruber sagt, die ersten Teilsequenzierungen bestätigen, dass es nicht nur irgendein Hantavirus ist, sondern exakt jenes, mit dem Berger und Kachens infiziert waren. Frag mich jetzt nicht nach Details, Gruber hat mir noch so einige Fachbegriffe um die Ohren gehauen. Alles konnte ich mir nicht merken.«

»Wir wissen das Wichtigste«, sagte Greiner. »Die Details klären wir später.«

»Lass uns den Plan durchgehen. Haben wir etwas vergessen?«

Am frühen Nachmittag hatte sich die ganze Truppe ein letztes Mal in der Cuxhavener Polizeiinspektion versammelt. Der

Besprechungsraum platzte aus allen Nähten. Am Ende kannte jeder der Anwesenden seine Rolle.

Wieder piepte Olofsens Handy, wieder eine SMS. Die Nachricht bestand nur aus einem einzigen Wort. »Departed« – aufgebrochen, unterwegs.

Olofsen schlug mehrmals mit der flachen Hand auf den Tisch, um sich Gehör zu verschaffen. »Nochmals von Weller«, rief er. »Die Falle wird zuschnappen.«

Mehrere geballte Fäuste wurden in die Luft gereckt, der eine oder andere skeptische Gesichtsausdruck war allerdings auch zu entdecken. Olofsen selbst schwankte zwischen Euphorie und Besorgnis. Der Plan war gut, aber trotzdem hatte er seine Schwachstellen, das wussten alle. Sie hatten ausgiebig darüber gesprochen. Hoffmann hatte unermüdlich seine Finger auf genau diese Stellen gelegt. Ein Gelingen war keinesfalls garantiert.

Das Team rüstete sich zum Aufbruch. Die MEK-Leute würden in Kürze ihre Posten beziehen, die anderen sich noch eine kleine Weile ausruhen. Plötzlich tönte Olofsens Handy ein weiteres Mal.

»Meine Güte, was ist denn los?« Er warf einen Blick auf das Display, konnte aber mit der dort angezeigten Nummer nichts anfangen.

»Olofsen. Kripo Cuxhaven«, meldete er sich. Es rauschte nur in der Leitung.

Als er schon im Begriff war, das Gespräch wegzudrücken, meldete sich eine Stimme. »Sie kennen mich nicht, aber hören Sie mir jetzt trotzdem genau zu. Ich werde alles nur ein Mal sagen.«

Die Stimme klang heiser und elektronisch verzerrt. Olofsen konnte nicht einmal mit Sicherheit sagen, ob sein Gesprächspartner Mann oder Frau war und ob Muttersprachler oder nicht. Er ruderte wild mit den Armen, um seine Kollegen auf sich aufmerksam zu machen. Mit einer langsamen Bewegung legte er anschließend das Telefon auf den Tisch, aktivierte den Lautsprecher und suchte gleichzeitig in den Menüs nach der Funktion, um das Gespräch aufzuzeichnen.

»Wer ist da?«, fragte Olofsen laut. »Ich rede nicht mit Leuten, die sich nicht einmal vorstellen.«

»Klappe halten und zuhören!«, lautete die Antwort.

»Okay, okay«, lenkte Olofsen ein. Wenigstens hatte er nun die volle Aufmerksamkeit aller Anwesenden im Raum.

»Ich gehe doch recht in der Annahme, dass Sie im Falle der beiden toten Wissenschaftler ermitteln«, sagte die krächzende Stimme.

»Ja«, bestätigte Olofsen kurz angebunden und hörbar missmutig.

»Neben dem Pinguin-Museum in der Schillerstraße befindet sich ein kleiner Parkplatz«, sagte der Anrufer. »Dort steht ein schwarzer Kombi, ein Audi. Älteres Modell, dreckig, getönte Scheiben, Kennzeichen aus Dresden. Im Wagen wartet eine Überraschung.«

Es klickte, die Verbindung war tot.

Olofsen stampfte mit dem Fuß auf den Boden. »Was läuft hier für ein Film?«, motzte er. Die Euphorie war verflogen, diese neue Entwicklung passte ihm gar nicht. »Als wenn wir jetzt nicht genug vor der Brust hätten – nun noch Autos mit Überraschungen.«

»Pinguin-Museum?« Krüger schaute irritiert. »So etwas gibt es?«

Greiner nickte. »Ja, ist sogar sehr interessant. Los, ich weiß, wo das ist.«

Der genannte Parkplatz war von der Dienststelle nur einen Katzensprung entfernt. Olofsen, Greiner, Krüger und Krause, zwei Streifenwagen sowie ein mit vier MEK-Beamten besetztes Fahrzeug fuhren mit Blaulicht und Martinshorn zum Schillerplatz und kamen mit quietschenden Reifen zum Stehen. Türen flogen auf, Polizisten sprangen aus den Fahrzeugen. Die Streifenbeamten gingen sofort daran, den kleinen Parkplatz abzusperren und die Schaulustigen, die sich in fast gleicher Geschwindigkeit eingefunden hatten, zum Weitergehen zu bewegen.

»Da steht der Wagen«, sagte Olofsen und deutete auf ein schwarzes Auto.

»Das sehe ich«, bestätigte Greiner. »Wo bleibt Frank?«

»Der sucht noch sein Luminol.«

Krüger und Hoffmann stürmten herbei und drängten Olofsen ab. »Mach jetzt keinen Blödsinn. Da könnte ein Sprengsatz drin sein.«

Auf ein paar Handzeichen von Hoffmann rückten seine Leute geduckt und mit vorgehaltenen Waffen vor. Einer von ihnen hielt einen kleinen Spiegel an einem langen Stab in der Hand, mit dem er die Unterseite des Wagens prüfen wollte. Nachdem er einmal um den Wagen herumgegangen war, schüttelte er den Kopf.

»Wir müssen auf Nummer sicher gehen«, sagte Hoffmann.

»Das dauert zu lange«, erwiderte Olofsen gereizt. »Ihr müsst im Labor Posten beziehen.«

Doch Hoffmann hörte nicht zu. Er hatte sich ein Headset aufgesetzt, auf Krisenmodus umgeschaltet und gab Anweisungen an seine Leute.

Olofsen trat langsam vor und ging auf den Wagen zu.

»Komm zurück, du Idiot«, schrie ihm Hoffmann hinterher. Krüger raufte sich die Haare. Greiner fiel die Kinnlade herunter.

Aber Olofsen ging weiter. Ohne den Wagen zu berühren, lief auch er langsam einmal um ihn herum und lugte hinein. »Nichts Auffälliges zu erkennen.«

»Das hat nichts zu bedeuten.« Hoffmann war wütend.

»Moment.« Olofsen hob die Hand und gebot allen zu schweigen. »Geräusche. Ich habe etwas gehört. Aus dem Kofferraum.«

Nun konnten sich auch Hoffmann und Krüger nicht mehr halten. Sie gingen zu Olofsen, stellten sich rechts und links neben ihm vor die Kofferraumklappe des Wagens.

»Hat euch Küstenheinis der letzte Sturm das Hirn aus dem Kopf geblasen?« Krüger konnte es immer noch nicht fassen. »Für so etwas gibt es Spezialisten. Wir sollten jedes Risiko vermeiden und die umliegenden Häuser evakuieren.«

Olofsen winkte ab. Er beugte sich vor, versuchte, durch die dreckige Heckscheibe ins Wageninnere zu spähen. »Decken. Da liegt ein Haufen Decken«, sagte er. »Moment. Da bewegt sich etwas. Da liegt einer drin.«

Alle MEK-Beamten hoben gleichzeitig ihre Waffen. Greiner, der zurückgeblieben war, zog seine Dienstwaffe. Olofsen tat es ihm nach.

Plötzlich trat eine Frau aus dem benachbarten Pinguin-Museum. Passend zur Location trug sie einen Pullover mit Pinguinaufdruck. »Was ist denn hier los? Sollten wir irgendetwas wissen?«

Krause sprang auf sie zu, riss sie mit einem Ruck zu Boden, denn im gleichen Moment zog Olofsen, der nichts davon mitbekommen hatte, am Griff des Kofferraums. Klackend schwang die Klappe nach oben. Unzählige Arme streckten sich, Pistolen und kurzläufige Schnellfeuerwaffen visierten den Deckenhaufen an.

»Meine Güte«, jammerte die Frau aus dem Museum.

»Seien Sie still«, raunzte Krause, die halb auf ihr lag.

Ein Schuh ragte aus dem Deckenhaufen heraus. Abermals griff Olofsen beherzt zu und zog die Decken weg.

»Keine Bewegung!«

»Polizei!«

»Ganz langsam jetzt.«

»Wer sind Sie?«

Zwei vor Panik weit aufgerissene, blutunterlaufene Augen starrten die Polizisten an. Es handelte sich um einen Mann. Er war an Armen und Beinen gefesselt, seine linke Gesichtshälfte war blutverschmiert, und ein Streifen Panzerband über dem Mund hinderte ihn daran zu sprechen.

Auf ein Handzeichen von Hoffmann senkten sich die Waffen. Auch Krüger, Greiner und Olofsen steckten ihre Pistolen weg. Krause half der Dame vom Museum auf die Füße. »Sorry, schlechtes Timing. Vielleicht sollten Sie Ihr Museum für die nächsten Stunden schließen.«

Olofsen trat als Erster vor und riss dem Mann das Klebeband vom Mund. »Wer sind Sie? Warum liegen Sie hier im Wagen?«

Der Mann versuchte, sich aufzurichten, hatte aber nicht die Kraft und fiel zurück. Greiner kam hinzu und half Olofsen, ihn ein Stückchen aus dem Wagen zu ziehen. Hoffmann schnitt mit einem Messer die Fesseln an Beinen und Handgelenken durch. »Der Rettungswagen ist unterwegs«, flüsterte er Olofsen zu.

»Noch mal«, herrschte Olofsen den Mann an. »Wer sind Sie?«

»Blohmquist. Thore Blohmquist.« Die Stimme des Mannes war brüchig und kaum zu verstehen.

Olofsen riss die Augen auf. »Was?«

»Ich heiße Thore Blohmquist«, wiederholte der Mann und drückte den Rücken durch. Seine Beine baumelten über die Ladekante des Kofferraums. »Man hat mich entführt.«

Olofsen wandte sich ab. »Verdammte Scheiße. Was läuft hier? Wie kann es sein, dass uns dieser Typ genau jetzt vor die Nase gesetzt wird?«

»Wer zur Hölle ist Blohmquist?«, wollte Hoffmann wissen.

Greiner nahm den MEK-Teamleiter zur Seite und erklärte es ihm.

»Warum hat den vorher keiner erwähnt?«, bellte Hoffmann. »Das ändert alles.«

Olofsen drehte sich abrupt um. »Nein«, sagte er. »Nicht alles. Aber wir haben einen Unsicherheitsfaktor weniger. Die Cuxhavener Crew ist nun offiziell und vollständig ausgeschaltet. Damit werden wir von dieser Seite keine Überraschungen erleben können.«

»Das wissen wir nicht.« Hoffmann war nicht überzeugt.

Olofsen drehte sich zu Blohmquist und zeigte mit dem Finger auf ihn. »Du – wer gehörte neben Finn Berger und Gunnar Kachens sonst noch zu eurer kleinen Unternehmung?«

»Was? Ich weiß nicht –«

»Antworte!«, schnauzte Olofsen.

Der Mann im Kofferraum sank in sich zusammen. »Niemand. Nur wir drei.«

»Ganz sicher?«

»Ja.«

Im Hintergrund waren Sirenen zu hören. Der Rettungswagen näherte sich.

»Und warum steckst du gefesselt im Kofferraum dieses Wagens?«

»Ich wurde entführt.«

»Von wem? Warum?« Olofsens Ungeduld erreichte ein kritisches Niveau.

Der Mann wand sich. »So ein Gorilla von unserem Auftraggeber. Der war das.«

»Himmel, muss man dir wirklich jeden Wurm einzeln aus der Nase ziehen? Gleich –«

Greiner war hinter Olofsen getreten und zog seinen Kollegen sachte, aber bestimmt von Blohmquist weg. »Ich werde mit ihm reden. Kümmere du dich um den Rest.«

Olofsen richtete sich zu voller Größe auf und fuchtelte mit dem Zeigefinger vor Greiners Gesicht herum. »Ich werde dir –«

»Nein, wirst du nicht«, entgegnete Greiner ruhig. »Du kümmerst dich um den Rest. Punkt.«

Olofsen drehte sich um und ging. Hoffmann und Krüger nickten Greiner anerkennend zu, Krause grinste.

Von hinten kam eine neue Stimme dazu. »Was geht denn hier ab?« Frank Pall war angekommen. Er trug seinen großen silbernen Tatortkoffer.

»Blohmquist«, sagte Olofsen und reckte die Hände zum Himmel.

»Hä?«

»Blohmquist«, blaffte Olofsen. »Der dritte Vogel aus dem Labor.«

»Ja, leck mich am Arsch.«

NEUNZEHN

Montag, 27. Januar, nachts

Es war nach Mitternacht. Die wenigen Straßenlaternen erhellten die Umgebung nur spärlich. Alle Teammitglieder hatten ihre Posten bezogen und warteten geduldig. Olofsen, Greiner und Pall saßen in einem Wagen gegenüber dem Eingang zum Labor.

Krüger saß zusammen mit Krause in einem anderen, auf dem Seitenstreifen geparkten Fahrzeug, gut fünfzig Meter vom Eingang entfernt. Sechs der MEK-Beamten hielten sich im Gebäudeinneren versteckt, weitere hatten sich außerhalb auf die Lauer gelegt. Außerdem warteten mehrere Beamte der Polizeiinspektion Cuxhaven in unauffälligen Fahrzeugen. Nunk hielt in der Inspektion die Stellung.

»Lustiger Name, van Schellinkhout – der muss einem erst einmal einfallen. Meint ihr, der Kerl wird tatsächlich gleich hier auftauchen?«, fragte Greiner unbestimmt. Blohmquist hatte ihm am Nachmittag während des improvisierten Verhörs im Krankenwagen mit zittriger Stimme und vor Angst geweiteten Augen erzählt, wie die Kontakte zu diesem van Schellinkhout zustande gekommen waren. Die Beschreibung des Mannes passte zu dem, was Olofsen dem Team zuvor geschildert hatte. Und die Art und Weise des Deals sowie die georderte Ware ließen bei Greiner auch den letzten Zweifel verdunsten, dass hinter alldem nicht dieser ominöse Brite stecken sollte.

Olofsen ließ einmal den Nacken kreisen. Es knackte. »Der Name eines Inselentdeckers in der grönländischen See, die beiden Berge der Insel als die Decknamen der Muskelmänner, Beerenberg und Toppen«, sinnierte er, »da wäre ich nie draufgekommen.«

Pall lachte. »Mehr lesen, weniger im Internet daddeln. Bildung hat noch niemandem geschadet.«

»Klugschnacker«, entgegnete Olofsen. Er schielte auf seine Uhr. »Es ist gleich zwei Uhr nachts. Es wird Zeit. Langsam werde ich müde.«

Greiner ließ das Fenster herunter und atmete die kühle Nachtluft ein. »Eine frische Brise hält wach. Wenn etwas passiert, dann innerhalb der nächsten Stunde. Diese Uhrzeit ist perfekt für Nacht-und-Nebel-Aktionen. In einer Nacht auf Montag ist hier ohnehin nichts los, die meisten Menschen schlafen tief und fest. Die, die noch wach sind, kämpfen gegen die zufallenden Augen.«

»Dein Wort in Gottes Ohr.«

»Nummer eins«, quäkte es aus dem Funkgerät. Es war Hoffmann. »Status.«

Die Antwort kam prompt. »Nummer eins, Status grün.«

»Nummer zwei.« Hoffmann funkte der Reihe nach alle Mitglieder seines Teams an. Alles war in Ordnung.

»Da«, zischte Greiner plötzlich. »Zwei Fahrzeuge.«

Tatsächlich näherten sich auf Höhe der Cuxhavener Kühlhäuser zwei Wagen über die Neufelder Straße dem Laborgebäude, ein Pkw und ein Transporter. Beide Autos waren so dunkel, dass sie in der Schwärze der Nacht kaum zu sehen waren. Plötzlich erloschen bei dem vorderen Fahrzeug die Scheinwerfer.

Olofsen rutschte tief in seinen Sitz. »Ich glaube, es geht los.«

Je näher die Fahrzeuge kamen, desto langsamer wurden sie. Plötzlich schwenkte das hintere Fahrzeug auf den Seitenstreifen und blieb dort stehen. Der führende Wagen fuhr langsam am Labor vorbei.

»An alle Positionen«, quäkte Hoffmann nun aus dem Funkgerät, »Verdächtige nähern sich in zwei Fahrzeugen. Stand-by.«

Der erste Wagen wendete, kehrte zum Eingang des Labors zurück und stoppte direkt davor. Türen öffneten sich, und drei Männer in schwarzen Kampfanzügen und Sturmhauben sprangen heraus. Nur der Fahrer blieb im Wagen sitzen. Zwei der

Männer hielten kurzläufige Maschinenpistolen im Anschlag, der dritte hatte eine Art Werkzeugtasche bei sich. Er kniete sich vor die wie neu aussehende Eingangstür, steckte sich eine kleine Taschenlampe zwischen die Zähne und öffnete mit filigranen Werkzeugen das Schloss.

»Ein Profi«, stellte Olofsen anerkennend fest. Er beobachtete das Geschehen mit einem von Hoffmann geborgten Fernglas mit Restlichtverstärker. Tatsächlich dauerte es nur wenige Sekunden, bis die Tür aufschwang. Der Schlossknacker trat schnell einen Schritt zur Seite, worauf die beiden anderen mit vorgehaltenen Waffen das Gebäude betraten.

»Nummer eins bis sechs – drei Verdächtige im Gebäude«, sagte Hoffmann über das Funkgerät.

Jetzt fuhr auch der etwas abseits geparkte Wagen wieder an und näherte sich der Tür. Auch dieser stoppte, Fahrer- und Beifahrertür öffneten sich, und zwei weitere maskierte Personen in schwarzer Montur stiegen aus. Eine holte von der Rückbank eine Kühlbox, dann betraten beide das Gebäude.

Olofsen richtete sich im Sitz auf. »Jetzt wollen sie das Virus holen.«

»Gleich rappelt es im Karton.« Pall rieb sich auf der Rückbank die Hände.

Hoffmanns Stimme erklang aus dem Funkgerät. »Nummer sieben und acht. Zugriff auf den Fahrer von Wagen eins.«

Wie aus dem Nichts tauchten tief geduckt zwei ebenfalls in schwarze Kampfanzüge gekleidete Beamte des MEK am ersten Fahrzeug auf. Die Fahrertür flog auf, Handgriffe wurden so schnell ausgeführt, dass Olofsen mit dem Fernglas kaum folgen konnte, und der Mann, der Sekundenbruchteile zuvor noch im Auto gesessen hatte, lag mit dem Gesicht nach unten auf dem kalten Asphalt der Straße. Einer der beiden MEK-Beamten drückte ein Knie auf seinen Rücken und fesselte mit einem Kabelbinder die Handgelenke, der andere presste dem am Boden Liegenden die Hand auf den Mund. Dann wuchteten die beiden ihren Gefangenen auf die Füße und zerrten ihn von der Straße, weg aus dem beleuchteten Eingangsbereich. Der Zugriff hatte nur Sekunden gedauert.

»Eine Zielperson ausgeschaltet«, erklang es aus dem Funkgerät. Sieben und acht zurück auf Stand-by.«

»Ich bin schwer beeindruckt«, stellte Greiner fest.

»Den Jungs möchte ich nicht bei Regenwetter und schlechter Laune über den Weg laufen«, sagte Olofsen.

Plötzlich ertönten aus dem Inneren des Gebäudes Schüsse. Dann eine Explosion, die Fenster im oberen Stockwerk zerbarsten, Splitter regneten herab.

»Ach du Scheiße!«, Olofsen riss die Tür auf.

Weitere Schüsse. Eine knatternde Salve aus einer automatischen Waffe. Schreie.

»Status!«, plärrte Hoffmann aus dem Funkgerät.

Greiner griff nach dem Funkgerät und stieg mit Pall ebenfalls aus. Zusammen mit Olofsen näherten sie sich geduckt dem Gebäude. Alle trugen schusssichere Westen, hatten ihre Waffen entsichert und hielten sie vor sich ausgestreckt.

»Nummer drei ist getroffen. Starke Blutung am Oberschenkel.«

»Nummer vier. Bring drei hinten raus.«

Wieder knallte es ohrenbetäubend. Rauch stieg aus dem linken Fenster auf. Olofsen, Greiner und Pall gingen hinter dem Fahrzeug der Angreifer in Deckung. Aus dem Augenwinkel sah Olofsen Krüger und Krause zum Hinterhof des Gebäudes rennen. Auch die beiden BKA-Leute trugen schusssichere Westen, dazu ebenfalls halb automatische Waffen mit kurzen Läufen.

»RTW vorfahren!«, gab Hoffmann neue Anweisungen.

In einigen hundert Metern Entfernung erwachte ein Motor zum Leben, Scheinwerfer leuchteten auf, ein Rettungswagen setzte sich mit Blaulicht, aber ohne Sirenen in Bewegung.

»Achtung, links. Der will raus«, rief eine Stimme im Funkgerät.

Eine Geschosssalve schlug innen gegen den Rahmen und die

Ummauerung der Eingangstür. Holzsplitter und Putz flogen in alle Richtungen.

»Runter«, schrie Olofsen und riss Greiner mit sich.

»Verdammte Pisser!«, donnerte Pall. »So etwas gehört nach Hollywood, nicht nach Cuxhaven.«

Erneut ertönte Hoffmanns Stimme im Funkgerät. »Phönix, aufsteigen.«

»Phönix bestätigt«, kam sofort die Antwort. »Steigen auf und warten auf Anweisungen.« Auf dem Parkplatz am Steubenhöft, auf dem bis vor einiger Zeit noch Autos für die Elbfähre nach Brunsbüttel in langen Reihen gewartet hatten, begannen sich die Rotoren eines EC 135 P2+ zu drehen. Den Helikopter hatte Olofsen auf Hoffmanns Drängen noch am Nachmittag von der niedersächsischen Polizeihubschrauberstaffel in Rastede angefordert. Kurz darauf hob sich das mit Scheinwerfer und Wärmebildkamera ausgestattete Fluggerät in die Lüfte und näherte sich mit donnernden Rotoren dem neuen Fischereihafen.

Weitere Schüsse fielen, weitere Schreie waren zu hören. Der Rettungswagen war vorgefahren, das kreisende Blaulicht mischte sich mit dem aus den Fenstern aufsteigenden Rauch zu einer gespenstisch anmutenden Szenerie.

Krüger und Krause kamen hinter dem Gebäude hervor. Sie hatten den verletzten MEK-Mann in die Mitte genommen und liefen so schnell es ging zur bereits geöffneten Hecktür des RTW. Kaum war der Mann im Inneren verschwunden, schwang die Tür zu, und der Wagen entfernte sich.

»Status!«, brüllte Hoffmann erneut.

Statt einer Antwort erschütterte eine erneute Explosion das Gebäude. Weitere Trümmerteile flogen aus dem Fenster und regneten auf den Wagen nieder, hinter dem Olofsen und seine beiden Kollegen kauerten.

»Verdammt«, meckerte Pall weiter. »Dafür habe ich nicht unterschrieben. Krasser kann es in Kabul auch nicht sein.«

»Halt die Klappe und pass auf«, fuhr Olofsen ihn an.

»Da!«, rief Greiner, der am Frontscheinwerfer vorbei um die Ecke gespäht hatte.

In einem nicht enden wollenden Geschosshagel zerbarst die ohnehin schon demolierte Tür samt Rahmen in kleinste Teile. Mehrere Kugeln schlugen in den Wagen vor den drei Polizisten ein. Einer der Reifen platzte, das Fahrzeug sackte ein wenig zur Seite, die Seitenscheiben zersplitterten in tausend Stücke.

Durch die Überreste der Tür stürzten zwei Gestalten aus dem Haus. Eine von beiden hatte ihre Waffe über die Schulter nach hinten gerichtet und feuerte unentwegt blind und ohne zu zielen auf Tür und Eingang.

»Die kaufen wir uns«, verkündete Olofsen.

Seine beiden Kollegen hatten die gleiche Idee, waren aber schneller. Greiner sprang als Erster auf und hechtete auf einen der beiden fliehenden Männer zu. Er hatte das Überraschungsmoment auf seiner Seite. Mit der Schulter voran flog er in einem gewaltigen Sprung auf den Flüchtenden zu und erwischte ihn von schräg hinten. Das Funkgerät fiel ihm bei dem Angriff aus der Hand und schlitterte über den kalten Boden. Der Mann schrie auf, verlor seine Waffe und stürzte. Greiner krachte mit seinem ganzen Körpergewicht auf ihn. Dem entwich mit einem Pfeifton die Luft aus den Lungen. Aber er war ein Kämpfer. Nur Sekundenbruchteile später drehte er sich unter Greiner mit aller Kraft zur Seite und wollte seinem Gegner mit Wucht den Ellbogen gegen Kopf oder Hals rammen. Allerdings hatte er nicht mit Pall gerechnet. Mit einem animalischen Schrei stürmte auch dieser herbei, ließ sich auf den Arm des Mannes fallen und stoppte damit abrupt den Schlag gegen Greiner. Der Arm sackte weg, schlug mit einem unschönen Knackgeräusch auf den Boden, der Mann schrie auf. In diesem Moment rollte sich Greiner zur Seite, Pall packte den anderen im Genick, drückte ihn fest auf den Boden, schob sich halb auf dessen Rücken, packte auch die zweite Hand und hielt sie fest wie in einem eisernen Schraubstock. Greiner schnappte kurz nach Luft, griff dann hinter sich, wo er die stählerne Acht aufbewahrte.

Den gebrochenen Arm ignorierend, zog Greiner beide Handgelenke des anderen auf dessen Rücken und legte ihm die Handschellen an. Mit einem Klicken und Ratschen rasteten die Schlösser ein.

Der Mann brüllte vor Schmerz, aber Greiner widmete ihm nur einen mitleidlosen Blick. »Für um sich schießende Scheißkerle wie dich habe ich nichts übrig«, zischte er, nach Luft schnappend. »Du bist verhaftet, wegen Einbruchs, illegalen Waffenbesitzes, versuchten Mordes, und wenn ich Zeit und Atem habe, finde ich garantiert noch diverse andere Sachen aus dem Strafgesetzbuch, gegen die du auch noch verstoßen hast.«

»Ganz schön lange Rede für den Anlass.« Pall war mittlerweile wieder auf den Beinen und klopfte sich den Dreck von der Hose.

Aus dem Gebäude drangen nun nur noch vereinzelte Schüsse. Da aber Greiner das Funkgerät verloren hatte, konnten sie im Moment nicht mithören, wie dort der Stand der Dinge war.

»Wo ist Arne?«, fragte Greiner.

»Verdammt«, sagte Pall. »Gute Frage.«

Auch Greiner richtete sich auf und sah sich suchend um, konnte aber in der Dunkelheit nicht viel erkennen.

Plötzlich, als hätten sie es vorab so bestellt, flammte am Himmel über ihnen ein Scheinwerfer auf und hüllte die Szenerie in gleißendes Licht. Der Hubschrauber. Pall und Greiner sahen den zerschundenen Eingang des Gebäudes, der aussah wie ein mit abgebrochenen Zähnen bestücktes Maul eines Monsters. Aus den Augen des Monsters, den Resten der Fenster, stieg nach wie vor Rauch auf. Von irgendwo erklangen Sirenen.

»Da drüben!«, schrie Pall und zeigte in die andere Richtung.

»Ja, das ist er«, rief Greiner. »Pass du auf den Vogel hier auf.« Ohne die Antwort abzuwarten, rannte er los.

Während Greiner und Pall sich auf einen der beiden Flüchtenden gestürzt hatten, hatte Olofsen sein volles Augenmerk auf die zweite Person gerichtet.

»Stehen bleiben! Polizei. Sie sind verhaftet«, brüllte er. Aber der Mann vor ihm ignorierte ihn. Sie hatten inzwischen die Neufelder Straße überquert und sprinteten über die Niedersachsenstraße zum Niedersachsenkai. Der Abstand zwischen dem Flüchtenden und Olofsen wurde langsam größer.

Olofsen fluchte in sich hinein, mobilisierte jedoch von irgendwoher neue Kräfte und wurde schneller.

Der andere hatte die Kante des Kais erreicht. Vor ihm ragte die rote Bordwand der »Knechtsand« auf. Mit einem gekonnten Sprung gelangte er auf das Schiff und verschwand außer Sicht.

»Das passt ja gut«, keuchte Olofsen im Rennen vor sich hin. »Ein Drecksack auf einem Schadstoffbekämpfungsschiff.«

Nun hatte er selbst die »Knechtsand« erreicht und hechtete ebenfalls an Bord.

»Komm raus, du Scheißkerl!«, schrie er und zielte mit seiner Waffe in alle Richtungen. »Ich zerlege dich. Ich nagele dich mit –«

Im Augenwinkel nahm Olofsen eine Bewegung wahr. Ein schwarzer Schatten flog auf ihn zu. Mit ungeahnter Schnelligkeit wich Olofsen zur Seite, aus dem Schatten wurde ein Körper, der aber an ihm vorbeiflog. Der Mann musste ein trainierter Kämpfer sein, denn er stürzte nicht ungelenk zu Boden, sondern rollte sich trotz der Enge des Schiffes und der vielen metallenen Hindernisse geschickt ab und stand schneller wieder auf den Beinen, als Olofsen es für möglich gehalten hätte.

Adrenalin raste durch Olofsens Körper, verdrängte jede Angst und Zurückhaltung. Jetzt bist du reif, sagte er in Gedanken und sprang auf den anderen zu. Mit der Waffe in der Hand schlug er zu, traf den Gegner tatsächlich an der Schulter. Der zuckte jedoch nicht einmal zusammen, sondern ließ sein Bein herumwirbeln. Der Tritt traf Olofsen auf Höhe der Hüfte. Jemanden, der damit nicht gerechnet hätte, hätte dieser Tritt mit Sicherheit umgehauen, aber die Stresshormone hatten Olofsen in einen Berserker verwandelt, der keinen Schmerz spürte. Er kniff den Mund zu einem schmalen Strich zusammen, griff nach dem Bein, das immer noch an seiner Hüfte klebte, und zog es mit einem Ruck nach oben.

Überrascht von dieser Wendung stürzte der Angreifer zu Boden und ließ dabei seine Waffe fallen. In einer fließenden Bewegung drehte Olofsen das Bein, sodass sich der andere mitdrehen musste, wollte er Schmerzen oder gar einen Bruch vermeiden. Nun lag er auf dem Bauch. Olofsen ließ das Bein los und stürzte sich auf seinen Gegner.

Aber wieder war dieser schneller. Wie ein Aal wand er sich zur Seite, holte aus und verpasste Olofsen einen Schwinger seitlich gegen den Kopf.

Olofsen wurde zur Seite geschleudert. Jetzt war er es, der hart gegen ein Metallteil schlug. Kurz wurde ihm schwarz vor Augen. »So geht das nicht«, murmelte er benommen.

Der andere sprang auf, kletterte über die Aufbauten, suchte einen Fluchtweg.

Olofsen schlug sich selbst zweimal mit der flachen Hand ins Gesicht und rappelte sich auf.

Suchend blickte er sich um. Wo war der Dreckskerl?

Hinter ihm beleuchtete ein helles Licht die Straße und das Laborgebäude, aber der Lichtstrahl war zu fokussiert, um auch seinen Standort zu erhellen. Er erkannte den Hubschrauber, der über der Neufelder Straße schwebte. »Ich könnte hier auch ein wenig Licht gebrauchen.«

Sein Wunsch wurde nicht erfüllt.

Trotzdem entdeckte er plötzlich seinen Gegner. Der stand unschlüssig an der Reling auf der anderen Seite des Schiffes – nur wenige Meter von ihm entfernt.

Olofsens Energie kehrte explosionsartig zurück. Halb kletternd, halb rennend näherte er sich dem Unbekannten. In der rechten Hand hielt er seine Pistole, er hob den Arm und zielte auf dessen Kopf. »Keine Bewegung oder ich schieße«, rief Olofsen. »Jetzt mach keinen Scheiß mehr!«

Erschrocken drehte der andere sich um. Anscheinend hatte

er nicht mitbekommen, dass Olofsen auf den Beinen war und ihm an den Fersen klebte.

»Verpiss dich endlich, Dorfbulle!«, zischte er. Blitzschnell wischte er mit einer Handbewegung Olofsens Pistole zur Seite und holte seinerseits zu einem Schlag aus. Olofsen blockte diesen mit der anderen Hand ab. Danach griff er nach der Sturmhaube, die der andere über dem Kopf trug. Er bekam sie zu fassen, und mit einer schnellen Bewegung riss er sie herunter.

Am und in dem Gebäude war der kurze, aber heftige Kampf beendet. Das MEK hatte das Duell für sich entschieden. Nacheinander traten die Beamten aus dem Gebäude heraus, die Waffen gesenkt. Vor ihnen liefen ihre Gegner, die Hände bereits mit Kabelbindern auf den Rücken gebunden. Ein Mann hinkte, an seinem Oberschenkel glänzten Blutspuren auf dem Kampfanzug. Ein anderer hatte eine stark blutende Platzwunde über der linken Schläfe. Trotz des wilden Schusswechsels war es zu keinen ernsthaften Verletzungen gekommen.

Zwei weitere Rettungswagen und das Fahrzeug des Notarztes fuhren vor, augenblicklich kümmerten sich die Sanitäter um die Verletzungen.

Hoffmann und Krüger liefen mit schnellen Schritten zu Pall, der in Siegerpose auf seinem Gefangenen hockte. »Spiel, Satz und Sieg für das Team Cuxhaven«, verkündete er.

»Wo ist Arne?«, wollte Krüger wissen.

Pall zeigte in die Dunkelheit jenseits der Neufelder Straße. »Einer von den Vögeln ist in die Richtung abgehauen. Arne und Martin sind hinterher.«

Hoffmann wandte sich ab und griff nach seinem Funkgerät. »Phönix, hier Teamchef, zwei Beamte verfolgen Flüchtenden Richtung Hafenbecken. Situation unklar. Sofortige Unterstützung.«

Kaum hatte Hoffmann ausgesprochen, änderte sich das Motorengeräusch des Helikopters. Die Maschine kippte zur Seite weg, flog eine enge Kurve und schwebte anschließend direkt über dem Becken des neuen Fischereihafens. »Phönix bestätigt«, kam die knappe Rückmeldung.

»Sichtkontakt?«, fragte Hoffmann.

»Negativ. Aktivieren Wärmebildkamera.«

Einige Sekunden herrschte Stille.

»Drei Signaturen«, meldete sich der Pilot des Hubschraubers zurück. »Zwei Personen an der wasserseitigen Reling des Schiffes. Eine Person noch auf dem Pier vor dem Schiff. Moment, etwas passiert, Signaturänderung.«

»Erbil, du kleiner Scheißer!«, zischte Olofsen, die Sturmhaube in der Hand. »Ich hab's gewusst, dass du Dreck am Stecken hast. Dein Klunker-Siegelring hat dich verraten.«

Statt einer Antwort sprang der andere behände über die Reling. Mit einem Klatschen schlug er auf die ölig glänzende Wasseroberfläche auf.

»Verdammt«, zeterte Olofsen. »Das kann jetzt aber wirklich nicht wahr sein.« Aufgeregt und unentschlossen lief er an der Reling des Schiffes entlang.

In einigen Metern Entfernung tauchte Erbil wieder auf. In der Dunkelheit war der Körper kaum zu sehen, aber die Wasserspritzer und die durch seine Bewegungen entstandenen kleinen Wellen verrieten ihn.

Olofsen riss seine Waffe hoch und zielte. Sollte er schießen? »Nein«, sagte er zu sich selbst. Sie brauchten Erbil lebend, mussten ihn befragen, ihm den Prozess machen und ihn verurteilen. Er ließ die Waffe sinken.

In diesem Moment tauchte der Hubschrauber über ihnen auf und erleuchtete Schiff und Wasseroberfläche mit seinem hin und her huschenden Scheinwerfer. Für einen Augenblick war Olofsen geblendet, dann hatten sich seine Augen auf die neuen Lichtverhältnisse eingestellt.

Erbil hatte sich bereits gute zehn Meter von der »Knechtsand« entfernt. Mit kräftigen Zügen durchpflügte er das Wasser des Hafenbeckens und hielt auf das an der anderen Beckenseite liegende Schwimmdock von Empting zu. Die Kälte schien ihn nicht zu stören.

»Arne, wo bist du?«, hörte Olofsen eine Stimme irgendwo hinter sich rufen. Greiner.

Er war zunächst rechts und links auf dem Pier hin und her gelaufen, ohne auf die Idee zu kommen, dass sein Kollege auf dem Schiff sein könnte. Dadurch hatte er wertvolle Sekunden verloren und seinen Fehler erst bemerkt, als das Licht des Hubschraubers auf die »Knechtsand« fiel.

Schwere Schritte dröhnten auf Metall.

Tausend Gedanken schossen Olofsen gleichzeitig durch den Kopf. Erbil entfernte sich weiter von der »Knechtsand«. Nur dank des Scheinwerfers am Himmel war er noch zu sehen.

»Da drüben«, rief Olofsen. »Da schwimmt er. Es ist Erbil. Ich hatte recht.«

Greiner stand plötzlich neben ihm. »Und jetzt? Wir dürfen ihn nicht entkommen lassen!«

»Wo will der hin?«, fragte Hoffmann, der nun ebenfalls an der Reling stand.

»Wahrscheinlich schräg rüber zum Schwimmdock«, sagte Greiner. »Da kommt er raus.« Er zeigte auf die anderen Stellen auf der gegenüberliegenden Seite. »Dort liegen zu viele Schiffe, vielleicht ist da irgendwo eine Leiter, um aus dem Wasser zu klettern, vielleicht aber auch nicht.«

»Das Wasser ist scheißkalt«, sagte der MEK-Mann.

»Es könnte sogar sein, dass es auf der anderen Seite ein Fluchtfahrzeug gibt. Plan B für Notfälle.«

»Wir können hier noch lange grübeln, aber das bringt uns keinen Schritt weiter.« Ohne zu überlegen, zog sich Olofsen die schusssichere Weste vom Körper und öffnete seine Jacke. »Nimm das mal.«

Greiner sah ihn entsetzt an. »Bist du bescheuert? Du willst da doch wohl nicht reinspringen.«

»Wir gehen um das Hafenbecken herum«, entschied Hoffmann.

Olofsen warf den beiden einen giftigen Blick zu. »Das dauert zu lange, und das wisst ihr genau. Bis wir drüben ankommen, ist der Kerl weg. Das werde ich nicht zulassen.«

Er sprang.

Wie eine Schockwelle des Schmerzes fuhr die Kälte durch Olofsens Körper, als er ins Wasser eintauchte. Er hatte das Gefühl, sein Herz würde zu schlagen aufhören, bevor es dann seine Arbeit mit vielfacher Geschwindigkeit wieder aufnahm.

»Beweg dich«, feuerte er sich selbst an. »Du hast es so gewollt.«

Er durchbrach die Wasseroberfläche, verdrängte die Kälte und versuchte, sich zu orientieren. Zunächst entdeckte er die Bordwand der »Knechtsand«. Greiner stand noch immer an der Reling und fuchtelte wild mit den Armen. Neben ihm war Pall aufgetaucht und schrie etwas, aber Olofsen konnte die Worte nicht hören. Hoffmann war verschwunden. Über ihm schwebte der Hubschrauber, sein Scheinwerfer beleuchtete das Wasser.

»Erbil«, brummte Olofsen, wobei ihm Wasser in den Mund schwappte. Das war sein Auftrag, deswegen war er ins eiskalte Wasser gesprungen. Wo war der Kerl?

Olofsen blickte sich um, erspähte das Trockendock und dann den Flüchtenden. Dessen Schwimmzüge waren unverändert schnell und kräftig. Bald würde er sein Ziel erreicht haben.

Das Adrenalin hatte bei Olofsen erneut die Befehlsgewalt übernommen. Mit aggressiven Schwimmzügen setzte er Erbil nach. Er spürte, wie die Muskeln trotz der Kälte geschmeidig wurden. Zug um Zug, Meter um Meter holte er auf. Erbil war fast am Dock. Olofsen mobilisierte weitere Kräfte, wurde schneller. Der Abstand zu dem anderen verkürzte sich stetig.

Jetzt hatte Erbil das Schwimmdock erreicht. Eine Hand griff nach einem festen Halt, erwischte einen Vorsprung aus Metall, wollte sich daran hochziehen. Aber der Griff war glitschig, die Hand durchgefroren und rutschte ab. Erbil fiel zurück ins Wasser, tauchte unter, kam prustend an die Oberfläche.

In der Zwischenzeit hatte Olofsen weitere Meter aufgeholt. Noch zwei oder drei Züge, und er könnte Erbil am Fuß erwischen.

Greiner stand an der Reling und schrie Verwünschungen in die Nacht. Pall griff ihn an den Schultern. »Hör auf zu schreien, du Idiot«, schnauzte er ihn an. »Das hilft nichts.«

Greiner sah ihn erst blöde an, nickte jedoch. »Los, ums Hafenbecken zur anderen Seite.«

Die beiden stürmten los, runter vom Schiff, zurück auf den Kai. Dann rannten sie zwischen Fischhallen und Kaikante entlang.

»Das sind vielleicht sechs- oder siebenhundert Meter bis zu der Stelle, wo die beiden aus dem Wasser kommen müssten«, rief Pall. »Das schaffen wir.«

Hoffmann hatte eine andere Strategie gewählt. Er rannte zurück zur Straße, beorderte zwei seiner Männer zu sich und sprang in eines der zivilen Polizeifahrzeuge. Mit quietschenden Reifen fuhr der Wagen an. Auf diese Weise war die zu fahrende Strecke zwar länger, aber zu dieser nachtschlafenden Zeit wahrscheinlich trotzdem schneller zurückzulegen als zu Fuß.

»Vollgas!«, brummte er den Fahrer an und griff dann nach dem Funkgerät, um dem Helikopter Anweisungen zu geben, beide Schwimmer im Wasser auf keinen Fall aus den Augen zu verlieren.

Im zweiten Versuch hatte Erbil es geschafft, sich aus dem Wasser und auf die Bodenfläche des Trockendocks zu ziehen. Im Dock stand die »Jan Cux II« aufgepallt. Das Ausflugsboot, auf dem im Sommer die Touristen Hafenrundfahrten und Touren zu den Seehundsbänken machten, sollte für die nächste Saison überholt und frisch gestrichen werden. Schwer atmend musste sich Erbil zunächst an der Wand des Trockendocks abstützen. Eiskaltes Wasser lief aus allen Öffnungen und Poren seiner Kleidung.

Er warf Olofsen, der nur noch wenige Meter vom Dock entfernt war, einen flüchtigen Blick zu, wandte sich ab und suchte nach einem Weg an Land. Tatsächlich hatte er im Vorfeld der Operation ein Fahrzeug in der Baudirektor-Hahn-Straße abstellen lassen – für genau diesen Notfall. Auch die Möglichkeit einer Flucht schwimmend durch das Hafenbecken hatte er einkalkuliert. Nicht Teil des Plans war allerdings, dass jemand hinterhersprang. Damit hatte er nicht gerechnet.

Olofsen erreichte nun ebenfalls das Schwimmdock. Da er gesehen hatte, mit welcher Mühe Erbil aus dem Wasser geklettert war, steuerte er eine andere Stelle an, die ihm vielversprechender erschien. Er hatte Glück – seine Füße fanden an einer Strebe unter Wasser Halt, sodass er sich halbwegs mühelos aus dem Nass stemmen und ins Dock abrollen konnte.

Für ein paar Sekunden blieb er auf allen vieren, schloss die Augen, versuchte, die Kälte abzuschütteln, während auch ihm das Wasser vom Körper floss. Dann sprang er auf die Beine. Über ihm schwebte noch immer der Hubschrauber und beleuchtete das Dock. Die steilen Seitenwände des Docks sowie das in der Mitte stehende Schiff bewirkten jedoch, dass es neben den hell erleuchteten Stellen auch genauso viele Bereiche gab, die im Schatten lagen. In jedem von ihnen konnte Erbil kauern, nur um sich im nächsten Moment auf ihn zu stürzen.

Der Hubschrauber bewegte sich ein Stückchen am Himmel, und die Olofsen zugewandte Seite des Schiffes warf nun einen neuen Schattenstreifen auf den Boden. Schnell trat Olofsen in diesen dunklen Bereich und bewegte sich langsam vorwärts.

Plötzlich ertönte ein schepperndes Geräusch, leichtes Metall fiel auf schweres Metall. Es folgte ein dumpfer Schlag, dann noch einer. Olofsen ließ sich zu Boden gleiten und spähte unter dem Kiel der »Jan Cux II« hindurch auf die andere Seite des Docks. Da entdeckte er seinen Gegner. Erbil stand an der Ausgangsluke des Docks, hatte die leichte Gittertür bereits aufgebrochen und mühte sich, eine Planke oder schmale Gangway –

so genau konnte Olofsen das nicht erkennen – auf die Landseite zu schieben.

Olofsen rollte sich unter dem Kiel hindurch, richtete sich auf und rannte so lautlos, wie es seine nassen und schmatzenden Schuhe erlaubten, auf Erbil zu. Der war so sehr in seine Bemühungen mit der Planke vertieft, dass er den herannahenden Ermittler erst im letzten Augenblick bemerkte.

Diesmal war Olofsen schneller. Mit einem gewaltigen Schwinger fegte er Erbil von den Füßen. Völlig überrumpelt stürzte der kleine Geheimdienstler über eine neben ihm abgestellte Kiste und schlitterte einen Meter über den feuchten Metallboden. Wieselflink sprang er auf und warf sich dem heranstürmenden Olofsen entgegen. Aus dem Nichts hatte er plötzlich ein Jagdmesser gezaubert, die lange Klinge glänzte unheilverkündend im fahlen Licht.

Mit irgendeinem Sinn, von dem Olofsen gar nicht geahnt hatte, dass er ihn besaß, wurde er sich in Sekundenbruchteilen der von dem Messer ausgehenden Gefahr bewusst. Instinktiv griff er nach einer Holzlatte, deren Existenz ihm derselbe Sinn mitgeteilt hatte, packte sie mit beiden Händen und ließ sie kreisen.

Die Latte erwischte Erbil im Sprung und knallte mit voller Wucht gegen seinen Kopf. Im gleichen Moment schrie Olofsen all seine Wut in die Nacht hinaus. Wie ein gefällter Baum sank Erbil zu Boden – und blieb regungslos liegen.

Olofsen ließ die Latte noch ein weiteres Mal durch die Luft kreisen und blickte auf den am Boden liegenden Mann hinab. Von der Landseite ertönten Sirenen, Stimmen, die seinen Namen riefen. Die Verstärkung war eingetroffen.

»Ayaz Erbil, du kleine verlogene Ratte – du bist verhaftet«, sagte Olofsen. Nach diesen Worten verließen ihn die Kräfte, und er kippte selbst um wie ein nasser Sack.

ZWANZIG

Montag, 27. Januar, nachmittags bis abends

Der Tag wollte nicht zu Ende gehen. In wenigen Minuten stand die abschließende Videokonferenz mit Weller und ihren Mitarbeitern an. Danach würde Olofsen, der aus dem Krankenhaus direkt ins Büro gekommen war, endlich Zeit finden, Erbil zu befragen. Bislang hatte der kleine Mann beharrlich geschwiegen, nur ein einziges Mal hatte er den Mund aufgemacht und verkündet, er würde nur mit Olofsen reden. Das war der einzige Grund, aus dem er noch immer in Cuxhaven in einer Zelle saß und nicht bereits vom BKA an einen anderen Ort verlegt worden war, um seine Untersuchungshaft anzutreten. Nach dieser Befragung war der ersehnte Feierabend in Sicht.

Nachdem Olofsen Erbil zur Strecke gebracht hatte, war er von seinen Kollegen mit einer leichten Unterkühlung ins Cuxhavener Krankenhaus gebracht worden. Olofsen hatte zwar versucht, sich dagegen zu wehren, aber Pall hatte ihn böse beschimpft, worauf er tatsächlich klein beigegeben hatte. Die Ärzte stellten ihn recht schnell zurück auf die Beine, Erschöpfung und Unterkühlung hatten gegen seinen Tatendrang kaum eine Chance. Dennoch musste Olofsen über Nacht im Krankenhaus bleiben – zur Beobachtung, wie es hieß. In dieser Zeit hatte er lange mit Paula telefoniert und die Stunden, in denen er eigentlich hätte schlafen sollen, zum Nachdenken genutzt. Über sein Leben, über Paula, seine Arbeit – und natürlich auch über den aktuellen und nun abgeschlossenen Fall. Paula fehlte ihm, zudem brauchte er ganz dringend eine Pause. Und zwar zusammen mit ihr.

Vorher jedoch gab es noch die letzten zwei Dinge zu erledigen.

Sobald sie erfahren hatte, was geschehen war, war Paula gen Norden aufgebrochen. Ihrem Vater ging es deutlich besser, und sie wollte unbedingt wieder bei ihrem Arne sein. Olofsen konnte es kaum abwarten.

»Los geht's.« Greiner war hinter Olofsen aufgetaucht. »Die Videoverbindung nach London steht. Wir sollten die Schlapphüte nicht warten lassen.«

»Okay.« Olofsen ging voran und betrat den Besprechungsraum. Am großen Tisch saßen bereits Krüger und Krause, auch Nunk und Nilsson waren da, ebenso Pall. Auf dem Bild, das der Beamer an die Wand projizierte, war das Gesicht von Joanna Weller zu sehen. Ein kurzes Lächeln blitzte in ihrem Gesicht auf, als sich Olofsen an den Tisch setzte.

»Wer fängt an?«

»Zunächst möchte ich Ihnen allen zu Ihrem großartigen Erfolg gratulieren«, sagte Weller. Sie machte nun kein Geheimnis mehr daraus, dass sie der deutschen Sprache mächtig war.

Olofsen wiegte den Kopf hin und her. »Na ja, so groß war der Erfolg nicht. Wir haben Erbil alias van Schellinkhout gefasst, aber der schweigt wie ein Grab.«

»Einer seiner Komplizen ist uns entkommen – dieser Beerenberg.« Greiner wirkte bei diesen Worten unzufrieden. »Bei der Aktion im und am Labor ist er nicht aufgetaucht. Sicherlich wird er den Rest der Organisation bereits gewarnt haben.«

Weller schürzte die Lippen. »Wir haben ein wenig recherchiert und herausgefunden, dass Erbil schon seit einiger Zeit gar nicht mehr dem türkischen Geheimdienst angehört. Um beim MI5 dennoch weiterhin einen Fuß in der Tür zu haben, hat er uns diese Information sehr geschickt vorenthalten, wohl wissend, dass unsere beiden Dienste nicht sehr viel miteinander reden. We are not amused! Auf Ihrer Seite sehe ich dagegen hervorragende Arbeit: Sie konnten in Cuxhaven das Virus sicherstellen, und das Labor ist unbrauchbar gemacht.«

»Zertrümmert und in Schutt und Asche gelegt, beschreibt es ganz treffend«, murmelte Pall. »Woher die das ganze Zeug hatten, konnten wir noch nicht herausfinden.«

Nunk schaltete sich an dieser Stelle ein. »Das Virus wird bereits von Experten verschiedener Forschungseinrichtungen intensiv untersucht. In ein paar Minuten wird uns Dr. Gruber vom Friedrich-Löffler-Institut kurzzeitig zugeschaltet werden, der für uns den Stand der Dinge zusammenfasst.«

»Das Rizin ist aber verschwunden«, brummte Olofsen. »Damit kann man noch viele Menschenleben auslöschen.«

Weller legte den Kopf schief. »Ich schätze, ich kann Ihnen den Tag retten.« Nach einer kurzen Handbewegung trat ein riesiger, muskulöser Mann ins Bild und setzte sich neben sie.

Olofsen klappte der Kiefer herunter. »Wer ist das? Doch nicht etwa –«

Weller lächelte verschmitzt in die Kamera, die Miene des Mannes blieb unergründlich. »Darf ich vorstellen? Agent Arthur Ground. Sie kennen ihn aber eher unter dem Namen Beerenberg.«

»Ja, leck mich doch«, platzte Pall heraus.

»Er hat eine wichtige Rolle gespielt. Er sollte als Einflüsterer dafür sorgen, dass Erbil auch wirklich nach Cuxhaven kommt«, fuhr Weller ungerührt fort.

Olofsen nickte. »Wäre nicht gut gewesen, wenn Erbil nur einen Handlanger geschickt hätte. Wir alle haben auf die Organisationsstruktur gesetzt, die von ihm verlangt, selbst das Problem zu lösen.«

Weller schob eine verschlossene und versiegelte Metalldose ins Bild. »Hier haben wir das vermisste Rizin. Agent Ground war so nett, es für uns sicherzustellen. Wir konnten übrigens durch chemische Analysen bestätigen, dass mit diesem Rizin unser Kollege Ian Parker vergiftet wurde. Dadurch wird Blohmquist zum Mittäter in einem konkreten Mordfall. Wir werden selbstverständlich einen Auslieferungsantrag stellen und Anklage erheben. Er hat sich nicht nur der Beihilfe zum Mord schuldig gemacht, sondern auch gegen die Biowaffenkonvention verstoßen.«

Olofsen kämpfte gegen die Sprachlosigkeit. »Heißt das, Sie

hatten die ganze Zeit bereits einen Agenten in der Organisation des Briten?«

Wellers Miene wirkte undurchdringlich. »Ja und nein.«

»Was soll das heißen?« In Olofsens Stimme lag eine kaum zu überhörende Prise Aggressivität.

»Agent Ground gehört nicht zu meiner Organisation«, sagte Weller. »Er arbeitet für einen befreundeten Dienst – was wir tatsächlich erst seit Kurzem wissen. Unabhängig davon war es unser Plan, einen eigenen Agenten einzuschleusen.«

»CIA«, mutmaßte Greiner.

Weller gab keine Antwort.

»Und die Entführung von Blohmquist?«, fragte Olofsen scharf. »Sie haben den Typen grün und blau geschlagen. Der Mord an Berger?«

Grounds Gesicht blieb eiskalt. »Ich musste meine Tarnung aufrechterhalten, es gab keine Alternative. Blohmquist habe ich Ihnen zugespielt. Er wird sich erholen. Auf Berger habe ich nicht geschossen, wie Sie wahrscheinlich bereits wissen. Leider musste ich aber tatenlos zusehen, sonst hätte ich mich verraten. Zugegeben, es war eine harte Entscheidung, aber das Leben als Undercoveragent ist kein Ponyhof.«

Olofsen entfuhr ein heiseres Lachen. »Beschissene Ausrede.«

»Wie Sie meinen.« Ground stand auf und verschwand aus dem Bild.

»Okay«, sagte Olofsen zu Weller. »Sie haben uns halbwegs an der Nase herumgeführt. Wie geht es jetzt weiter? Ich vermute, Ground wird nun in die Organisation des Briten zurückkehren.«

Weller nickte. »Seine Legende ist unbeschädigt. Wir haben gegen den Briten nur einen Teilsieg errungen. Cuxhaven scheidet im Augenblick als Drehscheibe für dessen Organisation aus, und die Biowaffenpläne sind fürs Erste vereitelt. Das ist gut, obwohl das letzte Wort in dieser Sache vermutlich noch nicht gesprochen ist.«

In diesem Moment teilte sich das Bild auf der Leinwand, und Gruber erschien. Er blickte finster drein. »Meine Damen und Herren«, sagte er förmlich und ohne auf andere Redner zu achten, »viel Zeit kann ich nicht erübrigen, ich habe noch einen Berg Arbeit auf meinem Schreibtisch liegen. Es gibt gute und schlechte Nachrichten für Sie. Daher fasse ich mich kurz.«

»Das kennen wir schon«, erwiderte Olofsen. »Die gute Nachricht ist, dass die schlechte Nachricht mit etwas Pech noch viel schlechter hätte sein können.«

Der Virologe blieb einen Moment still. Dann sagte er: »Sie glauben gar nicht, wie recht sie mit diesem Satz haben.«

Selbst Weller, die Gruber nicht kannte, schien von dessen Worten überrascht. »Erklären Sie das.«

Gruber räusperte sich. »Nun, das künstlich erzeugte Hantavirus verstehen wir inzwischen recht gut, sehen aber noch umfassenden Untersuchungsbedarf, um ihm auch sein letztes Geheimnis zu entlocken. Ein verdammt gefährlicher Fiesling. Ich bin extrem froh, dass es gelungen ist, diesen Erreger aus dem Verkehr zu ziehen. Ein großes Fragezeichen schwebt allerdings über dem schwer erkrankten Notarzt aus Cuxhaven. Laut den Kollegen aus Hamburg geht es ihm nicht schlechter, aber auch nicht besser.«

»Was ist mit dem Mann?«, fragte Olofsen. »Konnten Sie das inzwischen herausfinden?«

»Nein. Wir können nur mit Sicherheit sagen, dass der Mann sich ganz klar nicht mit einem Hantavirus infiziert hat.«

Olofsen blies die Backen auf und ließ die Luft dann hörbar entweichen. »Das klingt nicht gut.«

»Er wird nach wie vor intensivmedizinisch betreut. Sämtliche bisher eingesetzten therapeutischen Ansätze sind allerdings fehlgeschlagen. Wir haben keine Ahnung, womit wir es hier zu tun haben. Man wird ihn nun tatsächlich mit einer Kombination aus Remdesvir und hochkonzentrierter Hoffnung behandeln. Sobald wir neue Erkenntnisse haben, werden Sie natürlich von mir hören.«

Damit verschwand Gruber aus der Videoschaltung.

Olofsen zog überrascht die Augenbrauen hoch. Dann erhob er sich und sagte: »Auch wenn noch nicht alles restlos geklärt ist, erachte ich den Fall für gelöst. Mit der Verhaftung von Ayaz Erbil haben wir der Organisation des Briten einen herben Schlag versetzt. In Cuxhaven werden die sich so schnell nicht mehr blicken lassen. So wie ich die Beweislage verstehe, ist Erbil nicht nur der Auftraggeber für die Herstellung von Rizin und diesem Killervirus hier in Cuxhaven, sondern gleichzeitig der Mörder des Seemanns. Ich hätte nie gedacht, dass der Typ wirklich John Smith hieß. Smith wiederum ist der Mörder des BKA-Beamten Michael Dänker und des MI5-Mannes Ian Parker sowie des Wachmanns von Ports-of-Cux. Das wissen wir, da wir die Mordwaffe mit seinen Fingerabdrücken darauf zwischen seinen Habseligkeiten auf der Fähre gefunden haben. Uns ist es gelungen, das Labor auszuheben. Gift und Virus sind sichergestellt, die Betreiber des Labors sind in Gewahrsam oder tot. Ob der Ilisu-Damm in der Türkei wirklich das Ziel eines Anschlags ist, steht in den Sternen. Erbil hat damals zwar behauptet, dies wäre nicht der Fall, aber das muss nicht zwangsläufig die Wahrheit gewesen sein. Weller hält es nach wie vor für eine realistische Option und hat es auch so weitergegeben. Die Explosion eines Generators, die sich dort vor Kurzem ereignet hat, passt als mögliches Szenario. Laut den Berichten aus dem Internet soll das Gerät aus Überlastung in die Luft geflogen sein. Wie glaubwürdig diese Information ist, lasse ich einmal dahingestellt. Die dortigen Behörden sind jedenfalls wachsam. Das alles liegt aber weit außerhalb unserer Zuständigkeit. Wir haben unseren Part erfüllt, und deshalb erlaube ich mir, uns allen kräftig auf die Schulter zu klopfen.«

Nunk erhob sich und sagte: »Das sehe ich ebenso.« Seine nach oben gereckten Daumen deuteten auf Olofsen. »Ihr habt echt einen tollen Job gemacht. Jetzt fehlt nur noch ein Geständnis von Erbil.«

Olofsen und Greiner standen vor der Tür des Befragungszimmers. Die schwere graue Stahltür war verschlossen, in dem kleinen, schmucklosen Raum dahinter wartete Erbil.

»Showtime.« Olofsen öffnete die Tür.

Die beiden Polizisten traten ein. Erbil saß wie festgewachsen an dem kleinen Tisch in der Mitte und starrte auf den Boden.

»Moin, Herr van Schellinkhout«, rief Olofsen dem anderen zu und klatschte dabei in die Hände. »Oder soll ich doch lieber Ayaz Erbil sagen? Seit letzter Nacht ist die Welt ein wenig sicherer.«

Erbil hob langsam den Kopf und sah zu Olofsen hinüber. Er war unrasiert, die ungekämmten Haare standen wild vom Kopf ab. Seine Augen waren glasklar und hellwach. Sie funkelten wie schwarze Diamanten, und Olofsen machte unwillkürlich einen kleinen Schritt zurück, als ihm gleiche Anteile von Wut und Angst aus diesen Augen entgegenblitzten.

»Wir beide stehen auf der Abschussliste. Ich fürchte, dir wird es ergehen wie dem deutschen und dem englischen Bullen oder dem unfähigen Typen von der Fähre«, flüsterte Erbil. »Ich bin selbst nirgendwo mehr sicher. Es wird kein Erdloch geben, in dem die uns nicht finden werden.«

Diese Worte lösten in Olofsen ein Gefühl der Unsicherheit aus, das er nur mit Mühe zurückdrängen konnte. Er stemmte die Arme in die Hüften und fixierte den kleinen Mann. »Ich werte das als Geständnis. Um mich brauchst du dir keine Sorgen zu machen. Ich kann ganz gut auf mich aufpassen«, presste er zwischen den Zähnen hervor.

Gleichzeitig rasten ganz andere Gedanken durch seinen Kopf. Was, wenn Erbil recht hatte und er wirklich nicht mehr sicher war? Denn es traf ja zu: Sie hatten zwar Erbil, der Rest der Organisation war aber noch voll handlungsfähig. Okay, er konnte es als Berufsrisiko abtun, jedoch war er kein Einzelgänger mehr. Paula. War auch sie in Gefahr? Konnte er es riskieren, sie einer Gefahr auszusetzen? Zorn schoss ihm wie heißes Öl durch die Adern.

»Spuck aus, was du weißt. Liefere uns deinen Boss, den Briten, oder wenigstens seinen wirklichen Namen, einen Ort, an dem wir ihn finden können. Ein Bild – und alles wird gut.«

Olofsen versuchte, seine Sorgen in etwas umzuwandeln, mit dem er besser umgehen konnte: Zorn und Ermittlungseifer. Aber er durfte dies nicht ausbrechen lassen. Nur wenn er sich unter Kontrolle hielt, kühl und rational dachte, konnte er darauf hoffen, von Erbil Informationen zu erhalten.

»Bis jetzt weiß niemand, dass du hier bist. Alle, die dich kannten, halten dich für tot, abgesoffen im Hafenbecken. Deine Geheimdienstkumpane haben dich schon vor Jahren geschasst. Was glaubst du, was die für ein Gesicht machen werden, wenn sie plötzlich von deinem wundersamen Wiederauftauchen hören? Warum hast du eigentlich die Seiten gewechselt – mehr Kohle? Oder war es das Abenteuer?«

Erbil hob langsam den Kopf. Er blickte durch Olofsen hindurch, als wäre er Luft. Greiner, der hinter ihm stand, nahm er ebenfalls nicht zur Kenntnis. Nach einigen Augenblicken der Stille sagte er: »Ich wollte einfach nicht mehr nur ein kleines Rädchen im großen Getriebe sein. Ich wollte das Besondere, das Außergewöhnliche, das Gefühl, nicht Teil des etablierten Systems, aber trotzdem ganz oben zu sein. Eine ganze Weile hat es auch gut funktioniert. Jetzt bin ich zwar geliefert, aber meine Leute haben das Virus und das Rizin, mein Werk wird fortgeführt. Mittlerweile dürfte beides an seinem Bestimmungsort angelangt sein. Unter dem Strich wird sich nichts ändern – wie immer eigentlich.«

Olofsen ließ sich auf den freien Stuhl Erbil gegenüber fallen. Er faltete die Hände vor sich auf der Tischplatte und sah Erbil unverwandt an. »Ich fürchte, du liegst mit deiner Einschätzung falsch. Deinen Gorilla, diesen Beerenberg, haben wir geschnappt. Das Rizin haben wir, akkurat verpackt in einer schmucken Metalldose, sichergestellt.«

Greiner konnte sich ein Grinsen nicht verkneifen.

Erbils Augen weiteten sich zu großen Kreisen. »Niemals. Das ist unmöglich.«

Olofsen wiegte den Kopf hin und her. »Ich denke, du musst den Begriff ›unmöglich‹ überdenken. Noch mal: Wir haben das Gift. Du hast nix.«

Erbil schwieg.

»Das Virus hast du übrigens auch nicht.« Olofsen knackte mit den Knöcheln seiner Hand.

»Es ist an einem sicheren Ort. Man wird es noch holen.«

»Nein.« Olofsen schlug mit der Faust auf den Tisch. »Das ganze Material ist sichergestellt. Das Virus wird erforscht, und seine Geheimnisse werden entschlüsselt, das Labor ist ein Trümmerfeld.« Er zeigte mit dem Zeigefinger auf Erbil, bevor er weitersprach. »Du hast versagt. Auf der ganzen Linie. Und jetzt gehst du in den Bau. Für immer und ewig.«

Diese Worte trafen Erbil wie ein Faustschlag in den Magen. Er sackte in sich zusammen, als hätte Olofsen seinen letzten Schutzwall kollabieren lassen. Der Glanz in seinen Augen verglühte. »Ich bin tot, ich bin tot«, stammelte er.

»Wir wissen, dass du den Seemann auf der Fähre erschossen hast. In dem Wagen, den du in weiser Voraussicht als Fluchtfahrzeug für den Notfall an der Mützelfeldtwerft geparkt hattest, um damit nach deinem Bad im Hafen verschwinden zu können, haben meine Kollegen eine Waffe gefunden.«

Erbil sackte noch weiter in sich zusammen. »Dieser Versager«, murmelte er.

Greiner beugte sich vor. »Weißt du eigentlich, was das Besondere an der Waffe war?«

»Da waren doch glatt deine Fingerabdrücke drauf.« Olofsen warf seine Arme mit gespieltem Erstaunen in die Luft. »Geladen war sie mit Quick-Defense-Geschossen von der Art, wie sie auch in John Smiths Körper steckten, nur nicht so verbeult.«

»Die ganze Sache mit dem Wagen war übrigens ziemlich gut.« Greiner klatschte anerkennend in die Hände.

»Der Wagen? Wieso?«, stotterte Erbil.

»Farbe, Typ und Kennzeichen«, sagte Olofsen triumphierend. »Die Idee mit dem Wiesbadener Kennzeichen und dem auf

Krause gefälschten Ausweis – den haben wir übrigens auch im Wagen gefunden – war echt gut. Wir wären fast darauf reingefallen. Blöd war nur, dass Krause eine Frau ist – Karen Krause – und der Pförtner eindeutig einen Mann im Wagen identifiziert hat. Außerdem hättest du dir nach der Aktion bei Ports-of-Cux einen anderen Wagen beschaffen sollen, anstatt ihn bei der Mützelfeldtwerft stehen zu lassen.«

»War es mangelhaftes Improvisationstalent oder einfach Doofheit?«, erkundigte sich Greiner.

Der kleine Mann auf dem Stuhl wandte sich halb zu Greiner um und blickte ihm emotionslos in die Augen. »Es war ein kalkuliertes Risiko. Aufwand gegen verfügbare Zeit. Mehr nicht. Der Ansatz, euch die Warnung vor einem Verräter in den Kopf zu setzen, war gut. Selbst Weller ist darauf angesprungen.«

Greiner gab keine Antwort.

Erbil drehte sich zurück und starrte wieder die Tischplatte an. »Das kann alles nicht sein«, stammelte er mit schwacher Stimme.

»Doch. Alles stimmt«, sagte Greiner ruhig. »Dokumentiert und fotografiert.«

»Du kennst den Rettungsanker«, versuchte es Olofsen ein weiteres Mal.

Erbil hob fragend den Kopf.

»Wer ist der Brite? Wo finden wir ihn? Ist der Ilisu-Damm das Ziel?«

Erbil antwortete nicht.

Olofsen stand auf und wandte sich zum Gehen. »Also gehst du in den Bau. Bleibt nur zu klären, wo. Deutschland? Großbritannien? Türkei?«

»Warte!« In Erbils Stimme lag vollkommene Resignation. »Ja, ich habe den Deutschen und den Engländer umbringen lassen. Der Wachmann war ein Kollateralschaden, verdammte Scheiße. Ja, ich habe den Kerl von der Fähre erschossen und versucht, dem deutschen BKA die Tat anzuhängen. Okay, dass Krause eine Frau ist, war eine peinliche Panne. Ja, der Damm steht auf der Liste, die Generatorexplosion war Stufe eins. Ich kann euch noch viel mehr geben. Alles. Aber dann will ich Schutz. Einen Deal. Keine Auslieferung, nirgendwohin. Ich bin ein Kronzeuge, mit dem ihr die ganze Organisation ausheben könnt.«

Olofsen blieb stehen, drehte sich aber nicht um. »Warum war Smith ein Versager?«

»Er trägt die Schuld an diesem Fiasko.« Erbil schrie nun fast.

»Weil er es vergeigt hat, Parker und Dänker standesgemäß zu beseitigen?«, mutmaßte Olofsen.

»Natürlich!« Erbils Antwort kam so schnell, dass Olofsen zusammenzuckte. »Erst lässt er sich filmen, als er Parker das Gift injiziert, dann erschießt er völlig unnötigerweise den Wachmann, was nur Aufmerksamkeit erzeugt, und Dänker lockt er unter einem Vorwand in den Hafen, auf diesen beschissenen Fischkutter.«

»Und prügelt sich, statt kurzen Prozess zu machen. Sie prügeln sich sogar so wild, dass am Ende der Kahn absäuft«, führte Olofsen Erbils Geständnis fort.

»Einfach unglaublich stümperhaft«, zischte Erbil. »Er sollte Dänker verschwinden lassen. Mehr nicht.«

»Das ist gründlich schiefgegangen. Gutes Personal ist eben schwer zu finden.« Erbils kaltblütige Analyse der Ereignisse ließ Zynismus in Olofsen aufsteigen, sein Schutzwall. »Und deswegen hast du Smith umgelegt. Das Verschwindenlassen hat da aber auch nicht geklappt.«

»Fick dich doch. Ich will meinen Deal, dann bekommt ihr alles.«

Olofsen hatte genug gehört, öffnete die Tür und trat, gefolgt von Greiner, hinaus auf den Flur. Draußen warteten Krüger und Krause.

»Euer Kunde«, sagte Olofsen leise und schüttelte sich.

Eine halbe Stunde später fuhr Olofsen in die Einfahrt neben seinem Haus in Nordleda und stellte den Motor ab. Ein paar

Sekunden blieb er noch im Wagen sitzen, atmete langsam ein und ließ den letzten Gedanken an seinen Arbeitstag hinter sich. Es war dunkel, nur die Auffahrt neben dem Haus wurde durch einen Scheinwerfer über dem Garagentor hell erleuchtet. Aus dem Küchenfenster neben der Seitentür drang warmes Licht nach draußen. Olofsen stieg aus und ging zur Tür. Kaum hatte er diese geöffnet, flog ihm Sam entgegen. Der Hund sprang wild an ihm auf und ab, warf ihn fast um. Olofsen konnte sein Lachen nicht mehr zurückhalten, während er Sam hinter den Ohren kraulte.

»Hallo, Herr Kommissar«, raunte eine Stimme. »Auch schon da?«

Olofsen richtete sich auf. Vor ihm stand Paula. Noch immer bekam er einen trockenen Mund, wenn sie so vor ihm stand und ihn einfach nur anlächelte.

»Ich liebe dich«, krächzte er.

»Ich dich auch.«

Er nahm sie in den Arm und drückte sie fest an sich. Nichts passt mehr zwischen uns, und nichts soll jemals zwischen uns kommen, dachte Olofsen in einer Mischung aus Euphorie und zähnefletschender Entschlossenheit.

Plötzlich fühlte er sein Handy in seiner Tasche summen und vibrieren. Paula hatte es auch gefühlt und ließ ihn los.

»Nein, jetzt nicht. Ist nur eine SMS«, sagte Olofsen.

Doch Paula grinste ihn nur an. »Sieh dir die Nachricht an, dann schalte das Ding ab. Ich will dich ganz für mich allein.«

Olofsen zog das Handy aus der Tasche und blickte auf das Display. Eine Nachricht von Gruber. Nur wenige Worte standen auf dem Display: »Notarzt auf dem Weg der Besserung. Virus identifiziert.«

Hintergrund und Danksagung

Auch in seinem dritten Fall sieht sich Hauptkommissar Arne Olofsen mit einem gefährlichen Virus konfrontiert. Er und sein Team sind ein weiteres Mal gezwungen, polizeiliche Ermittlungen mit wissenschaftlichem Fachwissen zu kombinieren, um diesen neuen Fall lösen zu können.

Das in der Handlung genannte Hantavirus gibt es tatsächlich, auch bei uns in Deutschland. Die im Text beschriebenen wellenförmig verlaufenden Fallzahlen entsprechen der Realität. Jeder, der möchte, kann die konkreten Zahlen zum Beispiel auf den Internetseiten des Robert-Koch-Institutes nachlesen (www.rki.de). Die CRISPR/CAS-9-Technik ist eine in der biomedizinischen Forschung weltweit angewandte Methode zum Editieren von Genomsträngen. Tatsächlich birgt diese Methode ein gigantisches Zukunftspotenzial für Forschung und Medizin und ist, bei aller dahintersteckenden Genialität, denkbar einfach – ein gewisses molekularbiologisches und gentechnologisches Verständnis und ein geeignetes Labor vorausgesetzt. Im Jahre 2020 wurde den beiden Erfinderinnen dieser Technik, Emmanuelle Charpentier und Jennifer A. Doudna, der Chemie-Nobelpreis verliehen.

Die Idee, mittels CRISPR/CAS-9 aus dem Hantavirus einen Killer zu erzeugen, ist jedoch ganz und gar meiner Phantasie entsprungen …

Mein Dank dafür, dass Sie, geschätzte Leserinnen und Leser, das Ergebnis meiner Phantasie nun als Buch lesen konnten, gilt dem Team des Emons Verlags, das mich auf dem Weg vom Manuskript bis zum fertigen Buch wunderbar unterstützt hat.

Außerdem möchte ich mich bei Lothar Strüh bedanken, der als Lektor unermüdlich mit dem Finger auf die Stolpersteine der Geschichte gezeigt und mit scharfem Verstand geholfen hat, diese verschwinden zu lassen.

Aber auch in diesem dritten Buch geht das letzte und größte Dankeschön an meine Frau Nathalie und unsere Tochter Yannicka, die mir in allen Phasen der Entstehung dieser Geschichte mit Ideen, Tipps und kritischen Anmerkungen zur Seite gestanden haben. So galt es immer wieder die Frage zu beantworten: »Papa, was macht Kommissar Olofsen jetzt gerade …?«

Markus Rahaus
GEFAHR AUS DEM WATT
Broschur, 304 Seiten
ISBN 978-3-7408-0301-8

Im Otterndorfer Watt wird eine Leiche gefunden, kurz darauf eine weitere auf der »Alten Liebe« in Cuxhaven. Die Ermittlungen führen die Kommissare Olofsen und Greiner zu einer lokalen Biotechnologiefirma. Will sie ein verunreinigtes Medikament auf den Markt bringen? Als immer mehr Menschen an einer unbekannten Virusinfektion sterben, beginnt mitten in der Tourismushochburg Cuxhaven ein Wettlauf gegen die Zeit.

»Der Virologe Rahaus hat ein Szenario entworfen, das jedem kalte Schauer über den Rücken jagt. Dabei schreibt er locker und spannend, ohne Fachchinesisch.« Cuxhavener Nachrichten

»Rahaus' Krimidebüt kombiniert wissenschaftlich fundierte Unterhaltung mit Spannung.« Nordsee Zeitung

www.emons-verlag.de

Markus Rahaus
SOKO SANDBANK
Broschur, 304 Seiten
ISBN 978-3-7408-0673-6

Vor Cuxhaven läuft ein Segelboot auf eine Sandbank auf, darauf zwei grausig inszenierte Leichen. Hauptkommissar Arne Olofsen und sein Team müssen bei den Ermittlungen tief in die maritime Welt des Cuxlandes eintauchen – wäre da nicht dieses mysteriöse Virus, das die Ermittler reihenweise außer Gefecht setzt. Nur Zufall oder Teil eines perfiden Plans?

»Ein Küsten-Krimi, mal düster, mal heiter, aber stets mit Tiefgang.«
Foyer – Das Kulturjournal für Bremen und den Nordwesten

www.emons-verlag.de